Ashley Clark

Die Dame mit dem roten Hut

Francke

Über die Autorin:

Ashley Clark lebt mit ihrem Mann, ihrem Sohn und zwei Cockerspaniels nahe der Golfküste Floridas. Sie ist Literaturdozentin, gibt Kurse für Kreatives Schreiben und ist schon lange bei den *American Christian Fiction Writers* aktiv.

Bibliografische Information der Deutschen Nationalbibliothek
Die Deutsche Nationalbibliothek verzeichnet diese Publikation in der Deutschen Nationalbibliografie; detaillierte bibliografische Daten sind im Internet über http://dnb.dnb.de abrufbar.

ISBN 978-3-96362-250-2
Originally published in English under the title
The Dress Shop on King Street
by Bethany House Publishers, a division of Baker Publishing Group,
Grand Rapids, Michigan, 49516, U.S.A.
German edition © 2022 by Francke-Buch GmbH
35037 Marburg an der Lahn
Deutsch von Dorothee Dziewas
Umschlagbild: © Trevillion Images / Shelley Richmond
Umschlaggestaltung: Francke-Buch GmbH / Marion Schramm
Satz: Francke-Buch GmbH
Druck und Bindung: CPI books GmbH, Leck

www.francke-buch.de

Ashley Clark
DIE DAME MIT DEM ROTEN HUT

Every shut-eye ain't sleep,
and every good-bye ain't gone.

Nicht jedes Augenschließen bedeutet Schlaf
und nicht jedes Lebewohl ist für immer.
(sinngemäße Übersetzung)

Sprichwort der Gullah,
einer ethnischen Gruppe der Afroamerikaner
im South Carolina Lowcountry

Prolog

Charleston, South Carolina, 1860

Der Kerzenschein warf Rose' Schatten an die Holzwand. Diese dunkle, schemenhafte Version von ihr sah größer aus. Stärker. Schon komisch mit den Schatten. Sie verwandelten selbst die kleinsten Dinge in Ungeheuer oder Märchenfeen oder was auch immer die Leute wollten.

Sogar eine Raupe konnte die Flügel eines Schmetterlings haben.

Ihre Tochter Ashley hatte immer Angst vor den Schatten gehabt, wenn sie als kleines Kind aufgewacht war, während Rose bei Kerzenlicht Kleider flickte. Rose hatte versucht, ihr beizubringen, wie man die vertrauten Umrisse schöner Dinge darin erkannte – Blumen oder Schleifen oder das Meer. Aber Ashley hatte das Meer noch nie gesehen. Und manchmal weckte sie ihre Mutter immer noch, wenn schlimme Träume sie im Schlaf um sich treten ließen.

Rose schob sich das widerspenstige Haar mit der Hand aus der Stirn. Sie rang die Hände und schritt weiter auf dem Lehmboden der kleinen Stube auf und ab, in der Ashley und sie schliefen.

Verkauft.

Sie konnte das Wort kaum denken, geschweige denn laut aussprechen.

Ihre Tochter. *Ihre* Tochter.

Dabei war sie doch erst neun Jahre alt. Ashley hatte noch ihr ganzes Leben vor sich, aber über nichts davon konnte sie selbst bestimmen.

Rose schluckte den bitteren Geschmack in ihrer Kehle hinunter. Ihre Hände ballten sich zu Fäusten und ihre Fingernägel bohrten sich schmerzhaft in die Handflächen. Dieser böse, böse Mann. Selbst aus dem Grab heraus zerstörte er noch ihr Leben. Angefangen hatte er damit schon vor zehn Jahren – als Rose selbst noch ein Kind gewesen war. Und jetzt tat er es durch seine Frau, die schlussendlich begriffen hatte, was es mit dem Mädchen auf sich hatte.

Mit dem Sklavenmädchen, dessen Vater ein Weißer war.

Mehr war Ashley für diese Leute nicht. Eine Sklavin.

Aber für Rose war sie so viel mehr.

Vorsichtig darauf bedacht, ihre Tochter nicht zu wecken, nahm Rose eine kleine Klinge vom Tisch. Ganz kurz erwog sie, sie für einen anderen Zweck zu gebrauchen, doch dann schüttelte sie den Kopf. Wenn Gott glaubte, dass ihr Leben auch ohne Ashley lebenswert war, wie konnte sie dann an seinem Plan zweifeln?

Rose setzte das stumpfe Messer an ihren Zopf an und durchtrennte dann die Haare. Sie würde sie als Zeichen der Erinnerung zu Ashleys Sachen tun.

Als sie zu ihr hinübersah, den Zopf noch in der Hand, fingen ihre Finger an zu zittern. In diesem Augenblick war ihre Tochter wieder ein Baby. Diese süßen runden Augen und das leise Auf und Ab ihrer Atemzüge.

Und Rose hätte alles getan, um die Zeit anzuhalten, denn ihr kleines Mädchen wusste nichts von dem Schrecken, der sie morgen erwartete.

Mit einem leisen Seufzen nahm Rose den leeren Futtersack und legte den Zopf hinein. Dann faltete sie Ashleys Sonntagskleid sorgfältig zusammen, legte es ebenfalls in den Beutel und fügte drei Handvoll Pekannüsse hinzu.

Die Kerze flackerte und die Schatten an der Wand wuchsen. Rose wusste, dass noch etwas fehlte. Sie sah sich im Zimmer um und betrachtete ihre wenigen Habseligkeiten. Dann blickte sie an ihrem eigenen Kleid hinunter. Natürlich! Die Schmetterlingsknöpfe, die Ashley so sehr mochte. Sie waren der einzige Schmuck, den Rose besaß.

Sie riss die zwei Knöpfe von den Manschetten ihres zerschlissenen Baumwollkleides und ließ sie in den Beutel fallen. Dann band sie ihn fest zu und legte ihn auf den Tisch neben dem Bett, in dem ihre schlafende Tochter lag. Sie kroch zu Ashley unter die Decke und legte den Arm um sie, so wie sie es jeden Abend tat, seit dieses Kind auf der Welt war.

»Der Beutel ist nicht viel, Kleines«, flüsterte sie. »Aber er soll immer voll Liebe sein.«

Rose hielt ihre Tochter, bis am Morgen die Sonne aufging, eine Ewigkeit zwischen der Nacht und der Dämmerung und doch eine Zeitspanne, die in einem Augenblick verstrich. Sie prägte sich die Größe von Ashleys Händen ein und die Art, wie sie die Decke immer bis zu ihrem Kinn hochzog.

Und als Ashley aufwachte, lächelte Rose – nicht vor Freude, aber dies waren vielleicht ihre letzten gemeinsamen Augenblicke und sie wollte, dass ihre Tochter sie in guter Erinnerung behielt. Sie lächelte, weil ihre Tränen versiegt waren.

»Morgen, Kleines.« Rose strich Ashley die Haare aus den Augen. »Momma muss dir was erzählen.«

Kapitel 1

Charleston, 1946
Millicent Middleton

Das sollte sie sagen, wenn jemand sie nach ihrem Namen fragte, hatte Mama gesagt. Wenigstens war er zur Hälfte wahr.

Millie vermutete, dass ihre Mama übervorsichtig war, so wie alle Menschen, wenn sie unter körperlichem oder seelischem Schmerz litten, aber es machte ihr nichts aus, ihr den Gefallen zu tun. Sie selbst trauerte auch noch um ihren Daddy – soweit sie sich an ihn erinnerte – und manchmal fragte sie sich … Wenn sie doch nur vorsichtiger gewesen wären, dann wäre er vielleicht nicht gestorben.

Millie rückte den roten Hut zurecht, den sie mit einer Nadel an ihren kinnlangen Locken befestigt hatte, und blickte durch das Fenster des Bekleidungsgeschäftes in der King Street. Der Rock ihres graublauen Kleides schwang ein wenig hin und her, als sie sich auf die Zehenspitzen stellte, um besser in den Laden hineinsehen zu können.

Seit sie die Knöpfe ihrer Mama zum ersten Mal gesehen hatte, war Millie von Kleidern fasziniert. Und von den Geschichten der Frauen, die sie trugen.

Mama hatte Knöpfe gesammelt – sie sagte immer, zu jedem Knopf gebe es ein passendes Knopfloch –, aber sie hatte zwei Schmetterlingsknöpfe, auf die sie besonders aufpasste und für die sie aus irgendeinem Grund nie eine Verwendung fand. Eigentlich war es sinnlos, dass Knöpfe von dieser Schönheit einfach herumlagen. Vielleicht warteten sie nur auf genau das richtige Kleidungsstück.

In dem Geschäft griff eine blonde Frau nach einem pfirsichfarbenen Kleid, das dort ausgestellt war. Was Millie nicht dafür gegeben hätte, in den Laden zu gehen und selbst die Finger über den Stoff gleiten lassen zu können!

Am Rücken des Kleides fielen mehrere Lagen Seide übereinander und endeten an der figurbetonten Taille in einer Knopfreihe. Es war ein einziger Sommertraum.

Millie seufzte.

Irgendwann vielleicht.

Während sie noch in dem Anblick schwelgte, stolperte ein junger Mann auf dem Gehweg und stieß gegen ihren Arm. Er zog den Ellbogen sofort zurück und die Blicke der beiden begegneten sich.

Er war sehr gut aussehend – das bemerkte Millie sofort – und wirkte wie einer, der vom Krieg mit Deutschland zurückgekehrt sein könnte.

Seine Augen waren strahlend blau, sein blondes Haar leuchtete und seine Nadelstreifenweste betonte seine breiten Schultern.

Millie lächelte ihn an.

Er erwiderte es mit einem Grinsen.

Ihr Herz flatterte angesichts der Möglichkeiten, die sich eröffneten, weil jemand sie bemerkt hatte.

»Sehen Sie sich Brautkleider an?«, fragte er und seine Augen blitzten. »Meinem Vater gehört der Laden, müssen Sie wissen.«

»Ja … ich meine … nein, nein.« Millie schüttelte den Kopf. »Ich sehe sie mir an, aber ich will keines kaufen.« Sie hob die linke Hand, sodass er ihre Finger sehen konnte. »Damit will ich sagen, dass ich nur von Kleidern geträumt habe. Von den Stoffen. Davon, solche Kleider zu nähen.«

Er lachte über ihre Antwort. Es schien ihm zu gefallen, dass er sie in Verlegenheit gebracht hatte. Dann ergriff er Millies Hand, als wollte er sie näher begutachten. »Aber sagen Sie mal – warum trägt eine so schöne Frau wie Sie noch keinen Ring?«

Wahrscheinlich war er ein Schwätzer, aber das war Millie gleichgültig. Sie hatte noch nie so offene Schmeicheleien von einem Jungen erlebt und beschloss, die ungewohnte Aufmerksamkeit zu genießen, solange sie währte.

Millie zog ihre Hand aus seiner, weil sie nicht wollte, dass andere auf sie und diesen Fremden aufmerksam wurden, obwohl sie seine Berührung insgeheim genossen hatte.

Sie rieb über den Rand ihres Ärmels, der an ihrem Handgelenk kratzte, und einen Augenblick lang fragte sie sich ... wusste er es nicht? Konnte er nicht sehen, was an ihr anders war?

Aber wenn doch – so etwas sagte man ja nicht. Jedenfalls nicht laut.

Und was spielte es schon für eine Rolle? Schließlich wollte sie ihn ja nicht heiraten.

»Ich heiße übrigens Harry.« Der junge Mann verlagerte sein Gewicht auf seine Fersen. »Harry Calhoun. Und du?«

»Millicent Middleton.«

Harry nickte einmal. »Es ist mir ein Vergnügen, deine Bekanntschaft zu machen, Millie.« Er blickte die Straße hinunter und zeigte mit dem Kopf auf das Eiscafé an der Straßenecke. »Du hast bestimmt keine Lust auf ein Eis oder eine Coca-Cola mit mir, oder? Ich lade dich ein.«

Millie schluckte die Panik hinunter, die in ihrer Kehle aufstieg. Mit diesem Jungen zu reden, war eine Sache, aber ganz frech mit ihm diesen Laden zu betreten? Vor aller Augen? Das war etwas anderes.

Sie rückte den Hut auf ihrem Kopf zurecht, obwohl das gar nicht nötig war. »Ich weiß die Einladung sehr zu schätzen, aber ich ...«

Harry senkte den Kopf einige Zentimeter, um ihr wieder in die Augen zu sehen. »Ach, komm schon! Es ist doch nur ein Eis.«

Sie liebte Eiscreme. Und sie hatte schon ewig keine mehr gegessen. Die Leute im Radio sprachen ständig von der Wirtschaftskrise und dem Krieg und dem Wiederaufbau des Landes; Millies Eltern waren in den Jahrzehnten davor nicht gerade im Luxus aufgewachsen.

Genau genommen konnte Millie sich nicht einmal daran erinnern, wann sie das letzte Mal einen Eisbecher gegessen hatte. Vielleicht vor einem Jahr? An ihrem Geburtstag?

Sie konnte die Schokoladen-Karamell-Soße und das Vanilleeis fast schmecken.

Millie seufzte. Sie sollte Mama um Punkt fünf Uhr treffen. Aber solange ihre Mutter und Harry sich nicht begegneten, vielleicht …

»Okay.« Das Wort war ihr herausgerutscht, bevor sie die Chance hatte, es sich anders zu überlegen.

»Wunderbar!« Harry klang, als hätte er nie eine andere Antwort von ihr erwartet. Sein Lächeln war noch eine Spur heller geworden. Er setzte sich in Bewegung und warf einen Blick über die Schulter zurück. Offenbar erwartete er, dass sie ihm folgte. »Warst du schon mal in diesem Café?«

Diese Frage konnte sie eindeutig verneinen. Millie zögerte. »Ich glaube nicht.«

»Sie machen ein herrliches Softeis dort. Ich nehme es immer mit Kokosraspeln.«

Ein Automobil stieß eine Abgaswolke aus, während es die King Street hinunterratterte. Harry wartete ab, dann sah er nach rechts und links, bevor er die Straße überquerte. Millie blieb dicht bei ihm und der Rock ihres Kleides tanzte bei jedem Schritt um ihre Beine.

Wenige Augenblicke später erreichten sie das Eiscafé. Harry hielt ihr die Tür auf und Millie trat ein.

Sie war noch nie auf der anderen Seite der Glasscheibe gewesen. Eine Jukebox in der Ecke spielte eine fröhliche Melodie und Gäste saßen auf Hockern an der Bar. Alles war so, wie sie es sich immer vorgestellt hatte, nur, dass es echt war. Wirklichkeit. Und es roch herrlich.

Millie lächelte.

Es würde ein toller Nachmittag werden. Für ein kleine Weile konnte sie ein anderes Leben führen.

»Hallo, Kinder. Setzt euch.« Der Mann hinter dem Tresen füllte Berge von Eiscreme in schnörkelige Glasbecher und goss Sirup darüber.

Harry wählte einen Sitz in der Mitte der Bar und Millie rutschte auf den Hocker neben seinem.

Handbemalte Schilder für Limonade, Kakao und Eiscreme hingen an der Wand hinter dem Tresen und der schwarz-weiß karierte Fliesenboden passte gut zu dem Lokal.

Millie drehte sich auf ihrem Hocker nach links und rechts.

»Was kann ich für euch tun?« Der Mann hinter der Bar zog einen Stift hinterm Ohr hervor und einen Notizblock aus seiner Schürze.

»Ich nehme ein Eis mit Schokoladen-Karamell-Soße.« Millie versuchte, nicht so begeistert zu klingen, wie sie war, denn sie wusste, in diesem Traum war sie das Aschenputtel, und er sollte nicht eine Sekunde früher enden als nötig. Harry sollte auf keinen Fall glauben, sie hätte an einem Ort wie diesem nichts verloren.

Obwohl es ja stimmte.

»Wird gemacht.« Der Mann trommelte mit den Fingern auf den Tresen. »Und du?«

Harry bestellte das Gleiche und dazu Kokosnussraspeln. Während der Mann sich ihren Bestellungen widmete, wandte Harry sich erneut mit diesem gefährlichen Grinsen an Millie.

»Also, wenn du selbst keine Hochzeit planst, Millie Middleton, wieso hast du dann in ein Geschäft für Brautmoden gespäht? Hast du etwa jemandem nachspioniert?«

Millie lachte. »Sei nicht albern.«

»Was denn dann?«, bohrte Harry weiter.

Der Mann stellte die beiden Becher für sie auf den Tresen und Harry stieß seinen Löffel in die Eiscreme.

»Ach, du würdest es bestimmt dumm finden.« Millie spürte, dass ihre Wangen warm wurden, und fragte sich, wie rot sie wohl waren. Nicht, dass sie sich dafür schämte, aber sie gönnte Harry die Genugtuung nicht.

14

»Vielleicht«, sagte er und zog die Augenbrauen hoch. »Aber das wirst du erst erfahren, wenn du es sagst.«

Millie aß ihren ersten Bissen Eis. Es schmolz süß auf ihrer Zunge. Ihr Traum war genauso süß – aber auch ein ebenso großer Luxus.

»Ich möchte Schneiderin werden und irgendwann mein eigenes Bekleidungsgeschäft haben.« Millie fühlte sich mutiger, als sie die Worte ausgesprochen hatte.

Harry verschränkte die Arme. »Ich wüsste nicht, was daran dumm sein sollte.«

Nein ... natürlich weißt du das nicht.

»Meinst du, weil du eine Frau bist?«, fragte er.

Millie blickte auf ihren Eisbecher hinunter.

»Denn mit einem Namen wie Middleton und einem Lächeln wie deinem wirst du eine gute Partie machen. Ich bin sicher, du findest einen Mann, der dir deinen Wunsch erfüllt.«

»Was würdest du sagen, wenn ich ihn mir selbst erfüllen will?«

Harry lachte leise und sah ihr dann in die Augen. »Ach so, das war dein Ernst.«

»Das war es und das ist es.«

»Dann würde ich sagen, dass ich deinen Ehrgeiz bewundere.« Er zögerte. »Aber ich würde dich auch daran erinnern, dass genau dieser Idealismus der Grund ist, weshalb wir nicht zulassen können, dass Frauen sich aufplustern und Unternehmen führen. Die Vorstellung mag verlockend sein, doch das wird in der amerikanischen Gesellschaft niemals passieren.«

Millie biss die Zähne zusammen, zwang sich aber zu einem schmallippigen Lächeln. Sie hätte es besser wissen müssen und ihn nicht auf die Probe stellen dürfen. Normalerweise war sie nicht so töricht. Vor langer Zeit hatte ihre Mama ihr erklärt, warum ihre Zeit für gewisse Träume und gewisse Menschen einfach zu schade war.

Sie aß noch einen Löffel Eiscreme und rührte dann das Schokokaramell der Soße in das schmelzende Vanilleeis. Beides wie in einem Milchshake zu vermischen, war für sie das Schönste an einem Eisbecher – das Heiße und das Kalte, das Sahnige und das Süße. Gegensätze köstlich vereint.

»Erzähl mir etwas von dir. Wieso bist du heute Nachmittag hier?«

Harry strich sich die blonden Haare aus der Stirn. »Ich studiere am College von Charleston, damit ich irgendwann das Familienunternehmen führen kann. Aber bei dem schönen Wetter heute habe ich den Unterricht geschwänzt und bin die King Street entlangspaziert. Vielleicht war es ja Schicksal, dass wir uns begegnet sind.« Er aß etwas von seinem Eis. »Wohnst du in der Nähe?«, fragte er.

»In Radcliffeborough.«

»Wirklich?« Harry richtete sich ein wenig auf.

»Du klingst erstaunt.« Millie schluckte einen Löffel Eis hinunter, entschlossen, auch nicht den kleinsten Tropfen zu vergeuden. Sie fuhr mit dem Daumen an ihrer Unterlippe entlang, um etwaige Schokoladenspuren zu beseitigen.

»Ehrlich gesagt bin ich das auch.« Harry drehte sich auf seinem Hocker in ihre Richtung. »Ich habe wohl einfach angenommen, dass du auf der Middleton-Plantage oder südlich von hier wohnst. Es überrascht mich, dass du in der Oberstadt lebst.«

Oh, Millie. Warum hast du nicht erst nachgedacht, bevor du den Mund aufgemacht hast?

»Aber trotzdem« – Harry rutschte ein winziges Stück näher – »würde ich dich wirklich gerne wiedersehen. Kann ich dich irgendwann zum Abendessen einladen?«

Millie runzelte die Stirn. »Hast du gerade *trotzdem* gesagt?«

»Hast du nicht gehört, dass ich dich zum Essen einladen will?«

Millie starrte ihn nur an. Die Uhr hatte Mitternacht geschlagen und es war Zeit, den Ball zu verlassen. »Danke für den Eisbecher, Harry.« Sie glitt von dem Barhocker und strich ihren Rocksaum glatt.

»Ich … ich verstehe nicht.« Harry warf ein paar Münzen auf

den Tresen, um für das Eis zu bezahlen. Gleich darauf stand er neben ihr, packte ihren Arm und drehte sie zu sich um. »Ich dachte, es läuft gut zwischen uns? Habe ich mich geirrt?«

Die Absätze fest auf das Schachbrettmuster des gekachelten Bodens gepresst, reckte Millie das Kinn vor. »Wenn du keine Leute aus der Oberstadt magst und nicht glaubst, dass eine Frau ein Unternehmen führen kann, dann kann ich dir wahrheitsgemäß sagen, dass du mich nicht mögen wirst. Denn wenn dich das schon abschreckt, hast du nicht die geringste Ahnung, was es noch über mich zu wissen gibt.«

Der Ventilator an der Decke wirbelte die Luft auf; Millie spürte sie kühl auf ihrem Gesicht.

»Was heißt das, Millie?« Harry schüttelte den Kopf. »Versuchst du, mir Rätsel aufzugeben?«

Sie wollte den Arm nach dem Türgriff ausstrecken, aber Harry hielt sie am Ärmel fest und sie hörte das leise Reißen ihrer Schulternaht.

»Bitte sag mir, was los ist!«

Millies Blick wanderte durch das Eiscafé – über die Mädchen in ihren schönen Kleidern und die Jungen, die sich darum bemühten, ihnen zu imponieren, und die kreativen Schilder an den Wänden, die sie gerade noch neugierig betrachtet hatte.

Sie würde niemals wieder hierherkommen. Warum also sollte sie ein Geheimnis daraus machen?

Endlich konnte sie die Luft ausatmen, die sie angehalten hatte. »Middleton war der Name meiner Urgroßmutter«, sagte sie mit gesenkter Stimme, um kein Aufsehen zu erregen. »Sie wurde als Sklavin geboren und hatte keinen anderen.«

Harry blinzelte. Millie sah zu, wie die Erkenntnis seine Freundlichkeit langsam in Ekel verwandelte.

Er ließ abrupt ihren Arm los und wischte sich die Hand an der Hose ab. »Verschwinde, du dreckiges Miststück!«, zischte er.

Niemand beobachtete sie. Niemand hörte ihnen zu. Davon hatte Millie sich vorher überzeugt.

Deshalb sah auch niemand, wie Harry ihr auf dem Weg zur Tür einen Stoß versetzte und sie ihren Fall gerade noch abfangen konnte, ohne auf dem schwarz-weißen Fußboden zu landen.

Niemand sah den Riss oben an ihrem Ärmel oder den Aufruhr in ihrem Herzen oder die Entschlossenheit in ihrer Miene, als sie das Café verließ – klüger als noch bei ihrem Eintreten.

Aber vor allem wusste niemand, dass Millie eine Schwarze war, die so tat, als wäre sie weiß.

Kapitel 2

Charleston, heute

Harper sah an dem baufälligen Steingebäude in der King Street hinauf und stellte sich vor, wie es zu seinen Glanzzeiten wohl ausgesehen haben mochte. Straßenlaternen warfen ihr Licht auf das ruhige Ende der Straße.

Lucy hakte den Arm um Harpers Ellbogen und schob sie in Richtung Tür. »Komm schon!«, drängte ihre Freundin sie. »Ich weiß, dass es ein schönes Haus ist, aber die Party findet drinnen statt. Du tust gerade so, als wärst du noch nie in Charleston gewesen.«

»Das war ich auch nicht«, gab Harper zu. Obwohl sie sich jetzt fragte, warum sie den Ausflug nicht eher gemacht hatte.

»Wie bitte? Aber die Stadt ist doch genau dein Ding! Ein Ort, der von der Schönheit alles Restaurierten singt.« Lucys lange blonde Locken fielen über ihren knielangen, offenen Cardigan. Über einem schmalen geblümten Rock trug sie den cranberryfarbenen Pullover und das Top mit Spitzenrand, das Harper aus alten Stoffen für sie genäht hatte.

Harper lachte. »Du klingst wie eine Dichterin.«

»Ich bin Künstlerin und Künstler sehen überall Zauberhaftes. Außerdem hatte ich die Wahl zwischen dem Savannah College of Art and Design und Harvard. Und wer kann schon Pralinen widerstehen?« Lucy schüttelte ihre Mähne von den Schultern nach hinten und streckte die Hand nach der Türklinke aus. »Sind wir jetzt so weit?«

»Ja, gehen wir rein.« Harper grinste. »Und du hast recht, was die Pralinen betrifft.« Obwohl Savannah auch abgesehen von den bekannten handgemachten Süßigkeiten von *Savannah's Candy Kitchen* eine Stadt für Träumer war.

Harper hoffte, dass sie sich in den Jahren, in denen sie sich beim Studium mit der Herstellung von Kleidung, mit Entwürfen und kulturellen Trends beschäftigt hatte, endlich das Werkzeug dafür angeeignet hatte, ihre eigenen Träume aus dem Reich der Fantasie zu holen und Wirklichkeit werden zu lassen. Sobald sie ihren Abschluss hatte und ihre Kreationen bei der abschließenden Modenschau des Colleges vorgeführt worden waren, wollte sie ihre eigene Boutique eröffnen. Als Neuling in der Branche brauchte sie Aufmerksamkeit, wenn sie ernst genommen werden und ihre Karriere auf die Beine stellen wollte.

Ja, der Plan – der wundervolle Plan, der als Traum im Herzen eines Mädchens begonnen hatte, das bei der alten Frau in der Pension auf der anderen Seite der Bucht nähen gelernt hatte – wurde endlich verwirklicht. Und es fühlte sich gut an.

Harper folgte ihrer Mitbewohnerin ins Haus. Sie betraten einen großen, weitläufigen Raum, der für den Polterabend dekoriert worden war. Lichterketten hingen zwischen unzähligen glänzenden Ballons von der Decke und ein Banner, auf dem *Mr & Mrs* stand, war über den Geschenketisch drapiert. In großen Gläsern schimmerten Eistee und Bowle und es gab Tischgestecke mit Palmrosen, die dem Blumenschmuck einen typischen Charleston-Touch verliehen.

Die Gastgeber hatten sich selbst übertroffen.

Natürlich kannte Harper niemanden außer der Braut, also Lucys Schwester. Obwohl sie sich nur ein paar Mal begegnet waren, hatte Harper in ihr immer eine verwandte Seele gesehen, also hatte sie sich bei dem Geschenk besondere Mühe gegeben – einer hübschen kleinen Vintage-Jacke, die sie im Secondhandladen gefunden und aufgearbeitet hatte, damit die elfenbeinfarbenen Blumen wie neu aussahen. Sie wagte nicht zu hoffen, dass die Braut das Jäckchen an ihrem Hochzeitstag tragen würde, aber vielleicht war es das perfekte Kleidungsstück für die Flitterwochen.

Harper stöberte leidenschaftlich gerne solche alten Schmuckstücke auf, die kurz davor waren, im Müll zu landen, und hauchte ihnen neues Leben ein. Eine zweite Geschichte.

Sie legte ihr mit Zwirn verschnürtes Päckchen auf den Gabentisch und ließ dann den Blick über die etwa zwanzig Gäste wandern, die schon eingetroffen waren.

Lucy beugte sich zu ihr herüber. »Sieh nicht hin, aber da drüben steht Mr Darcy.«

Harper warf einen beiläufigen Blick zur anderen Seite des Tisches und entdeckte ihn sofort. Mit seinen dunklen, welligen Haaren und dem Outfit aus Button-Down-Hemd und Chinos sah er aus, als wäre er einem Werbeplakat für ein Luxuskaufhaus entsprungen. »Wow. Wo du recht hast …«

»Stimmt doch, oder? Du solltest Hallo sagen. Er sieht gut betucht aus.« Lucy grinste.

»Du weißt doch, dass ich mir nichts aus Geld mache«, erwiderte Harper. Und das meinte sie ernst. Sie wäre glücklicher in einem Einzimmerapartment mit Stoffbergen, die bis zur Decke reichten, als in einem Herrenhaus mit der falschen Person.

»Okay. Und wie ist es damit, dass er aussieht wie die Hauptfigur in der BBC-Serie, die du so gerne guckst?«

Harper lachte. »Das ist natürlich ein Argument. Aber warum redest *du* nicht mit ihm?« Sie fuhr mit den Fingern über die bestickten Ärmel ihres Kleides. Sie war sich nicht sicher gewesen, ob sie es heute tragen sollte, doch morgen würde sie damit vor die Kommission des Colleges treten, die entschied, ob es bei der Modenschau vorgeführt werden sollte. Nachdem sie in den letzten Monaten nächtelang Wiederholungen von den *Gilmore Girls* geguckt und dabei ihre Arbeit immer wieder aufgetrennt hatte, damit die Stickerei am Ende genau richtig war, schien es angemessen, das Kleid heute Abend zu tragen. Es war sozusagen Aschenputtels großer Augenblick. Aber sie würde vorsichtig sein und einen großen Bogen um alles Schokoladige machen.

»Vielleicht mache ich das.« Lucy rückte ihre mit funkelndem

Strass besetzte Kette zurecht und schob sich die Haare hinter die Ohren. »Wie sehe ich aus? Habe ich Lippenstift auf den Zähnen? Und du kommst übrigens mit.«

Harper blickte verstohlen zu Mr Darcy hinüber. Er redete mit jemandem – einem Mann mit Brille und einer Krawatte, die aussah, als hätte sie mit der *Titanic* für immer untergehen sollen.

Sie wollte nicht gemein sein. Er hatte ein freundliches Lächeln und das war auch schon viel wert. Es sagte ihr, dass sie sich keine Sorgen darüber machen musste, er könnte falsch deuten, warum sie zu ihm herüberkam. »Na gut. Dann wollen wir dich mal anpreisen.«

»Und was ist mit dem Lippenstift?« Lucy grinste breit, damit Harper ihre Zähne inspizieren konnte.

»Nichts zu sehen.« Harper schob ihre Freundin vorwärts. »Und jetzt komm. Bevor du deine Chance verpasst.«

Sie gingen um den Gabentisch herum zu den beiden Männern. Harper war so frei, die Unterhaltung zu beginnen, bevor Lucys Nerven mit ihr durchgingen. »Weiß einer von euch, was es mit diesem Haus auf sich hat? Es ist wirklich ein tolles Gebäude.« Etwas heruntergekommen, aber toll.

Mr Darcy grinste seinem intellektuell wirkenden Freund zu. »Mein Cousin Peter kann diese Frage beantworten.« Er sah Lucy an und streckte die Hand aus. »Ich heiße Declan.«

Lucy nannte ihm ihren Namen, nahm seine Hand und warf dann mit einer anmutigen Bewegung ihre langen Locken zurück. Declan schien sofort an der Angel zu hängen. Harper staunte immer darüber, wie ihre Freundin das machte. Declan zögerte einen Moment und wandte sich dann Harper zu, um ihr ebenfalls die Hand zu geben.

»Ich habe mich dazu überreden lassen, das Haus zu kaufen.« Peter nahm seine Brille ab und putzte sie mit dem Saum seines Hemdes, bevor er sie sich wieder auf die Nase setzte. Das Gestell war aus Kunststoff, und obwohl Harper ziemlich sicher war, dass das trendige Modell völlig unbeabsichtigt gewählt worden war, fühlte sie sich unerwartet zu Peter hingezogen, als sie ihm zum ersten Mal in die blaugrünen Augen sah. »Und damit meine ich, dass ich hoffnungslos sentimental bin und man mich reingelegt hat«, fügte er hinzu.

Und reden kann er auch.

Lucy konnte den gut aussehenden Mann haben. Harper interessierte sich mehr für tiefgründige Gespräche. Ganz und gar platonische Gespräche.

»Vor mehreren Jahrzehnten war es mal ein Bekleidungsgeschäft«, sagte Declan. »Stimmt doch, nicht wahr, Peter?«

Harpers Herz schlug schneller. Eine alte Boutique?

Peter nickte. »Ich muss innerhalb von ein paar Monaten unbedingt einen Mieter finden. Besser noch innerhalb der nächsten Wochen. Aber in der Zwischenzeit fand ich, dass es sich gut für diese Feier eignet. Mit der romantischen Geschichte und so.«

Gott hätte sich nicht deutlicher ausdrücken können, wenn er ein Banner aus den Wolken hätte hängen lassen. Das hier war Harpers nächster Schritt. Sie konnte es bis auf die Knochen spüren. Dass sie heute Abend nach Charleston gekommen war, dass Lucys Schwester sie eingeladen hatte – das alles hatte einen Grund, einen tieferen Sinn.

Bis Peter den Laden so weit hatte, dass er vermietet werden konnte, würde sie alle Voraussetzungen erfüllen. Sie würde mit ihren Kleidern bei der Modenschau dabei sein und noch ein bisschen mehr Geld sparen und ihren Abschluss machen und sich eine Grundausstattung für den Laden zulegen …

Harper warf einen Blick zu Lucy hinüber, um zu sehen, ob ihre Freundin auch erkannte, wie perfekt diese Immobilie zu ihren lang gehegten Plänen passte. Doch Lucy war zu sehr damit beschäftigt, Mr Darcy schöne Augen zu machen, um irgendwas zu bemerken. Harper würde sie später einweihen. Sie und Declan unterhielten sich gerade über das Brautpaar, also würde Harper sie erst mal ein wenig ungestört reden lassen.

»Du magst also alte Gebäude?«, fragte sie Peter und verschränkte die Arme, sorgfältig darauf bedacht, die feinen Nähte ihres Kleides nicht zu überdehnen.

Er sah sie neugierig an. »Ich habe mich immer für die Geschichten hinter den Mauern interessiert. Ich glaube, das hängt vor allem mit meiner eigenen Familiengeschichte zusammen. Meine Mutter, sie … äh …« Er rieb sich mit zwei Fingern über die Schläfe. »Sie ist vor neun Jahren gestorben. Und mein Stiefvater hat damals ein paar Dinge weggegeben, die ihm nicht gehörten. Erbstücke meiner Mom.«

»Das tut mir wirklich leid.« Harper seufzte. Sollte sie ihm sagen, dass sie wusste, wie es war, die Mutter zu verlieren?

Peter sah ihr in die Augen. »Danke.«

»Dann bist du auf der Suche nach diesen Erbstücken?« Harper fuhr gedankenverloren mit dem Daumen über die Verzierungen ihres Kleids.

»Ja, genau. Das Problem ist, dass ich nicht weiß, wonach ich suche. Die Sachen waren in einer Schatulle meiner Mutter und ich habe mir erst Gedanken darüber gemacht, als das Kästchen nicht mehr da war.«

Harper wollte sich an den Tisch lehnen, doch dabei verhakte sich einer der kleinen Geschenkanhänger an den Päckchen in einer der Stickereien. Panik jagte durch Harpers Adern. *Sie durfte das Kleid nicht beschädigen, sie durfte das Kleid nicht beschädigen, sie durfte –*

Peter trat zu ihr und streckte die Hand aus, um ihr zu helfen.

Harpers verzweifelter Blick begegnete seinem. Sie holte tief Luft. »Ich hätte dieses Kleid niemals anziehen dürfen. Es ist eine Abschlussarbeit, die morgen benotet wird.«

»Morgen? Das klingt stressig.« Peter hielt das Pappschildchen fest, während Harper vorsichtig ihr Kleid davon löste. Einen kurzen Augenblick lang berührten sich ihre Finger und ein Hauch von etwas Warmem wanderte bis zu ihrem Herzen. Was für eine merkwürdige Empfindung, fast wie das Gefühl, nach Hause zu kommen.

Er beugte sich weiter vor, um den Stoff zu begutachten. »Ich glaube, es ist nichts kaputt.«

Harper befreite den letzten Faden und atmete erleichtert auf. »Ich studiere Modedesign und träume davon, meinen eigenen Laden zu führen.«

»Wirklich? Wie spannend!«, sagte Peter. Er befestigte den Anhänger wieder an dem Geschenk und trat einen Schritt zurück, stand aber trotzdem immer noch näher als vorher, was Harper innerlich seltsam aufwühlte. Peter war groß – das war ihr bislang gar nicht aufgefallen.

Sie hielt den Blick unverwandt auf seine Augen gerichtet. »Na ja, wahrscheinlich ist das ein alberner Traum. Die meisten Leute würden ihn für so gut wie unmöglich halten. Aber was ist schon reizvoll daran, nur das zu machen, was möglich ist?«

Ein Lächeln zog Peters Mundwinkel nach oben. »Da würde ich dir allerdings zustimmen.«

Auf der anderen Seite des Raumes hob die Brautjungfer ein Glas und sagte etwas, aber Harper hörte nur das Pochen ihres eigenen Herzschlags und Peters Worte, die in ihren Gedanken widerhallten: »*Ich habe mich immer für die Geschichten hinter den Mauern interessiert.*«

Genau, Peter. Ich auch.

Wenn diese Räumlichkeiten bereit für die Vermietung waren und sie ihre Entwürfe erfolgreich bei der Modenschau präsentiert hatte, würde Harper ihn anrufen. Charleston war nicht sehr weit von Savannah entfernt und vielleicht der perfekte Ort für ihr Geschäft.

Und danach … mal sehen, was dann geschah.

☙

Harper verlagerte ihr Gewicht von einem Kitten-Heel-Absatz auf den anderen, während sie vor dem Büro ihrer Fachbereichsleiterin wartete. Die Worte ihres Vaters von damals hatten noch immer die gleiche Macht wie an dem Abend, als sie ihm gebeichtet hatte, dass sie zum Savannah College of Art and Design gehen wollte – obwohl sie weder das Einkommen noch das Vermögen dafür hatten.

»Egal, wie lange es dauert, Harper Rae – wenn dein großer Jubilee-Fischzug kommt, dann muss dein Netz bereit sein.«

Jubilee, so nannte man das Naturphänomen, bei dem wie aus dem Nichts Unmengen an Fischen, Krebsen und Krabben in der Mobile Bay auftauchten – ein Fest für die ortsansässigen Fischer.

Und jetzt stand Harper hier. So viele Hindernisse hatte sie auf ihrem Weg überwunden. Daddy würde unglaublich stolz sein, wenn sie ihn in ein paar Stunden anrief und ihm berichtete, dass sie ihr Studium erfolgreich absolviert hatte und ihr Examensstück bei der Abschluss-Modenschau präsentiert werden würde. Die ersten Noten in ihrem letzten Studienjahr waren nicht so gut gewesen, aber sie hatte alles durchgerechnet und war zuversichtlich, dass dieses Kleid eine Einsernote verdient hatte. Und das bedeutete, dass sie im Durchschnitt immer noch eine Zwei bekommen konnte. Der holprige Anfang hatte sie zu besseren Leistungen angespornt.

Harper drückte das aufwendig gearbeitete Kleid an ihre Brust und stieß einen leisen Seufzer aus. Ja, sie konnte alles noch ausgleichen. Sie hatte fleißig gearbeitet und würde jetzt dafür belohnt werden.

Harper fuhr mit dem Zeigefinger über die Stickerei am Kragen des Kleides – auch die hatte sie mehrmals neu gemacht, weil die Stiche ihr nicht ordentlich genug gewesen waren.

Eine Studentin, die sie aus dem Modeästhetik-Kurs kannte, kam durch die Tür und schüttelte den Kopf in Harpers Richtung.

»Nicht so toll gelaufen?«, flüsterte Harper.

Mit blassem Gesicht presste die junge Frau den Kleiderbeutel in ihren Armen fester an sich und eilte dann die Treppe hinunter.

Harper holte tief Luft. Alles würde gut werden. Sie hatte jahrelang auf diesen Augenblick hingearbeitet, in ihrer Freizeit in einem Café gejobbt und sich Stunden um Stunden YouTube-Anleitungen angesehen. Ganz zu schweigen von all den attraktiven Männern, denen sie eine Abfuhr erteilt hatte, um keine Ablenkung zu riskieren.

Okay, *so* viele waren es nun auch wieder nicht gewesen und allzu gut hatten sie auch nicht ausgesehen. Aber trotzdem.

Harper wusste, was sie tat. Sie hatte mehr als genug Erfahrung, sowohl, was ihr Fachwissen betraf, als auch sonst. Sie war ein selbstbewusster Mensch. Eine selbstbewusste Künstlerin.

Und doch rumorte ihr Magen wie das Meer in einem aufkommenden Sturm. Sie schluckte, umklammerte das Kleid noch ein wenig fester mit ihren schwitzigen Fingern und betrat das Büro, bevor sie der Mut noch ganz im Stich ließ.

Ihre Fachbereichsleiterin blickte auf. Sie trug eine dicke Perlenkette, die aussah, als wäre sie ziemlich schwer. »Harper.« Die Frau nickte und ging mit ihrem Bleistift eine Liste der Studierenden entlang. Sie machte einen Haken in ein Kästchen. »Dann zeigen Sie mal, was Sie da haben.«

Harper legte ihr Kleid vorsichtig auf den Schreibtisch. Monate – eigentlich sogar Jahre – Arbeit steckten darin und sollten jetzt in wenigen Sekunden beurteilt werden.

Die Dozentin griff nach dem Kleid, betrachtete die Stickereien und die Organzalagen des Rocks und begutachtete die Nähte. Währenddessen konnte Harper die Hände kaum still halten, so sehr juckte es sie in den Fingern, ihr Kleid wieder an sich zu nehmen.

Was, wenn …?

Denk nicht an die Folgen. Du wirst es in die Modenschau schaffen. Dies wird dein Durchbruch sein. Und dann wirst du deine Boutique bekommen, vielleicht irgendwann nächstes Jahr. All die Opfer, die Daddy gebracht hat, damit du aufs College gehen kannst, werden sich auszahlen und du wirst nie mehr an deinen Fähigkeiten zweifeln, weil du einen Abschluss vom Savannah College of Art and Design haben wirst –

»Sie wollen das Kleid für die Modenschau einreichen, richtig?«
Die Frau legte das Kleid wieder auf den Tisch.

Harper nickte schwach.

Ihre Fachbereichsleiterin fuhr fort: »Dieses Stück sieht aus wie etwas, was ich praktisch überall bekommen kann. Ordentlich. Aber nichts Besonderes.« Sie legte den Bleistift hin und nahm ihre lilafarbene Brille ab. »Es tut mir leid, aber ich habe meine Zweifel, ob Sie die nötige Vision für den harten Wettbewerb haben.«

»Sie meinen die Abschlussschau?« Harper konnte kaum atmen.

»Ja … aber auch die Modebranche generell. Es ist ein schwieriger Markt, selbst für jemanden, der genau weiß, wo er hinwill. So wie ich das sehe, sind Sie zu bemüht, zu viele Dinge auf einmal zu sein. Sie müssen sich für eine Sache entscheiden, *Ihre* Sache, und die gut machen.« Die Leiterin zeigte auf die in verschiedenen Farben gehaltenen Stickereien und den Muschelsaum des Kleides. »Das hier zum Beispiel. Diese Elemente vermitteln den Eindruck, dass Sie zu viel wollen. Ich muss mehr Kohäsion in dem Stück sehen.«

»Mehr Kohäsion?« Harpers Gedanken überschlugen sich. Aber es war ihr doch genau darum gegangen, möglichst viel Verspieltheit und Fantasie einfließen zu lassen. Sah ihre Dozentin das nicht oder war das Gegenteil der Fall – hatte sie recht? Hatte Harper die Augen vor der Wirklichkeit verschlossen?

»Vielleicht sollten Sie Alternativen in Erwägung ziehen.«

Die Möglichkeit, dass diese Frau mit ihrer Einschätzung richtiglag und Harper die letzten zehn Jahre ihres Lebens dem falschen Traum hinterhergelaufen war, traf sie mit der Wucht eines Hammers und hinterließ eine Leere in ihr, wo vorher die Hoffnung gelebt hatte.

Aber jetzt ergab alles einen Sinn. Dass sie doppelt so fleißig und lange hatte arbeiten müssen wie ihre Kommilitoninnen. Die Ehrfurcht, die sie empfand, wenn sie ein schönes Kleid berührte und tief in ihrem Innern wusste, dass sie etwas so Schönes niemals selbst nähen könnte. Der Traum, der sie antrieb, war so flüchtig geworden wie ein Regenbogen und war ebenso unerreichbar.

Wie dumm sie gewesen war. So fröhlich und naiv.

Harper wusste nicht, was sie sagen oder tun sollte. Winzige schwarze Punkte trübten ihren Blick und sie fürchtete, jeden Moment ohnmächtig zu werden.

Sie griff nach dem Kleid und nickte.

Ein Nicken reichte doch, oder? Ihre Dozentin würde das verstehen. Denn Worte … die hatte sie in diesem Augenblick einfach nicht. Sie stand auf, um zu gehen.

Die Frau zeigte mit der Brille in Harpers Richtung. »Nehmen Sie es nicht persönlich. Manche Menschen sind für diesen Beruf einfach nicht geschaffen. Entschuldigen Sie, dass ich so offen spreche, aber ich will nicht, dass Sie Ihre Zeit damit verschwenden, etwas zu tun, das nicht zu Ihnen passt.«

Nein, das wollen wir natürlich nicht.

ଓଃ

Zu untröstlich, um zu weinen, und zu enttäuscht, um noch weiter zu träumen, ertappte Harper sich wenig später dabei, wie sie an einem Stand an der River Street geistesabwesend für ein Sandwich bezahlte, das sie eigentlich gar nicht wollte.

Sie setzte sich auf eine Bank mit Blick aufs Wasser und wickelte das belegte Toastbrot aus seiner Papierverpackung. Ihre Hände zitterten und sie hatte das Gefühl, nur noch eine Hülle zu sein – völlig ausgehöhlt.

Zehn Jahre voller Näharbeiten und ständigem Lernen für diesen Abschluss.

Ihre Hartnäckigkeit, die sie immer als wertvolle Eigenschaft betrachtet hatte, schien sie blind gemacht zu haben für ihre eigene Demütigung. Und so hatte sie die ganze Zeit weitergemacht und geglaubt, wenn sie sich nur genug anstrengte, wenn sie nur nicht aufgab, dann würde sie es schaffen. Sie würde einer dieser seltenen Menschen sein, die ihren Traum verwirklichten.

Harper wischte die Sandwichkrümel von ihrem Schoß, während ein kleines Mädchen anfing, im Park Rad zu schlagen.

So viel zu Charleston. So viel zu ihrem Bekleidungsladen und Peter als Vermieter. So viel zu all den Plänen, die sie für die Zukunft geschmiedet hatte. All das, das ganze Alles-auf-eine-Karte-Klischee, war auf einem einzigen Ziel aufgebaut gewesen.

Und jetzt konnte sie nur noch an eines denken, an das Einzige, was noch einen Sinn ergab: Sie musste hier weg. Ihre Sachen packen und gehen. Bevor sie sich noch lächerlicher machte – eine Gescheiterte, die einem viel zu großen Traum hinterhergejagt war.

Kapitel 3

Charleston, 1946

»Geh und hol deinen Hut, Millie – dein Onkel holt uns gleich ab.«

»Ich komme gleich, Mama!«, rief Millie. Sie unterdrückte ein Stöhnen, während sie eilig die letzten Stiche machte, um den Riss oben an ihrem Ärmel zu flicken. Dann setzte sie ihren runden roten Hut auf und steckte ihn mit den Haarnadeln fest. Das Wetter war traumhaft, und am Straßenrand zu sitzen und ihrer Tante dabei zuzusehen, wie sie Mariengras flocht, war das Letzte, wozu Millie Lust hatte.

Aber für Mama würde sie es tun und sich ihren Unmut nicht anmerken lassen.

Millie warf einen eindringlichen Blick in den Spiegel.

Das ist für Mama.

Vielleicht würde es ihre Einstellung ja ändern, wenn sie es nur oft genug wiederholte. Bis jetzt funktionierte es noch nicht.

In der Auffahrt hupte es zwei Mal, ein Zeichen dafür, dass Onkel Clyde hier war. Millie kniff etwas Farbe in ihre Wangen, rückte die Taille ihres ausgeblichenen Sommerkleids gerade und ging zur Haustür, wo ihre Mutter nicht gerade sehr geduldig wartete.

Mama musterte sie. »Träge wie Melasse, aber wenigstens ist das Ergebnis sehenswert.« Sie zwinkerte auf ihre einzigartige Weise und schob Millie förmlich durch die Tür.

Eine Stunde später knatterte Onkel Clydes Wagen die Autostraße hinunter zu den Ständen, die die Anwohner am Rand ihrer Grundstücke errichtet hatten. Als er bei Tante Beas Haus ankam, bog er in die Auffahrt ein und musste dabei sehr aufpassen, sie nicht zu überfahren. Sie hatte ihren Stand verdammt nah an der Straße aufgebaut.

Mama mag es nicht, wenn du Wörter wie »verdammt« benutzt …

Aber sie zu denken, war nicht dasselbe, wie sie auszusprechen. Selbstbeherrschung zählte doch sicherlich auch, oder?

Onkel Clyde richtete seine Hosenträger, schlug die Wagentür auf seiner Seite zu und streckte die Hand nach Millies Türgriff aus. Immer gute Manieren. Kein Wunder, dass er immer Grandma Ashleys Liebling gewesen war. Deswegen und aufgrund der Tatsache, dass er geboren worden war, als sie jung war. Grandma sagte immer, Mama sei ein Überraschungskind gewesen, und wenn Millie sie gefragt hatte, mit wie viel Jahren sie schwanger geworden war, hatte Grandma nur gesagt, dass sie Millies Uroma sein könnte – aber sie solle aufhören, solche Fragen zu stellen.

»Wenn man alt genug ist, muss man nicht mehr daran erinnert werden, wo man im Leben schon stehen könnte«, hatte sie gesagt.

Oh, ihre Großmutter hätte niemals zugegeben, Clyde in irgendeiner Weise bevorzugt zu haben. Aber Millie erinnerte sich genau daran, wie sie auf ihrem Sterbebett vor ein paar Jahren unaufhörlich davon gesprochen hatte, dass Onkel Clyde innerlich wie äußerlich genauso sei wie ihre eigene Mutter, Rose. Und ein größeres Kompliment konnte es ja wohl kaum geben. Außerdem hatte sie Onkel Clyde immer ein Sesamplätzchen mehr zugesteckt. Sie glaubte vielleicht, niemand hätte es bemerkt, aber Millie hatte es genau beobachtet.

Millie stieg aus dem Wagen und strich ihr Kleid mit den Händen glatt.

»Millicent! Komm her, Kleines.«

Tante Bea nannte sie immer so.

Millie war *sechzehn!* Alt genug, um zu heiraten, sollte es sich ergeben. Nicht, dass sie jemanden in Aussicht hatte oder überhaupt sicher war, das zu wollen, aber darum ging es nicht. Es ging darum, dass sie ganz bestimmt nicht mehr klein war.

Trotzdem gehorchte Millie. Sie hakte sich bei Mama unter und ging zu Tante Beas Stand, während Onkel Clyde – klug, wie er war – im Haus verschwand.

Tante Bea hielt einen halb fertigen Korb aus Mariengras in einer Hand und schaffte es, Millie mit dem anderen Arm so fest zu drücken, dass sie fast keine Luft mehr bekam. Millie stellte sich vor, wie ihre Tante wohl reagieren würde, wenn sie ihre rebellischen Gedanken lesen könnte.

»Setzt euch, setzt euch.« Tante Bea zeigte auf die Holzstühle, die sie zur Grundstücksgrenze geschleppt hatte. Der kleine Stand war beladen mit ihren Portemonnaies, Fächern, Babytragekörben und allen möglichen anderen Körben in den unterschiedlichsten Größen. Tante Bea hatte eine Gabe, etwas zu sehen, wo andere Menschen nichts sahen. Sie verwob das duftende Gras mit langen Kiefernnadeln und erschuf damit kunstvolle, wunderschöne Muster.

Millie und Mama setzten sich.

»Ich will euch mal zeigen, woran ich gearbeitet habe. Gestern ist es fertig geworden.« Tante Bea zog eine große geflochtene Schachtel unter dem Tisch hervor und brauchte beide Hände, um sie hochzuheben.

Mama griff danach und sog scharf die Luft ein, als Tante Bea den Deckel abnahm. In ihren Augen leuchtete Erstaunen auf.

Millie erhob sich von ihrem Stuhl, um besser in die Schachtel schauen zu können.

Hm. Ein Mädchenkleid?

Mama nahm das kleine Sommerkleid aus dem Flechtkorb, als wäre sie im Begriff, ihre beste Leinenwäsche zum Trocknen aufzuhängen. Ihre Hände fingen an zu beben, während Tante Bea zu weinen begann, und Millie runzelte die Stirn. Sie wusste nicht, was so traurig war.

Mama streichelte den Stoff eine Weile und sah dann Millie an. »Dieses Kleid hat einmal deiner Grandma Ashley gehört. Es ist ein Familienerbstück. Ihre eigene Mutter hat es ihr gegeben …« Mamas Worte blieben ihr im Hals stecken, als würde die Erinnerung festkleben. Sie sah Tante Bea an, weil sie selbst den Rest nicht über die Lippen brachte.

Die nahm auf ihrem Stuhl Platz und stieß dann den hölzernen Griff ihres Löffels in das Muster, an dem sie gerade arbeitete. »… an dem Morgen, an dem sie verkauft wurde. Grandmama Rose hat Ashley nie wiedergesehen, Gott hab sie selig.«

Millie saß reglos da. Sie hatte diese Geschichte über ihre Grandma Ashley und Rose schon häufiger gehört, aber das Kleid zu sehen … Das war etwas anderes. Der Stoff dieses Kleidungsstücks hatte eine Geschichte, so ähnlich wie die Körbe.

Millie stellte sich vor, wie ihre Großmutter als Kind ausgesehen haben musste, als sie dieses Kleid getragen und Körbe geflochten hatte. Und sie stellte sich ihre Urgroßmutter vor. Hatten sie damals auch alte Löffel für ihre Arbeiten aus Mariengras benutzt, so wie Tante Bea? Hatten sie auch Hornhaut an den Fingern gehabt von den scharfen Kanten der Grashalme? Und was war geschehen, als Grandma Ashley aus dem Kleid herausgewachsen war?

Tante Bea sagte immer, dass Kinder das Korbflechten erlernen sollten, weil die Körbe wichtige Geschichten aus der Vergangenheit erzählten. Als die Straße vor ihrem Haus geteert worden war, hätte man meinen können, es wäre Weihnachten, so wie Tante Bea reagiert hatte. Sie war sicher, dass die Straße mehr Touristen herbringen würde, und das bedeutete mehr Kunden und das wiederum bedeutete – natürlich – mehr Graskörbe.

Und so ungern Millie auch ihren Samstagnachmittag geopfert hatte, um am Straßenrand zu sitzen, fand sie es nun doch faszinierend, ihrer Tante zuzusehen. Hin und her wob Tante Bea die Halme und füllte die Zwischenräume mit einer Fertigkeit, die dafür sorgte, dass ihre Körbe viele Generationen überdauern würden. Sie flocht Körbe, die in den nächsten hundert Jahren oder noch länger mit Essen und Pflanzen und Kleidern gefüllt werden würden – also eigentlich ebenfalls mit Geschichten, wenn man es genau nahm.

Mama legte das kleine Kleid wieder in die Korbschachtel und

schloss den Deckel, als könnte sie den Anblick nicht länger ertragen.

Tante Bea drückte Mamas Hand ganz fest, bevor sie den großen Korb hochhob, den sie bei Millies Ankunft in der Hand gehabt hatte. »Willst du es mal versuchen?«, fragte sie Millie. »Du erinnerst dich doch noch daran, wie ich es dir beigebracht habe, oder?«

Millie streckte die Hände nach dem Korb aus. Sie hatte vergessen, wie süß das Gras duftete. Lange Halme ragten spitz aus dem Korb heraus und Millie stach den Löffelstiel durch die Öffnung, durch die das Gras gezogen werden musste.

Es war gar kein so großer Unterschied zum Nähen von Kleidern.

Sie hörte ein Auto näher kommen, beachtete es aber nicht. Sicher eine Kundin, die auf der Durchreise war. Tante Bea würde die Geschichten hinter den Körben erzählen, so, wie sie es immer tat, und die Kundin würde etwas kaufen, unweigerlich entzückt, und dann würden sie die entsprechende Geschichte miteinander teilen.

»*Du siehst, wie es funktioniert, oder?*«, hatte Tante Bea Millie schon oft gefragt.

Millie hörte Schritte, blickte aber nicht von dem Korb auf. Sie wusste, dass Tante Bea die Geschichte viel besser erzählen konnte.

Aber die Person blieb direkt vor ihr stehen.

»Millicent.« Seine Stimme jagte ihr einen Schauer über den Rücken.

Millie blickte auf. Harry trug dasselbe selbstbewusste – oder eingebildete? – Grinsen im Gesicht wie bei ihrer ersten Begegnung, nur war sein Lächeln diesmal ein Schatten seiner selbst, während er sie und ihre Umgebung musterte. »Na, was für eine Augenweide«, sagte er.

Auch ohne sie anzusehen, spürte Millie, dass ihre Mutter erstarrte.

Harry streckte die Hand aus und berührte die Spitze des Grashalms, der aus Millies Korb ragte. Dann deutete er mit dem Kinn zu seinem Wagen. »Meine Mutter ist auf der Suche nach einem neuen Brotkorb und besteht darauf, so einen zu kaufen, wie meine Großmutter ihn vor dem Krieg hatte.« Harry räusperte sich und reckte die Nase in die Luft, während er sich die Körbe am Verkaufsstand ansah. Er hob hier einen Deckel hoch und berührte dort einen Griff, ohne die Zeit oder die Liebe zu würdigen, die Tante Bea in ihr Handwerk gesteckt hatte. Millie hätte ihm am liebsten einen Kinnhaken versetzt. Und wenn Mama nicht dort gestanden und zugesehen hätte …

Harry verschränkte die Arme vor der Brust und straffte die Schultern. »Hier gibt es nichts, was ich gebrauchen kann.« Sein Blick war auf Millie gerichtet, als er das sagte, und ihr Magen hob sich. »Aber schön zu sehen, dass du einen Ort gefunden hast, an den du gehörst, Millicent.«

Dann ging er zu seinem Automobil zurück und seine Gestalt wurde immer kleiner.

Und in diesem Augenblick schwor Millie sich, dass sie nie wieder jemandem wie Harry einen zweiten Blick schenken würde – auch wenn es bedeutete, dass sie schreien oder weglaufen oder nach Harlem ziehen musste.

Kapitel 4

Am nächsten Morgen stand Harper unschlüssig vor ihrem Lieblingssecondhandladen in der Innenstadt von Savannah. Sie hielt ihr Kleid überm Arm, neben sich zwei Kästen mit Blumen, deren Wurzeln die Kälte des Winters überlebt hatten und nun wieder austrieben. Louisianamoos tropfte von den Eichen über ihr auf den Gehweg.

Harpers Herz hatte angefangen zu kribbeln wie ein Fuß, der eingeschlafen ist.

Wollte sie das wirklich tun? Wollte sie wirklich das Kleid verkaufen, das all ihre Arbeit und ihre Träume verkörperte – das Kleid, das ihre Fachbereichsleiterin als »ordentlich« bezeichnet hatte, ohne mit der Wimper zu zucken?

Ordentlich. Das Wort schmeckte wie ein Becher Tee, der zu lange gezogen hatte.

Harper streckte die Hand nach dem Türgriff aus, zögerte dann aber wieder. Das vernichtende Urteil über ihre Pläne hallte in ihrem Kopf wider wie ein quälendes Murmeln. Sie zog den Saum ihrer Lieblingsstrickjacke gerade, der von dem Kleid auf ihrem Arm verdeckt wurde – sie hatte einen graublauen Farbton, wie Wolken kurz vor einem kräftigen Regen.

Harper gab sich einen Ruck und betrat erhobenen Hauptes den Laden; dabei musste sie aufpassen, dass ihr Kleid nicht an der alten Backsteinmauer hängen blieb.

»Willkommen!« Die Frau, die in dem Shop arbeitete, war gerade dabei, einige Ketten mit Edelsteinen auf einer Samtunterlage zu arrangieren. Sie hieß Olivia, wenn Harper sich richtig erinnerte. »Oh, die Schuhe sind toll!« Sie zeigte auf die Schleife an Harpers vorn geschlossenen rosafarbenen Pumps.

»Danke.« Harper drückte das Kleid fester an sich. Sie hatte den Pullover und die Pumps mit einem Rock im Blumenmuster kombiniert, in der Hoffnung, dass es ihre Laune heben würde, eines ihrer liebsten Outfits zu tragen. Andere wurden bei Eis oder Schokolade schwach, Harper bei Vintage-Schuhen.

Olivia bückte sich, um einen Stapel ausgeblichener Shirts mit Printmotiven zurechtzuziehen, bevor sie zum Tresen ging. »Haben Sie mir etwas mitgebracht?«

Harper legte das Kleid auf den Tresen. Ein Faden blieb an einem Knopf ihrer Jacke hängen. Sie zog vorsichtig daran, aber er wollte sich nicht lösen und sie musste den Knopf aufmachen, um den Faden zu befreien.

»Das ist aber schön.« Olivia streckte die Hände nach dem Kleid aus. »Was ist denn das für eine Marke?«

»Es hat keine.« Harper ließ den Blick über die flackernden Kerzen und über die Kleider an den umstehenden Ständern wandern, die aus alten oder auf alt gemachten Stoffen gefertigt waren. Das ganz eigene Aroma dieses Ladens – ein Hauch vom Staub des alten Gemäuers, der Espressoduft, der vom Café nebenan herüberzog, und der Geruch fabrikneuer Schuhe, alles zusammen. Mit einem Mal war Harper zugleich beruhigt und kribbelig vor Freude, beides ausgelöst von dem schrecklich trügerischen Gefühl hierherzugehören.

Sie war schon so oft auf dieses Gefühl hereingefallen.

»Jemand hat es selbst genäht«, fügte sie hinzu.

Olivia hielt das Kleid etwas höher. »Das ist wirklich umwerfend. Warum verkaufen Sie ein so einzigartiges Stück?«

Harper schob die Hände in ihre Rocktaschen und holte tief Luft. »Es passt mir nicht mehr.«

Sie dachte an all die Kleider um sie herum, an die Frauen, die diese Stoffe getragen und teils vielleicht selbst die Nähte zusammengefügt hatten. Sie dachte an ihre Geschichten und fragte sich, warum diese Kleider ihnen auch nicht mehr passten.

»Ich kann Ihnen einen Gutschein über achtzig Dollar für den Laden geben – wie klingt das?«

Harper nickte. »Gern.«

Sie drehte sich auf dem Absatz um und griff nach einem pflaumenfarbenen Samtkleid, das aussah, als stamme es aus den Vierzigerjahren. Harpers Finger fuhren über den Stoff und sie fragte sich einen Moment lang, ob die Fachbereichsleiterin sich vielleicht doch irrte – denn sie kannte sich aus mit Stoffen und Stickereien und hatte jahrelang geübt. Sie hatte jeden Modetrend des letzten Jahrhunderts studiert und Modelle gezeichnet, von Audrey Hepburns kleinem Schwarzen bis zu Coco Chanels Bundfaltenhose. Wann immer sie die Gelegenheit und den richtigen Stoff fand, machte sie sich ans Werk. Wurde kreativ. Und ihr Herz summte im Takt ihrer Nähmaschine.

Harper nahm den Bügel vom Ständer, um sich das Kleid genauer anzusehen.

»Hübsch, oder?« Olivia ging in die Hocke, um weiteren Schmuck in einem der unteren Regale auszulegen. Sie zeigte auf das Samtkleid, während mehrere Smaragdketten an ihrer Hand baumelten. »Das ist aus den Vierzigern. Ich habe den Schnitt des Originalkleides so gelassen – die Form schien mir immer noch modisch. Ich habe nur die Rüschen an der Brust und an den Ärmeln verstärkt.«

»Zeitlos.« Harper fuhr mit dem Daumen über den Samt und schob den Bügel dann wieder zwischen die anderen. Auf keinen Fall durfte sie dreihundert Dollar für ein Kleid ausgeben. Schon gar nicht heute.

Wem wollte sie eigentlich etwas vormachen? Sie würde nie Kleider nähen, die so schön waren wie diese hier.

Olivia erhob sich und trat dann ein wenig auf der Stelle. Ihre Oberschenkel mussten brennen, nachdem sie so lange in der Hocke gewesen war. Sie trug schwarze Leggings unter einer asymmetrischen Tunika und hatte die Haare zu einem unordentlichen Knoten hochgesteckt. »Wir haben hinten Schuhe, die runtergesetzt sind. Da ist ein Paar dabei, das Ihnen gefallen könnte. Dunkelblau mit Strass. Und sie sind wirklich alt.«

»Schon überzeugt.« Harper zog an dem Schal um ihren Hals und begab sich in den hinteren Bereich des Ladens.

Als sie die Schuhe fand, war es Liebe auf den ersten Blick. Sie nahm den Karton, bevor sie es sich anders überlegen konnte – ein Schnäppchen, nicht wahr? –, und ging zur Kasse.

Olivia zog den Karton über den Scanner und blickte dann aus dem Fenster, während die Kasse arbeitete. »Schön draußen, oder? Wohnen Sie in der Nähe? Ich habe das Gefühl, dass Sie regelmäßig hier sind.«

Harper warf einen Blick über ihre Schulter, um ebenfalls hinauszusehen. Sonnenlicht schien zwischen den Ästen hindurch auf den Gehweg und auf der anderen Straßenseite spielten Kinder. »Das war ich.« Sie schob ihre Bankkarte in das Lesegerät, wartete und tippte dabei mit der Schuhspitze auf den Fliesenboden. »Ich ziehe heute um.«

»Ach ja?« Olivia nahm eine Papiertüte und schlug sie auf. »Wohin denn?«

Hoffnung mischte sich auf höchst unerwartete Weise mit Verzweiflung. Harper lächelte – nicht, weil sie besonders glücklich war, aber was sollte sie sonst tun? »Mal sehen.«

Olivia zögerte einen Moment und schob sich dann eine lose Haarsträhne hinters Ohr, während sie den Kopf schüttelte. »Das klingt nach einem Abenteuer. Wenigstens haben Sie jetzt die passenden Schuhe dafür.«

Noch ein paar Therapieschuhe für meine Sammlung.

Harper griff nach der Tüte, verabschiedete sich und wandte der Kasse den Rücken zu. Dann atmete sie noch einmal tief den Duft des Ladens ein, in der Hoffnung, dass er ihr Kraft geben würde, dass sie sich irgendwie daran erinnern und in Gedanken zurückkommen konnte in den nächsten Nächten, wenn sie sich fragte, was in aller Welt sie sich die ganze Zeit gedacht hatte.

Denn wirklich – was in aller Welt *dachte* sie sich?

⇛

Den restlichen Tag verbrachte Harper als Touristin in Savannah, denn genau so betrachtete sie sich jetzt – als eine Frau auf der Durchreise. Sie hatte das sichere Gefühl, dass ihre Zeit hier zu Ende war, auch wenn es sie traurig machte, es sich einzugestehen.

Zuerst machte sie eine Stadtrundfahrt und lernte dabei erstaunlich viel über die Geschichte der Stadt. Dann schlenderte sie die River Street hinunter, sah in der *Candy Kitchen* die Toffeemasse durch die alten Bonbonmaschinen laufen und holte sich bei *Leopold* ein Eis, bevor sie ihre neuen Schuhe in die Wohnung brachte, die sie sich mit Lucy teilte. Ihre Freundin war für die nächsten zwei Tage verreist, also blieb es Harper wenigstens erspart, Lucy von Angesicht zu Angesicht von der Blamage zu erzählen, zu der ihre tollen Pläne geführt hatten.

Aber es gab einen Anruf, den sie nicht länger aufschieben konnte.

Wieder im Freien spannte Harper ihren Regenschirm mit Polka-Dots-Muster auf, weil ein leichter Nieselregen einsetzte, und machte es sich auf einer Bank bequem – sie schlug die Beine übereinander und trank einen Schluck aus ihrem Thermobecher mit gesüßtem Pfefferminztee, den sie in der anderen Hand hielt. Vor ihr erstreckte sich der Forsyth Park in seiner ganzen Herrlichkeit. Sie betrachtete die imposanten Eichen und fragte sich, warum diese Bäume so wenig Mühe hatten, sich so fest zu verwurzeln.

Die letzten gedämpften Sonnenstrahlen stahlen sich durch die Wolkendecke und die Straßenlaternen gingen flackernd an.

Harper stellte ihren Tee auf die Bank und entsperrte ihr Handy genau in dem Moment, als es anfing zu klingeln. »Dad« erschien auf dem Display. Als hätte sie ihn durch den bloßen Gedanken an ihn dazu gebracht, sich bei ihr zu melden. Sie holte tief Luft, während ein paar einzelne Regentropfen ihren Knöchel hinunter in Richtung Schuh kullerten.

»Hallo, Liebling, wie ist es gelaufen? Ich warte schon den ganzen Tag!« Er sprach, als bestünde keinerlei Zweifel. Als wäre es selbstverständlich für ihn, dass sie Erfolg gehabt haben musste.

Harper umklammerte den Griff ihres Schirms ein wenig fester. »Ich fürchte, meine Neuigkeiten sind nicht sehr erfreulich.«

Lange war es still in der Leitung. Harper hatte nicht das Bedürfnis, das Schweigen zu brechen. Ihr Vater würde hören, was sie alles nicht aussprach, so wie immer, und das Wissen, dass sie nicht mehr zu sagen brauchte, brachte ein plötzliches Gefühl der Erleichterung mit sich.

»Ich ziehe morgen aus Savannah weg«, brachte sie schließlich heraus. »Es tut mir leid, Daddy.« Sie schloss die Augen und biss sich auf die Unterlippe. Das Herz tat ihr weh vor Enttäuschung. Noch vor wenigen Stunden war sie so unendlich zuversichtlich gewesen.

»Harper Rae, dir muss überhaupt nichts leidtun. Nur, dass du so hart zu dir selbst bist.«

»Ich war so dumm, dein Geld für ein wahnsinnig teures College auszugeben.« Sie öffnete die Augen wieder und blickte zu den Wolken auf, die über ihr ein immer dunkleres Grau annahmen. Aber selbst der feine Regen hielt nicht alle Passanten davon ab, vor dem Brunnen in der Mitte des Parks Selfies zu machen. »Damals dachte ich, dieser Abschluss würde mir helfen, mich besser zu verkaufen – aber was ist, wenn ich egoistisch war? Ich hätte etwas Bodenständigeres machen sollen, Buchhaltung oder so was.«

»Liebling, sei mir nicht böse« – Daddy klang, als müsse er sich ein Lachen verkneifen – »aber ich glaube nicht, dass jemand dir seine Finanzen anvertrauen würde.«

Da musste Harper zum ersten Mal an diesem Tag grinsen.

»Gottes Timing passt nicht immer zu unserem – und das ist in Ordnung.«

Harper atmete langsam aus.

»Manchmal glauben wir, eine Lüge über uns wäre die Wahrheit, weil wir sie nicht als Lüge erkennen. Wir glauben daran und verschwenden mehr Energie darauf, als wir sollten.« Er zögerte.

Harper glaubte zu wissen, was er gleich sagen würde. Wartete er, bis sie bereit war, es zu hören?

»Was hältst du davon, für eine Weile nach Alabama zurückzugehen? Du könntest in der Pension wohnen, die du immer von der anderen Seite des Anlegers aus bewundert hast.«

»Nein.« Harper schüttelte den Kopf. »Nicht jetzt. Ich will die Näherei hinter mir lassen und etwas Neues finden.«

»Ich sage ja nicht, dass du wieder zum Nähen dorthin sollst. Ich weiß, dass du nicht mehr das Kind von damals bist … aber fahr hin, Harper. Dort wirst du dich besser fühlen. Du wolltest doch immer in der Pension wohnen, oder?«

Sie klemmte ihr Telefon zwischen Schulter und Kinn und nahm ihren Tee. Sie hatte sich tatsächlich immer vorgestellt, wie es wäre, dort zu übernachten. Und sie liebte die Inhaberin … auch wenn sie in Harper die Liebe zur Schneiderei geweckt hatte. Genau die Liebe, die sie gerade vergessen wollte. »Ich weiß nicht, Dad.«

»Denk mal drüber nach, ja? Manchmal muss man die nächste gute Erfahrung suchen. Vielleicht ist das für dich die Pension. Dann könntest du dich auf etwas freuen.«

Inzwischen hatte der Regen aufgehört und der Rasen und die alten Eichen hatten einen rosigen Schimmer. Harper lächelte. Die Welt war immer schöner nach einem ordentlichen Landregen.

Kapitel 5

Fairhope, Alabama, 2011

»Harper, wie oft habe ich dir gesagt, du sollst mit dem Nähen aufhören, wenn du schon halb schläfst? Du verletzt dich noch!«

Harper blinzelte mehrmals, als sie den fischigen Geruch wahrnahm, den die Kleider ihres Vaters verströmten, und die verschwommenen Umrisse des *The-Cranberries*-Posters über der Nähmaschine wieder scharf wurden.

Sie stöhnte. »Daddy … ich muss die Kleider fertig machen.« Harper zeigte auf das Bett, auf dem zehn Ballkleider auf einem ordentlichen Stapel genau dort lagen, wo sie schlafen sollte.

»Die Nacht ist zum Ausruhen da. Die Kleider können warten.«

»Du solltest mal deine eigenen Ratschläge beherzigen.« Sie schaltete die Nähmaschine aus und stand auf, um die Kleider von ihrem Bett auf einen Stuhl am Fenster umzuschichten.

Daddy seufzte. »Du weißt doch, dass gerade Jubilee ist.«

Harper schob sich unter die abgenutzte Patchworkdecke, die Mama vor Jahren genäht hatte. Bevor ihre Familie auf Harper und ihren Dad reduziert worden war.

»Ich kann genug fangen und verkaufen, um mir das Kleid zu leisten, das du für den Ball möchtest, Harper Rae.«

Harper sah zu den Kleidern hinüber, die sie für die anderen Mädchen aus der Schule ändern sollte. Sie hatte sorgfältig berechnet, wie viel Geld sie für den Stoff für ihr eigenes brauchen würde, und sie wusste genau, dass Daddy ein gutes Paar Schuhe gebrauchen konnte, jetzt, wo er einen neuen Job im Büro hatte. Den Gewinn von seinem zusätzlichen Fang sollte er dafür nehmen. Sie kam auch so gut zurecht. »Gib das Geld für dich selbst aus, Daddy.«

»Unsinn.« Er steckte das Laken um sie herum fest, als wäre sie sechs Jahre alt und nicht sechzehn. Dann drückte er einen Kuss auf ihre Stirn und ging zur Lampe.

»Ich möchte aufs College gehen. Eine Schule für Modedesign in Savannah, Georgia. Das SCAD.«

Ihr Vater hatte den Flickenteppich noch nicht zur Hälfte überquert und bei ihren Worten abrupt innegehalten.

Harper wusste nicht, warum sie ausgerechnet um drei Uhr morgens mit dieser Neuigkeit herausgeplatzt war, die sie schon seit Tagen mit sich herumtrug. Vielleicht machte die Müdigkeit sie mutiger oder sie wusste einfach, dass sie bald gehen musste, um anderen den großen Fang vor der Nase wegzuschnappen. Wie auch immer – jetzt hatte sie es gesagt und konnte es nicht mehr zurücknehmen.

Ihr Dad hatte immer behauptet, sie könne selbst den Mond bekommen, wenn sie ihn wollte. Aber das hier … ein College und Geld, das sie nicht hatten … war wie etwas aus einer unerreichbaren Galaxie.

Daddy stieß einen Seufzer aus, der so lang war, dass Harper sich fragte, woher er all die Luft nahm. »Gott allein weiß, wo das Geld dafür herkommen soll.«

Sie krallte die Finger in das Bettlaken, das vom vielen Waschen ganz weich geworden war.

»Aber wenn Gott dir diesen Traum gegeben hat, dann hörst du besser auf ihn«, fügte er hinzu. »Du musst nur daran denken, dass er das Wie und Warum kennt, auch wenn das Wann vielleicht frustrierend ist. Denn eins weiß ich genau, Harper: Es ist nicht immer Jubilee.«

Daddy schaltete die Lampe aus und Mondlicht flutete den Raum. »Egal, wie lange es dauert, mein liebes Mädchen – wenn dein großer Fischzug kommt, dann muss dein Netz bereit sein.«

♋

45

Am Morgen darauf zog Daddy drei Netze voller Krebse an Land. Der Fang war groß genug, um für ihr Kleid *und* seine Schuhe zu bezahlen, und dazu reichte es noch für ein schönes Abendessen für sie beide. Harper holte die Tischdecke mit Spitze heraus, die ihre Mutter und sie benutzt hatten, wenn Gäste zum Tee kamen, und schüttelte sie draußen aus. Sie blähte sich im Wind, so als wollte sie allen, die das Tuch sahen, eine Botschaft senden.

Mama und Harper hatten diese Tischdecke immer geliebt und sie war schon damals als Geschenk eine Antiquität gewesen – hatte schon eine Geschichte zu erzählen gehabt. In den alten Stoff waren Hoffnungen und Geheimnisse eingewoben, die Generationen überdauert hatten. Harper gefiel der Gedanke, dass sie selbst jetzt Teil dieser größeren Geschichte war.

Sie nahm das Silberbesteck und zwei Stoffservietten und deckte den Tisch auf ihrer gemütlichen Veranda. Ihr Haus war bescheiden, um es milde auszudrücken, aber Immobilien am Wasser wirkten nie schäbig und Harper liebte den Blick hinüber zu der reizenden Pension auf der anderen Seite der Bucht.

Die Sonne war gerade über dem Wasser untergegangen und der Himmel war in Rosa-, Rot- und Blautöne getaucht, bis der erste Stern erschien.

Daddy bereitete drinnen die Krebse vor, während Harper Eistee in ihre Gläser füllte und sich so weit wie möglich von der Küche fernhielt. Sie konnte den Anblick von kochenden Krebsen einfach nicht ertragen, selbst nach all den Jahren nicht. Daddy sagte, sie hätte eben ein weiches Herz. Aber in Wahrheit konnte sie einfach nicht mit dem Sterben umgehen … nicht einmal bei Krustentieren.

Harper wollte gerade eine Serviette an den Platz ihrer Mutter legen, besann sich dann aber und blinzelte, während sie den Stuhl anstarrte. Sie würde sich nie daran gewöhnen, oder? Ihre Mutter sollte jetzt hier sein. Sie hatte Jubilee immer geliebt.

Inzwischen war es schon deutlich dunkler geworden. Harper hatte es gar nicht bemerkt. Wenn Daddy und sie sehen wollten, was sie aßen, würden sie die Lampe einschalten müssen.

Als sie zur Tür ging, glaubte sie in der Ferne eine Silhouette zu erkennen. Harper blinzelte. Eine Gestalt stand am Rand des Anlegers am anderen Ufer der schmalen Bucht. Obwohl sie nicht viele Einzelheiten erkennen konnte, schien der Mann jung und verzweifelt zu sein. Das mit der Verzweiflung war ihre eigene Interpretation, aber irgendwie ließen seine hängenden Schultern ihn traurig wirken. Nein, das war nicht das richtige Wort. Hoffnungslos?

Harper runzelte die Stirn. Sie hatte selbst noch nie in der Pension dort drüben übernachtet, obwohl sie es liebend gern tun würde, falls sie jemals das nötige Geld dafür haben sollte. Aber die meisten Leute, die hierherkamen, schienen an dem Ort inneren Frieden und Freude zu finden und oft drang Gelächter über das Wasser zu ihnen herüber.

Aber bei diesem Mann war das eindeutig nicht der Fall.

Harper öffnete die laut knarrende Tür, als Daddy mit einer Schüssel voller Krebse in einer Hand und einer leeren Schüssel für den Abfall in der anderen aus der Küche kam. Sie vergewisserte sich, dass Salz- und Pfefferstreuer bereitstanden und die Maisklößchen mit einem Papiertuch abgedeckt waren, damit sie warm blieben.

Daddy stellte die Schüssel mit den Krebsen ab und fuhr Harper durch die Haare. »Ich hoffe, du hast Hunger.« Dann setzte er sich.

Harper zog ihren Stuhl zurück und setzte sich ebenfalls. Sie tat einige Klöße auf ihren Teller und streckte die Hand nach den Krebsen aus.

»Vorsichtig«, warnte Daddy. »Sie sind noch ziemlich heiß.«

Harper entschied sich für Messer und Gabel und beförderte damit einen Krebs sicher aus der Schüssel auf ihren Teller. »Die sehen köstlich aus.«

»Jubilee ist immer ein Genuss.« Daddy drehte eine Schere ab und ließ sie in die Abfallschale fallen.

Harpers Blick wanderte über die sanfte Strömung hinweg zu dem jungen Mann am Anleger. »Weißt du etwas über den da drüben, Daddy? Er sieht so traurig aus.«

Daddy blickte von seinem Teller auf. »Das ist er auch. Der Junge hat seine Mutter verloren.«

Harper fühlte sich sofort mit dem Fremden verbunden. »Woher weißt du das?«

»Gary hat es mir heute auf dem Boot erzählt.« Ihr Nachbar hätte genauso gut der örtliche Friseur sein können, denn er wusste immer alles, was hier vor sich ging. »Traurige Sache. Ich bin nicht sicher, woher er die Besitzerin der Pension kennt – ich glaube, sie ist eine Freundin seiner Familie. Jedenfalls ist die Mutter des Jungen dieses Jahr bei einem tragischen Bootsunfall ums Leben gekommen. Ich vermute, der Stiefvater sitzt auf seinem hohen Ross und kümmert sich nicht, weil der Junge nicht sein eigen Fleisch und Blut ist. Es gab auch irgendwelche Probleme mit dem Familiengeschäft, weil der Junge etwas anderes mit seinem Leben vorhat. Es ist wirklich schade. Gary sagt, er scheint ein guter Kerl zu sein.«

Harper zwang sich, den Maiskloß hinunterzuschlucken, auf dem sie gerade gekaut hatte. Der Arme. Sie wusste nur zu gut, wie schrecklich es war, ein Elternteil zu verlieren, aber dann von dem anderen praktisch verstoßen zu werden … Das konnte sie sich nicht vorstellen.

Daddy schien zu spüren, dass mehr hinter ihrem Mitgefühl steckte. Er streckte den Arm über den Tisch und drückte ihre Hand ganz fest. »Manche Menschen taugen nicht viel, wenn du mich fragst.« Er blickte über die Schulter zu dem Jungen am Anleger hinüber.

Harper riss eine Schere von ihrem Krebs ab und zeigte damit zum anderen Ufer. Sie war diesem Stiefvater nie begegnet, doch wäre er jetzt hier aufgetaucht, wäre sie versucht gewesen, ihm die Krabbenschere geradewegs ins Gesicht zu werfen.

»Liebling.« Es war die »*Deine Empathie geht mal wieder mit dir durch*«-Warnung, kein Tadel.

Harper blinzelte und kehrte in die Gegenwart zurück. »Du hast recht. Dieses Essen ist schließlich eine Feier. Du hast heute

Morgen genug gefangen, um das ganze County zu versorgen.«
Sie lächelte ihren Vater stolz an, dann wanderte ihr Blick wieder zu dem Schalentier auf ihrem Teller und sie brach langsam die zweite Schere ab. Als es unerwartet knackte, zögerte sie.

»Du denkst daran, wie dieser Krebs gefangen wurde, oder?«

Harper legte ihn auf ihren Teller zurück und lachte auf. »Woher weißt du das?«

Daddy grinste. »Ich kenne mein Mädchen. Du denkst immer an die sauerstofflosen Krustentiere.«

Harper trank einen großen Schluck Tee und schaute noch einmal über die Bucht. »Hat Gary dir gesagt, wie er heißt?« Sie hatte keine Ahnung, warum sie das fragte, aber aus irgendeinem Grund brauchte sie einen Namen zu der Gestalt – vielleicht, weil sie auf ihrer Seite der Bucht schon ganz ähnlich dagestanden hatte.

»Wer, der Junge?« Ihr Vater lud sich mehrere Maisklößchen auf. »Ich glaube, er heißt Peter.«

»Peter«, murmelte sie leise und musste an den Netze auswerfenden Jünger Peter – Petrus – aus der Bibel denken.

Kapitel 6

Charleston, 1946

Mama schritt auf den schmalen Holzbrettern ihres Wohnzimmerfußbodens auf und ab. »Du hast *was* getan?«

Millies Entscheidung, ihrer Mutter zu erklären, was mit Harry in der Eisdiele passiert war, hatte sich als Fehler erwiesen – um es vorsichtig auszudrücken. Aber sie war nicht so dumm, die Frage zu beantworten. Oder zu glauben, dass es die letzte sein würde.

»Ist dir klar, was hätte passieren können?«

Auch diese Frage würde Millie ignorieren.

Ihre Mutter wandte sich zu ihr um. Sie blieb stehen. Dann streckte sie ihre alternde Hand nach dem Riss in Millies Ärmel aus, wo die eiligen Stiche sich inzwischen wieder lösten.

Mama seufzte. Es war ein tiefes Seufzen. Die Art, in der die ganze Last der Welt liegt und in die Luft entlassen wird, wo diese Last Flügel bekommen kann.

Nach einer kurzen Pause berührte Millies Mutter sacht ihren Arm. »Ich hätte nicht …« Sie räusperte sich. »Wenn dir etwas zugestoßen wäre, Millie …«

Und weil sie zu aufgewühlt war, um noch mehr zu sagen, zog sie Millie einfach in ihre Arme. Arme, in denen Millie immer Trost gefunden hatte. Sicherheit. Geborgenheit. Arme, die scheinbar immer weiter fassen konnten, je mehr Millie selbst und ihre Bedürfnisse wuchsen.

»Mir ist nichts passiert, Mama.« Millie löste sich von ihrer Mutter und sah ihr in die Augen. »Hörst du? Mir geht es gut.«

Aber Mamas Blick wanderte immer wieder zu dem genähten Riss in Millies Kleid.

Sie schwieg – zu lange. Mama war sonst kein Mensch, der ein Geheimnis aus seinen Gefühlen machte.

»Mama?«, fragte Millie schließlich leise. Ihr nackter Fuß wippte auf dem Fußboden und sie war das reinste Nervenbündel. Mama sammelte eindeutig Worte für eine Gardinenpredigt.

Und die hatte sie ja auch verdient, oder?

Ihre Mutter hatte recht. Eine ganze Reihe schrecklicher Dinge hätten geschehen können, weil sie Harry erzählt hatte, was sie ihm erzählt hatte.

Hätte sie es nicht besser wissen müssen nach dem, was Daddy widerfahren war?

Millie schluckte. Ihr Magen drehte sich um, als sie an die Männer dachte, die dafür verantwortlich waren. Männer, die nicht einmal vor Gericht gestellt worden waren, weil sie behauptet hatten, es wäre Notwehr gewesen, aber in Wahrheit hatten sie aus blanker Wut gehandelt. Wut darüber, dass ihr italienischer Vater Millies schwarze Mutter geliebt hatte, und besonders darüber, dass die beiden ein Baby bekommen hatten. Wut, weil Millie mit den Kindern dieser Männer gespielt hatte und weil Daddy sich ihnen in den Weg gestellt hatte, als sie Millie eine Lektion hatten erteilen wollen. Also hatten sie ihn in ihrem Zorn getötet.

In Mama und Millie war etwas zerbrochen und Millie konnte sich nicht vorstellen, dass es jemals heilen konnte. Dass sie jemals wieder die Menschen sein konnten, die sie gewesen waren, bevor die gewaltsame Trauer sie in Stücke gerissen hatte.

»Du sagst, niemand hat es bemerkt?«, fragte Mama jetzt. »Alle dachten, du wärst weiß?«

Millie nickte. »Du brauchst dir keine Sorgen zu machen. Ich –«

Mama schnitt ihr das Wort mit einer Handbewegung ab. »Schhh. Still. Weißt du, was das bedeutet?«

Sollte sie?

»Was glaubst du, was geschehen würde, wenn du noch mal in diese Eisdiele gehen wolltest?«

Millie zuckte mit den Schultern. »Sie kennen die Wahrheit nicht … Wahrscheinlich würden sie mich bedienen.«

Mama zögerte. »Genau.« Sie hielt ihren dunkleren Unterarm neben Millies deutlich helleren. »Siehst du? Du hast Glück, Millie.«

»Glück?« Weil sie nirgends so recht hingehörte? Die Schwarzen hielten sie für privilegiert und die Weißen mussten überlistet werden. War das Glück, dass niemand sie ganz akzeptierte, unverstellt, als einen Menschen mit unterschiedlichen Wurzeln?

»Ja. Mehr Glück als du ahnst. Du hast Möglichkeiten, Liebes. Du hast die Wahl.« Mama strich liebevoll mit der Hand über Millies Gesicht und ließ sie auf ihrer Wange ruhen. Beinahe als würde sie sich von etwas verabschieden.

»Wenn du nirgends hingehörst, Mama, dann gehöre ich auch nirgends hin.« Aber noch während sie diese Worte sagte, fragte Millie sich: *Was meint Mama mit* »*Du hast die Wahl*«?

Ihre Mutter fuhr fort, als hätte Millie gar nichts gesagt: »Du hast sicher auch schon öfter gehört, dass Menschen wie du überall im Land für weiß gehalten werden. Bis jetzt habe ich davon nichts gesagt, aber ich habe schon häufiger gedacht, dass du es schaffen könntest, Millie. Ich habe nur auf den richtigen Zeitpunkt gewartet, mit dir darüber zu reden.« Sie schüttelte den Kopf und ihr Blick schien in die Ferne zu gehen. »Ich weiß, es will gut überlegt sein, aber nach dem, was mit deinem Vater geschehen ist …« Sie schloss die Augen, dann blickte sie Millie wieder an. »Jedenfalls will ich nicht, dass du irgendwann ebenfalls in Lebensgefahr gerätst. Leute wie dieser Junge sind schuld daran, dass er tot ist.«

Millies Kopf wurde von Erinnerungen geflutet.

Mama trat näher zu ihr und rieb ihre Arme. »Erinnerst du dich an diese Stadt, von der deine Cousine erzählt hat, an der Golfküste von Alabama? Fairhope heißt sie. Dort wird sie akzeptiert. Wenn du dorthin gehen könntest, Millie …«

»Was dann?«

»Dann könntest du ein anderes Leben haben.«

»Ich will kein anderes Leben.« Aber stimmte das? Warum sonst hätte sie Harry gegenüber vorgeben sollen, etwas zu sein, was sie nicht war?

Sie kannte die Antwort natürlich. Es hatte nichts damit zu tun, dass sie Mama verleugnen wollte – sie war weiß Gott stolzer auf ihre Familie als ein Pfau auf seine Federn. Nein. Die Wahrheit war, dass Millie wissen wollte, wie es sich anfühlte, ohne Angst zu leben. Wie es war, sofort respektiert zu werden und die Welt nicht nur von außen zu betrachten, sondern von all den Orten aus, die sie nach dem Willen derselben Welt nicht betreten durfte.

»Wirklich?« Mama sah sie mit ihren wunderschönen Augen an, die von langen Wimpern umrahmt waren. »Selbst wenn es bedeutet, dass du den Kleiderladen haben könntest, von dem du immer geträumt hast?«

»Nicht, wenn es bedeutet, dass ich von zu Hause wegmuss. Nicht, wenn ich dich dafür verlassen muss.«

»Ach, meine Kleine.« Mama musste sichtlich schlucken. »Natürlich will ich dir nicht Lebewohl sagen. Du bist der Grund dafür, dass ich morgens aufstehe und dass ich Tag für Tag weiteratme.« Sie schüttelte leicht den Kopf. »Aber Millie, verstehst du nicht? Ich möchte, dass du mehr hast als das hier. Ich möchte, dass dein Traum in Erfüllung geht.«

Bei dem Wort *Erfüllung* zerbarst das Wohnzimmerfenster.

Ein lautes, hässliches Geräusch, unmittelbar gefolgt von dem trügerisch melodischen Klirren, als die Scherben auf den Boden zu ihren Füßen fielen.

Mama drückte Millie aufs Sofa und wies sie an, ihren Kopf zu schützen.

Millie lauschte.

Sie hätte die Mutige von ihnen beiden sein sollen. Sie hätte dafür sorgen sollen, dass ihre Mutter in Sicherheit war, aber stattdessen kauerte sie nur mit den Armen überm Kopf da, wie Mama es ihr befohlen hatte.

Mama hob den Ziegelstein auf, der die Scheibe zerstört hatte.

Mit ihrer freien Hand schüttelte sie die winzigen Glasscherben von ihrem Kleid, bevor sie sich daran verletzen konnte, und wagte dann einen Blick über die Fensterbank hinaus. Als sie anschließend wieder ans Sofa trat und Millie hochzog, raste Millies Herz so, dass sie glaubte, es würde sich nie wieder beruhigen. Doch sie wusste, dass der Täter fort war, denn sonst wäre Mama nach draußen gelaufen.

Ihre Mutter blickte auf den Stein hinunter, den sie in der Hand hielt. »Harry gehört zu ihnen«, murmelte sie.

Millie konnte nicht einmal blinzeln. »Ich verstehe nicht.«

Mama sah sie an. »Die Männer, die deinen Daddy getötet haben. Einer von ihnen ist Harrys Vater und einer der anderen ist auch mit ihm verwandt.« Mama wechselte den Ziegel von einer Hand in die andere. »Das habe ich dir noch nicht erzählt, weil ich dir keine Angst machen wollte, aber der Junge denkt offensichtlich genauso wie sein Vater und ist alt genug, um jetzt ein Problem zu sein.« Die ganze Zeit sah Mama sie unverwandt an. »Ihnen gehört die Boutique in der King Street, Millie. Verstehst du? Wenn du deinen Traum hier in Charleston verwirklichen wolltest … Ich weiß nicht einmal, ob es nicht sogar gefährlich für dich wäre, aber auf jeden Fall würden sie dir keine Chance geben. Du musst gehen.«

Millie schluckte.

»Tu es mir zuliebe, Millie.«

ଔ

Am Bahnhof von Charleston, 1946
Zwei Wochen später

Millie lauschte auf das Pfeifen des Zugs, während sie den Griff ihrer Reisetasche umklammert hielt. Die Morgenluft war schon jetzt drückend und kündigte die Augusthitze der letzten Tage an. Millie drehte den Kopf weg, als ein Insekt vorbeiflog.

Mama und sie standen an der Union Station in der East Bay Street und die beeindruckende Architektur des Bahnhofsgebäudes ragte vor ihnen auf.

Mama hatte darauf bestanden, dass sie nicht mit hineingehen würde. »Ich will nicht, dass irgendwelche Mitreisenden Verdacht schöpfen«, hatte sie gesagt. »Warum sollten eine weiße und eine schwarze Frau hier zusammen herumlaufen?«

Aber bei dem Gedanken, allein den Zug zu besteigen, drehte sich Millie der Magen um. Was machte sie hier nur? Konnte sie wirklich ihre Familie verlassen, auch wenn es tatsächlich gefährlich war hierzubleiben? War es nicht Unrecht, sie im Stich zu lassen? Sie liebte diese Menschen so sehr und war unglaublich stolz auf sie. Mama wusste das doch, oder?

Es fühlte sich schrecklich an – als würde sie so tun als ob. Wie damals, als sie sich aus Pappe Flügel gebastelt und versucht hatte, vom Schuppen im Garten zu springen. Das hatte kein gutes Ende genommen. Wer wusste schon, ob dieser Flugversuch nicht ebenso enden würde?

Aber sie hatte kaum Zeit gehabt, sich über all das Gedanken zu machen. Mama war so sicher gewesen, so überzeugend.

Und jetzt stand Millie hier, die Reisetasche im Gepäck – mit einem Foto von ihrer Mama darin und ein paar Sesamplätzchen und einer Handvoll Münzen in einem winzigen Täschchen aus Mariengras, das Mama vor Jahren einmal geflochten hatte.

Es reichte nicht, um davon in Alabama leben zu können, und das wussten sie beide.

Mama rückte Millies Hut zurecht und legte ihr die Hände auf die Schultern. Der Riss am Ärmel war kaum zu sehen. »Und sei schön vorsichtig, nimm dich vor Fremden in Acht und rede nur das Nötigste. Wir wollen schließlich nicht, dass jemand Fragen stellt, hörst du?«

Millie nickte.

Mama drückte Millies Schultern. In ihren Augen lag eine tiefe Müdigkeit. Wie lange war das schon so?

»Was auch immer passiert, eins darfst du nie vergessen, mein Kind. Du hast einen Platz in dieser Welt. Gott hat dir diese großen Träume gegeben und du wirst sehen, dass sie in Erfüllung gehen. Lass dir von niemandem etwas anderes einreden.«

Millie atmete alles ein: die tröstlichen Worte ihrer Mutter, den Duft der Seife, mit der Mama die Kleider wusch, und die starken Hände auf ihren Schultern.

Nur weil Mama stark war, galt das nicht automatisch auch für Millie. Wenn sie ehrlich war, dann hatte sie panische Angst und keine Ahnung, was sie tun sollte. Aber sie würde vorgeben, ebenfalls stark zu sein, Mama zuliebe.

Und dann tat ihre Mutter etwas Unerwartetes. Sie nahm Millies rechte Hand, bog die Finger auf und ließ etwas in ihre Handfläche fallen. Vielleicht noch ein paar Münzen? Aber woher sollte sie die haben?

Millie blickte auf ihre Hand hinunter und sah zwei Knöpfe. Sie sog scharf die Luft ein. »Nein, Mama. Das geht nicht.«

Aber Mama schloss einfach Millies Finger um die Knöpfe. »Schhh, Kleines«, sagte sie.

In diesem Augenblick – diesem einen Augenblick – wusste Millie, dass sie jetzt gehen musste, sonst würde sie niemals den Mut dazu aufbringen.

Sie küsste ihre Mutter auf die Wange und schloss die Augen. Dann drückte Mama noch einmal ihren Arm.

Es wurde Zeit.

Mit einem zittrigen Lächeln, das Mama bestimmt sofort durchschaute, trat Millie in das Bahnhofsgebäude und in die Zukunft, wie auch immer die aussehen mochte.

Eine Stunde später saß sie auf der harten Bank im hinteren Ende ihres Zuges und hielt Ausschau nach ihrer Mutter, als sie den Bahnhof verließen.

Mamas Anweisungen waren ganz klar gewesen. Sie würde winken, aber Millie durfte es nicht tun.

Alles in Millie stöhnte, weil sie sich nach ihrem Zuhause

56

sehnte, und beinahe hätte das Gefühl sie in Tränen ausbrechen lassen.

Doch dann sah sie ihn. Wie er hinter dem Zug herlief. Er trug eine schwarze Hose, die er unten umgeschlagen hatte, ein weißes Hemd und Hosenträger. Seine Gesichtszüge konnte sie nicht erkennen, aber er war ein Weißer und ungefähr so alt wie sie.

Er wirkte ganz anders als Harry.

Gleich darauf war er verschwunden. Hatte er es geschafft aufzuspringen?

Mama winkte und Millie lächelte und aus irgendeinem Grund, den sie sich nicht erklären konnte, wollte sie unbedingt mehr über ihn herausfinden. Über den Jungen, der unbedingt auch mitfahren wollte. So wie sie auch, wenn auch auf andere Weise.

Kapitel 7

Charleston, heute

»Mann, ich hatte dir doch gesagt, dass du nicht diesen Schlips tragen sollst! Der ist wie ein Schild, auf dem *Historiker* steht«, sagte Declan.

»Na, das ist doch gut – ich *bin* schließlich Historiker.« Peter legte den Hammer auf die Plane, mit der er den alten Holzfußboden abgedeckt hatte. Er steckte mitten in der Renovierung der Wohnung über dem Geschäft und hatte große Pläne, die Räume als Feriendomizil zu vermieten. In Charleston blühte der Tourismus und das Haus könnte zu einem gewinnbringenden Objekt werden, vor allem, wenn es ihm gelang, etwas Besonderes daraus zu machen, indem er die historischen Elemente erhielt.

Peter wischte sich mit dem Handrücken den Schweiß von der Stirn und rückte seine Baseballkappe zurecht, deren Schirm er nach hinten gedreht hatte. Dann warf er seinem Cousin einen finsteren Blick zu. »Hör zu – wenn eine Frau mich wegen so einer Oberflächlichkeit abschreibt, dann habe ich sowieso kein Interesse an einer weiteren Unterhaltung.« Er kniete sich auf den Boden und machte sich daran, den billigen Putz von der antiken Steinsäule zu kratzen, die er in der Mitte des Dachbodens freigelegt hatte.

»Wenn du weiter Klamotten trägst, die aussehen wie aus den Achtzigerjahren, habe nicht mal ich Interesse an einer weiteren Unterhaltung mit *dir*.«

Peter nahm seine Bürste, um den Staub von dem Balken zu wischen, und ignorierte Declans Stichelei ganz bewusst. »Harper hat einen bleibenden Eindruck hinterlassen. Das gebe ich gerne zu.« Wenn er ehrlich war, hatte er seit dem Polterabend immerzu

58

an sie denken müssen. Und sich gefragt, was mit dem Kleid passiert war, das sie genäht hatte, und ob es der Professorin genauso gut gefallen hatte wie ihm. Obwohl die wahrscheinlich andere Kriterien hatte als er …

Peter räusperte sich. »Glaubst du, sie ruft wirklich wegen des Ladens an?«

Declan wippte auf den Sohlen seiner Schnürschuhe auf und ab und stöhnte. »Mir ist gerade klar geworden, was du vorhast.«

Peter setzte den Spachtel an einer besonders hartnäckigen Stelle an. »Und das wäre?«

»Du bringst diese Wohnung in der Hoffnung auf Vordermann, dass Harper sie mietet. Sie hat gesagt, dass sie sich wegen des Ladens unten melden wird, oder? Du hoffst, dass sie ihn will und du ihr die Wohnung gleich mit andrehen kannst.«

»Das ist doch lächerlich!« Ein großes Stück Putz fiel auf die Plane, sodass eine weiße Wolke aufstieg. Peter zog sich den Saum seines T-Shirts über die Nase. »Die Renovierung habe ich schon geplant, bevor ich Harper überhaupt kennengelernt habe. Schließlich hab ich das schon häufiger gemacht.« Er würde nicht erwähnen, wie oft er schon an sie gedacht hatte. Denn dann müsste er zugeben, dass Declan möglicherweise recht hatte, was seine Krawatte betraf.

»Also, gehen wir zum Mittagessen oder was?«, fragte Declan. »Ich habe Hunger auf Pizza.«

Peter klopfte sich den Staub von der Jeans und stand auf. »Okay. Ich will nur noch schnell diese Kisten ans Fenster räumen.« Er bückte sich und achtete darauf, die Last aus den Knien zu heben.

»Komm, ich helfe dir.« Declan knöpfte die Ärmel seines makellos faltenfreien Hemdes auf und krempelte sie um. Dann nahm er die andere Kiste und schleppte sie zum Fenster, wo er sie neben Peters Kiste stellte. »Was ist denn da drin? Blei?«

»Fast. Bleiglas.«

Declan richtete sich auf. »Das ist kein Witz, oder?«

Peter lachte. »Nee, ist es nicht. Ich habe diese antiken Fenster gefunden und werde damit das Mosaikfenster restaurieren.« Er entfernte die Plane und zog den Vorhang weg, mit dem er das Original zum Schutz abgedeckt hatte.

»Auf die Idee kannst auch nur du kommen.« Declan betrachtete das kaputte Fenster und pfiff leise. »Wow, das sieht wirklich klasse aus!«

Peter entfernte noch mehr Putzstaub von seinem Hemd. Kein Problem, wenn er diese Sachen anbehielt – sie wollten ja nur Pizza essen und nicht den Papst treffen. Außerdem war er daran gewöhnt, sich underdressed zu fühlen, wenn er mit seinem Cousin essen ging. Declan hatte den ausgesprochen luxuriösen Lebensstil seines eigenen Vaters übernommen, den auch Peters Stiefvater pflegte, und er musste sich auch so kleiden, um ernst genommen zu werden. Peter nicht.

Er klopfte auf die Taschen seiner Jeans, um zu sehen, ob er sein Portemonnaie dabeihatte, und merkte, dass es nicht da war. Ohne Handy konnte er leben, aber irgendwie musste er natürlich bezahlen. Er sah sich im Raum um und versuchte, sich daran zu erinnern, wo er das Ding zuletzt gesehen hatte, dann grinste er, als er registrierte, wie viel er schon geschafft hatte. Diese Mietwohnung nahm schon richtig Gestalt an.

»Ich habe deinen Dad heute gesehen.« Declan ging ins Treppenhaus.

Peter folgte ihm. »Meinen Stiefvater meinst du?« Unter normalen Umständen hätte Peter vielleicht gefragt: »*Und, hat er mich erwähnt?*« Aber dies waren keine normalen Umstände und Peter hatte es längst aufgegeben, darauf zu hoffen, dass er erwähnt wurde.

»Tut mir leid.« Declan blieb auf der obersten Stufe stehen. »Wahrscheinlich hätte ich besser nichts gesagt. Ich weiß ja, dass du dieses Leben hinter dir gelassen hast, nach dem, was er getan hat.«

»Schon gut.« Peter atmete aus und schob die Hände in die Hosentaschen. »Und ich würde nicht sagen, dass ich es hinter mir gelassen habe …« *Mir ist nur bewusst geworden, dass ich von Anfang an nicht in dieses Leben gehört habe.*

Der Gedanke daran, dass sein Stiefvater nicht mal einen Monat nach der Beerdigung die Erbstücke von Peters Mutter weggegeben hatte – einfach so, wie ausgetretene Schuhe –, setzte Peter immer noch hart zu.

Declan klopfte ihm auf die Schulter. »Ich bin sicher, du wirst ihre Sachen irgendwann wiederfinden.«

»Danke, aber ich weiß ja nicht mal, was genau in der Kiste war. Ich würde die Sachen gar nicht erkennen, selbst wenn ich darauf stoßen sollte. Ich würde alles geben, um die Uhr zurückzudrehen und sie mir anzusehen, als ich die Gelegenheit dazu hatte.« Ein Gutes hatte die ganze Sache allerdings gehabt – endlich hatte Peter den Mut gefunden, beinahe vergessene Geschichten aufzudecken, unbehelligt vom Hohn der elitären Freunde seines Stiefvaters.

Declan ging zwei Stufen hinunter und blickte dann über die Schulter zurück. »Würdest du mich für verrückt halten, wenn ich Harpers Freundin Lucy frage, ob sie mit mir ausgeht?«

Peter schüttelte den Kopf und grinste. »Mit dir wird es echt nie langweilig.«

☙

Radcliffeborough, Charleston, heute

Am nächsten Morgen drängte sich eine Gruppe Frauen mit großen Perlenohrringen und grauen dauergelockten Haaren um einen Küchentisch voller grünem Pressglas aus der Zeit der Weltwirtschaftskrise. Peter manövrierte sich um die Damen herum, rückte seine Brille zurecht und drehte sich zu Sullivan um, einem seiner Freunde, der in Teilzeit für ihn arbeitete. Dies war nicht ihre erste Haushaltsauflösung. Nicht einmal die erste in diesem Monat. Und insgeheim bereitete es Peter großes Vergnügen, Antiquitäten zu ergattern, bevor die Großmutter des Pastors sie entdeckte. Einige der Gegenstände würde er wieder verkaufen, mit anderen stattete er seine Mietwohnungen aus. Nur selten fand er etwas für seinen eigenen Vorrat an antiken Schätzen. »Gehen wir nach oben und sehen nach, was für Möbel sie in den Schlafzimmern haben.«

Peter fand, dass Haushaltsauflösungen immer etwas Merkwürdiges an sich hatten. Fremde gingen in das Haus eines Menschen, als gehörten sie dorthin, überlegten, was sie behalten, was sie kaufen und was weiterverkaufen wollten. Alles in einem Schlafzimmer oder einer Küche, die vorher Teil von jemandes Zuhause gewesen war.

Doch in Fällen wie diesem, wo das alte Haus bestimmt in den nächsten Monaten abgerissen und das Grundstück für einen Neubau komplett eingeebnet werden würde, kam Peter und rettete, was er konnte, denn kaum etwas anderes gab ihm ein derart gutes Gefühl.

Ein alter brauner Labrador kam näher getrottet.

»Komm her, Billy, mein Mädchen!« Die Stimme gehörte einem Mann, der von nebenan rief.

Die Hündin zögerte. Peter lächelte und streckte dann die Hand aus, um sie hinter den grau gesprenkelten Ohren zu kraulen. Froh über die Aufmerksamkeit rieb Billy den Kopf an Peters Jeans und tapste dann zu ihrem Besitzer zurück.

Sullivan nahm jeweils zwei der knarrenden Stufen auf einmal. Er duckte sich immer ein wenig, wenn er Treppen hinaufstieg, eine Angewohnheit, von der Peter vermutete, dass er sie entwickelt hatte, weil er bei seiner Größe ständig an niedrige Decken stieß.

Peter war schon fast auf dem Treppenabsatz, als Sullivan leise pfiff.

Außer ihnen hatten nur wenige Leute den Weg nach oben gefunden, deshalb hatten sie den Raum im Moment für sich. Er war voller alter Möbel. Peter sah zu, wie der Ventilator an der holzvertäfelten Decke einen leichten Dunst verwirbelte und Staub auf jahrzehntealte Stücke fiel, die allesamt in erstaunlich gutem Zustand zu sein schienen.

»Das ist ja die reinste Goldgrube!«, sagte er staunend.

Sullivan trat zu einigen antiken Bettgestellen und begutachtete sie näher.

Peter fuhr mit dem Daumen über die Kante eines alten Schreibtisches. Ein Korb mit Büchern daneben wies Wasserschäden auf, was darauf hindeutete, dass das Haus irgendwann einmal geflutet worden war. Aber der Schreibtisch war in einwandfreiem Zustand. Aus dem schlichten Korpus des Möbelstücks schloss Peter, dass es mehr als hundert Jahre alt war.

Vor lauter nervöser Energie konnte er in dem Staub, der im einfallenden Morgenlicht sichtbar wurde, kaum die Füße stillhalten. Er war zwar ein achtundzwanzigjähriger erwachsener Mann, aber trotzdem fühlte er sich wie ein Kind, wann immer er Stücke wie dieses fand. Jedes Mal. Die Reaktion war wahrscheinlich erbärmlich und eine völlige Romantisierung von Geschichte. Aber er fragte sich unwillkürlich, wer in diesem Haus gelebt hatte, und malte sich alles Mögliche über das Leben dieser Personen aus.

Das war der eigentliche Grund für die Gründung seiner Firma gewesen – denn wenn ein Kind einen jahrhundertealten Schreibtisch benutzte, hatte vielleicht etwas von dem ursprünglichen Besitzer eine Wirkung auf dieses Kind, auch wenn es selbst keine Erinnerung daran hatte. Wie ein weitergegebenes Vermächtnis, dessen man sich vielleicht nie bewusst wurde.

»Sieh dir das hier mal an.« Sullivan trat neben Peter und hielt ihm eine Tasche hin. »Die habe ich in einer der Schubladen da drüben gefunden.« Er deutete mit dem Kinn zur anderen Seite des Raumes.

Peter runzelte die Stirn. Er hatte schon jede Menge Dinge in Schubladen gefunden – von gestickten Lesezeichen bis hin zu kaputten Manschettenknöpfen –, aber normalerweise waren diese Gegenstände klein. Unscheinbare Erinnerungen daran, dass früher Menschen in dem Haus gelebt und diese Dinge benutzt hatten.

Er nahm den Beutel von Sullivan entgegen. Eine Schultasche vielleicht? Auch sie sah so aus, als wäre sie locker hundert Jahre alt. Der von der Zeit gezeichnete Stoff war in Braun, Rosa und Grün mit Text bestickt.

Peter las ihn laut vor:

Ashleys Mutter Rose
hat ihr diese Tasche gegeben, als sie im Alter von neun Jahren in South Carolina verkauft wurde.
Darin befanden sich ein zerschlissenes Kleid, drei Handvoll Pekannüsse, ein Zopf aus Rose' Haaren und zwei Knöpfe von Rose' Kleid.
Rose hat zu ihr gesagt: »Der Beutel soll immer voll Liebe sein.«
Sie sahen sich nie wieder.
Ashley ist meine Urgroßmutter.
M. M., 1946

Peters Hände zitterten. Er hielt ein Artefakt aus dem Bürgerkrieg in der Hand. Es war so leicht, dass der Wind es davonwehen könnte, und doch wog es so schwer.

Er sah Sullivan an, der den Blick aus großen Augen erwiderte. »Mann.«

»Im Alter von neun Jahren«, murmelte Peter.

»Was willst du damit machen?«

Peter berührte die Stickerei und zögerte lange. Eine Entdeckung wie diese war von weitreichender Bedeutung. Es waren nur sehr wenig afroamerikanische Zeitzeugnisse von damals erhalten und dieses Fundstück gehörte entweder in ein Museum oder in die Hand der Person, der es gehörte. Aber diese Person, M. M., lebte sicher nicht mehr.

»Ich werde herausfinden, was für eine Geschichte dahintersteckt.« Es auszusprechen, ließ seine Entschlossenheit wachsen.

Sullivan musterte ihn schweigend.

»Was ist? Glaubst du, das schaffe ich nicht?«

»Ich weiß, wie hartnäckig du sein kannst.« Sullivan wischte etwas Staub von dem Schreibtisch. »Aber das hier übersteigt dein Fachwissen etwas, würde ich sagen.«

»Nicht, wenn ich ein paar Nachforschungen anstelle.« Peter blickte wieder zur Decke und dem daran befestigten Ventilator hinauf. »Wir haben die Initialen. Wie schwierig kann das sein?«

Das Ausbleiben einer Antwort sprach für sich, aber Peter ließ sich nicht beirren. Wenn er sich etwas in den Kopf gesetzt hatte, gab er nicht auf. Seine Mutter – Gott hab sie selig! – hatte ihn das gelehrt. Und in diesem Fall würde er alles daransetzen, M. M. zu finden.

Er zog eine Schreibtischschublade auf, um zu sehen, was er noch finden konnte. Seine Hand blieb an etwas hängen, das weit hinten in der Lade verstaut war. Ein Brief, der an eine gewisse Rosie adressiert war.

Peter erstarrte. Das war der Spitzname seiner Mutter gewesen.

Konnten diese Dinge am Ende zu den Gegenständen gehören, die er suchte? Sein Magen zog sich zusammen, aber Peter holte tief Luft und ermahnte sich, vernünftig zu sein. Das war doch lächerlich! Wie viele Frauen in der Zeit hatten Rose geheißen? Der Name war aller Wahrscheinlichkeit nach bloß ein Zufall.

Er faltete das Blatt auseinander und seine Lippen bewegten sich, als er den Brief las, aber diesmal wagte er nicht, den Worten seine Stimme zu geben. Die Gefühle darin schienen zu heilig, zu persönlich, und hatten Jahrzehnte und Generationen in diesen mit Tinte geschriebenen Worten überdauert.

Liebste Rosie,

vor wenigen Augenblicken habe ich Dich zum letzten Mal im Arm gehalten. Ich habe Dich gewiegt und meine Nase in deinen weichen Haaren vergraben und mit aller Kraft versucht,

*mir das Gefühl einzuprägen, wenn Du in meinen Armen
liegst – so engelgleich und so klein.*

*Es kommt mir jetzt schon vor, als wären diese Augenblicke
ein ganzes Leben her. Dabei ist mein Kleid noch feucht von
der Spucke aus Deinem Mund, den Du an meine Schulter
gedrückt hast.*

*Ich habe schon jetzt das Gefühl, einen entsetzlichen Fehler
begangen zu haben, und ich weiß, dass ich diesen Kummer
mein Leben lang in mir tragen werde. Du hast zuerst meinen
Leib geweitet und dann mein Herz, sodass ich mich immer
nach Deiner Nähe sehnen werde. Aber ich schätze, alle Mütter lernen früher oder später, mit einer Leere in ihrem Innern
zu leben, und akzeptieren sie mit der Zeit.*

*Ich wünschte, ich könnte Dir die Umstände erklären. Wa-
rum ich gehe und Du bleiben musst. Aber glaube mir, mein
Kind, wenn ich sage, dass ich wünschte, es wäre anders – für
uns alle.*

*Meine geliebte Rosie, ich hoffe, Du wirst nie an meiner Liebe
zweifeln.*

Deine Mutter

Peter las den Brief noch einmal und dann mehrmals hintereinan-
der den Text auf der Tasche. Jedes Mal blieb er an derselben Stelle
hängen: … *zwei Knöpfe von Rose' Kleid.* Wieder suchte er in den
Schubladen. Sein rasendes Herz ließ ihn hektischer werden.

Er hatte ein Gefühl – ein abwegiges, das völlig unbegründet
war, aber wenn man sich jahrelang mit Artefakten beschäftigt
hatte, entwickelte man ein Gespür für diese Dinge. Er hatte die
Ahnung, dass all das doch irgendwie mit seiner Mutter in Verbindung stand. Nicht nur der Brief, sondern auch die Tasche. Dass
sie von demselben Ort stammten.

Aber wo waren jetzt diese Knöpfe?

Kapitel 8

Im Zug von Charleston, 1946

Millies Hut rutschte ihr in die Stirn, als sie aus dem Fenster sah. Der Zug näherte sich Savannah und wurde langsamer.

Sie biss sich auf die Unterlippe, während sie weiter nach dem jungen Mann Ausschau hielt, der über die Gleise gesprungen war, konnte ihn aber nirgends entdecken. Hatte sie ihn sich nur eingebildet?

»Hallo«, sprach die blonde Frau auf dem Platz gegenüber sie an. Sie trug ein rotes, an der Taille gerafftes Kleid mit gelbem Gänseblümchenmuster. »Genießen Sie die Reise auch so sehr wie wir?«, fragte sie lächelnd. »Wir sind frisch verheiratet und fangen unser Eheleben in Savannah an.« Ihr Mann wandte sich um, als sie das sagte. Er rückte seine wollene Kappe und sein Jackett zurecht.

»Wie schön.« Millie nickte beiden einmal zu und faltete die leeren Hände. Sie blickte nach rechts und links und beugte sich dann vor. »Sagen Sie, Sie haben nicht zufällig einen Mann gesehen?«, fragte sie mit gesenkter Stimme.

Der Mann zog die Augenbrauen hoch und wartete. Als sie keine weitere Erklärung gab, presste er die Lippen zusammen. »Ihnen hat doch niemand etwas zuleide getan, oder?«

Millie hob die Hand. »Oh nein. Ganz und gar nicht.« Sie zögerte und beschloss dann, sich dem jungen Paar anzuvertrauen. »Ich habe nur gesehen, wie ein Mann in Charleston hinter dem Zug hergerannt ist.«

»Und Sie machen sich Sorgen um ihn.« Es war eine Aussage, keine Frage.

»Ja.«

»Das würde ich an Ihrer Stelle nicht.« Sie fuhren in den Bahnhof von Savannah ein. Der Blick des Mannes wanderte an Millie vorbei durchs Fenster und er runzelte die Stirn. »Diese Hobos sind zäh. Fahren als blinde Passagiere von Ort zu Ort und schlagen sich als Wanderarbeiter durch.«

Millie wollte gerade über ihre Schulter ebenfalls hinaussehen, da erregte ein Aufruhr links von ihr ihre Aufmerksamkeit. Mehrere Personen eilten zur anderen Seite des Waggons, um besser sehen zu können. Millie stand von ihrem Sitz auf und gesellte sich zu ihnen.

Eine ältere Frau, die nach einer halben Flasche Parfüm roch, zeigte zum Fenster. Der blumige Duft stieg Millie so intensiv in die Nase, dass ihr fast übel wurde. »Eine Farbige ist über die Gleise gelaufen und von den Beamten erwischt worden!«

Millie kniff die Augen ein wenig zusammen, um besser sehen zu können. »Sie hat ein Baby auf dem Arm«, stellte sie fest.

»Überrascht mich nicht. Und in Georgia stehen auf Schwarzfahren dreißig Tage Arbeitslager. Weiß nicht, wie hoch die Strafe für Frauen oder Schwarze ist.«

Millie fühlte, wie Wut in ihr aufstieg. »Aber sie macht das doch nur, um ihr Kind zu ernähren!« Millie hatte Geschichten von Menschen gehört, die den Bahngleisen folgten, in der Hoffnung, irgendwo Arbeit zu finden. Sie wurden Hobos genannt. Leute aus dem Norden, die nach Süden reisten, und solche aus dem Süden auf dem Weg nach Norden. Niemand gelangte dadurch an einen besseren Ort, aber alle waren auf der Suche. Nicht nur nach einem Broterwerb, sondern auch nach einer Perspektive. Die Wirtschafts- und Sozialreformen des New Deal halfen vielen Menschen, aber nicht allen.

Panik machte sich in Millies Brustkorb breit. Draußen ging einer der Bahnpolizisten zu der Frau, nahm ihr das Kind ab und erhob dann die Faust gegen die Mutter. Gleich darauf sank sie zu Boden. Millie konnte sehen, dass das Kind schrie.

»*Jetzt tu doch einer was!*«, hätte sie am liebsten gebrüllt.

Aber Mama hatte ihr eingeschärft, keine Aufmerksamkeit auf sich zu ziehen.

Doch einfach hilflos dazustehen, kam auch nicht infrage. Sie musste sich schnell etwas überlegen. Aus dem Augenwinkel bemerkte sie ein flackerndes Licht und drehte sich wieder zu dem Fenster an ihrem Platz, um zu erkennen, was das war. Was sie sah, ließ ihren Puls noch schneller schlagen.

Der Hobo!

Der Junge ging mit einer Schirmmütze auf dem Kopf an ihrer Seite des Waggons vorbei.

Alle anderen starrten links aus dem Fenster. Nur für Millies Augen legte er einen Finger an die Lippen, bat sie stumm, ihn nicht zu verraten, und zwinkerte dabei, sodass ihr ein Schauer über den Rücken lief.

Das frischgebackene Ehepaar war nicht mehr da. Vielleicht waren die beiden schon ausgestiegen.

Als Millie wieder nach draußen schaute, war der Junge wie vom Erdboden verschluckt. Doch dort, wo er entlanggegangen war, flackerten Flammen vom Boden auf.

»Es brennt!«, schrie Millie und rannte auf den Gang hinaus. Der Zug hatte mehrere Güterwaggons aus Holz, die schnell Feuer fangen konnten. »Hilfe!«

Innerhalb weniger Sekunden kreischten die Passagiere wild durcheinander.

Der Beamte von der Bahnpolizei drückte der verängstigten Mutter am Boden ihr Kind wieder in die Arme und rannte in Richtung Feuer. Er hatte Wichtigeres zu tun.

»Bahnhof schließen!«, schrie jemand. »Es dürfen keine neuen Passagiere zusteigen, bis das Feuer gelöscht ist!«

Aufgeregtes Stimmengewirr. Das Feuer hatten die Löschkräfte schon bald im Griff, aber die Nerven der Reisenden waren nicht so schnell zu beruhigen.

Erst jetzt merkte Millie, dass die schwarze Mutter mit ihrem Kind in der aufziehenden Nacht verschwunden war.

Interessant.

»Ist dieser Platz noch frei, Ma'am?«

Millie starrte zu ihm auf – zu dem Jungen, von dem sie auf dem ganzen Weg von Charleston geträumt hatte. Obwohl man ihn eher als jungen Mann bezeichnen konnte. Millies Herz setzte einen Schlag aus.

Obwohl sie kein Wort gesagt hatte, tippte er sich an die Mütze und setzte sich.

Er roch nach Kiefern und Rauch und Abenteuer. Und sein schiefes Grinsen war viel gefährlicher als die Bahngleise.

Millies Gedanken überschlugen sich, während sie eins und eins zusammenzählte. Sorgfältig darauf bedacht, so leise zu sprechen, dass nur er sie hören konnte, sagte sie: »Sie sind heimlich eingestiegen.«

»Mhm.«

»Sie haben das Feuer gelegt, damit die Frau fliehen konnte.«

»Mhm.«

»Dieser frisch verheiratete Mann hat Ihnen seine Mütze und sein Jackett gegeben, damit Sie nicht auffallen.«

»Er war frisch verheiratet? Schön für ihn.«

Millie starrte ihn an. »Ihnen ist doch klar, dass auf Schwarzfahren in Georgia dreißig Tage Straflager stehen, oder?« Sie sprach mit Autorität und nicht wie jemand, der diese Information selbst gerade erst erfahren hatte.

Er zog die Brauen hoch, offensichtlich belustigt. »Ich mag dich, Rothütchen.«

»Rothütchen?«

»Wegen deines Huts natürlich.« Er biss sich auf die Unterlippe. Ein Bart umrahmte sein schelmisches Grinsen. »Und im Moment auch wegen deiner Wangen.«

Kapitel 9

Charleston, heute

Der unebene Fußboden knarrte unter Peters Füßen, als er auf den Fersen auf und ab wippte. Er legte Tasche und Brief auf die Schreibtischplatte und schob die Hände in die Hosentaschen. »Das müssen die Erbstücke meiner Mutter sein.« Die sein Stiefvater wie Müll weggegeben hatte.

Seit dem Tag, an dem Peter heimgekommen war und festgestellt hatte, dass die Kiste mit den Sachen seiner Mutter nicht mehr da war, hatte er verzweifelt nach näheren Informationen gesucht. Er hatte das Gefühl, dass in seinem Innern ein Loch war, wo sein Vermächtnis hätte sein sollen – eine Leere, die er jetzt, wo seine Mutter tot war, vielleicht nie mehr füllen konnte.

Er hatte immer gewusst, wie aussichtslos seine Suche im Grunde war, aber die Neugier hatte ihn zu alten Häusern und Dingen hingezogen. Der Schlüsselmoment war es gewesen, als er endlich den Mut gefasst hatte, dem unersättlichen Verlangen seines Stiefvaters nach Prestige die Stirn zu bieten und stattdessen den Weg als Historiker einzuschlagen. In den folgenden Jahren hatte er die überaus befreiende Erfahrung gemacht, dass es sich ohne die ständige Missbilligung eines anderen viel leichter lebte. Aber manchmal wachte er nachts immer noch schweißgebadet auf und träumte von leeren Kisten.

Was, wenn er nach all der Zeit die verschwundenen Erbstücke tatsächlich wiedergefunden hatte? Vielleicht waren dies genau die Hinweise, die er immer gesucht hatte.

»Mhm.« Sullivan verlagerte sein Gewicht auf das andere Bein.

Peter wollte ihm gerade sagen, er solle aufhören, so selbstgefällig zu grinsen, da wurden sie gestört.

»Hier oben.« Eine Frau, die aussah, als wäre sie über siebzig, betrat den Raum, dicht gefolgt von einer zweiten. Sie erblickte Sullivan und blieb abrupt stehen. Damit bremste sie ihre Freundin aus, sodass es beinahe zu einem Zusammenstoß kam. »Du liebe Güte«, murmelte sie.

Peter presste die Lippen aufeinander, um nicht zu lachen. So war das mit Sullivan immer – junge wie alte Frauen registrierten seine Größe und sein gutes Aussehen und fragten zum Beispiel, ob er Basketball spielte und ob er gerne ihre Enkelinnen, Töchter oder Freundinnen kennenlernen wollte. Für gewöhnlich war ein Stück selbst gebackener Kuchen Teil des Angebots.

Sullivan verschränkte die Arme und lächelte. »Tut mir leid, meine Damen, aber wir kaufen die Sachen in diesem Zimmer.«

Die Frau berührte mit der Hand den Seidenschal um ihren Hals. »Grundgütiger! Sie meinen doch sicher nicht alles, oder?« Sie machte noch einen Schritt auf Peter und Sullivan zu. »Das sind doch bestimmt Möbel im Wert von mehreren Tausend Dollar!«

Wenn die beiden wüssten.

Sullivan zuckte mit den Schultern. »Sorry.«

Die Frau wandte sich mit missbilligend gerunzelter Stirn zu ihrer Begleitung um. Nach einem längeren Zögern verließen sie den Raum. »Komm, wir sehen uns dieses Rankgitter noch einmal an.« Ihre Stimme verklang, als die beiden die Treppe hinuntergingen.

Sullivan sah Peter an und ließ seine Fingergelenke knacken. »Also gut, du Sturkopf – was suchen wir als Nächstes?«

Peter grinste. »So spricht man aber nicht mit seinem Chef.«

»Das war die zensierte Version, Sir.« Sullivan lachte.

Peter ging zum Kleiderschrank des Schlafzimmers. Staub wirbelte auf, sobald er die Tür öffnete, und er fing an zu husten.

»Sensible Lunge?«, witzelte Sullivan.

»Weißt du was? Warte doch einfach draußen.« Peter boxte seinen Freund spielerisch gegen die Schulter.

Sullivan ging zum Nachttisch zurück und öffnete die restlichen Schubladen.

»Wir müssen herausfinden, was das zu bedeuten hat.« Peter schüttelte den Kopf.

Ein Klopfen an der Tür unterbrach sie erneut. Eine mollige Frau mit grauem Haar und Brille stand im Türrahmen. Der Duftwolke nach, die in den Raum schwebte, hatte sie eine großzügige Menge von dem Parfüm aufgelegt, das Peters Mutter immer benutzt hatte. »Entschuldigen Sie, meine Herren, aber eine sehr besorgte Kundin sagte mir, Sie wollten alle Möbel in diesem Raum kaufen. Ihnen ist aber bewusst, dass wir keinen Transportservice anbieten können, nicht wahr?«

Peter nickte. »Ja, Ma'am. Ich habe ein Unternehmen für historische Bauverwertung und wir kaufen einen guten Teil unseres Inventars bei Verkäufen wie diesem. Ich versichere Ihnen, dass wir keine Probleme haben werden, die Sachen selbst zu transportieren.«

Wahrscheinlich könnte er sogar die Hälfte der Dinge nach Hause tragen, weil er nur einen Block weiter wohnte.

»Können Sie uns einen Mengenrabatt anbieten?«, fragte er. Einen Versuch war es wert.

Die Frau zuckte mit den Schultern. »Was halten Sie von tausend Dollar?«

»Das klingt gut.« Peter verschränkte lässig die Arme. »Können Sie dann diesen Raum bitte für andere Kunden sperren, bis wir alles bezahlt und abgeholt haben?«

»Ich wüsste nicht, was dagegen spräche.« Sie zögerte einen Moment. »Ich sehe, Sie haben die Tasche gefunden.«

Peter biss sich auf die Lippe und versuchte, sich nichts anmerken zu lassen, aber sein Herz raste bei dem Gedanken an diese Entdeckung. »Stimmt. Was hat es denn damit auf sich?«

Die Frau sah zu dem Beutel hinüber, der jetzt auf der alten Kommode lag. »Ich weiß nur, dass meine Nichte die Tasche in einem Sozialkaufhaus entdeckt hat, als sie hier mit ihren Großeltern gewohnt hat. Auf der Kiste stand ›Radcliffeborough‹ und eine Adresse. Dieser Beutel und noch ein paar andere Dinge waren darin. Es war wie Schicksal, verstehen Sie? Einige dieser alten Gegenstände könnten vor Jahrzehnten in einem Haus wie diesem gewesen und dann nach all der Zeit wieder ins Viertel zurückgekehrt sein.« Die Frau lächelte. »Das war – du meine Güte! – ungefähr vor zehn Jahren. Meine Nichte war neun, als sie die Sachen gefunden hat, und wollte ihnen ein Zuhause geben. Sie fand, dass man so eine Geschichte bewahren muss.« Die Frau fuhr mit dem Finger am Türrahmen entlang. »Ich glaube, in Wirklichkeit hat ihr vor allem gefallen, dass sie genauso alt war wie das Mädchen von der Stickerei. Sie können den Beutel gerne mitnehmen. Es ist nur ein bisschen Stoff – nicht viel wert.«

Peter zögerte. Er warf Sullivan einen Seitenblick zu, während die Worte der Frau jede Faser seines Körpers zum Vibrieren brachten. Vor zehn Jahren. Das war dieselbe Zeit gewesen, als sein Stiefvater die Sachen weggegeben hatte. Natürlich war Peter nach wie vor klar, dass es wahrscheinlich unzählige Briefe an Mädchen namens Rosie gab, aber die Tatsache, dass dieser eine hier vor ihm lag, unterschied ihn von allen anderen.

Dieser Brief könnte der Schlüssel zum Rest der Geschichte sein.

»Ma'am? Erinnern Sie sich vielleicht noch an die Adresse auf der Kiste?«

»An die Straße nicht. Aber die Hausnummer war die 675. Warum fragen Sie?«

Weil das *seine* Hausnummer war.

Peters Kehle brannte, als er schluckte. Sullivan starrte ihn mit großen Augen an.

»Nur aus Neugier«, murmelte Peter. Er sah sich noch einmal in dem Raum um. Die Sonne schien im selben Winkel durchs Fenster wie vor hundert Jahren und die alten Mauern verströmten einen markanten Geruch.

Eine Stunde später hatten Peter und Sullivan beinahe alles in ihre Pick-ups geladen. Peter wischte sich den Schweiß von der Stirn und lehnte sich mit verschränkten Armen an seinen Wagen, dessen blauer Lack schon deutlich verblasst war.

Als er zu dem alten Haus aufsah, das jetzt weniger wert war, als es das Baugrundstück nach seinem Abriss sein würde, wurde er das Gefühl nicht los, dass die fehlenden Knöpfe die Antworten liefern konnten, die er brauchte.

Sullivan steckte die Hände in die Hosentaschen. »Du bist echt stur wie ein Esel.«

»Danke.« Peters Blick fiel auf eine kleine Kommode, deren Schubladen er noch nicht überprüft hatte, und er zog die schmalen, aber stabilen Laden eine nach der anderen heraus.

Als die letzte Schublade sich seinen Versuchen widersetzte, zog er kräftiger daran, bis sie sich ruckartig öffnete und mitsamt Inhalt aus der Führung glitt.

Ein altes Kleid fiel in einem unordentlichen Haufen zu Boden. Aber nicht der Stoff oder die Spitze oder die Rüschen fesselten Peters Aufmerksamkeit, sondern ein anderes kleines, aber wichtiges Detail.

Das fehlende Puzzleteil. Die Verbindung. Ein antiker Knopf mit den glänzenden Flügeln eines Schmetterlings.

Er traute seinen Augen kaum.

Sullivan kam näher und erstarrte. »Vielleicht bist du ja wirklich fündig geworden.«

Als Peter nach dem Kleid griff, kam es ihm auf seltsame Weise bekannt vor. Dabei war er sicher, dass er es noch nie gesehen hatte … jedenfalls nicht real und zum Anfassen. Sein Unterkiefer schmerzte, weil er die Zähne so fest zusammenbiss, also ließ er die Schultern kreisen, um die Anspannung zu lösen.

Und dann dämmerte es ihm.

Natürlich!

Der Stoff fühlte sich leicht an, als das Kleid durch seine Hände glitt, und er krallte die Finger hinein, als wollte er einen Schatten festhalten.

Peter hatte dieses Kleid schon einmal gesehen, und zwar auf Fotos.

Seine Mutter hatte es getragen, als sie seinen Vater geheiratet hatte.

ଓଃ

Ein Tag später

»Komm schon.« Peter legte den Beutel auf seinen Schreibtisch und beugte sich näher zum Bildschirm vor. Er seufzte, während er darauf wartete, dass sein Laptop die Suchergebnisse anzeigte.

Bis jetzt hatte er herausgefunden, dass der Beutel in der Zeit des Bürgerkriegs sein Dasein wahrscheinlich als Futtersack begonnen hatte. In viel zu vielen Fällen war der Besitz von Sklaven während der Wiedereingliederung der Südstaaten in die USA nach dem Krieg zerstört worden und damals waren ihre Geschichten kaum jemals dokumentiert worden.

Die Stickerei hatte Peter natürlich neugierig gemacht – besonders die Qualität der Handarbeit, die von einer gelernten Schneiderin ausgeführt zu sein schien. Aber wer war sie, diese geheimnisvolle Frau?

»M. M.«, murmelte Peter vor sich hin. Er betrachtete den Stoff näher. Jeder Stich war akkurat und gleichförmig und die verschiedenen Farben der Stickerei machten das Ganze auch optisch interessant. Diese Frau konnte mit Nadel und Faden umgehen. Peter hatte das Gefühl, dass er auch diese Art Stickerei schon einmal gesehen hatte.

»Wer bist du, M. M.? Wer *warst* du und was ist deine Geschichte?« Und die wichtigste Frage war vielleicht: Warum hatte sich das Hochzeitskleid seiner Mutter bei diesen Sachen befunden?

Peter rieb sich mit den Handballen die Augen. Es war beinahe zwei Uhr morgens und ihm war klar, dass er sich zu tief in dieses Geheimnis verbohrt hatte, doch die ganze Sache fesselte ihn und er konnte sowieso nicht schlafen. Stattdessen starrte er nur zum Deckenventilator hinauf und stellte sich diese Frau vor, die um ihr Kind trauerte. Neun Jahre alt und verkauft, als wäre sie nicht mehr wert als ein Sack Mehl.

Peter sah in den leeren Beutel und überlegte, wie er wohl ausgesehen hatte, als er damals mit Bedacht von einer Mutter für ihr kleines Mädchen befüllt worden war. Was war aus den beiden geworden? War das Wissen über sie für die Nachwelt verloren, so wie der Inhalt dieses Beutels? Nicht, wenn Peter es verhindern konnte.

Er stand von seinem Stuhl auf, um Nacken und Schultern zu dehnen, bevor er zwanzig Kniebeugen machte.

Anschließend setzte er sich wieder.

Denn seine Suche hatte gerade erst begonnen.

Kapitel 10

Im Zug von Charleston, 1946

Eine schmale Mondsichel stand am wolkenlosen Himmel von Alabama, der Zug ratterte weiter und weiter über die Gleise und Millie war völlig durcheinander. Der Morgen würde bald dämmern, aber sie hatte kein Auge zugetan. Was man von dem jungen Mann neben ihr nicht sagen konnte. Sie betrachtete ihn ausgiebig, während er schlief, den Kopf auf die Jacke gebettet, die er zusammengefaltet gegen das Fenster gelegt hatte.

Ihr Sitznachbar sah wirklich unglaublich gut aus und sie konnte sich vorstellen, dass die Leute sich nach ihm umdrehen würden, wenn er sich die Haare schneiden ließ und den Bart abrasierte.

Sosehr sie ihre Unterhaltung, bevor er eingenickt war, auch genossen hatte, sosehr nagten jetzt Zweifel an ihr – genug, um sich in diesem Zug nicht mehr sicher zu fühlen. Nicht sicher, was ihre Zukunft betraf, und nicht sicher, was den Mann neben ihr betraf. Vielleicht mochte sie ihn ein bisschen zu gern, obwohl sie ihn doch in Wirklichkeit noch gar nicht richtig kannte.

Dass sie jetzt hier war, war Teil eines ausgeklügelten Plans für einen Wunsch, den sie in diesem Moment als kindisch betrachtete. Sie hatte alles, was sie liebte und kannte, in Charleston zurückgelassen, und wofür? Nur für die Chance, einen Traum zu verwirklichen?

Und was, wenn jemand sie als das erkannte, was sie war – wenn ein Versprecher sie verriet? Was würde dann geschehen und was würde ihre Mama denken?

Und auf der anderen Seite: Was, wenn niemand je erfuhr, wer sie wirklich war? Wenn alles nach Plan lief und sie den Rest ihres

Lebens so verbrachte, als hätte es den ersten Teil ihres Lebens nie gegeben? Dieser Gedanke war vielleicht noch erschreckender.

Der attraktive Schwarzfahrer rührte sich auf seinem Platz, wachte aber nicht auf. Millie beneidete ihn darum, dass er einfach schlafen konnte.

Jedes Mal, wenn sie die Augen schloss, sah sie ihre Mutter am Bahnhof stehen und diese Knöpfe in der Hand halten. Jetzt umklammerte Millie sie in ihrer Rocktasche. Sie wusste, dass diese Knöpfe sie trösten sollten, aber stattdessen kam sie sich vor wie die verlorene Tochter.

Sie hätte Mama nie alleinlassen sollen. Egal, was ihre Mutter an dem Tag mit dem Mariengras und Harry oder an jedem Abend seither oder am Bahnhof gesagt hatte.

Wie konnte eine halb verleugnete Herkunft jemals ein volles Leben ermöglichen?

Millies Magen schmerzte vor Kummer. Wann würde sie ihre Mutter wiedersehen? Würde sie sie überhaupt jemals wiedersehen? Gott allein wusste, wie lange es dauern würde, genügend Geld zu sparen, um einen Besuch in Charleston zu machen. Die dunklen Ringe unter Mamas Augen waren schon viel zu lange dort. Warum hatte Millie bis heute nie richtig darauf geachtet?

Sie spürte einen Stich in ihrem Herzen, der in einen dumpfen Schmerz überging, wie die Bruchstelle bei einem gebrochenen Knochen – eine Stelle, für deren Heilung der restliche Körper viel Kraft brauchte, bis das Pochen nachließ. Der Schmerz musste nachlassen und die Schwellung zurückgehen, bevor das Gebrochene sich wieder zusammenfügen konnte.

Millie blickte aus dem Fenster.

Wer bist du, Millicent?

Im nächsten Moment spürte sie die Antwort einer Art inneren Stimme, die nicht ihre eigene war: *ein geliebtes Kind.*

Die Worte waren so plötzlich gekommen, wie ein Regenbogen am Himmel erscheint, und etwas – nicht direkt Freude oder auch nur innere Ruhe, aber vielleicht ein Sinn – begann die leere Stelle in ihr bis zum Rand zu füllen, bis Millies Lider schwer wurden und sie leise lächelte.

»Der Herr hat's gegeben, der Herr hat's genommen; der Name des Herrn sei gelobt!« Sie murmelte die Worte des Bibelverses, den Mama so liebte, und sie waren so vertraut, dass sie wie eine Decke gegen die kalte Fremdheit drinnen und draußen wirkten.

Ein geliebtes Kind.

Geliebt von dem Einen, der die Sterne erschaffen hatte und der sie gekannt hatte, noch bevor sie geboren worden war. Geliebt von ihrer Mama, die glaubte, dass Millie die Welt erobern konnte, wenn sie sich nur traute.

Millie betastete die Ränder der Knöpfe in ihrer Tasche. Ja, sie spielte eine Rolle in dieser Welt. Wie und warum und wann – das musste sie noch herausfinden. Doch jetzt und hier in diesem Zug zwischen zu Hause und einem ihr völlig neuen Ort wusste sie sich zutiefst geliebt, so wie ihre Großeltern es vor ihr gewesen waren und die Generationen davor ebenso.

Sie würde die Geschichte von Rose und Ashley auf den Beutel sticken, wenn sie sich in Alabama eingelebt hatte. Vielleicht konnte sie so mit dem Leben abschließen, das sie hatte verlassen müssen, um die Zukunft zu haben, die sie sich wünschte. Das verborgene Vermächtnis, das sie noch immer stolz in ihrem Herzen trug, egal, wo sie lebte.

Millie kam ein Seufzen über die Lippen, eine Mischung aus Hoffnung und Trauer zugleich.

Der Schwarzfahrer rührte sich wieder auf seinem Sitz, aber diesmal öffnete er die Augen. Ein schläfriges Grinsen zuckte um seine Lippen.

»Wie lange starrst du mich eigentlich schon so an, Rothütchen?«

Ihr Herz klopfte voller Sehnsucht.

Noch nicht lange genug.

Franklin Pinckney band die abgenutzten Senkel seiner Schuhe zu.

Sein ganzer Körper schmerzte.

Man sollte meinen, ein paar Stunden Schlaf in einem Eisenbahnwaggon ohne die Sorge, vom Dach des Wagens zu fallen oder von der Bahnpolizei erwischt zu werden, hätten ihm gutgetan. Doch auch wenn er eine Weile Ruhe zu schätzen wusste, fehlte ihm hier drin die vertrauten Geräusche der Nacht; er hatte sich an sie gewöhnt wie ein Junge vom Land an das Nachtlied der Grillen.

Sein Magen knurrte laut. Hatte das Mädchen neben ihm es gehört?

Franklin lächelte ein wenig und hoffte, dass nicht ein erneutes Knurren verraten würde, wann er das letzte Mal etwas gegessen hatte. Dann gähnte er und hielt sich die Hand vor den Mund. »Wohin fährst du eigentlich?«

Seine schöne Banknachbarin – und sie *war* schön mit diesen Augen, die jetzt im Sonnenlicht noch grüner wirkten – reckte ein wenig das Kinn vor. »Ich besuche meine Tante in Fairhope, Alabama.«

Ihre Worte klangen selbstbewusst, aber Franklin sah in ihrem Blick noch etwas anderes. Einen Anflug von Unsicherheit vielleicht, obwohl ihre Miene entschlossen war.

Sie fuhr eindeutig nicht so oft Bahn wie er.

»Das wird sicher nett.«

Die junge Frau nickte.

»Dann steht ihr euch nahe? Du und deine Tante?«

Sie zögerte. »Eigentlich nicht.«

»Deshalb ist der Besuch sicher nötig, vermute ich.« Franklin rieb sich die Hände. Er hatte den Verdacht, dass es eine solche Tante überhaupt nicht gab und sie diesen Satz zu ihrer eigenen Sicherheit erfunden hatte. Seine Mutter hatte so etwas früher auch getan. Er sollte aufhören zu plappern und das arme Mädchen in Ruhe lassen. Aber sie war einfach so anziehend. Und er hatte seit

Wochen keine richtige Unterhaltung mehr mit einem Mädchen in seinem Alter geführt.

Sie schaute ihn lange an, als wollte sie ihn einschätzen. Franklin brauchte sich nicht zu fragen, was sie sah – für jemanden wie sie war er nur irgendein dahergelaufener schmutziger Kerl.

»Was ist mit dir?«, fragte sie schließlich. »Seit wann bist du denn ein … du weißt schon.« Sie schien das Wort *Hobo* nicht aussprechen zu wollen.

Er sah ihr in die Augen. Wenn er freimütig antworten wollte, brauchte er auch eine ehrliche Reaktion von ihr. Franklin war überrascht, als er keinerlei Verachtung darin entdeckte, sondern nur Interesse. Sie lehnte sich kaum merklich in seine Richtung.

Aber er spürte es trotzdem. Er fühlte es bis in die Zehenspitzen, dass sie einen Hauch näher war.

Am besten machte er diesem Gefühl gleich ein Ende. »Mein Vater war nie da, nur meine Mutter und ich. Mein Onkel hat versucht zu helfen, so gut er konnte, aber dann kam die Wirtschaftskrise und er hatte selbst nicht genug zum Leben, also haben meine Mutter und ich uns auf den Weg gemacht und sind auf Züge aufgesprungen, um von einem Ort zum anderen zu kommen. Sie wusste nicht, was sie sonst tun sollte, um uns durchzufüttern.« Er schüttelte den Kopf. Bei der Erinnerung daran, wie er sich in diesen kalten Zugwaggons an seine Mutter gedrängt und sie vor fremden Männern beschützt hatte, drehte sich ihm jetzt noch der Magen um.

Die junge Frau schluckte hörbar. »Was ist mit ihr geschehen?«

»Sie ist irgendwann nachts vom Zug gefallen, als er in den Bahnhof einfuhr. Ich bin hinterhergesprungen, aber nicht schnell genug. Sie hat sich ziemlich schwer verletzt.« Franklin rieb mit dem Daumen über den Bart, den er eher unfreiwillig trug. »Ein paar Frauen in einer der Kirchen in der kleinen Stadt haben geholfen, sie gesund zu pflegen, aber ihr Arm ist nie richtig geheilt, also konnte sie nicht mehr auf Züge klettern.« Er zuckte mit den Schultern. »Ich bin nur froh, dass es ihr gut geht. Seit einiger Zeit schicke ich ihr Geld, wann immer ich kann. Es ist nicht viel, aber es hilft, damit sie sich etwas zu essen kaufen kann. Allein bin ich sowieso schneller.«

Franklin hoffte, dass sie ihn nicht zu sehr bemitleidete. Noch immer starrte er ihr in die Augen. Er hätte gar nicht anders gekonnt. »Wahrscheinlich weißt du das, aber es gibt gar nicht mehr so viele Hobos wie früher. Und ich habe beschlossen, dass dies der letzte Zug ist, auf den ich aufgesprungen bin. Wie es aussieht, wäre es jetzt besser für mich, irgendwo zu bleiben. Ich habe gehört, in Mobile gibt es viel Arbeit in den Schiffswerften. Oder ich fahre per Anhalter nach Fairhope. Da war ich vor ein paar Jahren mal und die Leute waren freundlich, als ich kurz vor dem Verhungern war, also hoffe ich, dass sie immer noch so sind.«

Sie nickte. »Deshalb hast du auch der Frau in Savannah geholfen. Sie hat dich an deine Mutter erinnert.«

Franklin kratzte sich über der Augenbraue. »Letzteres stimmt wohl, aber deshalb habe ich ihr nicht geholfen.« Er holte tief Luft und klopfte etwas Dreck von seinem Hosenbein. »Ich habe ihr geholfen, weil es richtig war.«

»Und es hat dir nichts ausgemacht, dass sie schwarz war?«

»Natürlich nicht.«

Auf diese Antwort bekam er ein völlig überraschendes, langsames, bedächtiges Grinsen. Der Anblick war ausgesprochen befriedigend und er sehnte sich sofort danach, das noch einmal auszulösen.

»Du hast bestimmt kein Interesse an der Gesellschaft eines Fremden in Fairhope, oder?« Es war eine kühne Frage, die er wahrscheinlich nicht hätte stellen sollen. Aber er würde nicht bereuen, dass er seine Chance nutzte, und sei sie noch so klein.

Sie musterte ihn. Er konnte sich vorstellen, wie sie ihre Optionen abwägte. Und dann erinnerte er sich daran, dass er vielleicht gar nicht wissen wollte, was sie dachte.

»Ehrlich gesagt, habe ich gar keine Tante in Fairhope, nur ein paar entfernte Verwandte dort in der Nähe. Aber die habe ich noch nie gesehen. Meine Mama hat nur gehört, dass Fairhope ein guter Ort sein soll für Leute, die einen Neuanfang wollen. Und deshalb könnte ich Gesellschaft wirklich gut gebrauchen, Hobo.«

Bei dem letzten Wort hatte sein Herz einen Schlag ausgesetzt.

»In diesem Fall …« Er streckte seine schwielige rechte Hand aus. »Ich heiße Franklin.«

Als ihre zarten Finger seine berührten, war Franklin wie verzaubert. Funken flogen wie über Kohlen nach einer langen Glut in einem Eisenbahnkessel. Nur durch eine einfache Berührung. Er fragte sich, was er damit anfangen sollte.

»Ich heiße Millie.« Ihr Lächeln war so lieblich wie das Summen von Bienen.

Kapitel 11

Fairhope, heute

Harper Rae war das ständige Beinahe leid.

Früher war ein Kolibri regelmäßiger Gast vor ihrem Schlafzimmerfenster gewesen. Manchmal hatte er dort auf dem Futterhäuschen gesessen und dann hatte Harper ihn dabei beobachtet, wie er in der Luft stand, sein Flügelschlag so schnell, dass Farben und Bewegung und Raum verschwammen. Und aus diesem Zustand des Übergangs heraus kam der Flug. Aber es hatte immer damit geendet, dass sie geblinzelt hatte und der Kolibri plötzlich fort gewesen war.

An Tagen wie heute dachte sie immer an diesen kleinen Vogel.

An Tagen, an denen sie blinzelte.

Harper wusste nicht, wann genau sie aufgegeben hatte. Oder ob es überhaupt einen konkreten Augenblick gegeben hatte. Vielleicht war es schon vor den Worten der Fachbereichsleiterin gewesen, irgendwann zwischen nächtlichen Prüfungsvorbereitungen, schlechten Noten und fehlgeleiteter Leidenschaft. Aber es spielte auch keine Rolle mehr, zu welchem Zeitpunkt es geschehen war.

Jetzt blickte Harper nach vorn.

Durch das Fenster ihres alten Fords hatte sie gerade beobachtet, wie aus dem herrlichen Sonnenschein in Georgia ein Sonnenuntergang in Alabama geworden war, und sie war entschlossen, einen Neuanfang zu finden.

Sie war an ihrem Ziel angekommen und trommelte nun auf das Lenkrad, auf der Suche nach einem neuen Rhythmus, dann zog sie den Zündschlüssel. Doch sie öffnete die Fahrertür nicht gleich, sondern atmete tief die Aprilluft ein, die durchs offene Wagenfenster hereinkam, während sie die Augen schloss.

Was stimmte eigentlich an ihren Entwürfen nicht, dass niemand ihr eine Chance gab?

Was stimmte mit *ihr* nicht, dass niemand ihr eine Chance gab?

Harper schüttelte den Kopf und fing wieder an, aufs Lenkrad zu trommeln. Das war eine ganz andere Frage.

Jetzt brauchte sie jedenfalls einen neuen Traum. Sie war bereit, der Möglichkeit einer eigenen Boutique für immer Lebewohl zu sagen. Und genau das hatte sie nach Mobile geführt.

Näher kam sie an ihr altes Haus nicht heran, ohne Hausfriedensbruch zu begehen, da ihr Vater schon vor Jahren weggezogen war, um sich um Harpers Großmutter zu kümmern. Aber der Blick auf die Bucht war immer noch derselbe.

Seit sie denken konnte, wollte Harper schon dort übernachten. Vielleicht hatte Daddy recht. Wieso sollte sie es nicht endlich tun?

Harper blickte zum Himmel hinauf. Sie war so sicher gewesen, dass sie Gottes Plan für ihr Leben gefolgt war. Musste man nicht einfach vertrauensvoll losgehen, um seinen Segen zu erhalten? Für den Einen, der die Sterne zählte und Harpers braune Augen schon im Sinn gehabt hatte, bevor sie zur Welt gekommen war, war das doch bestimmt keine große Sache. Warum also – *warum?* – hatte Gott einen so unerreichbaren Traum in ihr geweckt?

Harper stieg aus und ging an den ausladenden, von Azaleen umgebenen Eichen vorbei und auf die Veranda zu, auf der mehrere Grüppchen von Schaukelstühlen die Gäste der Pension zum Ausspannen einluden. Ein letzter Schimmer Tageslicht fiel auf die Stufen, als Harper entschlossen die Treppe zum Eingang hinaufstieg.

Ein altes Schild hing über der Tür des alten Hauses. *Millies Pension* war in geschwungenen Buchstaben darauf zu lesen.

Die blaugrauen Fensterläden sorgten im Zusammenspiel mit dem Weiß der Schaukelstühle für ein maritimes Flair. Das restliche Gebäude war in einem unaufdringlichen Gelb gehalten, wie die Farbe gedämpfter Sonnenstrahlen, die durch Baumkronen hindurchfallen. Es war einer dieser Orte, wie man sie in einer Zeitschrift wie *Country Living* sah. Die beste dies oder das … Kleinstadt, Schokoladentorte, was auch immer. Hier gab es eindeutig die beste Veranda.

Harper stieß einen langen Seufzer aus und stellte ihre schwere Reisetasche auf der Treppe ab, während sie an der Pension hinaufsah. Wie war sie hierhergekommen? Sechsundzwanzig und viel zu alt, um an einer Kreuzung nicht mehr weiterzuwissen, und zugleich viel zu jung, um aufzugeben.

Sie klopfte dreimal an die Haustür.

Wahrscheinlich hätte sie nicht zu klopfen brauchen, aber sie wollte auch nicht einfach so eintreten.

Die Tür knarrte und eine ältere Frau mit rotem Lippenstift und dickem, weißem Haar erschien. Sie sah genau so aus, wie Harper sie in Erinnerung hatte, bis hin zu der Hochsteckfrisur unter dem runden roten Hut.

»Harper Rae, so wahr ich hier stehe!«

Millie umarmte Harper mit einer für eine Frau ihres Alters erstaunlichen Kraft. Ihre Haltung war noch immer ganz gerade. Nur ihr Tempo hatte die Zeit ein wenig gebremst. Aber das machte die Zeit auf die eine oder andere Weise wohl mit allen.

Die Fliegengittertür schlug hinter ihr zu, als Harper eintrat. Sie sah sich in dem Zimmer um. Es war, als würde sie in einen Traum treten, einen, den sie seit mehr als einem Jahrzehnt nicht mehr von innen gesehen hatte.

Zuerst fiel ihr Blick auf den gemauerten Kamin, dann auf das antike Radio in der Ecke. Dick gepolsterte Sofas im Vichy-Karomuster mit geblümten Kissen sorgten für einen Hauch von Exzentrik. Ein Kronleuchter hing von der Decke und auf dem Couchtisch zwischen den Sofas stand eine Vase mit Kamelien, deren Duft durch den Raum zog. Irgendwann seit dem letzten Mal, als Harper hier gewesen war, hatte jemand die halbhohe Wandvertäfelung in Tiffanyblau gestrichen. Die ganzen hübschen Cottage-Details schrien förmlich nach Pinterest.

»Es ist wunderschön hier«, sagte Harper leise. »Sogar noch gemütlicher, als ich es in Erinnerung hatte.«

Millie lächelte, sodass ihre Lachfältchen noch tiefer wurden. »Wenn ich mich recht entsinne, hast du dich bei deinem letzten Besuch mehr für die Zimtplätzchen interessiert. Ich vermute, du nähst noch?«

Harper nahm ihre aus einem Teppich genähte Reisetasche in die andere Hand. Wie sollte sie Millie erklären, dass sie nach Hause zurückgekehrt war, um ihre Gedanken zu ordnen, bevor sie ein anderes Abenteuer in Angriff nahm?

Millie musterte sie, während Harper krampfhaft überlegte, was sie sagen sollte. Schließlich brach Millie das Schweigen. »Brauchst du ein Zimmer, mein Kind?« In ihrer Frage schwang noch sehr viel mehr mit.

Harper biss sich auf die Unterlippe. Ihre Tasche wurde allmählich schwer, also stellte sie sie ab. »Ja, Millie. Ich wollte fragen, was eine Übernachtung kostet. Online habe ich nichts gefunden.«

Millie machte eine abfällige Handbewegung. »Ich stelle nichts ins Internet. Wenn Gäste zu mir wollen, werden sie mich auf die altmodische Weise finden. Außerdem …« – sie sah Harper direkt in die Augen – »… ist das Internet nur eine Modeerscheinung. Irgendwann wird die Gesellschaft aufwachen und wieder erkennen, wie gut es ist, unmittelbar miteinander zu reden.«

Harper wollte etwas erwidern, aber Millie war noch nicht fertig.

»Wie viel hast du denn, Kleines?« Sie betrachtete Harper eingehend. Bemerkte sie, dass das Leuchten in Harpers Augen getrübt war? Konnte sie ihre Gedanken lesen, die sich nach all dem Koffein, mit dem sie sich während der Fahrt wach gehalten hatte, überschlugen? Erkannte sie die kleinen Falten und das gequälte Lächeln und die Anzeichen eines ausgehöhlten Traumes?

Harper räusperte sich und blickte auf den alten Holzfußboden. »Wahrscheinlich viel weniger als du normalerweise nimmst.«

»Und wie lange willst du bleiben?«

Die Frau redete wirklich nicht um den heißen Brei herum.

»Das hängt auch von deinen Preisen ab.« Harper versuchte, ihre Antwort mit einem Lachen abzumildern.

Millie lachte nicht. »Also, vielleicht ist es ja Schicksal, dass du gerade jetzt hergekommen bist. Ich könnte etwas Hilfe hier gebrauchen ... falls du Interesse hast.«

»Was denn für Hilfe?«

»Hilfe für *mich*.« Millie schob sich eine weiße Haarsträhne hinters Ohr. Die Frau strahlte Leben aus wie Sonnenstrahlen. »Ich will die Flitterwochensuite renovieren, aber falls du es noch nicht bemerkt hast: Diese alten Gelenke sind nicht mehr das, was sie mal waren. Ich brauche tatkräftige Unterstützung hier im Haus. Ach was, ich brauche Hilfe, mich auch nur im Haus zu bewegen.« Dabei funkelte es in Millies Augen.

Harper zog an dem Saum ihrer Jeansjacke, völlig überwältigt von dem Angebot. »Ich weiß nicht, was ich sagen soll. Es wäre mir eine Ehre, aber ich habe nicht die geringste Ahnung, wie man eine Pension führt.«

»Nur Näharbeiten? Ich muss sagen, es schmeichelt mir, dass mein Unterricht von damals dich offenbar so nachhaltig geprägt hat.« Millie reckte das Kinn ein wenig vor.

Harper zögerte. »Woher weißt du denn, dass ich immer noch Kleider nähe?«

»Du trägst ein altes Dior-Kleid, mein Kind, aus dem du wirklich etwas Besonderes gemacht hast. *So* kannst du dein Talent nicht verstecken.«

Harper fuhr ein wenig verlegen mit der Hand über den Stoff ihres Kleides.

Hinter dem Wohnzimmer, in dem sie standen, sah sie die schlichte Holztreppe, die nach oben zu weiteren Gästezimmern führte. Harper folgte Millie den Gang im Erdgeschoss entlang, doch die alte Dame lief an allen Türen vorbei.

»Wohin gehen wir?« Harper schleppte ihre Reisetasche mit und wünschte in diesem Augenblick, sie hätte sich für einen Rollkoffer entschieden. Es war überraschend mühsam, mit Millie mitzuhalten. Die Frau ging wahrscheinlich immer noch jeden Morgen ein, zwei Kilometer spazieren, obwohl sie inzwischen über neunzig sein musste.

»Wir nehmen den langen Weg zu deinem Zimmer«, erwiderte Millie über die Schulter nach hinten. Sie öffnete den Hintereingang und ein fantastischer Garten öffnete sich vor ihnen. Jenseits davon flog eine Formation Pelikane über die Bucht.

Kein Gedanke und keine Beschreibung schienen angemessen, um diese atemberaubenden Farben einzufangen. Oder die friedvolle Stimmung.

Von diesem Blickwinkel aus schien die Kante von Millies Anleger den von Harpers altem Haus zu berühren und die Vertrautheit des Ortes war Balsam für eine Wunde, von der sie nicht geglaubt hatte, sie heilen zu können.

Daddy hatte recht behalten, wie immer. Sie musste zurückkehren und sich daran erinnern, woher sie kam. Vielleicht konnte sie dann herausfinden, wohin sie wollte.

Kapitel 12

Fairhope, heute

Mehrere Tage vergingen, und auch wenn Harpers gebrochenes Herz noch lange nicht wieder ganz war, merkte sie, dass sie immerhin dabei war, es Stück für Stück wieder zusammenzufügen – und war das nicht der erste Schritt bei einer Flickarbeit?

Harpers Handy klingelte. Sie schloss die Tür zum Büro, bevor sie den Anruf entgegennahm. Nicht, dass sie davon ausging, ihre ehemalige Mitbewohnerin würde etwas Belastendes sagen, aber Millie … also, Millie war neugierig, wie sich herausgestellt hatte. Wenn sie Erklärungen abgab, wollte Harper das ungestört tun.

»Hallo?« Harper fuhr mit den Fingern über die kunstvoll verzierte Schreibtischkante.

»Was hast du dir eigentlich dabei gedacht?«, schimpfte Lucy. »Warum habe ich hier zwei Monatsmieten gefunden, als ich nach Hause gekommen bin?«

»Weil unsere Kündigungsfrist so lang ist und –«

»Das meine ich nicht und das weißt du ganz genau!« Lucy schnaubte. »Den reiße ich übrigens durch, deinen Scheck.«

Harper trat hinter den Schreibtisch und setzte sich. Der Holzstuhl war so alt, dass sie fürchtete, er könnte unter der Last der Moderne brechen. »Das tust du nicht.«

»Ich würde sagen: *Das wirst du schon sehen,* aber du bist ja nicht hier, um es zu bezeugen, oder?«

Harper wischte sich die Haare aus den Augen. »Mir ist klar, dass du verwirrt bist –«

»Ach was!«

»Und wahrscheinlich war es nicht richtig von mir, dass ich dir nur einen Zettel und einen Scheck hingelegt habe.« Harper berührte ihren roten Vintage-Pullover und bemerkte, dass die Naht am Saum sich gelöst hatte. Egal – das konnte sie später reparieren. Das Oberteil war eines ihrer Lieblingsstücke, das sie erst vor Kurzem gefunden hatte, und ein kleines Loch würde sie nicht davon abhalten, den Pulli zu tragen. »Aber du kannst mir nicht erzählen, dass du nicht versucht hättest, mir die Sache auszureden.«

Lucy seufzte. »Dazu hast du mir keine Chance gegeben, nicht wahr? Außerdem sieht es dir gar nicht ähnlich, einfach aufzugeben, wenn es schwierig wird. Du hast Jahre in diese Sache investiert, Harper. Schon bevor wir uns kannten. Du wolltest nie etwas anderes.«

Harper hätte lieber nicht mehr darüber gesprochen, aber wie es aussah, blieb ihr im Moment nichts anderes übrig. Sie zögerte. »Und nach all der Zeit habe ich gelernt, dass wir eben manchmal scheitern.«

Sie stellte sich vor, wie Lucy in ihrer Küche auf und ab ging, wie sie es immer tat, wenn sie mit einem Problem konfrontiert war.

»Das heißt, du gibst auf.«

»Nicht ganz.« Harper zupfte an dem losen Faden neben dem Loch, das sie gefunden hatte. *Was ist, wenn Lucy recht hat? Gebe ich wirklich auf?* »Ich begebe mich in die raue Wirklichkeit der Welt, das ist alles. Ich gebe mein Interesse an Vintage-Kleidung oder am Nähen nicht auf. Ich … passe es nur den Gegebenheiten an.«

Ja, so konnte sie es am besten erklären.

»Du *passt es an?* Dass ich nicht lache. Du hast einen besseren Blick für Design als jeder andere Mensch, den ich kenne. Das musst du doch wissen!«

»Es ist lieb, dass du das sagst, aber …« Aber sie hatte sich selbst einmal zu viel etwas vorgemacht.

»Das war's dann also?«

»Mir bleibt nichts anderes übrig, Lucy. Es wird Zeit, dass ich etwas Neues anfange.«

Harper spielte mit den Griffen der Schreibtischschubladen

und zog geistesabwesend eine davon auf. Ihr Blick fiel auf ein gerahmtes Foto. Als sie es in die Hand nahm, stockte ihr der Atem. Der Mann auf dem Bild war ungeheuer attraktiv. Er trug ein Seersucker-Sakko über einer festgesteckten schokoladenbraunen Krawatte und sein ordentlich geschnittenes Haar hatte den vollkommenen »*Ich gebe mir keine Mühe, ich bin so aufgewacht*«-Anschein, den man nur mit teuren Pflegeprodukten hinbekam. Sein Kinn war kantig, seine Augen waren freundlich und sein Dreitagebart ließ vermuten, dass man aus verschiedenen Gründen besser die Finger von ihm ließ. Doch nichts von alledem war der Grund, warum ihr Puls raste. Das war der Mann, den sie in Charleston kennengelernt hatte – der die Räumlichkeiten des ehemaligen Bekleidungsgeschäfts gekauft hatte.

Sie drehte das Foto um und ihr Verdacht wurde bestätigt. In einer schönen Handschrift stand dort: *Peter – 2012.*

Harper traute ihren Augen kaum.

»Tut mir leid, ich muss Schluss machen«, sagte Harper.

Millies Stimme war auf dem Flur zu hören. Es klang, als spräche sie mit jemandem.

Harper verstaute das Foto wieder in der Schublade und verließ das Büro schneller, als eine Schwalbe eine Mücke jagt. Sie wollte nicht dabei erwischt werden, wie sie herumschnüffelte.

In all der Zeit, die sie im Laufe der Jahre miteinander verbracht hatten – beim Plätzchenbacken, beim Ausschütteln der Steppdecken oder beim Begrüßen der Gäste auf der langen Veranda –, hatte Millie nie etwas von ihrem Privatleben erzählt. Warum um alles in der Welt hatte sie ein gerahmtes Foto von diesem Typen in ihrer Schublade?

Harper steckte ihr Handy ein und trat auf den Flur hinaus.

Millie drehte sich zu ihr um und deutete auf die Leute, die neben ihr standen. »Harper, Liebes. Wie gut, dass du kommst. Dies ist Familie Dickens. Sie sind aus dem kalten Iowa hergekommen.«

Die junge Mutter lächelte und ihr Sohn winkte. »Freut mich, Sie kennenzulernen«, sagte der Vater.

Harper winkte dem kleinen Jungen zurück und hoffte, dass die Familie nicht merkte, dass sie sie so schnell wie möglich loswerden und mit Millie reden wollte. »Das Vergnügen ist ganz auf meiner Seite. Bitte sagen Sie Bescheid, wenn ich irgendetwas für Sie tun kann.«

»Danke.« Die Frau legte beide Hände auf die Schultern ihres Sohnes.

Millies Blick ruhte auf der mütterlichen Geste.

Harpers Entschluss, nach Antworten zu bohren, wurde abrupt ausgebremst. Wenn sie es sich recht überlegte, widmete Millie sich den kleinsten Gästen in ihrer Pension immer in besonderer Weise – mit Ausmalbildern und der Gelegenheit, beim Backen zu helfen, und sogar mit einer alten DVD-Sammlung aus Trickfilmen, die seit zwanzig Jahren niemanden mehr interessierten – aber es war süß. Was, wenn mehr dahintersteckte? Hatte Millie eigene Kinder? Enkel? Warum sonst sollte sie das Bild von Peter haben?

»Wir gehen besser mal in unser Zimmer und machen uns frisch.« Die Frau tätschelte die Schultern ihres Sohnes. »Bis bald, Harper.«

»Bis bald.« Harper lächelte so herzlich, wie sie konnte, und hoffte, die Gäste würden nicht bemerken, dass sie mit den Gedanken ganz woanders war.

Dann waren sie fort und Harper und Millie blieben allein in der Diele zurück.

»Alles in Ordnung?« Millie runzelte die Stirn. »Du siehst aus, als hättest du ein Gespenst gesehen.«

Vielleicht habe ich das tatsächlich.

Bevor sie antworten konnte, wandte Millie sich der Tür zu Harpers Schlafzimmer zu. »Reg dich bitte nicht auf, aber es gibt etwas, das ich dich fragen will.« Millie öffnete die Tür. Die Landhauseinrichtung des Zimmers war den Originalmöbeln nachempfunden, aber zugleich ganz im Trend.

Erst auf den zweiten Blick bemerkte Harper das Kleid, das sie für ihre Abschlussprüfung genäht hatte, am Türgriff des Schranks und wäre fast rückwärts wieder aus dem Raum gestolpert. »Wie … wo …?« Harper fehlten die Worte.

Millie zeigte auf das Kleidungsstück, als stünde es vor Gericht. »Du hast das genäht, richtig?«

Harper schloss die Augen. Sie wollte diese Unterhaltung jetzt nicht führen. Sie hatte das Kleid aus gutem Grund verkauft und es nie wiedersehen wollen. Die Zurückweisung tat noch immer zu weh. Langsam nickte sie.

Millie trat zu ihr und legte ihr eine Hand auf die Schulter. »Du hast eine ganz besondere Gabe.«

Harper fuhr mit der Zunge über ihre Zähne und verkniff sich eine Entgegnung. Sie konnte genügend Beispiele aufzählen, die ihre eigene Unzulänglichkeit belegten. Ihre letzten Tage am College waren Beweis genug. Sie hatte nicht einmal ihren letzten Kurs bestanden. Wie hatte sie jemals denken können, es würde ihr gelingen, ein erfolgreiches Geschäft aufzubauen?

Doch wenn sie irgendetwas von alldem sagte, würde Millie ihr zweifellos über den Mund fahren, also entschied sie sich für die Kurzfassung: »Ich weiß deine Meinung zu schätzen, Millie. Wirklich. Aber ich habe es ausprobiert und es hat nicht funktioniert.«

Millie verschränkte die Arme. »Du wirfst also einfach die Flinte ins Korn. Bist du deshalb hergekommen?« Ohne Harpers Antwort abzuwarten, ging Millie zum Schrank, griff nach dem Kleiderbügel und legte das Kleid aufs Bett. »Hast du schon mal überlegt, die Ärmel zu kürzen?«

Harper legte den Kopf ein wenig zur Seite und betrachtete das Kleid. »Ehrlich gesagt nicht …«

»Vielleicht sollte der Saum auch ein wenig höher sein. Schließlich sind wir nicht im viktorianischen England.«

Harper musste lachen. »Das stimmt wohl.«

»Wie auch immer. Änderungen sind oft die Lösung, Liebes.«

Harper war sich nicht sicher, ob sie das nur in Bezug auf Kleider meinte oder auch auf Menschen, aber wahrscheinlich passte der Gedanke auf beides.

Sie brannte immer noch darauf, Millie nach dem Foto zu fragen, brachte aber nicht den Mut auf. Was, wenn sie da über etwas sehr Persönliches gestolpert war? Jetzt war nicht der richtige Zeitpunkt.

Millie hielt das Kleid hoch, um es genauer zu betrachten. »Hier ist ein kleines Loch.« Sie machte eine wegwerfende Handbewegung. »Macht nichts. Das lässt sich schnell beheben.«

Harper lächelte und trat neben die ältere Frau. Gemeinsam betrachteten sie den Riss im Stoff.

»Mir gefällt die Idee, die Ärmel zu kürzen«, meinte Harper. »Vielleicht können wir das zusammen machen.«

»Jetzt sieh mich nicht so an, als würde ich jeden Augenblick tot umfallen und du müsstest dich an mein gutes Porzellan ranmachen!«

»Wie wäre es, wenn wir mit den Ärmeln anfangen? Und außerdem wissen wir beide, dass dein Geschirr von Ikea stammt.« Harper lachte. »Aber jetzt mal im Ernst – woher wusstest du überhaupt von dem Kleid?«

Millie zögerte, während ihre Hände über den Stoff fuhren. Dann sah sie Harper an. »Was, wenn ich noch einen anderen Überraschungsgast im Haus hätte?«

Kapitel 13

Mobile, Alabama, 1946

Dampf stieg von der Lok auf, als der Zug ruckelnd zum Stehen kam. Der Schaffner verkündete, dass sie in Alabama angekommen waren, und Franklin sprang aus dem Waggon. Er stellte ihre Reisetasche ab und streckte dann die Hand aus, um Millie beim Sprung von der letzten Stufe zu helfen.

Sie hoffte, dass er nicht sah, wie sie errötete, denn sie war es nicht gewöhnt, mit der Bahn zu fahren oder die Hand eines Herrn zu ergreifen – auch wenn er nur ein Hobo war, der ihr kurz half. Die ganze Angelegenheit fühlte sich eher wie ein Traum an und nicht wie das echte Leben.

Der Staub vom Abrieb der Räder auf den Schienen stieg Millie in die Nase und sie hielt sich die freie Hand vors Gesicht, als sie niesen musste. Einen Moment lang fragte sie sich, was Mama wohl gerade tat … aber dann riss sie sich zusammen. Ihre Mutter hatte ihr das Versprechen abgenommen, nicht so zu denken. Das nützte niemandem etwas. Also hob Millie den Kopf und ließ den Blick über die Personen wandern, die gekommen waren, um Passagiere abzuholen. Dann fasste sie an ihren Hut, um ihn am Davonfliegen zu hindern, und sah zu Franklin hinüber.

Vor ein paar Stunden hatte sie noch irgendwie Angst vor ihm gehabt. Aber wie sich das geändert hatte! Jetzt war der geplante Teil ihrer Reise vorbei und sie hatte keine Ahnung, wo sie als Nächstes hinsollte, abgesehen von Fairhope im Allgemeinen. Sie hatte sich solche Sorgen über die Bahnfahrt gemacht, dass sie gar nicht viel über das Grundlegende nachgedacht hatte: was sie anschließend tun würde.

Millie schwieg, während sie Franklins Gesichtsausdruck

97

studierte. Wonach sie suchte, wusste sie selbst nicht. Vielleicht Stärke.

»Keine Sorge, Rothütchen.« Seine Stimme beruhigte sie ein wenig. »Wir schaffen das schon.« Und mit diesen Worten nahm er ihre Reisetasche wieder in die Hand. »Die Stadt, von der du gesprochen hast, ist schon mal ein guter Anfang … für uns beide.«

Millie holte tief Luft, sodass ihr Zwerchfell gegen die schmale Taille ihres Kleides drückte. »Der Plan ist wohl so gut wie jeder andere.« Sie versuchte, sich nicht anmerken zu lassen, wie froh sie darüber war, dass er sie begleiten würde. Sie hatten einen entspannten Umgang miteinander gefunden, eher wie Freunde und nicht wie die Fremden, die sie ja eigentlich waren.

Franklin hob die Hand und begab sich zur Vorderseite des Bahnhofs, wo Autos parkten. »Fairhope ist ein gutes Stück von Mobile entfernt, also müssen wir fahren.«

Millie riss die Augen auf. »Du hast doch wohl nicht vor, einen Wagen zu stehlen, oder?«

Franklin stemmte eine Hand in die Hüfte und lehnte sich an einen rostigen weißen Truck. »Sehe ich etwa so aus?« Sein selbstbewusstes schiefes Grinsen ließ sie erleichtert aufatmen, auch wenn diese Erleichterung nur von kurzer Dauer war. »Übrigens« – er senkte die Stimme – »könnte ich das Ding problemlos kurzschließen, aber ich bin kein Dieb, Rothütchen. Ich muss mich schließlich Gott gegenüber verantworten.« Sein Grinsen wurde breiter. »Außerdem bekäme meine Mutter einen hysterischen Anfall, wenn sie jemals davon erfahren würde.«

»Junger Mann, was fällt dir ein, dich so an mein Auto zu lehnen?«, erklang eine Männerstimme.

Franklin fuhr zusammen, sichtlich erschrocken. Aber als er sich wieder gefasst hatte, streckte er dem Fremden gelassen die Hand entgegen. Millie wurde allmählich bewusst, dass Franklin immer einen Plan hatte. Was hatte er jetzt wieder vor?

»Einen schönen Wagen haben Sie da, Sir.«

Der stämmige Mann trug einen Overall und rauchte eine selbst gedrehte Zigarette. »Hab auch schwer dafür geschuftet.«

»Das sieht man. Was ist denn das für ein Modell?«

In den nächsten fünf Minuten folgten mehr Einzelheiten über Fahrzeuge, Marken und Modelle, als Millie je hatte wissen wollen. Sie nickte und lächelte, wie es sich gehörte, aber innerlich seufzte sie erleichtert, als die Unterhaltung sich dem Ende zuneigte.

»Wo wollt ihr denn hin?«, fragte der Mann.

Jetzt zählte Millie eins und eins zusammen. Oh nein! Das konnte doch nicht Franklins Ernst sein?!

Bitte Gott, mach, dass er nicht mit diesem Mann fahren will!

»Nach Fairhope«, antwortete Franklin, ohne mit der Wimper zu zucken.

»Habt ihr schon eine Mitfahrgelegenheit?«

»Nein, Sir«, sagte Franklin.

Millie fingerte an ihrem Hut herum.

»Ich wohne östlich von Fairhope. Ihr könnt gern einsteigen.« Ohne eine Antwort abzuwarten, klappte er das Heck der Ladefläche herunter, damit sie hinaufklettern konnten.

Mist!, hätte Millie am liebsten gesagt. Sie würde ihre Röcke raffen müssen, um überhaupt dort raufzukommen. Was war denn das da – ein Rindskopf? Sie war wirklich nicht zimperlich, aber du liebe Güte! Hätte Franklin sich nicht ein richtiges Auto aussuchen können?

Er half ihr auf die Ladefläche, machte es sich neben ihr bequem und stellte ihre Tasche ab. Dann streckte er den Arm über ihre Schulter und hielt sich an dem Gestänge über ihnen fest – eine Vorsichtsmaßnahme, um nicht hin und her geworfen zu werden, wie Millie bald feststellte.

Zwei Schlaglöcher und eine scharfe Kurve später schien er ihre Gedanken zu lesen. »In der Not frisst der Teufel Fliegen.« Da war es wieder, sein charmantes Grinsen. »Ich habe versprochen, dass ich dir helfen werde, Rothütchen. *Wie*, habe ich nicht gesagt.

Aber eins kann ich dir garantieren: Mit mir wirst du immer genug Abenteuer erleben.«

Das konnte man wohl sagen.

ଔ

Millie hatte Schneid. Franklin hatte schon genug erlebt, um das zu erkennen. Als Frau ganz allein quer durch die Staaten zu reisen? Davor hatte er Respekt. Aber sie lief vor etwas davon. Auch das hatte er bemerkt. Sie passte nicht gut genug auf ihre Tasche auf und plauderte zu offen über Einzelheiten ihrer Reise. Jemand könnte ihr folgen.

Er selbst hatte diese Dinge auf die harte Tour gelernt, während er praktisch auf den Gleisen aufgewachsen war. Und auch seine Mutter war in dieser Zeit auf ihre Weise gewachsen.

Aber Millie hatte beobachtet, wie er in Savannah das Feuer gelegt hatte, wohingegen alle anderen sich auf die Auseinandersetzung mit der Bahnpolizei konzentriert hatten. Das ließ ihn nicht los. Noch nie hatte jemand ihn beobachtet. Deshalb war er auch so ein guter Schwarzfahrer geworden. Er war ein Experte, wenn es darum ging, unsichtbar zu sein. Während der Truck über die holprige Straße polterte, sah Franklin zu Millie hinüber und musste lächeln. Sie machte das Beste aus der Situation. Das musste er ihr lassen.

Franklin redete sich ein, dass er ihr half, damit ihr nichts zustieß – das würde seine Mutter von ihm erwarten. Doch wenn er ehrlich war, dann war es vielleicht andersherum. Er hatte den Verdacht, dass Millie *ihm* half und ihn so sah, wie er es sich noch nicht zugestehen wollte.

Außerdem war sie so schön wie die Morgendämmerung über dem Wasser.

Langsam schüttelte Millie den Kopf. »Du musst mich für sehr naiv halten«, murmelte sie. »Dass ich einfach so in ein neues Abenteuer aufbreche, ohne einen richtigen Plan zu haben, dazu noch fast ohne Geld.«

Der Wagen fuhr durch eine Delle in der Straße und er hielt ihre Schulter fest, damit sie nicht gegen die Fahrerkabine fiel.

»Überhaupt nicht.«

»Wirklich?« Sie sah ihn mit großen Augen an.

»Im Gegenteil. Ich habe gerade gedacht, dass du sehr mutig bist. Diese weite Strecke alleine zu reisen …«

Sie betastete etwas in ihrer Tasche und musterte ihn.

»Womit spielst du da eigentlich?«, fragte er.

Millie zog beide Hände heraus und öffnete die rechte Faust, um ihm zwei Knöpfe zu zeigen. Als das nächste Schlagloch kam, schloss sie schnell wieder die Finger darum und steckte die Hände wieder in die Rocktaschen, das perfekte Versteck für ihren Schatz.

»Kannst du nähen?«, fragte er.

»Ja.«

Aus irgendeinem Grund hatte sich ihr Blick verdunkelt.

»Was verschweigst du mir?« Er wollte nicht unhöflich sein, er war nur neugierig.

»Die Knöpfe gehören meiner Mutter.«

Mehr sagte sie nicht.

Er verstand. Es spielte keine Rolle, warum sie von zu Hause fortgegangen war. Das Gefühl war immer dasselbe. Ein Teil des Herzens war wie ausgehöhlt.

»Ein Geschenk.« Er schob die Hand in seine eigene Tasche und zeigte ihr den Penny. »Ich trage immer die alte Münze meines Onkels bei mir.«

Das schien eine unsichtbare Tür zwischen ihnen zu öffnen.

»Ich wünsche mir meinen eigenen Kleiderladen!«, platzte es aus Millie heraus. Sie sah ihm direkt in die Augen und der Schatten in ihrem hatte sich verflüchtigt wie Nebel in der Morgensonne.

Franklin zog seine Kappe ein Stück nach hinten. »Dir ist schon klar, dass du eine Frau bist und noch dazu nicht verheiratet?«

»Das weiß ich.« Sie sprach die drei Worte mit einer Leichtigkeit aus, die in unerschütterlicher Entschlossenheit wurzeln musste.

»Dann soll es wohl so sein.«

»Glaubst du das wirklich?«

Franklin rückte ein wenig näher, um Millies ganze Aufmerksamkeit zu erlangen. »Hör zu, Rothütchen. Ich glaube, dass jeder alles tun kann, wenn er fleißig genug dafür arbeitet.«

»Jeder?« Sie blinzelte nicht einmal. »Frauen und Schwarze und … also du meinst *jeder*?«

»Wenn nicht, wäre ich ein Heuchler.« Er schob eine Haarsträhne hinter ihr Ohr. Er hatte nicht vorgehabt, das zu tun. Es war ein Reflex gewesen – weil sie ihn unbestreitbar faszinierte. Und wie es aussah, ging es ihr genauso. Sie schien ihn zumindest zu mögen.

»Hör mal, lass mich dir helfen. Ein Kumpel von mir war mal in einer Pension in Fairhope. Von dort blickt man auf die Mobile Bay und dort war man sehr großzügig zu ihm. Wir können zusammen dorthin und ich bleibe so lange, bis du dich eingelebt hast.« Oder länger, wenn sie nichts dagegen hatte. Er war es leid, von Zug zu Zug zu springen, und sie war die Art Frau, mit der er sich gerne irgendwo niederlassen würde, so Gott wollte. »Ich kann mir genauso gut dort eine Arbeit suchen und dann Geld an meine Mutter schicken.«

»Das würdest du tun?« Ihre Schultern entspannten sich sichtlich vor Erleichterung und er war äußerst zufrieden.

»Es wäre mir ein Vergnügen.« Er wischte etwas Rost von seinem Hosenbein. Den hatte er dem Truck zu verdanken.

»Also … wie jetzt? Tun wir so, als würden wir zufällig zur selben Zeit ankommen?« Millie zog ihren Kragen zurecht, während der Wagen eine ungepflasterte Straße hinunterholperte, die auf beiden Seiten von riesigen Eichen gesäumt war.

»Ich glaube, es ist das Beste, wenn wir es so aussehen lassen, als gehörten wir zusammen. Das weckt mehr Sympathien, als wenn zwei Fremde gleichzeitig auftauchen.«

»Und es ist ja auch nicht so, als ob wir uns gar nicht kennen würden.« Sie sah ihm in die Augen. »Jedenfalls nicht mehr.«

Franklin biss sich auf die Unterlippe und schob den Daumen unter seinen Hosenträger. Du liebe Güte, wie sehr er sich schon jetzt zu dieser Frau hingezogen fühlte! »Nein, Rothütchen, das kann man wirklich nicht mehr von uns behaupten.«

Kapitel 14

Fairhope, heute

Harper folgte Millie durch einen Gang mit offenen Türen, hinter denen Zimmer mit gemusterten Tapeten, unterschiedlichen Lampen und handgenähten Steppdecken lagen – eines schöner als das andere. Zusammen gingen sie die Treppe hinauf, die zu Harpers Lieblingsraum führte – einem Dachboden mit hohen Decken und Fenstern, durch die man auf die Bucht hinaussehen konnte. In seinem Inneren sah es aus, als wäre eine englische Teetasse explodiert und hätte den Rosengarten der Queen über die Wände verteilt. Harper war sicher, wenn das Zimmer sprechen könnte, würde es klingen wie Hugh Grant.

Sie ließ die Hand über das Treppengeländer gleiten. »Warum gehen wir nach oben? Wen meinst du mit dem ›anderen Überraschungsgast‹?« Und wann würde Millie die Sache mit dem Kleid erklären?

Millie erreichte den oberen Treppenabsatz und drehte sich um, während Harper die letzten Stufen erklomm. »Wie ich sehe, bist du noch genauso ungeduldig wie damals, als du unbedingt als Erste von meinem Paillettenstoff aussuchen wolltest.«

Harper stellte sich neben sie und verschränkte die Arme. »Ich war viel engagierter als all die anderen Kinder!«

»Dann bewahre dir dieses Engagement, Liebes.« Millie klopfte Harper auf die Schulter. Die Kraft in ihren Händen überraschte Harper jedes Mal.

Ein lärmendes Geräusch war hinter der geschlossenen Tür zum Dachboden zu hören. Harper runzelte die Stirn. Dies war über die nächsten paar Tage das einzige freie Zimmer in der

Pension. »Ich hoffe, du hast nicht die kleine Ziege adoptiert, von der deine Freundin erzählt hat, und sie *in* der Pension untergebracht.«

»Also, zuerst einmal musst du wissen, dass der kleine Ziegenbock Hank heißt. Und zweitens ist es meine Pension und ich mache damit, was ich will.« Millie stemmte beide Hände in die Hüften wie ein trotziger Teenager.

»Du hast der neuen Mitarbeiterin gesagt, dass sie das Tier hier raufbringen soll, bis du draußen einen Stall gebaut hast, richtig? Ich habe dir gestern schon gesagt, dass das keine gute Idee ist …« Harper drehte den Türknauf, bereit, den provisorischen Ziegenstall zu betreten.

Aber anstelle von Hank trat ihr eine Frau mit seidig blonden Haaren, Make-up in Erdtönen und ausgebreiteten Armen entgegen. Ihr Lachen schwebte durch den Raum und die Treppe hinunter. »Tada!«, brüllte Lucy. »Ich hätte mich totlachen können über euch beide und konnte mich kaum beherrschen.«

Harper starrte sie mit offenem Mund an. »Lucy! Was machst du denn hier?« Sie umarmte ihre Freundin ganz fest. Der Duft von Lucys Kokosshampoo versetzte sie sofort in ihre gemeinsame Wohnung in Savannah zurück, aber sie war entschlossen, ihre Gedanken nicht auf Reisen zu schicken. Dieses Kapitel ihres Lebens war abgeschlossen.

»Ich überrasche dich!« Lucy grinste breit. Dann sah sie zu Millie hinüber. »Ich hoffe, die Sache mit dem Ziegenbaby ist wahr, ich bin total begeistert!« Ihre Augen weiteten sich – offenbar war ihr gerade etwas eingefallen. »Wir könnten selbst Seife aus Ziegenmilch für die Pension herstellen!«

»Was für eine reizende Idee.« Millie zeigte auf Lucy. »Ich mag sie, Harper. Du hast nette Freunde.«

»Wir wissen alle, dass wir keine Seife aus Ziegenmilch machen werden. Und selbst wenn wir wüssten, wie – glaubt ihr, eine Mutterziege kann genügend Milch liefern, um die ganze Pension zu versorgen? Stellt euch mal vor, wie winzig die Seifenstücke sein müssten. Vielleicht können wir sie zu winzigen Ziegen formen. Miniziegen sind doch sicher im Trend, oder?« Harper lachte ausgelassen – ihre Freude hatte sie überrumpelt, wie Freude das nun mal tut. Da kam ihr ein Gedanke. »Warte mal.« Sie wandte sich an Lucy. »Hast du vorhin von hier oben angerufen?«

Lucy strahlte. »Genau. Es wundert mich, dass du nicht gehört hast, wie es in der Leitung gehallt hat.« Harper war zu sehr damit beschäftigt gewesen, von Peter zu schwärmen, um irgendetwas anderes zu bemerken …

Harper fuhr auf ihren gepunkteten Pumps zu Millie herum. »So bist du also an das Kleid gekommen? Lucy hat es mitgebracht!«

»Sehr gut, Mrs Holmes!« Millie trat neben Lucy. »Aber mal im Ernst, Lucy ist wirklich eine fantastische Freundin, Harper. Sie hat dich gestern über deinen Dad ausfindig gemacht und die Pension angerufen.«

Harper schüttelte den Kopf. »Aber eins verstehe ich nicht. Woher wusstest du das mit meinem Kleid?«

»Du machst Witze, oder?« Lucy zog eine ihrer perfekt gezupften Brauen hoch. »Du bist ziemlich berechenbar.«

Erst jetzt gestand Harper sich ein, dass sie erleichtert war, das Kleid wiederzuhaben. Trotz ihrer in dem Moment so kompromisslosen Entscheidung, sich davon zu trennen, hatte ihre Freundin Verständnis für sie. Auch wenn sie es ungern zugab – Lucy hatte recht. Dieses Kleid war ihr immer noch wichtig, auch wenn es das Ende eines Traums repräsentierte.

»Sei froh, dass es noch niemand anders gekauft hatte«, meinte Lucy. »Die Besitzerin des Ladens hat mir erzählt, dass mehrere Frauen es anprobiert haben.«

»Wirklich?« Das war schmeichelhaft. Und erstaunlich.

»Wirklich.« Lucy tat, als wäre das völlig offensichtlich. »Ich erzähl dir doch schon die ganze Zeit, dass es ein Meisterstück ist. Was glaubst du, warum ich mich auf die Suche danach gemacht habe, bevor ich hergekommen bin? Ich wusste, dass du irgendwann zurückblicken und sehen wirst, was die Enttäuschung dich im Moment nicht erkennen lässt. Du hast Talent.«

Ihre Freundin hatte dermaßen überzeugt geklungen, dass Harper ihr beinahe glaubte. Aber natürlich musste Lucy solche Dinge sagen. Sie war eine ewige Optimistin, die in allem etwas Gutes entdeckte. Trotzdem war Harper dankbar, in ihr eine Freundin zu haben, die ihre Träume achtete.

Millie rückte ihren roten Hut zurecht. »Ich sehe mal nach den Gästen unten, während ihr euch unterhaltet.«

Danke, formte Harper lautlos mit den Lippen und sie wusste, dass Millie verstehen würde, was sie meinte: *Danke dafür, dass du meine beste Freundin hier aufnimmst.* Sie war sich sicher, dass Millie Lucy preislich entgegengekommen war – wenn sie überhaupt eine Bezahlung wollte.

Lucy zog Harper ins Zimmer und ging mit federnden Schritten zu der mit Sitzkissen versehenen Fensterbank. Die Tatsache, dass ihre Freundin das Kleid gesucht hatte und den ganzen Weg hierhergefahren war, wurde ihr erst jetzt in ihrer ganzen Tragweite bewusst und sank tief in ihr Herz, wie ein Same, der in frische Erde gesät wird. Und trotz des Kummers durch die Enttäuschung, die sie vor Kurzem erlebt hatte, fühlte sie sich dadurch unglaublich getröstet.

»Erzähl mir, was ich verpasst habe, seit ich aus Savannah weg bin.«

Lucy setzte sich, zog eins der geblümten Kissen auf ihren Schoß und legte die Arme darum. »Es läuft gut. Ich war mit Declan essen – allerdings hat sich schnell herausgestellt, dass er nicht der Richtige ist.«

Harper sank auf das andere Ende der Sitzbank und lachte. »Tut mir leid.«

»Aber er hat mir mehr über Peter erzählt.«

Harper richtete sich ein wenig auf. »Schieß los!«

»Offenbar gibt es irgendwelche Knöpfe oder eine Tasche oder so – ich weiß nicht, da bin ich nicht so ganz mitgekommen –, aber das Entscheidende ist, dass Peter etwas gefunden hat, von dem er glaubt, dass es früher seiner Mutter gehört hat. Hinweise.«

»Etwas aus der Kiste, die er sucht?« Das gerahmte Bild von Peter, auf dem er aussah, als hätte er sich für eine Wohltätigkeitsgala herausgeputzt – oder vielmehr als könnte er im Kalender einer Wohltätigkeitsorganisation als Model auftauchen –, blitzte vor Harpers geistigem Auge auf. Sie räusperte sich.

»Genau. Declan sagt, er macht irgendwelche Historikersachen, um mehr herauszukriegen.«

»Historikersachen?« Harper griff nach der handgearbeiteten hölzernen Eisenbahn, die Millie als Deko auf die Fensterbank gestellt hatte. Sie zog die kleine Lok hin und her und fragte sich, wer dieses Spielzeug angefertigt hatte und wessen Hände früher damit gespielt hatten.

»Er ist Historiker und macht Führungen – hat er das erwähnt, als ihr euch in Charleston unterhalten habt?« Lucy rieb sich das Auge, wahrscheinlich pikte sie eine Wimper. »Ich glaube, er benutzt sein Geschichtswissen, um alte Häuser zu renovieren und zu vermieten. Außerdem rettet er alte Sachen und hat dafür irgend so einen cleveren Ausdruck … historische Baustoffverwertung? Gibt's das?«

Harper blickte zum Fenster hinaus. Draußen flogen drei Pelikane über die Bucht. Einer nach dem anderen tauchte ab und sammelte Wasser in seinem großen Schnabel, bis er einen Fisch erwischte. Harper wandte den Blick ab und sah ihre Freundin an. »Kann gut sein.«

Das Problem war, dass Harper nicht zu Peter gehen und ihm erzählen konnte, was bei ihrer praktischen Prüfung geschehen war. Ihre Unterhaltung in Charleston hatte sie inspiriert – sie mit einer Sehnsucht und einem Schauer der Vorfreude erfüllt, was ihre Zukunft betraf –, doch dieser Traum war jetzt gestorben und sie hatte keinen Grund mehr, die Ladenräumlichkeiten von ihm zu mieten.

Sie wandte ihre Aufmerksamkeit wieder den Pelikanen zu und

sah gerade noch, wie einer von ihnen nach einem Fisch schnappte, der etwas zu groß für seinen Schnabel war. Zuerst versuchte
der Vogel, ihn in die Luft zu werfen und wieder aufzufangen, aber
der Fisch wollte auch weiterhin nicht in den Schnabel passen. Zu
guter Letzt gab der kleine Pelikan auf und ließ seine Beute wieder
ins Wasser fallen. Harper hatte Mitleid mit ihm. Denn sie wusste
besser als manch anderer, wie es sich anfühlte, etwas zu wollen,
das schlicht und ergreifend eine Nummer zu groß für einen war.

Kapitel 15

Fairhope, 1946

Franklin streckte die Hand aus, um Millie von der Ladefläche des Lieferwagens zu helfen. Sie versuchte, einigermaßen würdevoll von dem Laster zu krabbeln, aber das war so gut wie unmöglich.

Ein Chor aus Insektenstimmen schwoll um sie herum an – wie Grillen, nur lauter und anders als alles, was Millie in Charleston je gehört hatte. »Was *ist* das?«, fragte sie Franklin.

»Hundstagezikaden. Sie kommen etwa alle fünf Jahre zum Vorschein. Machen einen herrlichen Lärm, aber wenn man sie aus der Nähe sieht, kriegt man Angst.«

Millie hielt sich nicht für besonders empfindlich, aber sie hatte von Zikaden schon gehört, dass sie sich in der Erde versteckten, bis ihre Zeit Jahre später gekommen war, und sie hatte nicht das Verlangen, eine von ihnen aus der Nähe zu betrachten. Was sie betraf, konnten sie ruhig in den Ästen der Eichen bleiben und dort singen.

Als Millie auf dem Schotter stand, zog sie ihr Kleid zurecht und rückte ihren Hut gerade. Gedankenverloren schob sie die Hände in die Taschen, um sich zu vergewissern, dass ihre Knöpfe noch da waren.

Der Fahrer lehnte sich aus dem offenen Fenster seines Wagens. »Kann ich euch sonst noch irgendwie weiterhelfen?«

»Nein, Sir.« Franklin ging zu ihm und schüttelte ihm die Hand. »Und danke noch mal.«

»Passt auf euch auf, Kinder. Und herzlichen Glückwunsch.« Er winkte und fuhr dann davon.

»Herzlichen Glückwunsch?«, murmelte Millie mit gerunzelter Stirn.

Franklin trug ihre Reisetasche zur Haustür. »Sieh uns doch mal an, Rothütchen.« Er zuckte mit den Schultern. »Der Mann dachte natürlich, wir wären ein Paar.«

Millie riss die Augen auf. Damit Franklin ihre Aufregung nicht bemerkte, drehte sie den Kopf zur Pension. Die Aussicht gleich dahinter raubte ihr beinahe den Atem. Das Sonnenlicht glitzerte auf dem Wasser der Mobile Bay und große Eichen reckten ihre Äste übers Wasser und zugleich in den Himmel.

»Unglaublich!« Millie sog den süßen Blütenduft tief ein. Gardenien, wenn sie sich nicht irrte. Sie hatten einmal einen Gardenienbusch zu Hause gehabt und manchmal, wenn er blühte, hatte sie ihr Schlafzimmerfenster einen Spaltbreit offen gelassen, um mehr davon zu haben – um dann schweißgebadet aufzuwachen, weil die Gardenien ihre Blütezeit im heißen Mai hatten.

Erinnerungen waren schon etwas Seltsames ...

»Schön hier, oder?« Franklin ging die Treppe zu der breiten Veranda hinauf, die offensichtlich für jemanden gebaut worden war, der ein ganz anderes Leben führte als Millie. Aber das Haus war beeindruckend.

Millie ließ sich Zeit, während sie die Stufen hinaufstieg, und fuhr mit der Hand über das hölzerne Geländer. Einen flüchtigen Augenblick lang fühlte sie sich wie eine Prinzessin, die elegant und leichtfüßig zum Eingang schwebte. »Das ist wie im Traum.« Sie kam neben Franklin zum Stehen.

Er öffnete die Fliegengittertür, aber bevor er an die Haustür klopfen konnte, schwirrte ein Insekt an ihnen vorbei, das zwischen den beiden Türen gefangen gewesen war.

Millie kreischte. »Ist das eine Zikade?«

Franklin presste die Lippen aufeinander, wohl um ein Grinsen zu unterdrücken. »Was soll ich nur mit dir machen? Das war nur ein harmloser Junikäfer!«

»Er ist mir ins Gesicht geflogen.« Sie tat empört, konnte aber ein Kichern nicht unterdrücken. In Wirklichkeit war ihr der Käfer mit seinem laut warnenden Brummen bedrohlicher erschienen, als er tatsächlich war.

Schlurfende Schritte näherten sich von der anderen Seite der Tür. Millie und Franklin erstarrten beide und warteten.

Eine ältere Frau öffnete und lächelte ihnen entgegen. Sie war eigentlich ganz unscheinbar, aber trotzdem schön; in ihren Augen lag ehrliche Freundlichkeit und ihre leicht gebeugte Haltung sprach von vielen Abenden, die sie bei Kerzenschein mit Nadel und Faden zugebracht hatte. »Kann ich Ihnen helfen?«

Franklin ergriff das Wort: »Wir sind gerade mit dem Zug aus Charleston gekommen, Ma'am.«

Die Frau machte eine wegwerfende Handbewegung. »Zuerst einmal: Ich lasse mich von niemandem mit Ma'am anreden. Dann fühle ich mich so alt. Verstanden?«

Franklin nickte. »Ja … verstanden.«

Sie musterte ihn. »Dann kommt mal rein, ihr beiden, und macht es euch gemütlich.«

Einige Minuten später saßen sie auf einem mit Samt bezogenen Sofa unter dem Kronleuchter im Eingangsbereich. Ihnen gegenüber stand ein großer Radioapparat. Dies schien also das Wohnzimmer zu sein, soweit Millie das beurteilen konnte, und sie vermutete, dass hier Tee und solche Dinge serviert wurden. Sie hoffte, dass der Rest des Hauses nicht so extravagant war, sonst würde sie bald das reinste Nervenbündel sein.

»Wir haben nicht viel Geld, aber es heißt, hier bekämen Leute eine Chance, die im Leben Pech gehabt haben.« Franklin knetete seine Hände und holte hörbar Luft. In diesem Augenblick, mit diesem Gesichtsausdruck, sah er aus, als gehörte er irgendwo in die King Street und nicht als Wanderarbeiter auf die Bahngleise. Millie konnte das in ihm sehen und wusste irgendwie gegen allen Anschein, dass er werden konnte, was immer er wollte.

Die Inhaberin der Pension beobachtete sie und ihr prüfender Blick wanderte von Franklin zu Millie und dann wieder zurück.

Millie saß still und aufrecht da, die Hände in den Taschen bei ihren Knöpfen, weil sie nicht wusste, was sie sonst tun sollte.

»Ihr zwei seht fast noch aus wie Kinder.« Die Frau zögerte. »Ihr sucht eine ehrliche Arbeit?«

Sie nickten beide. Ehrlich? Ja. Was für Arbeit genau, würde sich zeigen müssen. Aber die Gelegenheit schien erst einmal so gut wie jede andere.

»Ich will meine Lage erklären.« Die zierliche Frau straffte die zarten Schultern. »Mein Mann ist vor Kurzem gestorben und ich könnte Hilfe gebrauchen. Wir haben viele Mieter, aber manche können nicht viel bezahlen.« Sie berührte die katzenförmige Brosche an ihrem Kragen. »Und ich kann sie nicht wegschicken, wenn ich nicht sicher bin, dass sie zu essen und ein Dach überm Kopf haben. Da sind vor allem die trauernden jungen Frauen, die ihre Männer im Krieg verloren haben. Heute scheint jeder so jemanden zu kennen. Jedenfalls will ich damit sagen, wenn ihr beide bereit seid, tatkräftig mitzuarbeiten, dann könnt ihr eine Weile mietfrei hier wohnen. Ich habe noch genau ein Zimmer frei.«

»Oh, aber wir sind nicht –« Millie deutete zwischen sich selbst und Franklin hin und her, aber er funkelte sie an und sie verstummte.

»Wir sind Ihnen sehr dankbar«, sagte er.

Die Frau streckte die Hand aus. »Ich heiße übrigens Eloise Stevens. Mir gehört dieses Haus wohl oder übel.« Sie blickte zur Decke hinauf und dann auf den Holzfußboden. »Aber ich will mich nicht beklagen – mir liegt viel an dieser Pension … Ihr bekommt Kost und Logis und ein kleines Taschengeld. Nicht viel, aber genug, um ein paar Pennys zu sparen oder nach Hause zu schicken, wenn ihr jemanden habt, der das Geld braucht.«

Franklin und Millie schüttelten nacheinander Mrs Stevens' Hand und folgten ihr in den Flur. Dort nahm sie einen Schlüssel von einem hohen Regal.

Millie ging den Flur hinunter, aber ihre neue Arbeitgeberin hielt sie zurück. »Einen Moment, meine Liebe.«

Millie drehte sich um und sah, dass Mrs Stevens auf den Hintereingang zeigte. »Euer Zimmer ist abseits vom Rest des Hauses. Auch wenn es klein ist, habt ihr von der Veranda einen schönen Blick auf den Sonnenuntergang über der Mobile Bay.« Sie ließ den Schlüssel in Franklins Hand fallen. »Die Flitterwochensuite«, fügte sie lächelnd hinzu.

C3

Die nächsten vier Monate brachten eine Art neuen Rhythmus mit sich. Und obwohl Millie ihrem Traum von einem eigenen Bekleidungsgeschäft noch kein Stückchen näher war, so war sie doch einer anderen Sache viel näher, die sie sich immer gewünscht hatte – einem guten Freund. Den hatte sie schon am ersten Tag gefunden, den sie mit ihrem Hobo verbracht hatte.

Franklin war ein Wahnsinnskerl. Was die Schlafgelegenheiten betraf, war er ein echter Gentleman und hatte sogar Nacht für Nacht auf dem Fußboden geschlafen, während Millie das Bett für sich gehabt hatte. Im vergangenen Monat war er krank gewesen, und als sie darauf bestand, dass er ebenfalls im Bett schlief, hatte er aus zwei strategisch platzierten Kissen eine Trennwand zwischen ihnen errichtet. Wahrscheinlich war es sein Versuch, den kleinen Rest Tugend zu respektieren, den sie noch hatte, wo sie die ganze Zeit so taten, als wären sie verheiratet. Nicht, dass sie gelogen hätte … nicht direkt jedenfalls. Schließlich hatte niemand rundheraus gefragt. Und sollte Mrs Stevens das noch nachholen, würde Millie ihr natürlich die Wahrheit gestehen. Aber bislang hatte die Dame des Hauses das nicht getan. Und auch sonst niemand hatte gefragt. So machten sie also weiter. Denn wie Franklin immer sagte, waren es nun mal harte Zeiten – zuerst die Wirtschaftskrise und dann der Krieg. Welche andere Pension würde auf Bezahlung verzichten als Gegenleistung für Hilfe im Haus? Einem geschenkten Gaul schaute man nun mal nicht ins Maul.

Deshalb waren sie jetzt hier.

Die Pension war wegen der Feiertage ungewöhnlich voll. Millie sah zu, wie Franklin Girlanden über dem Kamin aufhängte. Die Vorbereitungen für die Weihnachtsfeier an diesem Abend hatten sie beide auf Trab gehalten, vom Kehren der Veranda bis zum Backen von Zimttörtchen.

Sowohl Familien als auch Alleinstehende verbrachten das Fest in der Pension. Millie fand die meisten Gäste ganz nett, außer den unverbesserlichen Mr Danes. Sie freute sich auf den Tag seiner Abreise, denn der Mann ignorierte sie völlig. Sie hatte nicht die Kraft, sich darüber Gedanken zu machen. Bald würde er fort sein.

Mrs Stevens hatte Millie ein vorzeitiges Weihnachtsgeschenk gemacht – etwas Geld, von dem sie Stoff für ein hübsches Kleid hatte kaufen können. Zwei ganze Wochen lang hatte Millie Tag und Nacht überlegt, was sie nähen sollte. Schließlich hatte sie sich für einen geblümten Stoff in Rot und Grün entschieden und einen Schnitt mit Rüschen auf der Brust, einem weiten Rock und Knöpfen am Ausschnitt. Und natürlich würde sie dazu ihren Lieblingshut tragen. Ohne den ging sie nirgends hin.

Sie hatte das restliche Geld für hübsche Knöpfe ausgegeben, also musste sie ihre alten, abgewetzten Schuhe tragen. Aber das Ziel war, dass die Gäste von Millies Kleid so hingerissen waren, dass sie die gar nicht bemerkten.

Und mit *Gäste* meinte sie natürlich Franklin.

Zwei Stunden später hatten alle sich satt gegessen und Mrs Stevens legte ihre Schallplatte von Benny Goodman für diejenigen auf, die tanzen wollten.

Franklin trug Hosenträger, den neuen Hut, den Mrs Stevens ihm geschenkt hatte, und ein Grinsen im Gesicht, das Millie mehr wärmte als das knisternde Feuer im Kamin. Er streckte die Hand aus. »Magst du tanzen?«

Er wusste, wie ihre Antwort ausfallen würde. Millie hatte nicht gerade subtil darauf hingewiesen, dass der Rock ihres Kleides sich bestimmt perfekt zum Tanzen eignen würde. Ein Mädchen erhielt nur alle Jubeljahre die Chance, sich wie eine Prinzessin zu kleiden, und Millie hatte vor, dieses Ereignis gebührend zu genießen.

Der lebhafte Rhythmus von »*Sing, sing, sing*« begann und Franklin vollführte die Tanzschritte so schnell, dass er seiner Familie in Charleston alle Ehre gemacht hätte. Wenn seine Mutter ihn doch nur so sehen könnte! Es konnte Jahre dauern, bis die beiden wieder vereint sein würden. Wenigstens hatte sie in einem Brief letzte Woche geschrieben, es gehe ihr gut, nicht zuletzt dank der Schecks, die Franklin geschickt hatte.

Aus dem Plan, ein paar Wochen in der Pension zu arbeiten, war inzwischen ja bereits ein Dritteljahr geworden und ein Ende war nicht in Sicht. Millie störte das überhaupt nicht. Sie hatte das Gefühl, dass für sie alles gut werden würde. Irgendwann für sie alle.

Franklin wirbelte sie so schnell herum, dass sie froh war, ihre guten alten Riemchenschuhe zu haben anstelle eleganter Pumps mit glatter Sohle. Franklin hielt ihre Hände fest und hob ihren Arm über ihren Kopf, sodass er beinahe den Hut heruntergefegt hätte. Und dann waren sie plötzlich nebeneinander und der Bund ihres Rocks berührte die Naht seines weißen Hemdes. Sie war ihm noch nie so nahe gewesen, in den ganzen vier Monaten nicht, und es war ihr keineswegs unangenehm. Er roch nach derselben Seife, die sie benutzte, und nach dem Holz, das er fürs Feuer gehackt hatte, und ein bisschen nach Kaffee und sie war wie gebannt von seinen Rock-Step-Schritten.

Sie wusste nicht, wo er so tanzen gelernt hatte, aber einige Augenblicke lang kam es ihr vor, als hinge sie zwischen Vergangenheit und Zukunft, während sie die Füße im Takt bewegte. Ihr Rock schwang, Franklins Augen funkelten im Feuerschein und sie lachte ganz frei, ohne jede Angst vor dem, was werden könnte. Sie lachte wie eine Frau, die ihren Alle-Jubeljahre-Tag erlebte.

Das Lied endete und Franklin ließ Millie bis fast auf den Boden sinken. Sie riss die Arme hoch, um ihren Hut vor der Schwerkraft zu bewahren, der die Hutnadeln nicht standhalten würden.

Sie packte die rote Krempe gerade noch rechtzeitig. Obwohl die Musik aufgehört hatte, drehte ihr Herz sich weiter und sie sehnte sich nach einem weiteren Tanz.

Aber als Franklin sie wieder aufgerichtet hatte, stand plötzlich Everett Danes unbeweglich bei ihnen, ein bisschen zu nah, wie sie fand. Er streckte Millie eine Hand entgegen, aber seine Worte waren an Franklin gerichtet: »Haben Sie etwas dagegen, wenn ich übernehme?«

Als wäre das Franklins Entscheidung! Millie unterdrückte ein verächtliches Schnauben, weil sie sich wieder einmal an Mamas Worte erinnerte: »*Wir wollen nicht, dass jemand Fragen stellt.*« Dieser Satz war ein Mantra geworden, das Millie regelmäßig im Geiste wiederholte, um ihr eigenes Verhalten zu bändigen, unter anderem Reaktionen auf Männer wie Everett Danes betreffend. Er schien einer von denen zu sein, die glaubten, dass die Frauen dieser Welt keinen Verstand besaßen.

Franklin nahm ihre beiden Hände, bevor Everett zugreifen konnte. »Es tut mir leid«, sagte er, »aber ich fürchte, diese schöne Frau hat den nächsten Tanz meinen beiden linken Füßen versprochen.«

Millie war erleichtert und hoffte, dass Franklin diese Erleichterung in ihrer Berührung spürte.

Aber Everett ließ sich nicht abwimmeln. »Wollen Sie damit sagen, dass sie Ihre Frau ist?« Er zog an seiner Krawatte, während ein spöttisches Grinsen seinen ansonsten durchaus attraktiven Mund verzog. »Merkwürdig, dass die junge Dame gar keinen Ring trägt.«

Millie erstarrte.

Wie hatte sie glauben können, ihre indirekt vorgetäuschte Ehe würde in der Pension niemandem auffallen? Und warum musste dieser Traum ausgerechnet an diesem zauberhaften Abend zerplatzen?

Mrs Stevens beobachtete die Szene von ihrem Platz aus, nur wenige Schritte entfernt. Ernst überschattete ihre zuvor noch

117

so heiteren Züge, und als sie die Panik in Franklins Gesicht sah, stand sie auf. »Mr Danes«, sagte sie ganz ruhig, aber sehr bestimmt. »Miss Sarah sieht dort drüben am Klavier ganz einsam aus. Da wäre ein Tanz mit Ihnen doch das perfekte Heilmittel, nicht wahr?«

Everett wandte sich von Franklin ab und Mrs Stevens zu. Er zögerte lange und Millie hielt den Atem an.

»Natürlich, Ma'am.« Und dann ging er.

Millie konnte wieder atmen. Aber die Sache war noch nicht ausgestanden.

»Komm mit.« Mrs Stevens nahm Millie bei der Hand, aber die Aufforderung galt ganz eindeutig auch Franklin. Ihre Vermieterin schob sie beide ins Esszimmer.

Mrs Stevens knetete eine Weile ihre Hände und strich dann über den glänzenden Stoff ihres Kleides. Als sie schließlich sprach, tat sie es mit gesenkter Stimme: »Ich will mich ja nicht einmischen, aber … na ja, es stimmt doch, oder? Ihr beide seid nicht verheiratet. Ich habe mich auch schon über die fehlenden Ringe gewundert, aber ich dachte, ihr hättet für so was einfach kein Geld gehabt.«

Millie drehte sich der Magen um – aus Nervosität und Angst und sogar ein bisschen vor Erleichterung, weil das Geheimnis nun aufgedeckt worden war. Es waren so viele Gefühle auf einmal, dass ihr ganz schlecht war.

»Offensichtlich habt ihr euch lieb. Manche Paare sind zwanzig Jahre verheiratet und sehen einander nicht so an, wir ihr beiden es tut.« Mrs Stevens schüttelte den Kopf und eine steile Falte stand auf ihrer Stirn. Millie versuchte, die Pausen zwischen den Worten zu deuten und auch die Furche zwischen Mrs Stevens' Augenbrauen. Was sie daraus schließen musste, gefiel ihr nicht. »Aber wenn ihr nicht verheiratet seid, dann kann ich euch nicht mehr im selben Zimmer wohnen lassen.«

Millie sah Franklin verzweifelt an und fand in seinen Augen ihre eigene Traurigkeit wieder. Er wusste auch nicht, was sie tun sollten;

das erkannte sie daran, wie er blinzelte, als er ihren Blick suchte. Noch nie hatte sie ein so stummes Flehen gesehen. Sie beide suchten beim anderen eine Antwort, doch keiner von ihnen hatte eine.

Und in diesem Augenblick wurde Millie bewusst, dass ihr etwas einfallen musste, weil sie ohne Franklin in ihrer Nähe nicht mehr leben konnte. So einfach war das.

»Versteht mich bitte nicht falsch – ich habe euch beide in den letzten Monaten lieb gewonnen und es würde mir das Herz brechen, euch auf die Straße zu setzen. Also habe ich einen Vorschlag für euch.« Mrs Stevens' Blick war sanft und zugleich streng, während sie zwischen ihnen hin und her sah. »Ich sorge dafür, dass ihr zwei heiraten könnt. Ich helfe euch dabei. Wir machen eine kleine Feier im Garten mit Blick auf die Bucht. Und stellen euren guten Ruf wieder her.«

Jetzt war Millie endgültig schlecht.

»Was sagt ihr dazu? Wollt ihr weiter hier wohnen?«

Millie sah wieder Franklin an, der die Hände in die Hosentaschen geschoben hatte und ihr jetzt dieses schiefe Grinsen schenkte, an das sie sich inzwischen gewöhnt hatte, das sie aber, was noch wichtiger war, allmählich einigermaßen gern mochte. Vielleicht sogar sehr gern.

Wie konnte er sie so anlächeln, als würde er den Gedanken tatsächlich in Erwägung ziehen?

Nicht, dass eine Zweckehe etwas ganz Neues wäre. Überall auf der Welt wurden Ehen aus praktischen Gründen geschlossen, ja, das galt sogar für die meisten Epochen und Kulturen. Und Franklin war ein netter Kerl. Gut aussehend. Lieb.

Vor allem aber würde er sie bei ihrem Traum unterstützen, ein eigenes Bekleidungsgeschäft zu eröffnen. Und er würde keine Fragen über ihre Vergangenheit stellen. So gut kannte sie ihn inzwischen. Sie müsste dann nicht das Risiko eingehen, sich in einen gewöhnlichen Weißen zu verlieben. Oder in einen gewöhnlichen Schwarzen.

Natürlich wollte sie jemanden finden, dem sie alle ihre Geheimnisse erzählen konnte, von dem Stolz auf die Herkunft ihrer Mutter und auch ihres Vaters. Aber Mama hatte klipp und klar gesagt, dass das nie geschehen konnte. Wenn sie Franklin heiratete, würde Millie sich gar keine Sorgen mehr machen müssen, an welchen Mann sie früher oder später geriet, und vielleicht … ja, vielleicht war dies ja eine Möglichkeit, an die sie noch gar nicht gedacht hatte. Ein Partner, der zugleich ihr Freund war. So wäre es für alle Beteiligten das Sicherste.

Millies Chancen, noch eine mitfühlende Vermieterin oder irgendeinen Ladenbesitzer zu finden, der sie aufnahm, waren verschwindend gering, vor allem, wenn man bedachte, wie wenige Münzen sie in ihrer Reisetasche hatte. Damit konnte sie gerade mal ein Brötchen kaufen. Ihnen blieb eigentlich kaum etwas anderes übrig. *Millie* blieb nichts anderes übrig. Sie könnte versuchen, nach Charleston zurückzukommen, aber von welchem Geld und zu welchem Zweck, abgesehen von einem Wiedersehen mit Mama?

Millie vermutete, dass diese Vereinbarung sich für Franklin und seine Mutter aus demselben Grund lohnen würde. Es war ein radikaler Schritt, ja, aber auch ein pragmatischer.

»Du zitterst ja«, sagte Franklin. Er rieb ihre Arme mit den Händen. »Mach dir keine Sorgen, Rothütchen. Lass uns überlegen. Es könnte eine Möglichkeit für uns sein.«

Millie beugte sich näher zu Franklin und flüsterte: »Meinst du das ernst?«

Franklin berührte mit dem Daumen ihr Kinn und hob es an, bis ihre Blicke sich begegneten. »Diese Abmachung könnte uns beiden helfen. Ich könnte Geld an meine Mutter schicken und dich unterstützen – deine Näherei und so.« Er sah ihr noch tiefer in die Augen, wenn das überhaupt möglich war. Seine Lippen bewegten sich in einem leisten Flüstern, ganz nah an ihren. »Lass uns offen reden: Darüber hinaus erwarte ich nichts von dir.«

Millie sog einen Hauch von Kaffeeduft ein, gemischt mit dem Erdgeruch aus dem Rosengarten. Sie blinzelte und die Kerzen in der Küche schimmerten und irgendwie war es ein ganz besonderer Augenblick.

»Wollen wir dieses Abenteuer zusammen erleben? Bitte sag, dass du wenigstens darüber nachdenkst. Schlaf drüber.« Sein Daumen wanderte von ihrem Kinn zu ihrer Schulter.

Und bevor sie noch überlegen konnte, warum oder wie oder ob überhaupt, war das schlichte Wort *Ja* alles, was sie denken konnte.

Trotzdem brauchte sie Zeit, um sich das alles durch den Kopf gehen zu lassen.

Morgen. Morgen würde sie Franklin eine Antwort geben.

Kapitel 16

Fairhope, heute
Einen Monat später

Nachdem sie alle Gästezimmer aufgeräumt hatte, schob Harper den Zitronenkuchen in den Ofen und bereitete sich einen Becher Tee zu, den sie auf die Veranda mitnahm, wo ein starker Wind aus der richtigen Richtung den Duft von Magnolienblüten herüberwehte.

Millie würde ihr einen Vortrag halten, wenn sie Harper dabei erwischte, wie sie auf ihr Handy sah, anstatt die Aussicht in sich aufzunehmen, aber Millie machte einen Mittagsschlaf und ein Mensch konnte auch nicht unbegrenzt viel aufnehmen.

Harper tippte auf ihre Messenger-App, um zu sehen, ob sie irgendwelche Nachrichten bekommen hatte, und entdeckte eine von Lucy, die vor drei Wochen nach Savannah zurückgefahren war. Ihre Freundin hatte ihr einen Screenshot von Peters Social Media Account geschickt. Harper hob ihr Smartphone näher vors Gesicht. Peters Haare lockten sich ein wenig über den Ohren und seine Augen –

Sie blinzelte. Sie sollte nun wirklich nicht in seine Augen starren.

Auf diesem Bild sah er anders aus als auf dem, das sie in Millies Schublade gefunden hatte, weniger klassisch gut aussehend, aber in gewisser Hinsicht attraktiver. Beinahe so, als hätte er die Regeln der Kleideretikette eingetauscht gegen ein natürliches Aussehen, so, wie er war. Sie fragte sich, was hinter dieser Verwandlung steckte.

Lucys Nachricht lautete: »Dieser Mann ist genau dein Typ. Lies mal, was er über seine Mutter gesagt hat.«

Harper las murmelnd den Text unter dem Foto: »*Bin heu-*

te endlich mit meiner Suche weitergekommen. Ich bin Historiker geworden, weil ich nach dem Tod meiner Mutter selbst Lücken in meiner Familiengeschichte hatte und deshalb der Wunsch in mir gewachsen ist, die Lücken in anderen Geschichten zu finden. Nach jahrelanger Suche habe ich nun tatsächlich etwas aus meiner eigenen entdeckt. Diese Erbstücke. Eine bestickte Tasche mit den Initialen M. M. und ein Hochzeitskleid, das meine Mutter trug, als sie meinen Vater geheiratet hat. Das Kleid ist alt und ich frage mich, ob es einmal meiner Großmutter gehört hat. Vielleicht lebt sie ja noch. Wenn, dann würde ich sie gerne finden. Ihre Geschichte finden. Und erfahren, was es mit dieser Tasche auf sich hat. In der Zwischenzeit erhebe ich das Glas auf all die anderen unerzählten Geschichten.«

Harper zögerte.

Ein Hochzeitskleid? Etwas an dieser Information fesselte sie, erschütterte sie und ließ sie nicht wieder los. Sie dachte an das Foto, nach dem sie Millie noch immer nicht gefragt hatte. Sie hatte einfach zu viel Angst gehabt, ihrer alten Freundin zu nahe zu treten, vor allem, weil Millie jegliche Unterhaltungen über die Vergangenheit mied.

Aber was, wenn die Buchstaben … M. M. …?

Harper gefror das Blut in den Adern, trotz des warmen Tees und der Sommerluft.

Es war ein Schuss ins Blaue, aber die Möglichkeit der Verbindung schrie förmlich danach, aufgedeckt zu werden – und überlagerte das leise Gurren der Vögel und die Sturzflüge der Pelikane über der Bucht.

Was, wenn ihre Millie Peters Großmutter war? Die eigenwillige alte Frau mit einem Lächeln wie Sonnenstrahlen und einem Hang dazu, das Thema zu wechseln, wann immer Harper sie nach ihrer Familie fragte. Diese Frau hatte ein Geheimnis, das Foto von Peter verriet es.

Harper stellte ihren Becher ab. Sie musste Millie wecken.

Harper klopfte bewusst sanft an die Schlafzimmertür. Sie wollte Millie nicht erschrecken. Nach einigen Augenblicken erschien die alte Dame in Plüschpantoffeln und einem seidenen Morgenmantel über ihrem Nachthemd und funkelte sie an. »Warum störst du mich bei meinem Mittagsschlaf?«

Harper zog ihr Handy aus der Gesäßtasche ihrer Hose.

Millie runzelte die Stirn und kniff die Augen ein wenig zusammen. »Du weißt doch, wie ich diese Dinger hasse!«

»Vielleicht änderst du ja deine Meinung.« Harper nahm Millies Arm und führte sie zu dem antiken Sofa im Erker. Millie nannte diesen Raum – wahrscheinlich, weil er so groß und schön war – immer »Honeymoonsuite«.

»Warum nimmst du mich am Ellbogen, als wäre ich ein Kind?« Millie schlug Harpers Arm fort und setzte sich selbständig hin.

»Weil du sitzen musst, bevor du das hier siehst.« Harper setzte sich ebenfalls und strich über den weichen Samtbezug des Sofas. Dann öffnete sie Lucys Nachricht, sodass Peters lächelndes Gesicht auf dem Display erschien.

Dann beobachtete sie, wie Millies Miene sich von Gleichgültigkeit in etwas ganz und gar anderes verwandelte. Wiedererkennen vielleicht? Oder Sehnsucht? Es war ein so starker Ausdruck, dass Harper ihn beinahe in ihrem eigenen Herzen fühlen konnte.

»Ich weiß, was du vom Internet hältst, und ich weiß, dass ich nicht hätte herumschnüffeln sollen, aber vor einigen Wochen habe ich ein Foto von Peter in deiner Schublade gefunden. Ich hatte nie den Mut, es anzusprechen, aber jetzt habe ich das Gefühl, dass ich es tun muss.« Harper rückte ein wenig näher. »Ist Peter mit dir verwandt, Millie?« Die Frage hing in der Luft. »Ist er dein Enkel?«

Millie drückte sich die Fingerknöchel gegen die Lippen. Dann ließ sie die Hand wieder sinken und nickte langsam. »Ja.«

Harper konnte es kaum glauben. Um Peters willen zog sich

ihr Magen zusammen, denn sie wusste, wie glücklich diese Nachricht ihn machen könnte. Also hatte sie mit ihrem Verdacht tatsächlich richtiggelegen!

Doch als Harper die Hand ausstreckte und Millies Schulter berührte, bemerkte sie Millies wehmütigen Blick. War es eine gute Idee, all das aufzuwühlen? Sie hatte Millie nicht traurig machen wollen. Aber Peter suchte überall nach Antworten und wollte sie kennenlernen. Bestimmt hatte sie richtig gehandelt, als sie Millie seinen Post gezeigt hatte. Als seine Großmutter wollte sie doch sicher auch wissen, wie es ihm ging – auch wenn sie ihm offenbar nie gesagt hatte, dass sie das war.

»Er lebt immer noch in Charleston?«, fragte Millie.

»Ja.« Harper schlang die Finger um ihre Perlenkette. Eine Kerze – nicht ganz ungefährlich, die beim Mittagsschlaf brennen zu lassen – flackerte auf Millies Nachttisch auf der anderen Seite des Raumes. Harper beobachtete das Auf und Ab der Flammen, die Schatten an die Wand warfen. »Darf ich dich etwas fragen? Wenn ihr beide euch kennt, warum ist er dann nicht auf die Idee gekommen, dass die Initialen auf der Tasche deine sind?«

Millie suchte Harpers Blick. »Weil er glaubt, ich wäre eine weiße Freundin seiner Mutter, und bestimmt davon ausgeht, dass die Frau, die den Beutel bestickt hat, eine dunklere Hautfarbe hat.«

»Millie.« Harper konnte nicht fassen, was sie da hörte. »Du glaubst doch nicht, dass du deine Herkunft verstecken musst, oder? Denn auch wenn ich Peter nicht sehr gut kenne, bin ich mir sicher, dass er *alles* von deiner Geschichte wissen möchte.«

Millie schüttelte den Kopf. »Nein, du verstehst nicht, was ich meine. Er weiß nicht …« Sie ließ den Satz einen Moment lang in der Luft hängen. »Er weiß nichts darüber, dass ich die Hälfte meines Herzens zurücklassen musste.«

Es tat Harper in der Seele weh, die Tränen in Millies Augen zu sehen. »Warum erzählst du ihm dann nicht davon?«

»Ich kann doch nicht einfach plötzlich bei ihm auf der Matte stehen und zugeben, wer ich bin.« Millies Stimme bebte. »Nicht nach all der Zeit.« Sie schüttelte den Kopf und blickte auf ihre geöffneten Hände hinunter. »Nein, das wäre nicht richtig.«

Was Millie meinte, war: *Ich habe schreckliche Angst,* und das wussten sie beide.

Harper rückte noch näher und ergriff Millies Hände. »Ob du es glaubst oder nicht, ich hatte überlegt, Räume in einem alten Gebäude von Peter zu mieten, um dort eine Boutique zu eröffnen.«

Millie schien in einer anderen Welt verloren. »Eine Boutique, sagst du?«

Harper ließ sich Zeit mit ihrer Antwort. »Ich könnte mit dir hinfahren und ihm sagen, dass ich mir den Laden genauer ansehen will. Dann hätten wir einen Grund, ihn zu treffen. Und nach einem schönen Abendessen und einem Tee kannst du ihm schonend beibringen, dass seine Großmutter ihn wahrscheinlich beim Schach, wenn es um Filmwissen geht und beim Gärtnern schlagen kann.«

»Harper, Liebes, man ›schlägt‹ niemanden beim Gärtnern.« Sie zögerte. Der Anflug eines Lächelns – ob es traurig oder freudig war, konnte Harper noch nicht mit Sicherheit sagen – zuckte um Millies geschminkte Lippen und vertiefte die Fältchen um ihren Mund.

»Meinst du, Peter wird uns glauben? Dass wir ein Geschäft eröffnen wollen?«, fragte Harper.

»Natürlich wird er das.« Millie drehte unaufhörlich den Ring an ihrem Finger. »Er weiß schließlich, dass ich gelernte Schneiderin bin.«

☙

»Perkins Baustoffverwertung. Was kann ich für Sie tun?« Peter lehnte sich auf seinem Schreibtischstuhl zurück und legte die Füße auf die Tischplatte.

»Hi! Harper hier. Wir haben uns vor ein paar Wochen kennengelernt. Ich rufe wegen der Räumlichkeiten an, die du vermieten willst.«

Sein Herz machte einen Satz. Dies war der Augenblick, auf den er gewartet hatte und von dem er fast nicht mehr geglaubt hatte, dass er kommen würde. »Harper, ja klar. Natürlich.« *Ganz cool bleiben.* Peter stellte die Füße wieder auf den Boden. »Meinst du die Wohnung oder den Laden?«

Harper zögerte. »Beides. Das Dachgeschoss vermietest du auch für kürzer, oder?«

Peter wusste nicht, was aufregender war – die Aussicht, so schnell eine Mieterin zu finden, oder Harper wiederzusehen. »Ja, kein Problem. Ich konnte ein paar richtig coole Details der ursprünglichen Architektur retten. Fenster und Bücherregale und so. Die Wohnung wird auch möbliert. Du wirst die erste Mieterin sein.« *Klang das übereifrig?*

»Genau genommen werden *wir* die ersten Mieterinnen sein.« Harper zögerte. »Ich komme mit einer älteren Freundin, weil wir die Räume zusammen anmieten wollen.«

»Macht sie Schwierigkeiten?«, witzelte Peter.

»Nur, wenn du nicht gern alte Filme schaust. Ich persönlich habe *Sabrina* fünfzehn Mal gesehen.«

Ein Bleistift machte Anstalten, vom Schreibtisch zu rollen, und Peter fing ihn mit der freien Hand gerade noch auf. »Wenn ich überlege, dass der Mieter in einer meiner anderen Immobilien seine Freizeit damit verbringt, Bewerbungsvideos für Reality-Shows aufzunehmen, glaube ich, dass ich damit leben kann.«

Harper lachte. Es klang noch melodischer, als er es in Erinnerung hatte.

Also kam Harper – die schöne Harper – endlich hierher. Er tippte mit dem Bleistift auf die Tischplatte. »Aber nur, wenn wir von der Bogie-Fassung sprechen.«

»Natürlich sprechen wir von der. Gibt es eine andere?«

Peter grinste. »Wie du weißt, muss der Laden unten noch renoviert werden. Das meiste sind nur Schönheitsreparaturen.

Aber die Räume haben länger leer gestanden und wurden ziemlich vernachlässigt. Ich habe schon eine Menge gemacht und das Schaufenster sieht super aus, aber du müsstest wahrscheinlich selbst noch ein bisschen aktiv werden.« Peter drehte sich auf seinem Stuhl. »Immer noch interessiert?«

»Ich mag Herausforderungen«, erwiderte Harper. »Eine Sache sollte ich allerdings vielleicht noch erwähnen.«

Solange es nichts mit der Krawatte zu tun hatte, die er bei ihrer ersten Begegnung getragen hatte. »Ja?«

»Wie sich herausgestellt hat, bin ich praktisch eine Freundin deiner Familie.«

Bitte sag jetzt nicht, dass du eine entfernte Cousine bist, von der ich nichts wusste.

»Ach wirklich?« Draußen vor dem Fenster eilte ein Pärchen die King Street hinunter.

»Ich komme ursprünglich aus Fairhope in Alabama«, fuhr Harper fort. Sie schien darauf zu warten, dass er eins und eins zusammenzählte.

»Millie kommt aus Fairhope. Jetzt sag nicht, dass du von Tante Millie sprichst!«

Er hatte gedacht, es könnte nicht noch besser kommen, und jetzt brachte Harper seine Lieblingstante mit? Sie war nicht seine leibliche Tante, aber er betrachtete sie trotzdem als Teil seiner Familie.

»Doch, du hast es erraten! Sie hat gesagt, dass sie schon immer einen Kleiderladen haben wollte, und sie möchte sich mit mir zusammentun. Sie hat auch gesagt, dass es – ich zitiere – ein Genuss sein wird, dich zu sehen. Offenbar hast du sie nicht so oft besucht, wie es ihr lieb gewesen wäre.«

Peter lachte leise. Wenn es nach Millie ginge, würde er in Fairhope leben und nicht in South Carolina. »Bitte sag ihr, dass ich es kaum erwarten kann und dass sie unbedingt eine Dose von ihren fantastischen Plätzchen mitbringen soll. In ganz Charleston gibt es keine dermaßen guten.« Er griff nach einem kleinen Notizblock. »Weißt du was? Weil es Millie ist, überlasse ich euch die ersten drei Wochen im Dachgeschoss mietfrei, während ihr den Laden fertig macht.«

»Wow.« Harper zögerte. »Bist du sicher? Das ist aber sehr großzügig!«

»Auf jeden Fall. Ich freue mich wahnsinnig, dass ausgerechnet ihr beide Interesse habt!« Peter klemmte sich das Telefon zwischen Ohr und Schulter, während er die Anreisedaten aufschrieb, die Harper ihm nannte. »Ich habe eine Idee: Ihr könnt doch ein paar Tage in der Wohnung bleiben, egal, ob ihr den Laden nehmt oder nicht. So haben Millie und ich Zeit, uns in Ruhe auf den neusten Stand der Dinge zu bringen.«

»Klingt wunderbar. Dann sprechen wir uns also nächste Woche.«

»Spätestens.« Peter zog eine Grimasse und schlug sich die flache Hand gegen die Stirn. Warum hatte er das jetzt gesagt? Wie sollte er in der Nähe dieser Frau sein, ohne einen kompletten Narren aus sich zu machen? Vielleicht war sie ja gar nicht so toll, wie er sie in Erinnerung hatte? Aber das bezweifelte er. Er würde sich bemühen müssen, professionell zu sein. Wenn er das nicht schaffte und Millie Verdacht schöpfte, würde er sich bis zum Sankt-Nimmerleins-Tag von ihr aufziehen lassen müssen.

Nachdem sie aufgelegt hatten, ertappte Peter sich dabei, wie er »As Time Goes By« aus dem Film Casablanca summte. Er beugte sich vor, um mit seiner Recherche zu antiken Fliesen weiterzumachen, die er gestern begonnen hatte, und bemerkte dabei einen makellosen weißen Umschlag, der auf einem der Papierstapel lag. Irgendwie musste er den Brief übersehen haben, als er vorhin die Post durchgegangen war.

Er schlitzte ihn auf und zog das Schreiben heraus.

Dann fiel ihm der Umschlag aus der Hand.

Eine Mahnung vom Ordnungsamt?

Sein Blick flog über die Worte, aber er verstand nur teilweise, worum es ging.

Dreißig Tage Zeit, um die Ordnungswidrigkeit zu beheben. Verstoß gegen Auflagen bei der Elektrik. In der Wand zum Nebengebäude. Außerdem Verstöße bei der Installation.

Na super!

Durch eine seiner Vermietungen hatte er gerade etwas Gewinn gemacht, aber ob es genug war, um seine Seite der Wand neu zu verkabeln? So, dass alle Vorschriften im so streng regulierten Teil der King Street erfüllt waren? Wohl kaum.

Aber er hatte ja unbedingt dieses Gebäude kaufen müssen, um es vor dem Abriss zu bewahren.

Peter stöhnte und fuhr sich mit der Hand durch die Haare. Was sollte er jetzt machen?

Kapitel 17

Fairhope, 1946

Am nächsten Morgen jätete Millie im Garten Unkraut, als Franklin aus der Stadt zurückkam. Statt des eleganten Kleides, das sie gestern stolz vorgeführt hatte, trug sie jetzt ihr ausgeblichenes Sommerkleid, das inzwischen ein bisschen spannte.

Aber zwischen ihnen war immer noch der Takt von »*Sing, Sing, Sing*« zu spüren und Millie konnte nur mit großer Mühe so tun, als würden ihre Gefühle für Franklin nichts bedeuten.

Er trug mehrere volle Mehlsäcke über der Schulter. Sie waren alle aus demselben geblümten Baumwollstoff, den Millie gewollt hatte. Sie grinste Franklin an, als er die Säcke ablud.

»Nur damit du es weißt: Ich musste ganze Berge von diesem Zeug durch die Gegend schleppen, um das richtige Muster zu finden. Der Händler war alles andere als begeistert. Er hat gesagt, wie froh er darüber ist, dass die Verpackung auf Papier umgestellt wird, weil er dann den Kunden nicht mehr bei der Suche nach bestimmten Mustern helfen muss.«

Millie lachte bei der Vorstellung, wie Franklin hartnäckig geblieben war, bis er die erforderliche Anzahl Säcke hatte. »Deine fleißige Arbeit wird sich lohnen! Warte nur, bis ich die Säcke gewaschen und ein neues Sommerkleid aus dem Stoff genäht habe. Nicht auszudenken, wie ich aussähe, wenn ich vier verschiedene Muster gleichzeitig anhätte!«

»Ich würde dich immer noch bildhübsch finden.« Franklin zwinkerte ihr zu. Er war manchmal ein richtiges Schlitzohr. »Übrigens, Rothütchen, ich habe gespart, damit ich dich ins Kino einladen kann.«

Millies Herz stolperte. Die Aussicht auf ein richtiges Rendezvous mit Franklin machte sie sogar noch nervöser als die Vorstellung, ihn zu heiraten.

Und sie kannte auch den Grund dafür. Aber sie konnte es nicht zugeben.

»Kino?«, murmelte sie.

»Es heißt *Magnet Theater*. Vor ein paar Wochen habe ich einen richtig netten Kerl getroffen, der mit Baustoffen arbeitet und die Materialien für das Kino in der Stadt geliefert hat. Er sagt, das sei schon was.«

Das war tatsächlich was.

»Ich wollte schon immer mal ins Kino …« Millie blickte auf ihr Kleid hinunter. »Dafür muss ich mich natürlich umziehen.«

»Warte mal –« Franklin fasste sie am Ellbogen. »Willst du da mit sagen, dass du noch nie einen Film gesehen hast?«

Millie erstarrte und ihr Blick blieb an einem kleinen orangefarbenen Schmetterling hängen, der über den Blumen tanzte.

Ob Franklin den Grund erraten hatte? Dass ihre Herkunft und die Hautfarbe ihrer Mutter damit zu tun hatten?

Er ließ ihren Arm los und grinste. Sofort konnte Millie wieder freier atmen. Natürlich hatte er sie nur ärgern wollen.

Sie hatte sich in letzter Zeit oft gefragt, ob sie es ihm erzählen sollte. Mama wäre das gar nicht recht. Aber Mama kannte Franklin auch nicht. Millie konnte ihm vertrauen. Da war sie sich beinahe ganz sicher. Und es würde die Dinge sicherlich vereinfachen. Die Vorstellung, ihn zu heiraten, ohne dass er die Wahrheit kannte …

»Du hast noch nie einen Film auf der großen Leinwand gesehen, oder?« Franklin beobachtete sie. »Das braucht dir doch nicht peinlich zu sein. Das Leben war für uns alle nicht leicht.« Er schob die Hände in die Hosentaschen und wippte von den Fersen auf die Fußballen. »Es wäre mir jedenfalls eine Ehre, dich einzuladen.« Ein Lächeln begleitete seine Worte und Millies Herz war ganz nah dran, Flügel zu bekommen und davonzuschweben wie der Schmetterling.

Zwei Stunden später parkte Franklin Mrs Stevens' Auto in der Church Street und zog seine Hosenträger zurecht, während Millie in ihrem frisch gebügelten Blümchenkleid unter den Ästen einer mächtigen Eiche entlangspazierte. Sie fragte sich, wie dieser Baum wohl in hundert Jahren aussehen würde.

»Wir sind da.« Franklin berührte sacht Millies Rücken und sie zuckte zusammen.

»Sind wir heute ein bisschen schreckhaft?« Franklin grinste von einem Ohr zum anderen. »Ich verspreche dir, dass du begeistert sein wirst, Rothütchen.«

Wenn er nur die Wahrheit wüsste. Dass Millie entsetzliche Angst hatte, jemand könnte sie zu genau beobachten und irgendwie die richtigen Schlüsse ziehen.

»Wie heißt denn der Film, den sie zeigen?« Es war ihr vorher gar nicht in den Sinn gekommen zu fragen. Es hatte keine Rolle gespielt.

»Berüchtigt.« Franklin ging zu einem Verkaufsstand, an dem es Popcorn gab, und drückte dem jungen Mann eine Münze in die Hand, bevor er die randvoll gefüllte Tüte entgegennahm. Der Duft von Butter und frischem Popcorn zog zu Millie herüber, als Franklin und sie das Filmtheater betraten und sich zwei Sitze nebeneinander suchten.

»Warum sind hier so viele Leute?«, fragte Millie.

Franklin nahm eine Handvoll Popcorn aus der Tüte. »Weil es ein Film von Alfred Hitchcock ist und Cary Grant und Ingrid Bergman mitspielen. Was Besseres kann man sich gar nicht wünschen.«

Millie lachte leise. Sie musste noch viel lernen.

Franklin lehnte sich auf seinem Sitz zurück. »Bergman war in *Casablanca* grandios.« Er fing Millies Blick auf und nickte, um seine Aussage zu bekräftigen. »Du wirst schon sehen. Irgendwann werden die Menschen im Rückblick sagen, dass sie eine der besten Schauspielerinnen war, die es je gegeben hat.«

»Ach ja?« Millie drehte sich auf ihrem Sitz zu ihm und sah ihn an, die Füße an den Knöcheln gekreuzt. »Und das weißt du, weil …« Millies Hut rutschte ein wenig zur Seite.

Franklin streckte die Hand aus und rückte ihn wieder gerade. »Weil ich ein Juwel erkenne, wenn ich es sehe.«

Millies Herz schlug so schnell, dass sie hoffte, Franklin würde nicht bemerken, wie hektisch ihr Atem ging. Sie blinzelte immer wieder und wünschte, ihre Augen würden sich endlich an das schummrige Licht im Kino gewöhnen und sie könnte ihn besser sehen.

In diesem Moment wusste sie es.

Sie würde diesen Mann heiraten.

Und es bestand eine große Wahrscheinlichkeit, dass sie unglaublich glücklich sein würden.

»Niemand aus meiner Familie hat aus Liebe geheiratet.« Er nahm sich noch etwas Popcorn. »Wie ist es bei deiner?«

»Nur meine Mama und das ging nicht gut für sie aus.« Na ja, und ihre Hochzeit war illegal gewesen. Aber sie und Millies Vater hatten einen Prediger gefunden, vor dem sie ihr Trauversprechen hatten ablegen können. Millie schüttelte den Kopf und hoffte, Franklin würde nicht weiter nachfragen.

»Eigentlich ist es gar keine so verrückte Idee«, sagte er.

»Was meinst du?« Aber sie wusste, wovon er sprach. Sie wusste es so sicher, wie das Blut durch ihre Adern pumpte.

»Aus anderen Gründen als Liebe zu heiraten.« Er sah sie an, als wäre dies die vernünftigste, natürlichste Unterhaltung der Welt.

Der Projektor kam in Gang und die ersten flackernden Bewegtbilder waren zu sehen. Gott sei Dank. Millie zwang sich, ruhiger zu atmen und geradeaus auf die Leinwand zu schauen, während sie krampfhaft überlegte, was sie antworten sollte. Im Grunde genommen hatte Franklin ihr gerade einen Heiratsantrag gemacht. Noch einmal. Nur fühlte es sich diesmal, wo Mrs Stevens nicht danebenstand und keine unverbesserlichen Gäste mit ihren Drohungen Druck machten, echter an. Sehr echt.

Und so wahr ihr Gott helfen möge – sie würde Ja sagen.

Aber er musste die Wahrheit wissen.

Franklin griff nach Millies Hand und drückte sie einmal. Sie warf ihm einen Blick zu und er lächelte sanft, so als wollte er sagen: »*Lass dir so viel Zeit, wie du brauchst.*«

Eine Stunde später umklammerte Millie die Armlehne ihres Kinositzes, als Ingrid Bergman den Schlüssel zum Weinkeller unter ihre Schuhsohle schob. Wie mutig für eine Frau, Spionin zu sein, ohne dass sie dem Mann, den sie liebte, die Wahrheit sagen konnte!

Und Millie fragte sich – wollte Ingrid ihm nicht alles erzählen? Hätte sie es getan, dann wäre Cary Grant ihr doch sicher früher zu Hilfe gekommen. Dann hätten sie sich die Sache mit dem vergifteten Tee und die Episode mit der großen Treppe sparen können. Wenn sie die Informationen über die Flasche früher verstanden hätten. Wenn sie zusammengearbeitet hätten.

Millie wandte sich Franklin zu. Sie rieb die Handflächen über den Rock ihres Kleides, holte tief Luft und zwang sich zur Ehrlichkeit. »Franklin –«

»Hm?« Er neigte ihr sein Ohr zu, ohne aber den Blick von der Leinwand abzuwenden.

Mein Vater wurde umgebracht, weil er meine Mutter geliebt hat. Meine Großmutter war eine Sklavin und wurde als Kind verkauft. Ich habe noch den Beutel, den ihre Mutter ihr mit Proviant für die Reise mitgegeben hat, während sie nicht wusste, wo ihr Kind – ihr eigenes Kind! – schlafen würde. Sie haben sich nie wiedergesehen und das – das – sind die Wurzeln, die man mir nicht ansieht. Wenn du mit mir zusammenleben willst, musst du es wissen. Vor allem aber musst du es wissen, falls du jemals den Verdacht haben solltest, dass du mich liebst. Denn ich bin stolz auf meine Herkunft, egal, was das Gesetz und die Gesellschaft denken. Ich bin stolz auf meine Mutter und die Mutter meiner Mutter und alle anderen vor ihnen. Ohne sie hätte ich nicht meine Träume.

Aber die Welt sieht in ihnen keine Heldinnen. Jedenfalls noch nicht.

Aller Mut, den sie in ihrem Herzen gesammelt hatte, war mit einem Mal verschwunden und sie befeuchtete die Lippen, als würden ihr die Worte dann leichter darüber kommen. Ihre Hände zitterten. »Nichts.«

»Sicher?« Jetzt sah er Millie an. »Und ich dachte schon, du hättest eine Antwort.« Er räusperte sich.

»Wegen der Heirat?«

Franklins Blick suchte ihre Augen und wanderte dann über ihre Nasenspitze zu ihren Lippen und wieder zurück. Er schien auf etwas zu warten. Vielleicht darauf, dass sie bereit war.

»Ja«, platzte es aus ihr heraus. »Ja, Franklin. Ich werde dich heiraten.« Sie verriet ihre eigenen Werte, ihren Entschluss, ihm erst von ihrer Herkunft zu erzählen. Aber wie würde er reagieren, wenn sie es tat? Es wäre ja nicht einmal erlaubt. Sie wollte ihn nicht verlieren. Wollte nicht verlieren, was zwischen ihnen war.

»Dann ist es also abgemacht.« Er rückte näher und legte seine Hand auf ihre. Sie tat so, als zierte sie sich, als würde seine Berührung nicht ein Kribbeln bis in ihre Zehen verursachen. »Dann heiraten wir so bald wie möglich, würde ich sagen.«

Millies Herz drehte sich wie das frisch vermählte Ehepaar, das sie einmal an Heiligabend die King Street hatte hinuntertanzen sehen, zu Hause, als sie klein gewesen war.

»Irgendwann wird dieser Film ein Klassiker sein.« Franklin ließ Millies Hand los und nahm sich noch etwas Popcorn.

»Vielleicht, wir werden sehen«, entgegnete Millie.

Franklin lächelte sie an und sie konnte kaum einen klaren Gedanken fassen. Sie würde tatsächlich seine Frau werden.

ଓଃ

Als Mrs Stevens sagte, sie werde am Nachmittag etwas Stoff in der Flitterwochensuite vorbeibringen, hatte Millie nicht geahnt, was die Frau vorhatte. Mrs Stevens stand mit perfekt hochgesteckten Haaren in der Tür, auf dem Arm einen Stapel Kleidung, der über ihre Frisur noch hinausragte. Millie beeilte sich, ihr einen Teil davon abzunehmen, dann breitete sie die Sachen auf der Steppdecke aus, die aus Resten von alten Kleidern und Mehlsäcken genäht war.

»Das ist doch viel zu viel!« Millies Herz floss über, als sie die Spitze und Seide sah.

»Wohl kaum, Millie.« Mrs Stevens legte den restlichen Stapel ab. »Das passt mir alles nicht mehr. Ich konnte mich nur schwer davon trennen, weil ich furchtbar sentimental bin und noch genau weiß, zu welchen Gelegenheiten ich die einzelnen Stücke getragen habe.«

Millie lächelte. »So geht es mir auch.« Ihr Blick wanderte wieder zu der Kleidung, während Mrs Stevens weitersprach.

»Es tut mir nur leid, dass ich dir nicht helfen kann, ein richtiges Kleid zu kaufen.«

Warum sind Sie so nett zu mir?, hätte Millie fast gefragt. Aber sie kannte die Antwort. Mrs Stevens war einfach ein Mensch, der immer freundlich war, und sie erinnerte Millie an all die Geschichten über Jesus, die Mama ihr aus der Bibel vorgelesen hatte.

Voller Ehrfurcht griff Millie nach einem pfirsichfarbenen seidenen Morgenmantel.

»Der war ein Geschenk meiner Mutter. Ich dachte, du könntest ihn als Futter nehmen.«

Millie nickte. Sie wusste nicht, was sie sagen sollte. Worte konnten nicht ausdrücken, wie dankbar sie war. Also drehte sie sich stattdessen zu Mrs Stevens um und umarmte sie einfach. Zunächst war diese etwas überrumpelt, doch dann entspannte sie sich und lachte leise. »Du bist ja wirklich ganz aufgeregt, was? Ich hoffe, du kannst aus diesen alten Stoffen etwas Hübsches schneidern. Ihnen neues Leben einhauchen. Eine neue Geschichte.«

»Das werde ich«, erwiderte Millie. »Das verspreche ich Ihnen.«

Mit jeder Naht, mit jeder Lage, mit jedem Knopf, ihr Leben lang.

Kapitel 18

Charleston, heute

Warum ändert ein Fluss seinen Lauf und wie wird aus einem Bach ein Strom? Darüber hatte Harper auf ihrer Fahrt durch das Lowcountry mit dem hohen Gras, den träge fließenden Gewässern und den vom Wind bewegten Baumkronen lange nachgedacht.

Seit ihrem Telefonat mit Peter war eine Woche vergangen. Harper umklammerte das Lenkrad und warf ihrer über neunzig Jahre alten Beifahrerin einen Blick zu. Die anderen Angestellten der Pension kümmerten sich in ihrer Abwesenheit um alles, und wie es schien, hatte Harper Millie die Adoption der Babyziege fürs Erste erfolgreich ausgeredet.

»Harper Rae, sei so lieb und guck auf die Straße.« Millie selbst wandte den Blick nie vom Asphalt vor ihnen ab.

Harper lächelte und schüttelte den Kopf. Ein Mariengrasfeld nach dem anderen zog an ihnen vorbei und immer wieder schlängelte sich ein Fluss durch die Landschaft.

Obwohl Harper sich darauf freute, Peter wiederzusehen, wollte sie sich keine falschen Hoffnungen machen. Sie hatte nicht mehr viel von der Frau, die sie gewesen war, als sie sich kennengelernt hatten, auch wenn das erst wenige Wochen her war. In vielerlei Hinsicht fühlte sie sich verloren, so als würde sie im Kreis fahren. Diese Reise unternahm sie Millie und Peter zuliebe. Und vielleicht trotz allem auch ein bisschen, weil es ihr nicht gelang, Peter aus ihren Gedanken zu verbannen. Aber das brauchte ja niemand zu wissen.

Sie überquerten den Ashley River und fuhren in die Stadt, die Millie als »Heilige Stadt« bezeichnete. Es war wirklich ein unglaublicher Ort. Harper betrachtete die Gebäude staunend, in gewisser Weise so, wie sie ein schönes Kleid mustern würde. Welche alten Geschichten und Geheimnisse mochten diese Häuser zu verbergen haben?

»Bist du sicher, dass du ihm nicht gleich sagen willst, wer du bist?« Harper blieb an einer Ampel in der King Street stehen. Aus dem Augenwinkel nahm sie wahr, wie Millie mit ihren lackierten Fingernägeln auf die Armstütze in der Wagentür trommelte, die Lippen zusammengepresst.

Schließlich schüttelte Millie den Kopf und die Perlen um ihren Hals bewegten sich ein wenig. Sie lehnte den Kopf an. »Ich möchte einfach, dass du meine Wünsche respektierst, Liebes. Du wirst das Wort *Großmutter* erst aussprechen, wenn ich es sage. Verstanden?«

»Verstanden. Aber bitte gib mir lieber früher als später grünes Licht. Wir wollen Peter nicht die Miete für eine Boutique schulden, die wir nur als Vorwand benutzen, um ihm die Nachricht schonend beizubringen.« Harper sah zur Ampel hinauf, die immer noch rot war. Millie reagierte nicht.

»Moment. Du *hast* doch nicht wirklich vor, ein Geschäft zu eröffnen, oder?«

Millie wischte die Frage mit einer Handbewegung fort. »Wie albern das klingt. Ich soll in meinem Alter noch einen Laden aufmachen?«

Harper zog eine Augenbraue hoch. Warum klang Millie nicht so recht überzeugend? Harper beschloss, die Sache erst einmal auf sich beruhen zu lassen. Sie war müde und bildete sich wahrscheinlich nur etwas ein. »Wie fühlst du dich? Ich meine, was dein Wiedersehen mit Peter betrifft?«

»Ich fühle mich …« – Millies Stimme zitterte und sie holte tief Luft – »wie eine merkwürdige Mischung aus einer Frau in der letzten Phase ihres Lebens und einem jungen Mädchen, das in der Luft hing und gezwungen war, Entscheidungen zu treffen.« Sie seufzte, rückte zuerst ihre Perlenkette zurecht und zupfte dann am Kragen ihrer mit Biesen verzierten Bluse herum.

»Entscheidungen, die den Lauf der Dinge … na ja, die eigentlich *alles* bestimmt und mich trotzdem hierher zurückgeführt haben.« Millie sah auf die King Street hinaus; gerade brach die Sonne durch die Wolken und tauchte sie in ihr warmes Licht. »Nach Hause.«

Nur einen Augenblick lang sah Harper eine ganz andere Millie. Eine, die sie noch nie gesehen hatte, obwohl sie so viel Zeit zusammen verbracht hatten. Eine Millie, die doch ein ganz kleines bisschen verletzlich war.

Die Ampel sprang um. Harper legte wieder beide Hände ans Lenkrad. »Ich wusste gar nicht, dass du eine Vergangenheit jenseits von Fairhope hast.«

»Nein, das wissen nur die wenigsten.« Millies Stimme klang jetzt fester.

»Warum?«

Die alte Frau betastete ihre Lockenfrisur. »Das wirst du noch früh genug erfahren. Aber jetzt konzentrier dich erst mal auf die Straße.«

Millie hatte Feuer, das musste Harper ihr lassen.

Zwei Häuserblocks später leitete das Navi sie zu einem Hof hinter dem herrlichen alten Gebäude, in dem Harper schon gewesen war. Der zweigeschossige Bau hatte lange Fenster und eine fröhliche Markise mit schnörkeligen alten Metallstreben an der Dachkante. Obwohl man dem Gebäude sein Alter deutlich ansah, hatte es auch viel Charme, so wie es da zwischen den ebenso hübschen angrenzenden Häusern stand. Harper parkte und wählte Peters private Nummer. Er hatte gesagt, sie sollten sich melden, wenn sie angekommen waren.

»Hallo Harper«, meldete er sich und es klang ein wenig atemlos. »Gutes Timing. Ich bin gleich da.«

Als sie aufgelegt hatte, traf es sie wie ein Schlag. Mit ganzer Wucht. Sie war hier in einer fremden Stadt und fuhr mit einer Frau herum, die aussah wie das blühende Leben, aber – das ließ sich nicht leugnen – über neunzig war. Wenn jemand Harper vor einigen Monaten erzählt hätte, dass ihr Leben sie an diesen Punkt führen würde, hätte sie es niemals geglaubt.

Und jetzt war sie kurz davor, Räumlichkeiten von einem Mann anzumieten, der für sie ein fast völlig Fremder war.

Dann sah sie ihn, wie er die Außentreppe am Gebäude herunterkam und zu ihrem Wagen kam, und in diesem Augenblick geriet sie in Panik. Was hatte sie sich nur gedacht? Dies war das echte Leben, kein Traum. Plötzlich war sie wieder dreizehn und bei ihrer ersten Party, bei der sie sich im Bad versteckt und völlig nervös gewartet hatte, bis sie endlich wieder gehen konnte.

Peter war noch mehrere Schritte von ihrem Wagen entfernt, als Harper ausstieg und furchtbar nervös einen Schritt auf ihn zu machte.

Seine Locken fielen ihm gerade über die Ohren und waren damit kurz genug, um seriös zu wirken, und lang genug, um in Harper den lächerlichen Wunsch auszulösen, sie zu berühren. Seine Brille ließ ihn klug und modebewusst wirken, obwohl zu vermuten war, dass er diesen Stil schon getragen hatte, bevor er zum Trend geworden war. Der Saum seines ausgeblichenen T-Shirts reichte bis kurz über den Bund seiner gut sitzenden Jeans.

Etwas an ihm sprach sie an, daran hatte sich nichts geändert. Harper war es nicht gewohnt, sich zu jemandem hingezogen zu fühlen, den sie so wenig kannte – und schon gar nicht zu jemandem, vor dem sie zu allem Überfluss auch noch etwas geheim halten sollte.

Peter überbrückte die Distanz zwischen ihnen, indem er die Hand ausstreckte. Sein Lächeln, eingerahmt von einem sorgfältig gestutzten Bart, zog sie in seinen Bann. Sein Handschlag war sanft und sie ließ die Geste einen Moment länger andauern, als sie es normalerweise getan hätte. Ob er es bemerkte?

»Harper. Schön, dich wiederzusehen.«

»Kann ich nur zurückgeben.« Sie erwiderte sein Lächeln und fragte sich, was ihm wohl durch den Kopf ging.

»Bitte, dann ignoriert die alte Frau im Wagen einfach.« Millie öffnete die Beifahrertür.

Peter lachte und es klang warm und beinahe vertraut, wie etwas, was einen sofort an zu Hause erinnert. Er trat zu Millie und sein Lächeln wurde breiter, als er sie in die Arme schloss. »Meine liebe Millie.«

»Mein lieber Junge.« Sie blickte zu ihm auf und erwiderte seine Umarmung mit einem ebenso strahlenden Lächeln. »Unsere Taschen sind im Kofferraum. Du kannst doch beide nehmen, oder?«

Harper räusperte sich. »Das ist nicht nötig, Millie. Ich kann meine selber tragen.«

»Unsinn, Liebes. So einen feministischen Quatsch brauchen wir nicht. Der Mann hat uns eingeladen, dann soll er ruhig auch ein zuvorkommender Gastgeber sein.«

Peter sah Harper an und ein Kribbeln freudiger Erwartung strömte durch ihre Adern. »Das Gepäck ist wirklich kein Problem für mich.«

»Wenn du meinst.« Harper lächelte. Sie war gespannt auf die Wohnung, in der sie übernachten würden. Und gespannt darauf, sich ausgiebiger mit Peter zu unterhalten. Das Licht der untergehenden Sonne tauchte die Wolken in alle erdenklichen Rosatöne und Harper flüsterte ein *Danke, Gott!,* denn nach all den Enttäuschungen hatte sie das deutliche Gefühl, dass das Blatt sich nun wendete, hier im Lowcountry von South Carolina.

Dieser Abend war schon jetzt tausendfach besser, als ihre erste Party es gewesen war.

ᘓ

Später an diesem Abend, nachdem er Millie und Harper in der Dachgeschosswohnung zurückgelassen hatte, damit sie in Ruhe ihre Sachen auspacken konnten, traf Peter sich mit Declan und Sullivan, um auf dem Sportplatz ein paar Runden Basketball zu spielen. Morgen früh würde er seinen beiden Besucherinnen den Laden zeigen.

Als Harper erwähnt hatte, wie sehr ihr die Antiquitäten in der Wohnung gefielen, war Peter froh gewesen, dass er die Räume möbliert hatte, wie er es bei seinen Mietobjekten für gewöhnlich tat. Aber es wunderte ihn, dass sie Lucy aufgetragen hatte, die wenigen Stücke, die von ihr noch in der gemeinsamen Wohnung in Savannah standen, zu verkaufen. Warum schien es so, als würde sie weglaufen und alle Brücken abreißen wollen, wo sie doch bei dem Polterabend noch so hoffnungsfroh gewesen war? Vielleicht würde sie es ihm irgendwann erzählen.

»Klingt so, als hätte die Krawatte sie doch nicht abgeschreckt. Mann, du musst sie mit deiner Konversation echt beeindruckt haben.« Declans Schuss traf den Korb.

Sullivan holte sich den Ball und dribbelte ihn, während er Peter auswich. »Ich glaube, ich brauche auch so einen Schlips.«

Peter schnappte ihm den Ball weg und zielte selbst auf den Korb. Drei Punkte.

Declan und Sullivan schüttelten die Köpfe. »Du willst uns also mit deinem Dreipunktewurf besiegen, was?« Declan holte sich den Ball.

»Wenn es funktioniert.« Peter hob den Saum seines Sporthemdes und wischte sich damit den Schweiß von der Stirn. Dann ging er etwas in die Hocke, um den Korb zu verteidigen.

Declan versuchte einen Wurf, aber der Ball sprang vom Rand des Korbes ab. »Kannst du die Geschichte noch mal von vorn erzählen? Ich bin irgendwie verwirrt. Ich meine, nicht, was Harper betrifft, natürlich. Oder Lucy … leider … aber was es mit dieser Tasche und dem Brautkleid auf sich hat, habe ich noch nicht wirklich verstanden.«

Sullivan erwischte den Ball und ließ ihn auf den Boden aufprallen. »Die haben wir in einem alten Haus gefunden und Peter glaubt, dass sie seiner Mutter gehört haben könnten. Das Kleid war sogar eindeutig ihres: Sie trägt es auf ihren Hochzeitsfotos.

Aber Peter sagt, es sei damals nicht neu gewesen und es könnte einen besonderen Grund haben, dass seine Mutter es hatte. Etwas, wovon wir nichts wissen.«

Declan ergatterte wieder den Ball. »Wahnsinn. Diese Sachen könnten also tatsächlich die verschwundenen Erbstücke sein?«

Peter verdrehte die Augen. »Hey, Leute, ich bin auch noch da.«

Declan nahm den Ball in beide Hände und stemmte die Füße auf den Boden. »Okay, dann schieß los.«

Peter kannte diesen Blick und wusste, dass gerade die Entscheidung gefallen war, eine Trainingspause einzulegen. Er seufzte leise. Über seinen Stiefvater zu sprechen und darüber, was sich vor all den Jahren ereignet hatte, war nicht gerade seine Lieblingsbeschäftigung.

Er strich sich die Haare aus dem Gesicht. »Ihr wisst beide, dass mein Stiefvater die Sachen meiner Mom gleich nach ihrem Tod weggegeben hat.«

Die beiden nickten.

»Wie Sullivan schon gesagt hat, ist es im Fall des Kleides eindeutig.«

»Und du glaubst, der Beutel hat was damit zu tun?« Declan warf den Ball von der rechten in die linke Hand und wieder zurück. »Das wäre natürlich logisch.« Er zögerte, bevor er Peter in die Augen sah. »Es gibt da etwas, das ich mich schon länger frage. Woher weißt du, dass die Kiste mit den Sachen deiner Mutter wichtig war? Ich meine, natürlich war sie wichtig, weil sie ihr gehört hat – aber abgesehen davon, wieso sollte mehr dahinterstecken?«

»Ja, stimmt.« Peter rieb sich die Augen. Wenn er ehrlich war, wusste er das auch nicht. Seit Jahren folgte er einem bloßen Gefühl. »Ist das nicht bei historischen Ereignissen immer so? Man versucht, die einzelnen Puzzleteile zusammenzufügen, in der Hoffnung, dass sie irgendwann die vollständige Wahrheit zeigen. Ich vermute, auch was meine Mutter betrifft, kenne ich nicht die ganze Geschichte. Aber ich habe eine ganz bestimmte Erinnerung an sie, aus der Zeit, als ich noch klein war.«

Sullivan drehte den Deckel seiner Wasserflasche auf. »Das hast du mir nie erzählt.«

»Mir auch nicht«, sagte Declan.

Peter lehnte den Kopf zurück und blickte in den Abendhimmel hinauf. »Sie hatte gerade mit jemandem telefoniert … damals natürlich noch übers Festnetz. Mein Stiefvater kam rein, als sie gerade aufgelegt hatte, und sagte, er wolle nicht, dass meine Mutter noch mal mit dieser Frau spreche, und er würde nicht zulassen, dass sein Ruf von jemandem wie ihr ruiniert würde. Mom hat geweint. Ich hatte keine Ahnung, was das alles bedeutete – ich wusste nur, ich sollte besser in meinem Versteck im Flur bleiben. Erst als mein Stiefvater weg war, habe ich mich rausgewagt und meine Mutter gefragt, was passiert war.« Declan und Sullivan sahen ihn gespannt an. »Sie sagte, sie habe eine Kiste mit Sachen, die der Frau am Telefon gehört hätten, und irgendwann, wenn ich älter sei, würde sie mir die Geschichte dazu erzählen.«

Sullivan atmete hörbar aus. »Aber dazu kam es nie, wegen des Bootsunfalls …«

»Genau.« Peter schluckte. Manchmal konnte er problemlos über den plötzlichen Tod seiner Mutter sprechen. Bei anderen Gelegenheiten, so wie heute, überfiel ihn die Trauer wie ein frischer Schmerz.

Declan trat von einem Fuß auf den anderen, ein Zeichen dafür, dass ihr Basketballspiel gleich weitergehen würde. Peter war froh darüber.

»Du glaubst, dass die Frau am anderen Ende der Leitung damals deine Großmutter war, oder?« Sullivan trank noch einen Schluck aus seiner Wasserflasche, bevor er sie wieder zuschraubte.

Peter nickte langsam. »Das habe ich immer geglaubt. Ich hatte eigentlich keinen konkreten Grund, davon auszugehen, aber wer hätte es sonst sein sollen? Und jetzt habe ich die Tasche und das Hochzeitskleid gefunden.« Er blickte zu Sullivan. »Diesen Teil habe ich dir nicht gleich erzählt, weil ich erst sicher sein wollte. Als ich mir die Tasche dann zu Hause genauer angeguckt habe, waren die Farben der Stickerei wie eine vage Erinnerung. Ganz verblasst – so wie man sich aus der Kindheit an Fugen in einer Mauer oder an die Lieblingssendung im Fernsehen erinnert. Ein Schatten dessen, was es früher war.«

»Vergiss nicht den Knopf«, fügte Sullivan hinzu.

Peter nickte. »Ja, der ist wichtig. Die Schrift auf dem Beutel verrät, was mit seiner ursprünglichen Besitzerin passiert ist, einem Mädchen, das als Sklavin verkauft wurde. Ihre Mutter hatte ihr zwei Knöpfe gegeben. Einen davon habe ich an dem Hochzeitskleid gefunden.«

»Aha«, sagte Declan. »Und du glaubst, dein fehlendes Puzzlestück ist der andere.«

»Ja, auch wenn es unwahrscheinlich klingt.« Peter dachte daran, wie klein ein Knopf sein konnte – und wie oft man jeden Tag irgendwelche Knöpfe sah, ohne sie wahrzunehmen. Man rechnete nicht unbedingt damit, dass einer von ihnen die Fäden einer lange verlorenen Geschichte zusammenhielt.

»Klingt so, als wärst du dir ziemlich sicher, dass es tatsächlich die vermissten Erbstücke sind.« Declan schlug mit der Hand auf den Ball.

Peter rieb sich die Hände, bereit, den Ball abzufangen. »Ich frage mich einfach, ob meine Großmutter vielleicht noch lebt.«

Declan fing wieder an zu dribbeln. »Das wäre doch was. Aber sie könnte natürlich praktisch überall sein. Ich wünsch dir wirklich sehr, dass du sie findest.«

Oh ja, das wünschte er sich auch.

Kapitel 19

Fairhope, 1946

An dem Tag, an dem Franklin und Millie heirateten, fiel sanfter Regen auf den Anleger vor der Pension. Der Saum von Millies langem, luftigem Kleid schwebte im durch die Fenster fallenden Glanz der sich tapfer hervorkämpfenden Sonne wie eine Wolke.

Der Feiertagsschmuck, all die Girlanden und Kerzen waren in Kisten geräumt worden, in denen sie bis zum nächsten Weihnachtsfest bleiben würden, und ein neues Jahr hatte begonnen. Eines, von dem Millie hoffte, dass es seine ganz eigene Feststimmung mit sich bringen würde.

Mrs Stevens hatte Franklin einen Sonntagsanzug gegeben, der ihrem verstorbenen Mann gehört hatte, und ihm noch dazu einen schönen Hut und Rasierzeug geschenkt. Wenn sie ehrlich war, vermisste Millie den Bart um seine Lippen, aber ordentlich rasiert sah er trotzdem so gut aus, dass die Leute sich nach ihm umdrehten.

Millie hatte einen Spritzer Rosenwasserparfüm aufgelegt, ein Hochzeitsgeschenk von Mrs Stevens an sie, und ihre Haare waren im Nacken zu großen Locken gedreht, die über Mamas Schmetterlingsknöpfe fielen. Am Rücken war noch eine Leiste weiterer Knöpfe, die Millie allein nicht schließen konnte, also hatte Mrs Stevens ihr dabei geholfen. Sie hatte auch den Pfarrer organisiert, einen kleinen Kuchen gebacken und Millie sogar ihre eigene Perlenkette geliehen.

Millie kam sich vor wie eine Prinzessin in einem Märchen. Den kleinen Strauß aus rosa- und pfirsichfarbenen Rosen in den Händen, wagte sie einen Blick um die Ecke.

Franklin stand dort neben dem Pfarrer und fingerte an seiner Fliege herum.

Als Millie ihn so sah, erfüllte sie das gleiche Gefühl, wie wenn man als Kind in einer Sommerwiese liegt. Aus Freundschaft zu heiraten – ihren einzigen Freund zu heiraten –, machte sie sehr, sehr froh. Natürlich hatte sie früher davon geträumt, eines dieser Kleider zu tragen, die sie im Schaufenster in Charleston gesehen hatte, und aus Liebe zu heiraten. Welche junge Frau tat das nicht?

Aber Millie war nicht dumm. Franklin mochte sie und würde für sie sorgen und sie empfand genauso wie er. Das war viel mehr, als in manchen Ehen jemals gegeben war, ob sie aus Liebe geschlossen worden waren oder nicht. Franklin würde ihr helfen, ihre Träume zu verwirklichen, und sie würde dasselbe für ihn tun.

Einer der Gäste der Pension hatte angeboten, auf dem Klavier zu spielen, das im Eingangsbereich stand, und Millie umklammerte ihre Blumen etwas fester, als der Hochzeitsmarsch begann.

Ohne zu zögern, ging sie auf Franklin zu. Er strahlte etwas wie Zufriedenheit aus und einen Moment lang fragte sie sich, ob er sie sogar bewunderte. Liebe war natürlich keine Option. Aber Bewunderung – vielleicht eine Cousine der Liebe – war etwas durchaus Wünschenswertes.

Millie konnte die Augen nicht von ihm abwenden und ihre Schritte wurden schneller.

Franklin stellte sich fast unmerklich auf die Zehenspitzen und schien sie mit seinem Blick näher zu ziehen.

Was hielt er in Wirklichkeit von ihrer Heirat? War er sich weniger sicher als sie?

Wenn sie es nicht besser gewusst hätte, hätte Millie jetzt, wo sie ihn so sah, niemals geglaubt, dass er von Zug zu Zug gesprungen war. So, wie er jetzt aussah, gab er einen richtig stattlichen Ehemann ab – die Art Ehemann, die man vor dem Schlafengehen küsste.

❧

Franklin war ein Narr.

Er kannte Millie erst sehr kurze Zeit, aber schon jetzt fesselte sie ihn in allem, was sie tat. Eine unendliche Anmut lag in ihren Bewegungen und ihrem Lachen und in der Art, wie sie in der Dämmerung zu den Sternen hinaufsah.

Der Pianist spielte *Amazing Grace*, während alle fünf Anwesenden die Köpfe senkten, um zu beten, und Franklin musste immerzu denken: *Lieber Gott, womit habe ich ein solches Glück verdient?*

Als das Lied zu Ende ging, fügte er noch hinzu: *Hilf mir, gut für sie zu sorgen.*

Er konnte nicht fassen, dass eine Frau wie Millie einen Hobo aus Carolina wie ihn heiratete, und er würde den Rest seines Lebens damit zubringen, sie von dieser offensichtlichen Tatsache abzulenken.

Und dann sagte der Prediger etwas über Versprechen und Verpflichtungen und so weiter. Franklins Herz hämmerte, als er daran dachte, wie sie Mrs Stevens getäuscht hatten und wie diese herzensgute Frau ihnen nichts als Freundlichkeit erwiesen hatte.

Franklin griff in seine Tasche, um den Ring hervorzuholen, den er gestern Morgen für Millie gekauft hatte. Er war natürlich nicht aus echtem Gold, aber Franklin wollte, dass sie etwas zur Erinnerung an ihre Trauung hatte. Und auf keinen Fall sollte noch einmal ein anderer Mann ihre ringlose Hand bemerken. Also hatte er seine Kappe und seine Hosenträger versetzt, um das Schmuckstück zu kaufen.

Franklin überreichte dem Pfarrer den Ring und ergriff Millies Hand. Ihre Haut war so weich wie Blütenblätter und er konnte weiß Gott nur an den Kuss denken, der auf ihn wartete. Er beobachtete sie und suchte ihren Blick, um zu sehen, was sie wohl dachte. Wenn sie das Weite suchen wollte, könnte er es ihr nicht verdenken. Und doch konnte er an ihrer Miene dieselbe unerschütterliche Entschlossenheit ablesen, die er damals im Zug irgendwo in der Nähe von Georgia gesehen hatte.

Millie wiegte sich ein wenig vor und zurück und der Rock ihres Kleides folgte ihren Bewegungen. Es war ein sehr hübsches Kleid. So eines hatte er noch nie gesehen. Aber vor allem war Millie auch eine sehr hübsche Frau.

»Sprechen Sie mir nach«, sagte der Pfarrer jetzt. »Ich, Franklin, nehme dich, Millie, zu meinem angetrauten Weibe.«

Franklin räusperte sich. »Ich, Franklin, nehme dich, Millie …« Er schluckte und sein Herz raste. Millie blickte zu ihm auf und wartete mit großen Augen. »… zu meinem angetrauten Weibe.«

Eine Locke fiel Millie in die Stirn, als sie beide den Rest des Trauversprechens wiederholten, das der Pastor vorsagte, und Franklin schob die Strähne mit dem Finger wieder zurück. Er biss sich auf die Unterlippe. Ihr Blick gab ihm Halt, erdete ihn. »… zu achten und zu lieben, bis dass der Tod uns scheidet.«

Millie hatte keine Ahnung, wie ernst er diesen letzten Teil meinte, nach nur einem Monat Freundschaft. Wie sehr er sie verehrte. Sich nach ihr sehnte. Dass er sich von Herzen gern an sie binden wollte.

Millie drehte sich ein wenig, um den Ring entgegenzunehmen, und Franklins Blick fiel auf die kleinen Schmetterlingsknöpfe am Ausschnitt ihres Kleides. Natürlich erkannte er sie wieder, die Knöpfe, die Millies Mutter ihr gegeben hatte, als sie von Charleston aus aufgebrochen war – an dem Tag, an dem Franklin sie kennengelernt hatte.

Millie hatte ihre geliebten Knöpfe an das Kleid genäht. An ihr Hochzeitskleid.

Das musste ein gutes Omen sein.

»Sie können die Braut jetzt küssen.«

Franklin streckte die Arme nach ihr aus. Vielleicht war es das einzige Mal, dass er sie küssen würde, und er würde das Beste daraus machen.

Millie schloss die Augen, bevor seine Lippen ihre berührten.

Franklin ermahnte sich, dass dieser Teil nur gespielt war, nur vorgetäuscht, aber es fühlte sich trotzdem ganz echt an. Er legte den Arm um Millies Taille und zog sie sanft näher. Am liebsten hätte er ihre Locken von den Haarnadeln befreit, ihren Hals geküsst und ihr zugeflüstert, sie solle die Haare doch offen um ihre Schultern fallen lassen.

Er fühlte sich mit jeder Faser lebendig und war sich zugleich schmerzlich der Tatsache bewusst, dass der Augenblick verstrich, während die Welt um sie herum verschwamm.

Widerwillig beendete er den Kuss, löste sich von ihr und versuchte dabei, so zu tun, als würde sein Herz nicht rasen und ihm der Atem nicht stocken, während er in die unschuldig blickenden Augen von Mrs Millie Pinckney sah.

ଓ

Millie und Franklin verbrachten den größten Teil ihrer Hochzeitsnacht auf dem Bootssteg und blickten auf die Bucht hinaus. Die Bretter waren noch nass von dem nachmittags aufgezogenen Unwetter und die Luft war schwül und schwer.

Die Sterne funkelten wie eine Lichterkette um die alten Eichen und Millie legte sich neben Franklin auf den Steg, um zu ihnen hinaufzuschauen. Sie trug noch immer ihr Hochzeitskleid, denn heute war ihre einzige Gelegenheit, es zu tragen, und sie wusste, dass es um ein Vielfaches schöner war als jedes Kleid, das sie je genäht hatte oder noch nähen würde.

Sie stützte sich auf ihre Ellbogen und streckte dann eine Hand aus, um Franklins Fliege zu lösen. »Du siehst aus, als würdest du dich schrecklich unbehaglich fühlen.«

»Das stimmt ja auch.« Franklin lächelte schief wie immer. »Aber es liegt ganz sicher nicht an dir, meine Braut.«

Millie lachte und zog dann die Fliege von seinem Hals. »Wie lange kann ich diese Brautsache noch ausschlachten?«

»Bis zur Morgendämmerung bist du praktisch noch das Aschenputtel.«

Millie legte den Kopf in den Nacken und lachte laut. Es war das erste wilde, freie Lachen seit langer Zeit. Sie hatte es getan – sie hatte ein neues Leben begonnen und eine Freundschaft gefunden, die halten würde. Ihre Mama wäre stolz auf sie.

Vielleicht war alles sehr praktisch und nicht romantisch, aber Millie hatte genug Romantik mit ihrem Traum von einem Kleidergeschäft und mit all den glänzenden Dingen dieser Nacht, angefangen mit der Seide, die sie am Leib trug, über Franklins Grübchen, wenn er grinste, bis hin zu der tief am Himmel stehenden Mondsichel. Sie lauschte darauf, wie die Wellen leise an den Bootssteg klatschten, und genoss den Duft ihres eleganten Parfüms.

Vielleicht würde sie Franklin nie von der Geschichte ihrer Herkunft erzählen, aber das war in Ordnung. Manche Geheimnisse behielt man besser für sich, hatte Mama einmal gesagt.

»Und, was würdest du dir gerade wünschen, Rothütchen?« Franklin knöpfte seinen Kragen auf.

Millie hielt Ausschau nach einer Sternschnuppe. Sie würde sich wünschen, diesen Augenblick in seiner ganzen Schönheit nie zu vergessen.

Franklins Blick, als er die Worte »zu meinem angetrauten Weibe« ausgesprochen hatte, hätte ihr Angst machen müssen. Doch aus irgendeinem Grunde hatte sie keine gehabt.

Der Wind über dem Wasser kühlte ihre Arme und ließ sie frösteln. Franklin rückte näher, streifte seine Anzugjacke ab und legte sie über ihre Schultern.

»Ganz ehrlich? Mir fällt überhaupt nichts ein, was ich mir wünschen könnte und nicht schon habe.«

Franklin musterte sie. Sein Unterkiefer zuckte. Das Schimmern der Bucht ein Stück weiter ließ es wirken, als hinge der Steg in der Luft – als hingen *sie* in der Luft – und schwebten in einem eigenen Raum überm glitzernden Wasser.

Es war die Art Augenblick, in der er sie geküsst hätte, wenn die Umstände anders gewesen wären, und sie hätte seinen Kuss vielleicht erwidert.

Die Art Augenblick, in der er ihr gesagt hätte, dass er sie liebte, und vielleicht hätte sie sich ihm für den Rest ihres Lebens versprochen.

Aber er küsste sie an diesem Abend nicht noch einmal. Stattdessen saßen sie nebeneinander – zwei Reisende, die das Leben zusammengeführt hatte –, während langsam die Morgendämmerung nahte.

Kapitel 20

Charleston, heute

Es musste das rosige Leuchten der Morgendämmerung gewesen sein. Entweder das oder das britische Hörbuch, das Harper und Millie auf der Fahrt hierher angehört hatten. Vielleicht eine gefährliche Mischung aus beidem. Denn das Licht des neuen Tages bewies, dass Peter *nicht* ihr persönlicher Held aus Cornwall war. Wie sich herausstellte, war er ein Sonderling. So, wie Harper es bei ihrer ersten Begegnung schon vermutet hatte.

Wahrscheinlich war es besser so. Wenn Peter erfuhr, dass ihre Träume sich in Luft aufgelöst hatten, würde er sie seinerseits ganz anders sehen. Was konnte sie momentan schon in eine Beziehung einbringen, wenn sie nicht einmal sicher war, was sie sich von ihrem Leben erhoffte? An diesem Morgen hatte sie sogar an ihrer Starbucks-Bestellung gezweifelt.

Trotzdem würde sie nett sein und bei der Stadtführung so tun, als wäre sie interessiert, Millie zuliebe, trotz der Tatsache, dass die eine Ausrede gefunden hatte, um nicht mitkommen zu müssen: Sie hatte behauptet, sich nach der langen Fahrt am Tag zuvor ausruhen zu müssen, bevor sie den Laden besichtigten.

Harper hatte das Gefühl, dass Millie alles andere tat, als sich »auszuruhen«. Sicher war sie irgendwo schön Kaffee trinken gegangen oder so.

Harper trat auf dem Kopfsteinpflaster von einem Ballerinaschuh auf den anderen, während die weiße Schleife am Rücken ihrer Bluse im Wind flatterte. Blumen in Pink und Lila wiegten sich über dem gusseisernen Friedhofszaun hin und her. Sie sah noch einmal auf ihre Armbanduhr. Warum war nur sie am Treffpunkt erschienen? Die Tour hätte vor zweieinhalb Minuten anfangen sollen. War sie allen Ernstes die Einzige, die heute an der Führung teilnahm? Die Vorstellung machte sie nervös. Die Idee einer Stadtführung hatte ihr gefallen, als sie dachte, sie könnte sich in einer Gruppe verstecken, aber jetzt würde sie Small Talk machen müssen. Und wenn die Unterhaltung ins Stocken geriet, konnte sie sich nicht einfach verabschieden.

Ein Mann bog um die Ecke, einen Beutel über die Schulter geworfen und ein Grinsen im Gesicht, als hätte er sich absichtlich Zeit gelassen.

Peter.

Er trug eine Strickjacke, die zugleich schick war und an Mr Rogers erinnerte. Harper konnte sich nicht entscheiden, was davon überwog. Der Wind zerzauste seine wilden Beinahelocken und sie erhaschte einen Blick in seine grünblauen Augen, die weitaus mehr Nuancen zu haben schienen als am Morgen, als er billige Muffins und Kaffee vorbeigebracht hatte. Einen Augenblick lang fühlte sie wieder diese Anziehungskraft – das gleiche merkwürdige Gefühl im Magen, das sie am Abend zuvor gespürt hatte, als die Dämmerung die »Heilige Stadt« in weiches Abendlicht getaucht hatte.

Dann war der Augenblick vorbei und Harper nahm wieder Vernunft an.

»Die angemeldete Familie hat gerade abgesagt, also sieht es so aus, als wären für die Führung heute nur wir zwei übrig.« Peter zeigte auf den Friedhof hinter dem Zaun und auf die hübsche Kirche dahinter. »Ich fange immer gerne bei diesem Friedhof der Unitarierkirche an. Obwohl andere Friedhöfe viel mehr berühmte Grabmäler haben, mit denen man angeben könnte, gibt es hier eine Menge Volkstümliches, was für Charleston typisch ist. Kennst du die Legende von Annabel Ravenel?«

Harper schüttelte den Kopf.

Peter schien in diesen historischen Dingen völlig aufzugehen. Seine Begeisterung beruhigte Harpers Unbehagen. »Annabel war erst vierzehn, als ihr Vater kurz vor dem Beginn des Bürgerkrieges eine Ehe für sie arrangierte. Doch sehr zu seinem Unmut verliebte Annabel sich in einen Soldaten namens Edgar Perry, der in Fort Moultrie stationiert war. Es heißt, dass die beiden sich heimlich auf diesem Friedhof hier trafen, abseits der wachsamen Augen des Vaters. Aber dann erwischte er sie doch. Zur Strafe sperrte er Annabel monatelang in ihrem Zimmer ein und Edgar wurde nach Virginia versetzt. Kurz darauf starb sie an einer Krankheit, wahrscheinlich am Gelbfieber. Als Edgar ihr Grab besuchen wollte, fand er es nicht. Ihr Vater hatte es nicht kenntlich gemacht, damit Edgar ihr nicht die letzte Ehre erweisen konnte.«

»Wie traurig!«

Peter zog die Augenbrauen hoch. »Das war noch nicht die ganze Geschichte.« Er zögerte.

Harper merkte, wie sie die Luft anhielt und auf den Rest wartete.

»Der Soldat hieß mit richtigem Namen Edgar Allan Poe. Er schrieb ein Gedicht über eine junge Frau und nannte es –«

»»*Annabel Lee!*'« Harper schlug sich die Hand vor den Mund, kaum dass ihr die Worte entschlüpft waren.

»Genau«, bestätigte Peter grinsend. Sein Blick wanderte zu Harpers Umhängetasche, die mit einem Muster aus winzigen Porträts von Poe bedruckt war.

»Das hast du gerade erfunden!« Sie schüttelte lachend den Kopf.

»Nein, hab ich nicht.« Peters Mundwinkel zog sich nach oben und das breite Lächeln ließ ihn sehr selbstbewusst wirken. »Zweifellos ist die Geschichte ausgeschmückt worden, aber Poe war tatsächlich auf Sullivan's Island stationiert. Es gibt viele Spekulationen, ob er in der Zeit diese Stadt besucht hat. Wer hätte das nicht? Es kann sein, dass Annabel Ravenel, zumindest in der Form, wie die Legende von ihr erzählt, reine Fiktion ist. So oder so hat sie hier kein gekennzeichnetes Grab. Wer weiß, es ist durchaus möglich, dass es eine wahre Geschichte ist, die von Generation zu Generation weitergegeben worden ist.«

Harper warf noch einen Blick in den alten Friedhof, den Efeu und andere wilde Gewächse weitgehend erobert hatten. Eine

Biene surrte an ihrem Ohr vorbei zu einer der Blumen und Harper sah Peter an. Ihn so in seinem Element zu erleben, sorgte dafür, dass das, wofür sie selbst am meisten brannte, sich in ihr regte. Sie hatte versucht, sich einzureden, dass ihr Traum gestorben war, aber das sture Ding erwachte immer wieder zum Leben.

Wenn sie heute Abend ihren Tee trank, würde sie ein Kleid entwerfen, das in eine dieser schicken Brautmodenzeitschriften passen würde, etwas, das einer Braut in dieser schönen Stadt gefallen könnte. Das Kleid würde niemals das Licht der Welt erblicken, aber allein bei dem Gedanken, es zu zeichnen, schlug Harpers Herz schneller. Das wollte schon etwas heißen.

»Und wohin jetzt?«, fragte sie Peter, während sie sich noch darüber wunderte, wie schnell der Funke seines Eifers auf sie übergesprungen war.

»Wie wäre es mit dem Theater? Da kann ich dir eine tolle Geschichte über John Wilkes Booth erzählen.«

༄

Zwei Stunden später wusste Harper Charleston ganz neu zu schätzen. Und Städteführer – vor allem einen bestimmten.

»Danke, dass du dir die Zeit genommen hast, mich rumzuführen. Die Stadtgeschichte ist viel interessanter, als ich erwartet hatte.« Harper lehnte sich an den Eisenzaun des Friedhofs, an dem sie ihre Tour begonnen hatten.

»Das höre ich natürlich gern, aber genau genommen ist es mein Hobby und wahrscheinlich hast *du* eher *mir* einen Gefallen getan, indem du zugehört hast.« Peter sah auf seine Uhr. »Ich will übrigens gleich zu einer Haushaltsauflösung. Hast du Lust mitzukommen? Wir haben noch Zeit, bevor wir uns mit Millie treffen sollen.«

Nach dem gemeinsamen Vormittag war Harper davon überzeugt, dass er selbst über einen stinknormalen Bleistift etwas Interessantes sagen konnte, und war definitiv neugierig auf Peters Haushaltsauflösungen. »Klar, warum nicht?«

Peter deutete mit dem Kinn in Richtung Straßenecke. »Es ist nur zwei Blocks weiter.« Er setzte sich in Bewegung.

Harper beeilte sich hinterherzukommen. Bei jedem ihrer Schritte hüpfte die Schleife an ihrer Bluse auf und ab.

Es dauerte nicht lange, bis sie das richtige Haus erreicht hatten. Ein handbeschriebenes Schild mit der Werbung *Haushaltsauflösung! Viele Schätze!* steckte davor im Boden.

Die Außenwände des Cottages waren grau und salbeigrün. Mit seinem Charme erinnerte es Harper an Fernsehsendungen, in denen Leute ihre Häuser verschönerten. Sie stellte sich Schränke und Körbe voller Kleider, Tücher und Knöpfe vor, die hinter der Tür warteten, auf die Peter und sie nun zusteuerten.

Er griff nach der Türklinke. »Bereit?«

Harper nickte.

Als Peter die Tür öffnete und Harper zuerst eintreten ließ, sah sie sich erwartungsvoll um – sie wollte alles in diesem Haus sehen. Doch dann stellte sie überrascht fest, dass es keine Körbe mit Kleidern, Tüchern und Knöpfen gab. Das Haus roch modrig und die »Schätze« waren offenbar fleckige Lexika und halb zerbrochene Hocker.

Peter schloss die Tür hinter ihnen.

Harper drehte sich zu ihm um und flüsterte: »Nicht ganz so schön, wie ich gedacht hatte.«

Er zuckte mit den Schultern. »Das kommt vor.«

Sie gingen den Flur hinunter und zu den Schlafzimmern, aber schon bald war abzusehen, dass die Lexika bereits das Highlight gewesen waren.

»Kann ich Ihnen helfen?«, fragte eine Frau hinter einem Stapel von Stühlen.

Harper hätte am liebsten gesagt: *Selbst wenn, wüsste ich nicht, wie Sie über all diese Möbel zu uns kommen wollen.* Stattdessen duckte sie sich ein bisschen, um ihr Gegenüber zwischen den

Lehnen der Stühle hindurch besser sehen zu können, und lächelte. »Danke, wir kommen schon zurecht.«

»Sagen Sie Bescheid, wenn was ist.«

Wie in aller Welt konnte sie hoffen, unter diesen Umständen etwas zu verkaufen? Harper hatte durchaus Sinn für eine gute alte Vom-Tellerwäscher-zum-Millionär-Story, aber sie konnte sich nicht vorstellen, dass *irgendjemand* einen Wert in diesen wackeligen Stühlen sah. Außer vielleicht ein Versicherungsunternehmen.

Ein altes gerahmtes Foto an der Wand erregte ihre Aufmerksamkeit. »Obwohl …« – Harper hatte das Gefühl, mit dem Berg Möbel zu sprechen – »Ich bin neugierig.« Sie zeigte auf die Wand. »Sind die Leute auf diesem Bild die ursprünglichen Hausbesitzer? Die mit den beiden Kindern?«

»Tut mir leid, das weiß ich nicht.« Die Frau schüttelte den Kopf. »Ich gehöre zu einer Firma, die Haushaltsauflösungen wie diese betreut. Ich weiß nichts über die Geschichte der einzelnen Stücke. Wäre aber schön, wenn Sie mit Ihrer Vermutung richtiglägen. Die vier sehen aus wie eine nette Familie.«

»Wie schade. Ihre Geschichte ist also verloren und vergessen?«

»Ich fürchte ja.«

Harper wandte sich zu Peter um. Ein Schauer lief ihr über die Arme.

Vergessen. Das Wort hallte in ihren Gedanken wider wie ein Echo und Harper war nicht sicher, warum ihr das so nah ging. Sie kannte diese Menschen nicht. Vielleicht ging es eher darum, dass anderen dasselbe widerfahren konnte. Auch Millie. Auch Harper selbst.

Peter berührte sie sacht am Ellbogen, als sie sich durch das Möbellabyrinth einen Weg zurück zur Haustür bahnten. Er öffnete die Tür und dann traten sie gemeinsam wieder ins Freie. Ganz bewusst nahm Harper die frische Luft und den Sonnenschein wahr.

Sie rieb sich die Arme. »Sind diese Aktionen immer so deprimierend?«

»Manchmal. Man weiß eben nie, was man dort finden wird.« Peter drehte an einem Knopf seiner Strickjacke.

Harper blickte auf die roten Geranien hinunter, die in einer ordentlichen Reihe am Weg entlang wuchsen. So viel Sorgfalt beim Erhalten des Grundstücks, aber eine so geheimnisvolle Vergangenheit. Die Schwere verschwundener Geschichten zerrte an ihr.

»Wie machst du das?« Sie fing Peters Blick auf. »Wie kannst du diese Orte betreten, wenn du weißt, dass das Lachen und das Weinen und alle Worte, die dort gesprochen wurden, im Laufe der Zeit verstummt sind?«

Peter sah sie lange an. »Ich will dir etwas zeigen.«

»Okay.«

Sie liefen mehrere Häuserblocks weiter bis zu einem Viertel, das laut Peter Radcliffeborough hieß. Irgendwann blieben sie vor einem alten Haus mit einem kleinen Garten stehen. Die Fensterläden hingen schief und einer fehlte ganz; der Rasen musste dringend gemäht werden und es war ein Wunder, dass Harpers Allergien keinen Niesanfall auslösten. Sie warf Peter einen Blick zu. Er beobachtete sie und strahlte.

»Und, wie findest du es?«, fragte er.

Harper zog die Augenbrauen hoch und wandte sich wieder dem Gebäude zu. »Sieht aus, als hätte es schon bessere Tage gesehen.«

Damit brachte sie Peter ein weiteres Mal an diesem Tag zum Grinsen. »Das ist mein Haus.«

»Dein Haus?« Harper sah etwas über die Türschwelle huschen. Eine Ratte? Sie drehte sich zu Peter um und sagte sich, dass es bestimmt ein Eichhörnchenbaby gewesen war.

»Es ist ein altes Reihenhaus«, erklärte Peter. »Sorry, dass die Läden so unordentlich aussehen, aber ich versuche immer noch, jemanden zu finden, der die Originale reparieren kann, bevor ich mir überlege, neue zu kaufen. Also, um deine Frage zu beantworten: Ich gehe in Häuser und rette, was ich von ihrer Geschichte retten kann, weil man nie wissen kann, wann man vielleicht eine Geschichte findet, die nie erzählt wurde. Oder, in diesem Fall, wiederhergestellt wurde.« Peter blickte an dem Haus hinauf. »Was dieses hier betrifft, weiß ich nicht viel über seine Vergangenheit. Ich habe es von meiner Mutter geerbt.« Er rückte seine Brille zurecht. »Aber ich werde mehr darüber herausfinden.«

Ein Schwalbenschwanz schwebte mühelos an ihnen vorbei und flatterte über dem Unkraut auf und ab – es war ziemlich früh im Jahr für diese Schmetterlingsart, aber in einigen Monaten würden seine Nachkommen vielleicht die ganze Straße bevölkern.

Harper trat einen Schritt näher. Das Haus, das von der Straße aus wie ein Schandfleck gewirkt hatte, sah aus der Nähe betrachtet eigentlich ganz charmant aus. Fast hatte sie die R…, äh, das Eichhörnchenbaby schon vergessen. Harper ließ den Blick über das Haus schweifen. Mit seiner Lage in einer Seitenstraße der King Street musste schon das Grundstück ziemlich wertvoll sein.

Peter beobachtete sie. »Was denkst du?«

»Ich habe nur gerade gedacht, wie cool es ist, dass du in diese Immobilien investierst.«

Peter steckte den Schlüssel ins Schloss der Haustür und drehte den Knauf. Bevor er die Tür öffnete, begegnete er Harpers Blick. »Die Immobilienpreise in Charleston sind ziemlich in die Höhe gegangen und ich hatte Glück bei meinen Investitionen. Die Häuser, mit denen ich angefangen habe, waren klein, aber groß genug, um etwas einzubringen.«

Sieht so aus.

»Du würdest staunen, welche Schätze man findet, wenn man beruflich Dinge rettet.« Peter hielt Harper die Tür auf. »Deshalb habe ich auch das alte Geschäft gekauft, das ihr euch ansehen wollt. Was das betrifft, würde ich übrigens gern mehr von dir erfahren.«

Sie folgte ihm ins Haus. Bevor sie antworten konnte, atmete sie Staub ein und fing an zu husten.

»Tut mir leid, ich hätte dich warnen sollen, dass der Flur im Moment Ähnlichkeit mit einem Römergrab hat.« Peter lächelte

161

verschmitzt. »Ich habe vorhin an einem der Bücherregale gear-beitet. Aber es ist aufregend, oder?« Er hob die Hände und be-schrieb den Raum mit einer ausladenden Geste. »Solche Details findest du in einem modernen Gebäude einfach nicht.«

Man findet dort auch keine Spritzer Bleifarbe oder Putzstaub wie den von der Decke, den ich gerade einatme ...

Aber Harper lächelte nur.

»Also, jetzt erzähl mal.« Peter verschränkte lässig die Arme. So wie er da vor ihr stand, sah er aus wie jemand, der jedem Sturm standhalten konnte. Vielleicht tat er das ja in gewisser Weise so-gar – indem er an all diesen alten Mauern festhielt und versuchte, sie vor dem endgültigen Verfall zu bewahren.

»Ach, da gibt es nicht viel zu erzählen.« Harper fingerte an ih-rem Korallenperlenarmband herum und schob es an ihrem Arm auf und ab. Wenn sie im Mittelpunkt stand, konnte sie nie die Finger still halten.

»Ich glaube, du unterschätzt dich«, sagte Peter.

»Na ja, ich habe vielleicht ein gewisses Faible für Abenteuer.« So konnte man es auch ausdrücken.

»Wie kommt es eigentlich, dass du jetzt hier in Charleston bist? Mit Millie?«

Der Grund bist du, hätte sie am liebsten gesagt. Doch das konnte sie nicht. Noch nicht. Vielleicht nie. Sie ermahnte sich, Peter nicht zu nah an sich heranzulassen. Denn die Uhr würde irgendwann Mitternacht schlagen, wie Uhren das nun mal taten – und in diesem Fall eher früher als später.

Harper holte tief Luft und blickte über Peters Schulter zu dem Fenster, das auf den Hof hinausging. Eine Spottdrossel saß auf dem Fenstersims und spähte herein.

»Ich bin meinem Traum gefolgt. Und der hat sich als Sack-gasse herausgestellt.« Sie zuckte mit den Schultern. »Millie war zum richtigen Zeitpunkt am richtigen Ort. Sie hat angeboten, mir zu helfen, und jetzt bin ich hier.«

Peter schwieg lange. Harper wappnete sich schon für den unvermeidlichen Ratschlag, sie solle ihre Träume nicht aufgeben, und das von diesem Typen, dessen Träume alle in Erfüllung zu gehen schienen. Aber stattdessen musterte er sie nur mitfühlend. »Das tut mir wirklich leid.«

Diese wenigen Worte – das von Herzen kommende Mitgefühl eines Fremden wegen ihrer eigenen Unzulänglichkeit – waren genug, um den Damm brechen zu lassen.

Harper fing an zu weinen und ließ sich auf die Couch sinken. Peter setzte sich neben sie, ohne dass sie ihn darum hätte bitten müssen.

Harper vergoss all die Tränen, die an ihrem letzten Tag in Savannah nicht geflossen waren. Beinah hatte sie den Duft des Secondhandladens in der Nase, während ihr das Scheitern ihres Traumes aufs Neue bewusst wurde. Sie vergrub das Gesicht in den Händen, weil es ihr unangenehm war, dass sie an einem Ort wie diesem und vor einem Mann, den sie kaum kannte, einen Zusammenbruch hatte. Und doch war es genau das, was ihr Herz gerade brauchte. Vielleicht war die Fred-Rogers-Strickjacke für ihr plötzliches Gefühl emotionaler Geborgenheit verantwortlich. Oder vielleicht … vielleicht lag es an Peter.

Sie wischte ihre Tränen fort und wagte einen Blick in seine Augen. Sie sah, dass er sie beobachtete, voller Freundlichkeit und bereit, ihr zuzuhören, wann immer sie so weit war.

Ein Laut in einem anderen Raum ließ sie zusammenfahren. Ein Hundewimmern? Dann folgte ein leises kratzendes Geräusch. »Was ist das?«, fragte sie.

Peter schüttelte den Kopf. »Ach, das ist nur mein Hund. Ich habe ihn ins Schlafzimmer gesperrt, bevor ich gegangen bin, damit er nicht die Speisekammertür öffnet und meine Kekse frisst. Wahrscheinlich ist er von seinem Nickerchen aufgewacht und hat uns gehört.«

Harper zog die Augenbrauen hoch. »Dein Hund bekommt Türen auf?«

»Das scheint dich zu wundern.«

Harper lachte, und als Peter sie erwartungsvoll ansah, sprach sie mit erstaunlich fester Stimme die Worte aus, die sie bis jetzt vermieden hatte: »Während meines Studiums in Savannah dachte ich doch tatsächlich, ich hätte eine Chance, bei der Modenschau der Abschlussklasse mitzumachen – das ist eine Veranstaltung, die immer viel Aufmerksamkeit von der Presse bekommt.«

»Stimmt. Ich erinnere mich an das Kleid, das du bei der Party getragen hast.« Peter fuhr nachdenklich mit dem Daumen über sein Kinn.

Harper sah ihn an. Er erinnerte sich daran?

»Ich vermute, am nächsten Tag lief es nicht so gut?«, fragte er sanft.

»Die Prüferin hat mir gesagt, ich hätte nicht das Zeug dazu, Mode zu designen. Dass ich meine Zeit verschwende und sie mir einen Gefallen tut, indem sie mir hilft, das lieber früher als später zu erkennen.« Harper streckte die Beine aus. »Das hat mich total umgehauen.«

»Und bist du ihrer Meinung?«

Harper war so überrascht über die Frage, dass sie auflachte. »Ich meine, sie ist die Leiterin des Fachbereichs. Ihre Entwürfe sind in großen Modehäusern vertreten. Mit Sicherheit sogar in Zeitschriften, die du kennst.«

»Okay.« Er presste die Lippen aufeinander. »Aber das war nicht, was ich wissen wollte.«

Harper schüttelte den Kopf. »Es spielt keine Rolle, ob ich derselben Meinung bin oder nicht. Ich will mich nicht beklagen – wirklich nicht. Ich bin gesund und habe ein wunderbares Leben. Aber ich will mich nicht weiter lächerlich machen. Sie hatte recht.« Harper nickte. »Besser, ich ändere jetzt die Richtung, bevor ich mich noch mehr demütige.«

»Ich glaube nicht, dass es jemals ein Grund für Demütigung ist, wenn man einen Traum verfolgt«, sagte Peter. »Träume sind schwer zu fangen. Für jeden.«

»Das würde der Rest der Welt wohl anders sehen, Peter Perkins. Ich habe schon jede Menge Demütigungen erlebt und ich bin erst sechsundzwanzig. Ich glaube nicht, dass ich zwei, drei oder wer weiß wie viele Jahrzehnte der Zurückweisung und Enttäuschung überleben würde, wenn mein Herz daran hängt. Das Problem ist: Ein paar Monate lang hatte ich den Traum schon zu fassen bekommen. Ich weiß, wie es sich angefühlt hat, diese Kleider zu entwerfen, so wie die Besten der Besten es tun. Ich konnte ihn nur nicht festhalten.« Ihr Puls beschleunigte sich, als sie merkte, dass Peters und ihre Finger sich beinahe berührten. »Manchmal müssen wir die schwere Entscheidung treffen loszulassen, wenn eine Leidenschaft zu Staub und Asche wird. Meinst du nicht?« Harper senkte den Blick und sie nahm die Macken und Kratzer wahr, die der Fußboden des alten Hauses im Laufe der Zeit davongetragen hatte. Sie zwang sich, Peter wieder anzusehen.

»Vielleicht«, murmelte er. »Aber manchmal vielleicht auch nicht.«

Kapitel 21

Der Wind pfiff durch die Ritzen in den Fensterläden und schlug den handgebundenen Kranz gegen die Haustür. Sonnenlicht fiel herein, obwohl es draußen regnete und der Wind stärker wurde. Mama sagte immer, das bedeute, dass der Teufel seine Frau schlage.

Manchmal gab es bei solchem Wetter einen Regenbogen. Aber manchmal schien es auch Schwierigkeiten anzukündigen. Was von beidem würde an diesem Nachmittag der Fall sein?

Millie und Franklin waren seit sechs Monaten die neuen Inhaber und Betreiber der Pension – seit Mrs Stevens gestürzt war und ihre Verwandten beschlossen hatten, dass sie bei ihnen besser aufgehoben war. Doch Millie wurde das Gefühl, nur vorübergehend hier zu sein, immer noch nicht los. Der Gedanke, dass ihr dieses Haus gehörte, war zu schön, um wahr zu sein. Und dass Franklin und sie ein Unternehmen führten. Franklin, ein Hobo, und sie … Wahrscheinlich hätte sie ihm längst die Wahrheit sagen sollen. Sie hatte weiß Gott mehr als genügend Gelegenheiten dazu gehabt. Aber wie sollte ein Mann mit einer vollständigen Herkunft eine Frau verstehen, die zwei halbe Geschichten hatte? Sie konnte sich nicht vorstellen, dass Franklin sie jemals schlecht behandeln würde, aber er könnte sie für eine Lügnerin oder für eine Ausreißerin halten oder vielleicht für eine andere Frau als die, die er kannte. Nichts davon könnte sie ertragen, nicht bei ihm. Die Wahrheit war wohl, dass ein kleiner Teil von ihr – na gut, ein großer Teil – schreckliche Angst davor hatte, was aus diesem schönen Leben werden könnte, falls jemand herausfand, welches Geheimnis sie hütete.

Also hatte sie Ausreden gefunden – und war so weit wie möglich in der Pension geblieben. Franklin glaubte inzwischen, dass er mit einer schüchternen Frau verheiratet war, die kein Problem damit hatte, Pensionsgäste zu begrüßen, aber ansonsten am liebsten allein an ihrer Nähmaschine saß. In Wirklichkeit war Millie überhaupt nicht gerne allein. Und schüchtern war sie ganz und gar nicht. Die Gefahr, an der Struktur ihrer Haare oder ihrem kräftigeren Teint im Sommer erkannt zu werden, war einfach zu groß. Das wollte sie nicht riskieren. Also lief Millie nicht mit Franklin durch Fairhope, sondern blieb in der Sicherheit der Pension. Die Menschen dort kamen und gingen und nahmen mögliche Fragen wieder mit.

An diesem Spätnachmittag hatte Millie jedoch eine ungute Vorahnung, die zu dem aufziehenden Unwetter passte. Aber vielleicht bildete sie sich das auch nur ein. Schließlich hatte Mama immer gesagt, sie hätte zu viel Fantasie.

Es klopfte dreimal sacht, aber vernehmlich an der Tür. Millie legte ihre Patchworkdecke auf das Samtsofa und stand auf, während sie ihren Hut zurechtrückte. Sie befeuchtete ihre trockenen Lippen und bemühte sich zu lächeln, trotz der Sorge, die ihr den Brustkorb zusammenzog. Sie hatte zu viel Zeit damit zugebracht, über ihre Vergangenheit nachzudenken, das war alles. Doch die Arbeit rief, deshalb würde sie ihre Angst beiseiteschieben und so weit wie möglich im Hier und Jetzt leben.

Millie öffnete die Haustür und dann die Fliegengittertür, die ein Quietschen von sich gab. Eine elegant aussehende Frau, die etwa fünfzehn bis zwanzig Jahre älter war als Millie selbst, stand in der Tür, ein kleines Mädchen auf der Hüfte. Die beiden klammerten sich aneinander, auf der Veranda vor dem Regen geschützt. Das Kleinkind blickte zu seiner Mutter auf, als die Frau einige schwarze Haarsträhnen in ihre in Wellen gelegte Frisur zurückschob. Sie hatte einen Anflug dunkler Ringe unter den grünen Augen und es versetzte Millie einen Stich, als sie diese Müdigkeit wiedererkannte, die kein Schlaf lindern konnte. Sie hatte diesen Blick oft genug im Spiegel gesehen.

Wenn es etwas gab, was Millie von Mrs Stevens gelernt hatte, dann, dass Menschen oft in Pensionen erschienen, wenn sie etwas zu verbergen hatten. Die Frage war, ob diese beiden vor etwas davonliefen oder auf etwas zu.

Genau das hatte Millie sich auch schon oft genug selbst gefragt. Wenn sie ehrlich war, hatte sie die Antwort immer noch nicht gefunden. Vielleicht genoss sie es, in anderer Leute Geschichten herumzustochern, weil sie das von ihrer eigenen ablenkte.

Die Frau streckte Millie die Hand entgegen. »Ich heiße Eliza und das hier ist meine Tochter«, sagte sie. »Ist dies zufällig Franklins Haus?« Sie blickte an Millie vorbei, als hielte sie nach ihm Ausschau.

Millie stockte der Atem, als sie die Hand der Frau ergriff. Was wollte sie von Franklin? Die beiden waren gut gekleidet und Millie vermutete, dass sie wahrscheinlich recht wohlhabend waren, wo auch immer sie herkamen. Woher kannte diese Fremde ihren Mann? Würde sie die andere Identität, die Millie sich aufgebaut hatte, sofort durchschauen?

Vielleicht war die Antwort ja auch ganz einfach. Womöglich hatte Franklin diese Menschen irgendwo kennengelernt und ihnen von der Pension erzählt. Schließlich freundete er sich überall mit den Leuten an, denen er begegnete.

Millie gab sich Mühe, ihr Zögern zu verbergen, als die Frau ihre Hand losließ, und winkte sie ins Haus. »Bitte kommen Sie doch rein. Ich hole Franklin.«

»Danke.« Eliza wischte ein paar Regentropfen vom Ärmel ihrer Jacke, bevor sie über die Schwelle trat. Die meisten Gäste der Pension machten sich keinerlei Gedanken darüber, ob sie triefnass eintraten. Dann verzog das Wasser die Holzdielen, und wenn die Dielen erst einmal verzogen waren, war es eine Katastrophe, sie wieder in Ordnung zu bringen.

Millies Absätze klapperten auf dem Boden, als sie in die Küche eilte, wo Franklin gerade dabei war, einen Keks zu essen. Vor Schreck fiel ihm die Hälfte herunter und er streckte schnell die

Hand aus, um die Krümel aufzufangen, war jedoch nicht schnell genug. Er fing an zu lachen und Millie versetzte ihm einen spielerischen Schlag und ging in die Hocke, um die Brösel zusammenzufegen.

Franklin nahm sie am Arm und zog sie wieder hoch. »Das mache ich. Schließlich hab ich auch gekrümelt. Obwohl wir uns wirklich einen Hund anschaffen sollten.«

Millie straffte die Schultern. »Ach ja. Ich bin sicher, die Gäste wären begeistert, wenn ein Hund ihre Teller abschleckt.«

»Hm.« Franklin brachte die Krümel zum Mülleimer. »Dann vielleicht eine Katze.«

»Wir haben keine Zeit für so einen Unsinn, Franklin – das fehlt noch, dass in einer Pension die Tiere überall frei herumlaufen. Da ist übrigens eine Frau, die dich sprechen will.«

»Tu nicht so, als hättest du nicht gerne ein paar Viecher im Wohnzimmer, wenn es nach dir ginge.« Franklin drückte einen Kuss auf Millies Haare, als er vorbeiging – näher kam er einem echten Kuss nie, aber das tat er oft. Millie machte es nichts aus. Es war sogar wie eine Art Geheimcode zwischen ihnen beiden geworden. Zwei Menschen, verheiratet, mehr als Freunde, aber nie das, was andere in ihnen sahen.

Zugegeben, sie hatte eine Schwäche für kleine Ziegen. Das bedeutete aber nicht, dass Franklin alle streunenden Tiere in der Stadt adoptieren konnte.

»Sie will mit mir sprechen, sagst du?« Franklin rückte seinen Hut gerade und dann seine neuen Hosenträger. »Hat sie zufällig ihren Namen genannt?«

»Eliza.«

Franklin runzelte die Stirn, so als wollte er ein besonders schwieriges Rätsel lösen. »Eliza, hm?«

Millie folgte ihm, als er zur Tür ging. »Du kennst sie doch, oder?« Sie wollte mehr Informationen und wünschte, Franklin würde sie ihr unter vier Augen geben. So müsste sie nicht zwischen den Zeilen lesen. Aber Franklin dachte nicht auf diese Weise, mit Geheimnissen und all dem. Das mochte Millie an ihm. Normalerweise. Aber in diesem Moment nicht. »Franklin«, flüsterte sie, als er um die Ecke ins Foyer bog. »Wer ist …?«

»So wahr ich lebe und atme«, sagte er, als er Eliza erblickte. Der Mann konzentrierte sich immer nur auf eine Sache, wie ein Fuchs, und hatte Millies Versuch, mehr zu erfahren, wahrscheinlich gar nicht gehört.

Franklin umarmte Eliza, die ihre Tochter abgesetzt hatte.

Unsicher, was sie von alldem halten sollte, lächelte Millie Eliza an.

Sie war überrascht – verunsichert sogar –, als sie bemerkte, wie aufmerksam Eliza sie musterte. Millie spürte eine Gänsehaut auf ihren Armen. Was, wenn diese Frau etwas wusste?

»Entschuldigen Sie bitte, aber Ihr Hut …«, begann Eliza.

Millies Herz hämmerte vor Panik davor, was die Frau als Nächstes sagen würde.

Franklin, warum hast du mich nicht eingeweiht, als wir in der Küche waren?

Was war mit ihrem Hut? Wie viel wusste Eliza? Erkannte sie Millie etwa aus Charleston?

»Ja?«, fragte Millie und ihre Finger wanderten unwillkürlich nach oben, um den roten Stoff zu berühren.

»Ich glaube, den habe ich schon einmal gesehen«, antwortete Eliza.

Millies Mund wurde ganz trocken. Sie warf Franklin einen Blick zu, doch der hatte sich in eine Unterhaltung mit dem kleinen Mädchen vertieft und bekam gar nicht mit, was zwischen Millie und Eliza geschah.

»Ich …« Millie holte tief Luft, weil sie nicht sicher war, was sie sagen sollte. Was würde ihre Mutter ihr raten, wenn sie jetzt hier wäre?

»Sei vorsichtig. Nimm dich in Acht vor Fremden und rede nicht mehr als nötig. Wir wollen nicht, dass jemand Fragen stellt.«

Sie sollte der Frage einfach auszuweichen versuchen.

»Das bezweifle ich«, sagte Millie schließlich, »aber nett, dass Sie ihn erwähnen. Ich trage ihn wirklich gerne.« Und dann – vielleicht aus Nervosität oder aus Angst oder aus einem ganz anderen Grund – fügte sie hinzu: »Er war ein Geschenk. Als ich ein kleines Mädchen war.«

Elizas Blick wurde sanft und ihr Lächeln breiter. Ihre Stimme klang weich, als sie erwiderte: »Ich weiß.«

Die unerwartete Antwort erschütterte Millie bis in die Zehenspitzen.

Wie meint sie das?

Eliza betrachtete sie noch für einen gefühlt ewig langen Moment, immer noch mit diesem Lächeln auf den Lippen, dann machte sie einen Schritt auf ihre Tochter und Franklin zu. War das jetzt das Ende ihrer Unterhaltung?

Franklin wandte sich zu Millie um und winkte sie näher. Sie eilte an seine Seite und spürte Erleichterung, als er den Arm um ihre Schultern legte und seine Wärme sie umfing. »Das hier ist … also, wahrscheinlich sollte ich dich Tante Eliza nennen, oder?«

»Tante?« Millie sah ihn verwundert an. »Aber hast du nicht gesagt, du hättest keine Verwandten außer deiner Mutter?« Sie holte tief Luft und ließ ihre Hand auf dem Taillenbund ihres Kleides ruhen, während ihre Brust sich immer noch etwas zu schnell hob und senkte. Alles würde gut werden. Diese Menschen waren keine Gefahr.

Franklin biss sich auf die Unterlippe. »Das habe ich wirklich gesagt, oder? Also … es ist kompliziert. Wenn du verstehst, was ich meine?«

Oh ja. Mit »kompliziert« kannte Millie sich bestens aus.

Franklin sah zu dem kleinen Mädchen hinüber, das am Daumen lutschte. Kannte er das Kind auch?

»Damit will der Junge sagen, dass wir in Schwierigkeiten sind, und ich hoffe, ihr beide könnt uns helfen«, sagte Eliza.

Millie riss die Augen auf. »Schwierigkeiten? Etwa mit dem Gesetz?« Es war einfach aus ihr herausgeplatzt. Sie warf Franklin einen Blick zu. Bevor sie einwilligte, musste sie mehr wissen, egal, wie nah diese beiden mit ihm verwandt waren und wie nett sie auch wirkten.

Franklin schien jetzt endlich ihre Gedanken zu erraten. Er räusperte sich. »Als ich noch ein Baby war, sind meine Mutter und ich in finanzielle Not geraten. Meine Familie hatte in Charleston einen guten Ruf, aber nach dem Krieg hat sich all unser Wohlstand in Luft aufgelöst. Mein Onkel hat sich um uns gekümmert und dafür gesorgt, dass wir immer genug zum Leben hatten.« Franklin und Eliza warfen einander ein so vielsagendes Beinahelächeln zu, dass das, was sie empfanden, auch Millie erfasste. »Seine Methoden waren vielleicht manchmal etwas ungewöhnlich, aber er hat nie jemandem geschadet.«

Eliza strich ihrer Tochter übers Haar. »Wenn es euch nichts ausmacht, würde ich mich gerne ins Gästezimmer zurückziehen, wenn ihr eins habt. Mit dem Gepäck komme ich selbst klar.«

»Natürlich«, sagte Millie, während ihr Elizas Worte nicht aus dem Kopf gingen: »*Ich weiß.*«

Was und wie viel wusste diese Frau?

»Wir helfen gerne. Und mach dir keine Gedanken über irgendwelche Mietzahlungen«, fügte Franklin hinzu. »Schließlich seid ihr Verwandtschaft.« Schweigen. »Stimmt doch, nicht wahr, Millie?«

Der Klang ihres Namens riss Millie aus ihren Gedanken. Sie nickte eifrig. Wahrscheinlich ein bisschen zu eifrig. »Auf jeden Fall.« Sie runzelte die Stirn. »Aber eins verstehe ich nicht – wo ist denn dein Onkel jetzt?«

Eliza sah Franklin an und reckte das Kinn kaum merklich vor. »*Das* ist eine gute Frage.«

Kapitel 22

Millie setzte sich auf das Sofa am Fenster, gegenüber vom Radio, und strich den weiten Rock ihres Kleides glatt, während sie Eliza, die am anderen Ende des Sofas Platz genommen hatte, einen Blick zuwarf.

Eliza lächelte das Lächeln einer Person, die mehr wusste, als sie verriet. Ihr feines, aber betontes Augen-Make-up erinnerte Millie an die modischen Frauen, die in den Zwanzigerjahren kurze Röcke getragen und Charleston getanzt hatten, und sie vermutete, dass Eliza genau das früher getan hatte.

Franklin hatte für das kleine Mädchen zwei alte Socken zu Handpuppen umfunktioniert und aus Stoffresten Augen, Münder und Nasen gebastelt. Die Kleine hatte ihre helle Freude daran.

Millie musste all ihre Selbstbeherrschung zusammennehmen, um Eliza nicht mit ihrer dringlichsten Frage zu konfrontieren: *»Was genau weißt du über meinen Hut?«*

Etwa eine Viertelstunde lang bewies sie ihre Willensstärke und saß da, ohne ein Wort zu sagen. Jetzt, wo sie kurz davor war, Antworten zu erhalten, überschlugen sich ihre Gedanken.

Was, wenn Eliza etwas über Millies Herkunft wusste, was sie nicht wissen sollte? Über ihre Familie? Was, wenn jemand Millie erkannt hatte und dadurch ihre Vergangenheit ans Licht gekommen war? Was sollte sie machen, wenn ihrer Zukunft dasselbe Schicksal beschieden war? Was würde dann aus Franklin und ihr werden?

Millie holte tief Luft und versuchte, sich zu beruhigen.

Eliza glitt anmutig in die Mitte des samtigen Sofas. Millie tat es ihr gleich. Eliza zog ihre Handschuhe aus und legte eine Hand auf Millies Knie, während sie ihr unverwandt in die Augen sah. Millie wagte nicht zu blinzeln. Was sah Eliza?

»Du fragst dich, woher ich von deinem Hut weiß.«

Millie nickte. Sie hatte einen Kloß im Hals. Aus dem Radio drang die leise Stimme eines Nachrichtensprechers.

»Hat dir je irgendjemand seine Geschichte erzählt?«, fragte Eliza und ihre Lippen verzogen sich zu einem Lächeln wie bei einer Mutter, die ein Bilderbuch vorliest und bei jeder Illustration eine Pause macht.

Millie strich erneut über den Taft ihres Kleides. Wie viel wusste Eliza? Wie viel konnte sie ihr gegenüber preisgeben?

»Nur ein paar Einzelheiten«, sagte Millie. »Stückwerk sozusagen.« Wie die kleinen Stofffetzen, die man entweder wegwarf oder behielt, weil man auf ein neues Projekt hoffte, bei dem man sie noch gebrauchen konnte.

»Ich verstehe.« Eliza tätschelte Millies Knie. »Dann fangen wir mal ganz vorne an, in Ordnung?«

Millies Herz begann schneller zu schlagen. Würde Eliza ihr ihre eigene Geschichte erzählen? Die, vor der Millie weggelaufen war? Die sie geheim gehalten hatte?

Eliza drehte einen Ring mit einem kunstvollen Blattmuster an ihrem Finger. Millie sah zu und fragte sich, was es mit den Blättern auf sich hatte und was Eliza über Millies Wurzeln wusste.

»Ich bin Aquarellmalerin«, begann Eliza. »Ich habe in Charleston viele Landschaften gemalt und auch viele Personen und einmal habe ich eine Bilderserie zu den Traditionen der Gullah gemacht. Dabei habe ich unter anderem eine Frau porträtiert, die mir ihre Geschichte erzählte: wie ihre Vorfahren zur Zeit der Sklaverei auf tragische Weise voneinander getrennt wurden und dass sie, ihr Bruder und ihre Schwester ihr Möglichstes taten, um das, was sie über diese Geschichte wussten, an die nächste Generation weiterzugeben. Sie schien unsterblich in einen sehr charmanten Italiener verliebt zu sein und sie hatten ein Baby.« Eliza zögerte. »Ein ganz süßes Kind.«

Millie schüttelte den Kopf, während ihr die Tränen über die Wangen liefen. Nein. Nein, das konnte nicht sein. Sie hatte so lange gelebt, als wäre dieser Teil ihrer Geschichte, ihrer Vergangenheit, verschwunden, dass sie es beinahe selbst geglaubt hatte. Dann musste sie wenigstens nicht an die Leute denken, die ihren Vater umgebracht hatten; die Leute, die ihr wehgetan hätten, wenn er sie nicht beschützt hätte.

Eliza wartete, bis Millie ihre Tränen getrocknet hatte und ihr wieder in die Augen sah. »Dieses kleine Mädchen war ganz begeistert von meinem Hut, also ließ ich sie damit spielen.« Eliza zog eine Schulter hoch und lächelte so charmant wie ein Fotomodell in einer Zeitschrift. Wie eine Erinnerung, zeitlos erstarrt – die Vergangenheit, die in die Gegenwart stürzte, in der dieser Augenblick von damals endlich erzählt und sogar geteilt werden konnte.

Millies Wimpern blieben bei jedem Blinzeln aneinander hängen, weil ihre Wimperntusche von den Tränen ganz verklebt war. Sie fuhr mit dem Finger unter ihren Augen entlang, um die schwarzen Spuren fortzuwischen, die über ihre Wangen rinnen wollten.

»Ich glaube, den Rest kennst du.«

»Das kleine Mädchen wollte den Hut nicht wieder zurückgeben«, flüsterte Millie lächelnd. Ja, das hatte ihre Mama ihr immer erzählt: »*Schon als Baby hast du nicht mehr losgelassen, wenn du etwas in die Finger bekommen hast, Millie. Dann brauchst du jetzt auch nicht damit anzufangen.*«

»Dieses Bild von deiner Mutter war eine meiner besten Arbeiten, weil ich nicht lange nach ihrer Geschichte suchen musste. Sie hat mir einen Korb aus Mariengras gebracht, als Dankeschön für den Hut, und dann habe ich sie gemalt.« Elizas Blick wanderte durch den Raum, von den frisch gekehrten Böden zum Kamin und den neuen Lampen und den hübschen Dingen, die Millie verteilt hatte – ein Spitzendeckchen hier, eine Glasfigur dort und Vasen mit Blumen in vielen Ecken und Nischen, wo immer sie Platz hatten.

Obwohl sie wusste, dass sie allein waren, senkte Eliza die Stimme, als sie sich vorbeugte. »Wie bist du hier gelandet, Millie?«

Ja, wie bin ich hierhergekommen?

Bei aller Heimlichtuerei hatte die schwarz-weiße Eindeutigkeit ihrer Herkunft begonnen, grau zu werden, sodass sie nicht mehr klar trennen konnte, was wohin gehörte.

»Ich wollte ein eigenes Bekleidungsgeschäft haben.« Etwas anderes fiel ihr nicht ein.

Eliza hob das Kinn, als ihr dämmerte, was Millie meinte.

»Der italienische Mann, den du gesehen hast, mein Vater, wurde kurz nach eurer Begegnung getötet, weil er und meine Mama zusammen waren. In Gottes Augen waren meine Eltern verheiratet, aber manche Leute sehen nur das Gesetz. Diese Männer haben gewütet, dass Schwarze und Weiße einander nicht lieben dürften und ihr Blut sich nicht vermischen sollte. Sie hatten es auf mich abgesehen, weil ich mit ihren Kindern gespielt habe, und als mein Vater meiner Mutter sagte, sie solle mich verstecken, haben sie ihn angegriffen. Sie haben ihn schwer verletzt und er ist gestorben. Das hat unsere Geschichte komplett verändert, meine und Mamas. Sie war sehr darauf bedacht, mich zu beschützen. Und ich kann es ihr nicht verdenken, nach dem, was mit Daddy geschehen war. Wir hatten beide Angst.«

Millie versuchte, ihre zitternden Hände unter dem Rock ihres Kleides zu verbergen. »Mama hat mir gesagt, wenn ich meinen Traum verwirklich will, muss ich mich als Weiße ausgeben. Sie hat immer geglaubt, dass ich selbst den Mond vom Himmel holen könnte, wenn ich wollte. Aber jetzt, wo ich etwas älter bin, frage ich mich, ob sie mich nicht vor allem in Sicherheit wissen wollte. Sie dachte sicher, wenn ich mir eine Herkunft aussuchen könnte, wäre ich nicht ständig zwischen zwei Teilen in meinem Innern hin- und hergerissen und die Leute würden mich mit ihren Drohungen auch nicht hin- und herziehen können. Eine Herkunft, eine Zukunft.«

Elizas schlanke Finger glitten über den Sofabezug. »Aber deine Herkunft besteht nun einmal aus zwei Teilen.« Sie streckte die

Hand aus und rückte Millies Hut gerade. »Was bedeutet das für deine Zukunft?«

Ja, was bedeutete das?

☙

Zwei Stunden später, nachdem sie auch noch den letzten Krümel ihres Kuchens verzehrt hatten, saß Eliza auf dem Hocker am Klavier der Pension. Sie würde ein neues Leben in New Orleans beginnen, sagte sie, weit weg von dem, was sie in Charleston verfolgte, was auch immer das sein mochte. Ihre Finger schienen über die Tasten zu fliegen, während die Jazzmelodie im Raum widerhallte und noch tiefer in Millies Seele.

Die melancholischen Worte aus Langston Hughes' Gedicht »Harlem« ließen sich als Refrain in Millie nieder, während sie Nadel und Faden aus dem Nähkästchen holte. Sie dachte an ihren aufgeschobenen Traum. An all die Orte, zu denen er sie noch führen könnte, all die Richtungen, die er nehmen könnte.

Und während Eliza spielte, erzählte Millie Stich für Stich die Geschichte von Rose und Ashley und dem kleinen Beutel mit dem Proviant für Leib und Seele. So bewahrte sie die Geschichte dieser Frauen für die Gegenwart und für die Zukunft auf.

Darunter setzte sie die Initialen für Millie Middleton, den Namen, den ihre Mutter ihr zu ihrem Schutz gegeben hatte – ein einfacher Weg, die Geschichten der Frauen zu ehren, die ihr vorausgegangen waren. Frauen, deren Namen sonst vergessen werden würden.

Wieder und wieder zog sie die Nadel durch den Stoff und hielt die Geschichte zweier Vergangenheiten fest, zweier Abstammungen, die miteinander vereint waren.

Millie war dankbar, dass Eliza wenigstens für diese paar Stunden wieder in ihr Leben getreten war und sie die Geschichte um den roten Hut nun nicht mehr jede für sich, sondern gemeinsam bewahrten.

Kapitel 23

Charleston, heute

Seltsam, wie das Haus, das anfangs so heruntergekommen ausgesehen hatte, jetzt so wunderbar schien. Es war wirklich gemütlich. Alte Bücherregale beherbergten neue Bände und auf dem Kaminsims standen gerahmte Farbfotos neben vergilbten Stadtplänen.

Peter warf einen Blick auf seine Uhr. »Entschuldigst du mich bitte kurz? Ich muss meinem Hund seine Augentropfen geben.«

»Kein Problem.« Harper lächelte.

Peter ging nach nebenan.

Während sie die dicken Sockelleisten und kunstvollen Fenster bewunderte, hörte Harper ein Bellen aus der Küche. Und dann brüllte Peter: »Aus, Rutledge!«

Etwas Unscharfes kam auf sie zugerannt. Instinktiv streckte Harper die Arme aus und das Tier sprang geradewegs hinein. Der übereifrige Beagle-Mischling wollte offenbar eine neue Freundschaft schließen. Harper hielt ihn im Arm und lachte. »Du hast deinen Hund Rutledge genannt?«

»Sein menschliches Vorbild hat an der ersten Verfassung dieses Staats mitgeschrieben. Und dieser Kerl hier ist genauso forsch wie der Kolonist, nach dem er benannt ist. Tut mir wirklich leid. Er liebt theatralische Aktionen.« Peter gab dem Hund seine Augentropfen. »Die werden sonst zu trocken – so wie bei manchen Menschen auch. Ich gebe sie ihm zweimal am Tag.«

Harper fand es süß, dass er sich so um sein Haustier kümmerte.

Peters Handy klingelte in seiner Tasche. Er stellte das Fläschchen mit den Augentropfen auf einem der Bücherregale ab und nahm den Anruf entgegen. »Ja, Ma'am. Wir sind mit unserer Führung fertig, das passt also zeitlich perfekt.« Er verstummte, offensichtlich, um Millies Antwort abzuwarten. »Ja, tut mir leid. Ich weiß, dass du nicht gerne so genannt wirst.« Er schüttelte den Kopf und warf Harper ein Lächeln zu. »Okay. Klingt gut. Wir sind gleich da.« Peter steckte sein Smartphone wieder ein. »Millie hat sich genug ausgeruht und will jetzt den Laden sehen. Vielleicht fällt ja heute schon die Entscheidung für den Mietvertrag. Bist du bereit?«

»Auf jeden Fall.« Abgesehen von dem Teil mit dem Mietvertrag.

Wenige Minuten später folgte Harper Peter den Gehweg entlang zu dem Ladenlokal und malte sich bei jedem Gebäude, an dem sie vorbeikamen, die zugehörige Geschichte aus. Peter hatte sie dazu inspiriert, die Dinge ganz neu zu betrachten. Jetzt würde sie einen Maueranker oder Kopfsteinpflastersteine nie wieder so gleichgültig wahrnehmen wie früher.

Und obwohl sie ihn wahrscheinlich nie wiedersehen würde, wenn dieser Besuch hier zu Ende war, hatte seine Leidenschaft für Geschichte etwas in ihr zum Besseren verändert.

☙

Peter schaltete das Licht ein und es erhellte einen Raum, der so alt war, dass man ihn eindeutig als historisch bezeichnen konnte. Tür und Fenster boten einen schönen Ausblick auf die Antiquitätenhandlungen in der King Street, aber dieser leere Laden war offensichtlich völlig in Vergessenheit geraten.

»Was meint ihr?«, fragte Peter.

»Hm.« Millie fuhr mit der Hand über die alten Wände. Sie klapperte mit dem flachen Absatz ihrer Schuhe und blickte nach oben, wobei sie ihren Hut festhalten musste. Einen Moment lang sah Harper in ihr eine viel jüngere Frau, fast noch ein Mädchen, damals, als dieser Ort seine beste Zeit gehabt hatte und Millie vielleicht auch.

»Wisst ihr, dass ich nie hier drin war? Ich habe immer nur durchs Fenster gesehen und mir Geschichten ausgedacht über die Bräute, die hier ihre Kleider kauften. So was habe ich mir gerne vorgestellt. Bis ich Franklin kennenlernte. Danach musste ich nicht mehr so tun als ob.« Millie blickte immer noch zu der mit Paneelen verkleideten Decke hinauf, so als müsste das Dach sich jeden Augenblick öffnen und den Blick auf den Himmel freigeben.

»Warum bist du nie hineingegangen, Millie?«, fragte Peter.

Ihr Blick begegnete seinem und hielt ihm stand. »Ich war noch ein junges Mädchen, als ich hier gelebt habe«, murmelte sie.

Peter nickte und schob die Hände in seine Hosentaschen.

Millie seufzte und schlenderte anmutig durch den Laden, als gehörte er ihr schon. Vielleicht tat er das in gewisser Weise ja auch.

Die tiefen Fenster zur Straße hin ließen gedämpftes Licht auf den Holzfußboden fallen. Ein verträumter Ausdruck lag auf Millies Gesicht. Es schien für sie ein ganz besonderer Moment zu sein.

»Dieser Laden wäre perfekt für mein Brautmodengeschäft, Peter«, sagte sie schließlich und beantwortete damit Peters unausgesprochene Frage. Sie streckte die Hand aus und berührte die Schulternaht seines Pullovers.

Harper sah einen leeren Raum voll von Staub und den Überbleibseln vergangener Zeiten. Aber für Millie war er vielleicht mehr als das. Harper konnte es ihr nicht verdenken, dass sie noch ein wenig länger so tat, als wollten sie hier wirklich ein Geschäft eröffnen.

Peter lächelte.

Es tat Harper in der Seele weh, ihn so zu sehen. Den sanften Respekt, den er Millie entgegenbrachte. Zu wissen, wie erpicht er darauf war, die Geheimnisse seiner Familie aufzudecken, und dass *sie* ihm einen essenziellen Teil davon vorenthielt.

Peter Perkins engagierte sich offensichtlich für die Träume anderer Menschen und das war in Harpers Augen eine ganz besondere Stärke.

Sie trat einen Schritt vor, doch eine knarrende Diele ließ sie innehalten. Es war schon irgendwie ironisch. Sie hatte Savannah und alle mit dieser Stadt verbundenen Hoffnungen hinter sich gelassen und war nun in der idealen Immobilie für einen Laden gelandet. Erst vor wenigen Wochen wäre das hier die Antwort auf ihre Gebete gewesen. Doch jetzt war all das nur Fassade, die Smaragdstadt von Oz am Ende der gelben Steinstraße.

Als Harper sich genauer in dem Ladenlokal umsah, entdeckte sie in der Ecke etwas, das sie beim ersten Blick übersehen hatte. »Ist das ein Ständer mit Kleidern?«

Peter zuckte mit den Schultern. »Ein paar Sachen, die ich hier und in anderen Häusern gefunden habe, die ich gekauft habe … Ich wusste nicht, was ich damit machen soll, also habe ich sie eingelagert.« Er fuhr sich mit der Hand über den Bart. »Ich dachte, du magst sie vielleicht haben. Zum Verkaufen oder Dekorieren – was auch immer.«

Harper unterdrückte ein hysterisches Kichern. Alte Kleider stiegen ihr immer zu Kopf, selbst wenn sie ihr nicht gehörten und allesamt nur Teil eines Täuschungsmanövers waren.

Sie hatten trotzdem ihre Geschichten.

Peter beobachtete Millie und sie durch die Brillengläser hindurch mit seinen blaugrünen Augen. »Du kannst sie jedenfalls alle haben, außer einem. Es gibt ein Hochzeitskleid, von dem ich hoffe, dass ihr als Modeexpertinnen etwas dazu sagen könnt. Es hat einmal meiner Mom gehört.«

Harper versuchte, gemäßigten Schrittes zu dem Kleiderständer zu gehen, statt aufgeregt dorthin zu springen. Sie hatte Brautkleider schon immer geliebt.

Millie folgte ihr auf den Fersen, blieb aber plötzlich wie angewurzelt stehen. Sie starrte geradeaus, den Blick auf das erste Kleid auf der Stange fixiert. Und dann ging sie weiter, als würde es sie magnetisch anziehen.

Das zart pfirsichfarbene Seidenkleid war am Oberteil und am Rocksaum mit cremefarbener Spitze bedeckt. Das elegante Cape, das Harper gedanklich auf die Vierzigerjahre datierte, war besonders beeindruckend.

Solche Kleider wurden heute einfach nicht mehr hergestellt. Genau genommen auch damals nicht. Dieses Stück war exquisit. Absolut einzigartig.

Harper stand voller Ehrfurcht davor. Dies war vielleicht das schönste Kleid, das sie je gesehen hatte. Und sie hatte schon viele Kleider gesehen.

»Du liebe Güte!«, sagte Millie. »Ausgerechnet an diesem Ort.« Sie streckte die Hand aus und ihre Finger fuhren über die zarte Spitze, bis sie zu einem besonderen Knopf hinten am Ausschnitt des Kleides kamen. Er war blassblau und hatte eine Prägung in Form eines Schmetterlings. Etwas Geliehenes vielleicht, wie es die Tradition für eine Braut vorsah? Etwas Blaues?

»Fast zu zerbrechlich, um ihn zu tragen«, sagte Harper.

»Welchen Sinn haben schöne Knöpfe, wenn man sie nicht trägt?« Millies Finger fingen an zu zittern, während sie vorsichtig weiter über den Stoff fuhren. »Meine liebe Harper, wenn wir alles meiden, was zart und zerbrechlich ist, weil wir fürchten, es könnte kaputtgehen, dann werden wir ein zerbrechliches Leben führen.«

Harper runzelte die Stirn. Sie dachte an ihr eigenes Kleid und die negative Beurteilung, die sie erhalten hatte. Vielleicht hatten Millie und sie ja mehr gemeinsam, als ihr bewusst gewesen war. Vielleicht hatten sie ja sogar denselben verlorenen Traum.

Von einem Moment auf den anderen verschloss sich Millies Miene. Sie ließ die Hand sinken und straffte die Schultern. Als sie sich zu Peter und Harper umdrehte, sah sie stark aus – für jedes Alter, aber erst recht für jemanden, der so betagt war wie sie. Dennoch entging Harper nicht, dass sie auffällig oft blinzeln musste.

»Es tut mir leid, Peter«, sagte Millie kopfschüttelnd. »Ich glaube nicht, dass ich dir irgendetwas darüber sagen kann, außer, dass dieses Kleid für sein Alter in einem hervorragenden Zustand ist. Wer auch immer es genäht hat, war eine Künstlerin.«

Kapitel 24

Fairhope, 1949

Millie kam aus dem Badezimmer, den Reißverschluss am Rücken ihres Kleides knapp bis über den Büstenhalter hochgezogen. Oben hielt sie es mit den Händen zu. »Franklin?«, rief sie ins Schlafzimmer. »Kannst du mir bitte mit dem Reißverschluss helfen?«

Sie hatte bereits mehrere Kleider mit U-Boot-Ausschnitt genäht, so wie es derzeit Mode war, aber sie alle erforderten tägliche Hilfestellung beim An- und Auskleiden. Franklin war immer der perfekte Gentleman bei dieser Reißverschlussassistenz und Millie freute sich inzwischen auf diese Augenblicke der Nähe am Beginn und Ende jedes Tages.

Ihre ersten zwei Ehejahre waren auf jeden Fall unkonventionell gewesen, doch auch inniger und befriedigender, als Millie erwartet hatte. Wenn sie ehrlich war, hatte sie ihren Mann in dieser Zeit wirklich lieben gelernt. So sehr, dass sie ihn immer noch auf Distanz hielt, wenn er ihr einmal zu oft zuzwinkerte oder sie von der anderen Seite des Raumes bemerkte, dass sein Blick auf ihr ruhte. Sie wollte diesen Blick erwidern – oh, wie gerne hätte sie das getan! Aber das hätte bedeutet, diesem Mann zu vertrauen, und den Luxus konnte sie sich trotz allem nicht erlauben. Das war der Preis für dieses Leben, nicht wahr? Chancen im Gegenzug für ein immer wachsames Herz. Merkwürdig, dass alles, was sie getan hatte, um ihr Geheimnis zu bewahren, sich in letzter Zeit weniger wie Klugheit und viel mehr wie ein Handeln aus Angst anfühlte. Aber was blieb ihr anderes übrig? Sie steckte schon zu tief drin, um jetzt eine Kehrtwende zu machen.

Franklin fingerte an dem Haken am Kragen ihres Kleides herum. »Fertig.«

Sie drehte sich zu ihm um und lächelte. »Danke.«

Er räusperte sich. »Ein sehr hübsches Kleid, Millie.«

Sie trat an ihre Frisierkommode, in der sie ihre Perlenkette aufbewahrte, und steckte sich die Ohrringe an. »Findest du?« Sie betrachtete sich selbst im Spiegel der Kommode. Dieses Kleid trug sie im Moment mit am liebsten. Der Cremeton schmeichelte ihrem Teint und einfache, aber hübsche Spitze schmückte Ausschnitt und Taille. Besonders gut gefielen ihr die Dreiviertelärmel.

»Auf jeden Fall.« Franklin merkte nicht, dass Millie ihn im Spiegel beobachten konnte und mitbekam, wie er sie ansah. Kurz stockte ihr der Atem, sowohl wegen seines Blicks als auch bei dem Gedanken, dass sie gleich zu dem Bekleidungsgeschäft fahren würden.

»Bist du bereit für unseren Ausflug in die Stadt?«, fragte er.

Millie legte die Perlenkette an. »Ich bin bereit.« Aber in Wahrheit war sie es nicht. Denn es gab nur einen einzigen Kleiderladen in Fairhope. Wenn sie es vermasselte, würde sie hier keine andere Chance bekommen. Und was dann?

Franklin schien ihre Nervosität zu spüren. »Denk daran, es ist kein Vorstellungsgespräch oder so. Sie will dich nur kennenlernen, das ist alles.«

Millie wackelte in ihren schwarzen Lederpumps mit den Zehen. »Sag mir noch mal, wie sie überhaupt auf mich gekommen ist.«

»Ihr Sohn brauchte eine Mitfahrgelegenheit zu ihrem Laden und ich habe von dir gesprochen.«

Millies Herz wurde ganz warm bei dem Gedanken, dass er über sie gesprochen hatte.

»Jetzt komm. Hauen wir sie um!« Franklin ging zur Schlafzimmertür und hielt sie ihr auf.

Franklin und Millie schlenderten an den Straßenlaternen und bunten Blumenbeeten in der Innenstadt von Fairhope vorbei, bis sie zu dem Bekleidungsgeschäft kamen.

Auf dem Schild über der Tür stand in schwungvollen Buchstaben *McAdam's Gowns*. Millie würde den falschen Apostroph einfach ignorieren müssen.

Eine Glocke läutete, als Franklin und sie den Laden betraten.

Der Holzfußboden war offensichtlich frisch gebohnert, denn er glänzte so sehr, dass man sich fast darin spiegelte. An den Wänden entlang reihten sich Ständer mit herrlichen Kleidern aneinander, die aussahen, als könnte Grace Kelly sie tragen. Der Duft von Chanel N° 5 hing in der Luft.

Eine Frau in einem dunkellilafarbenen Kleid erschien, das Haar zu einer Beehive-Frisur aufgetürmt. »Sie müssen Franklin und Millie sein. Ich bin Helen McAdams.« Sie streckte ihre behandschuhte Rechte aus, die Millie und Franklin nacheinander schüttelten. »Es freut mich sehr, Sie in meinem Geschäft begrüßen zu dürfen.« Sie beugte sich ein wenig vor und musterte Millie von Kopf bis Fuß.

Millies Herz schlug schneller und sie fragte sich, was Mrs McAdams wohl sah. Betrachtete sie nur das selbst genähte Kleid oder suchte sie noch nach anderen Informationen?

Nach einer Weile verschränkte die Frau die Arme. »Ich muss sagen, Millie, dass Franklin nicht übertrieben hat.«

»Das können Sie allein an meinem Kleid erkennen?« Millie strich über eine knittrige Stelle auf Höhe ihrer Taille.

»Ihr Kleid?« Mrs McAdams runzelte die Stirn. »Tut mir leid, ich verstehe nicht.«

»Vielleicht habe *ich* es falsch verstanden. Sind wir nicht hier, weil Sie eine Schneiderin brauchen?«, fragte Millie.

Langsam formten die Lippen der Frau sich zu einem kleinen *Oh*, als es ihr dämmerte. »Es stimmt, das habe ich letzens erwähnt. Aber ich dachte, Sie sind gekommen, weil ich ein Model suche.«

Millie riss die Augen auf. Panik schoss durch ihre Adern. »Ein Model?«, hauchte sie. *Das alle Menschen ansahen?*

»Ja, meine Liebe. Nach Ihnen würden sich die Passanten auf der Straße umdrehen.« Die Frau lächelte. »Mit Ihrem ins Olivfarbene gehenden Teint und den grünen Augen sind Sie eine Schönheit, Millie. Ich würde sogar behaupten, dass viele junge Frauen meine Kleider allein deswegen kaufen würden, um so auszusehen wie Sie.«

»Auszusehen wie … ich?« Die ganze Zeit hatte Millie versucht, wie jemand anders auszusehen. *Wenn Mrs McAdams wüsste … Eine Hälfte von mir darf offiziell nicht einmal diesen Laden betreten.*

Mrs McAdams nickte. »Es ist gar nicht so ungewöhnlich, dass Frauen von Ihrer Schönheit sich gar nicht im Klaren darüber sind, wie umwerfend sie sind. In zwei Wochen stelle ich eine neue Kleiderkollektion vor und ich möchte sie an einem echten, lebendigen Model vorführen bei einer kleinen Modenschau, die ich hier im Laden veranstalten will. Um die Aufmerksamkeit der Damen auf die neuen Trends zu lenken, wissen Sie? Bitte sagen Sie, dass Sie darüber nachdenken werden.«

Niemand hatte Millie jemals als schön bezeichnet – außer ihrer Mama, und das zählte ja wohl kaum. Sie hatte immer das Gefühl gehabt, dass die beiden Seiten ihrer Abstammung miteinander im Konflikt standen und sie deshalb niemals ganz genügen konnte, geschweige denn jemand sie bewundern könnte. Aber hier und jetzt schien Mrs McAdams der Ansicht zu sein, dass die Mischung eine einzigartige Schönheit hervorbrachte … Auch wenn es ihr selbst natürlich nicht in vollem Umfang bewusst war.

Aber Millie brauchte über das Angebot nicht nachzudenken. »Es ist sehr freundlich von Ihnen, mich darum zu bitten.« Sie schüttelte leicht den Kopf. »Aber nein, Ma'am, ich würde mich beim Vorführen der Kleider gar nicht wohlfühlen.« Sie lächelte und hoffte, dass sie nicht albern klang. »Wissen Sie, ich bin Schneiderin. Und ich sitze viel lieber an der Nähmaschine, als vor anderen Menschen zu stehen und mich für etwas auszugeben, das ich nicht bin.« Sie brauchte den Kampf in ihrem Innern nicht zur Schau zu stellen. Und was wäre, wenn das falsche Augenpaar ihre Täuschung durchschaute?

Mrs McAdams presste die Lippen zusammen und wirkte dadurch ernster als zuvor. Sie betrachtete Millie wieder von Kopf bis Fuß, aber dieses Mal trat sie näher, um die Nähte an ihrem Ärmel zu inspizieren. Millie schwieg und wartete.

»Das haben Sie selbst genäht?«, fragte Mrs McAdams schließlich.

»Ja, Ma'am.« Aus einem alten Vorhang, aber das brauchte die Frau ja nicht zu wissen.

Franklin drückte Millies Schulter und seine Berührung ermutigte sie. »Ich gehe etwas frische Luft schnappen und überlasse den Damen das Geschäftliche.« Millie grinste ihn an und er erwiderte ihr Lächeln, als er die Tür aufstieß.

»Er ist ein Schatz.« Mrs McAdams wandte sich wieder Millie zu. »Wie lange nähen Sie schon?«

Du liebe Güte. Wie lange atmete sie schon? »Solange ich denken kann. Ich war noch ein Kind, als meine Mama es mir beigebracht hat.«

Mrs McAdams machte ein schnalzendes Geräusch mit der Zunge und schien nachzudenken. Hoffnung stieg in Millie auf und sie war froh, dass sie das Angebot, als Model zu arbeiten, abgelehnt hatte, weil dieser Teil der Unterhaltung sonst nie stattgefunden hätte.

»Ihre Erfahrung ist offensichtlich.« Mrs McAdams reckte das Kinn vor. »Zusätzlich zu den Kleidern, die ich für das Geschäft entwerfe, fertigen wir auch Kleider auf Wunsch an und erledigen Reparaturen und Änderungen. Bei diesen beiden Tätigkeiten könnte ich Hilfe gebrauchen. Wir haben gut situierte Kundinnen, Millie. Schauspielerinnen und Sängerinnen zum Beispiel. Das heißt, Sie müssten zügig arbeiten und dürfen keine Fehler machen. Meinen Sie, dass Sie das leisten können?«

»Auf jeden Fall.« Millie berührte die Perlenkette um ihren Hals.

Mrs Adams lehnte sich ein wenig vor und blickte sich kurz um, als wollte sie sichergehen, dass niemand in Hörweite war. »Hin und wieder gibt es auch … delikate … Situationen, mit denen wir umgehen müssen. Vor Kurzem habe ich den Auftrag erhalten, ein Kleid für eine berühmte Jazzsängerin zu entwerfen.«

Millie riss die Augen auf.

»Eine *farbige* Jazzsängerin.« Mrs McAdams flüsterte das Wort. »Ich weiß ja nicht, was Sie von Rassentrennung halten. Ich finde ja, wir sollten dieselben Schulen und Geschäfte für alle haben, aber das sieht nicht jeder so und Gesetz ist Gesetz.«

Millies Magen zog sich zusammen, wie so oft, wenn Weiße, die sie für weiß hielten, über Schwarze sprachen. Und obwohl sie tatsächlich nicht wusste, was von beidem sie mehr war, hatte sie manchmal das Gefühl, als wäre sie an zwei meilenweit voneinander entfernten Orten verwurzelt und würde zwischen ihnen hin- und hergerissen. Aber warum mussten sie denn überhaupt in entgegengesetzten Richtungen liegen?

»Ich will damit sagen«, fuhr Mrs McAdams fort, »dass ich eine Schneiderin brauche, die meine Kundinnen nicht vergrault. Die einfühlsam auf deren Bedürfnisse eingeht und sie über die eigenen Ansichten diesbezüglich stellt. Können Sie das auch? Denn ich hätte gerne Ihre Hilfe bei dem Kleid.«

»Ich kann Ihnen versichern, dass ich mich mühelos an die Wünsche der jeweiligen Kundin anpassen kann, Ma'am.«

Schließlich war es Millies Spezialität, sich anzupassen. So sehr sogar, dass sie manchmal nachts aufwachte, weil sie von Mariengraskörben und Mamas Kochrezepten geträumt hatte und diesen Teil ihrer Herkunft so heftig vermisste, dass sie dann aufstand, in die Küche ging und einen großen Topf roten Reis nach Gullah-Art kochte. Und in diesen Augenblicken fragte sie sich – war es wirklich ihre Aufgabe, sich anzupassen?

189

»Sehr gut. Auch wenn ich nur eine Teilzeitstelle bieten kann, hoffe ich, dass es eine langfristige Zusammenarbeit wird«, fügte Mrs McAdams hinzu.

Als Millie die Abmachung mit ihrer neuen Arbeitgeberin, die sie ihrem Traum vom Kleidernähen einen Schritt näher brachte, mit einem Handschlag besiegelte, wurde sie den Gedanken an Mamas roten Reis nicht los.

Kapitel 25

Charleston, heute

Harper beobachtete, wie Millie immer noch das Hochzeitskleid betrachtete, und fragte sich, wie der Laden wohl zu seiner Glanzzeit ausgesehen haben mochte – wie er in Millies Augen selbst jetzt noch aussehen musste. Hatten sich hier reiche Kundinnen mit teuren Hüten und feinen Ziegenlederhandschuhen getummelt? Waren die Spitze und Seide und all die Kleider in ihrer Entstehungszeit genauso zauberhaft gewesen, wie Harper sie heute fand?

Millie ließ die Finger über den Stoff der anderen Kleider auf der Stange gleiten.

Peter ging zu ihr. »Ist alles in Ordnung?«

Millie tätschelte seine Schulter. »Ja, ja. Es ist nur seltsam.« Sie blickte zu ihm auf. »Wieder hier zu sein, nur diesmal auf der anderen Seite der Scheibe. Ich dachte nicht, dass ich das jemals erleben würde.« Sie schenkte Peter und Harper ein warmes Lächeln.

Harper kannte das Gefühl, Kleider heiß und innig zu lieben, und sie wusste auch, wie es war, diese Liebe zu verlieren. Oder vielleicht nicht zu verlieren – denn die eigenen Träume *verliert* man ja eigentlich nie –, aber mit der Zeit wird ein Mensch möglicherweise realistischer oder einfach mutloser und der Traum, der eigentlich immer näher kommen sollte, ist plötzlich außer Reichweite. Millie tat ihr leid.

Vielleicht führte die Nostalgie wenigstens dazu, dass ihre Freundin sich dazu überwand, Peter die Wahrheit zu sagen. Dann konnten sie die Unterhaltung führen, die sie unbedingt führen mussten, ohne tatsächlich Peters Laden zu mieten. Was für ein lächerlicher Gedanke!

Warum fiel es Millie so leicht, so wichtige Dinge für sich zu behalten? Harper nahm die ganze Geheimniskrämerei jetzt schon die Luft zum Atmen. Wirklich, sie würde noch daran ersticken.

»Setzen wir uns doch.« Millie ging in die Mitte des Raumes, wo Peter drei Klappstühle für sie aufgestellt hatte. Harper musste bei ihrem Anblick an das Spiel »Reise nach Jerusalem« denken, das sie als Kind gespielt hatte.

Sie und Peter folgten Millie und setzten sich. Draußen wirbelte der Wind die Blätter vor dem Fenster auf und trieb sie über den Gehweg.

Gleich würde Millie sie sagen – die Worte, die alles verändern würden.

Die alte Dame faltete die Hände. »Ich habe beschlossen, dass ich den Laden mieten möchte. Er ist genau das, was ich brauche.«

Harper durchbohrte Millie mit ihrem Blick, als könnte sie die Frau so dazu bringen, ihren Blickkontakt mit Peter zu brechen und stattdessen sie anzusehen. Aber das tat Millie nicht.

Harper konnte es nicht glauben. Am liebsten wäre sie einfach rausgegangen, um sich in der Eisdiele ein Stück weiter ein Eis zu kaufen und sich mit billigen Sonnenbrillen bei *Forever 21* abzulenken. Es war ihr egal, dass sie keine einundzwanzig mehr war – das war ja gerade die Masche dieser Kette. Oder besser noch, sie könnte bei *Etsy* stöbern. Dazu müsste sie bloß nach oben in die Wohnung fliehen.

Aber stattdessen war sie tapfer. Oder vielleicht stand sie auch nur unter Schock. Sie blieb und versuchte, Millies überraschende Ansage noch zu überbieten: »Klingt gut, Millie. Dann kannst du Peter ja gleich die erste Miete zahlen.«

Millies Augen weiteten sich, als sie Harpers Blick endlich erwiderte.

Rache war süß. Der Trick funktionierte also.

Harper zuckte fast unmerklich mit den Schultern. *Du hast es dir spontan anders überlegt? Das kann ich auch.*

Dennoch musste sie so schnell wie möglich hier raus. Bevor

die Geschichte dieses Ortes und die romantischen Kleider und
der ganze blöde Traum von einer Boutique sie einlullten. Wäre ja
nicht das erste Mal.

»Das ist eine gute Idee.« Millie strahlte förmlich. »Harper Rae,
sei so lieb und hol meinen Stift.«

Un-fass-bar.

»Ach, das eilt doch nicht.« Peter stand auf. Harper ebenfalls.
Millie saß einfach nur da und grinste immer noch.

»Solange ich das Geld innerhalb der nächsten Woche bekomme«, fügte Peter hinzu. »Ich weiß ja, dass ich euch vertrauen kann.«

Oh Mann!

Harper legte eine Hand an ihre Stirn. Was um Himmels willen
dachte Millie sich dabei?!

Den Laden wirklich zu mieten, hatten sie nie als Option be-
sprochen. Es war zu verrückt. Zu impulsiv. Aber in der letzten
Viertelstunde hatte sich etwas an Millie verändert. Seit ihr Blick
zum ersten Mal … Das Kleid! Natürlich. Das Kleid, das Peter gefunden hatte, musste etwas mit Millie zu tun haben. Warum hatte
Harper nicht längst eins und eins zusammengezählt?

Es war ein Glück für Harper gewesen, dass sie für Millie arbeiten
konnte. Sie genoss es, der alten Dame zu helfen. Sogar die Herfahrt
war schön gewesen, trotz all der Broadwaymelodien, die Millie unterwegs hatte hören wollen, abwechselnd mit Hörbüchern.

Aber das hier war etwas ganz anderes. Millie befand sich inzwischen viel zu dicht an dem Zaun, den Harper um ihre alten
Träume gezogen hatte, um sie in Schach zu halten.

Harper musste dafür sorgen, dass dieser Teil in ihr eingezäunt
blieb. Kein Zutritt. Sie hatte dazugelernt und würde sich jetzt ihrem neuen Leben widmen.

Ein Bekleidungsgeschäft mit jemandem zu gründen, der so
viel Talent hatte wie Millie, war nicht gerade die einfachste Me-
thode, frühere Träume weit hinter sich zu lassen. Vielleicht war es
doch keine so gute Idee, weiterhin für sie zu arbeiten.

Als Harper gerade den Mund aufmachen und etwas sagen

wollte, sah sie, wie Millies Blick zu dem Ständer zurückwanderte – zu dem atemberaubenden pfirsichfarbenen Kunstwerk eines Seidenkleids. Die Sehnsucht stand ihr ins Gesicht geschrieben.

Und in diesem Augenblick wusste Harper, sie würde alles tun, worum Millie sie bat.

Nicht, weil es hier um ihren eigenen Traum ging, sondern weil es immer noch Millies war.

಄

Früher hatte Harper nachts oft mit offenen Augen im Bett gelegen und sich ausgemalt, wie es sein würde, wenn ihr Traum Wirklichkeit wurde. Das Fenster hatte auf Kipp gestanden, damit sie die Grillen hören konnte und, wenn sie Glück hatte, die Nachtschwalben. Nachtschwalben waren merkwürdige Vögel, die mit den Jahreszeiten kamen und wieder verschwanden – man wusste nie, wann genau sie auftauchen würden, aber irgendwann in einer lauen Nacht hörte man sie plötzlich singen.

Harper war des Träumens müde. Das war ein schrecklicher Gedanke, wenn man bedachte, wie sehr es sie beflügelt hatte, doch es stimmte.

Trotzdem, selbst jetzt noch sah sie Kleider vor ihrem geistigen Auge, wenn sie sich abends schlafen legte. Und sie wusste, dass sie die Entwürfe zu Papier bringen musste, wenn sie überhaupt Ruhe finden wollte.

Also hielt Harper spät an diesem Abend ihr Skizzenbuch im Arm und schlich auf Zehenspitzen ins Wohnzimmer, um sich eine Kanne Tee zu machen.

Sie hatte beschlossen, Millie zu sagen, dass sie nur so lange bei dem Kleiderladen mitmachen würde, bis sich eine zuverlässige Geschäftsführerin fand. Dann würde sie nach Hause fahren. Wo auch immer das war.

Aus der Küche war ein Sprudeln zu hören. Da kochte bereits jemand Wasser.

»Millie?«, fragte Harper mit gedämpfter Stimme.

Keine Antwort.

Ihre betagte Freundin saß am Fenster, das auf die King Street hinausging.

»Millie?«, versuchte Harper es noch einmal. Panik stieg in ihr auf. Im Lampenschein war fast unmöglich zu erkennen, ob Millie sich rührte. War sie …?

Millie drehte sich um und Harper atmete erleichtert aus.

»Du reagierst ja, als hättest du mich für tot gehalten! Beruhige dich, Mädchen.«

»Ich dachte, wir hätten uns darauf geeinigt, dass du mich ›Schätzchen‹ nennst.« Harper legte ihr Skizzenbuch auf den Tisch und ging zur Küchenzeile, um die Lampe beim Kühlschrank einzuschalten. Dann nahm sie die Kanne vom Herd. Sie füllte zwei Becher mit dem heißen Wasser und ließ dann je einen Teebeutel hineinfallen.

Charleston Tea Plantation. Hm. Millie hatte einige Einkäufe erledigt, wahrscheinlich, als sie sich angeblich hatte »ausruhen« wollen, während Harper die Stadtführung gemacht hatte. Doch Harper würde sich nicht beklagen – schon gar nicht nach dem ungenießbaren Getränk, das Peter ihr an diesem Morgen als Kaffee verkauft hatte. Sie gab einen Löffel Zucker in ihren Tee und einen halben in Millies Becher. Sie hatte schnell herausgefunden, wie Millie ihre Dinge mochte. Ihre Kopfkissen, ihre Pantoffeln, ihren Tee …

»Was machst du eigentlich hier? Es ist schon nach Mitternacht.« Harper setzte sich Millie gegenüber. Zwischen ihnen stand nur ein kleiner Beistelltisch. Sie hielt Millie einen der Becher hin.

»Ach, verflixt!« Millie warf die Arme in die Luft und ignorierte den Tee völlig. »Eigentlich kann ich es dir auch erzählen.«

»Mir *was* erzählen?« Harper stellte beide Becher auf dem Tischchen ab.

Millie beugte sich langsam vor. »Du musst mir schwören, dass du es keiner Menschenseele verrätst.«

Na wunderbar. Noch etwas, das sie Peter verheimlichen sollte.

Harper runzelte die Stirn. »Du weißt, dass ich nicht gerne schwöre, Millie.«

»Dann gib mir dein Wort.«

Harper räusperte sich. Das wollte sie eigentlich auch nicht, aber Millie sah aus, als müsste sie wirklich mit jemandem reden. Und um ehrlich zu sein, war Harper ziemlich neugierig. »Ich gebe dir mein Wort.«

Damit war Millie offensichtlich zufrieden, denn sie nahm ihren Becher und lehnte sich in ihrem Sessel zurück. »Dieses Kleid heute Nachmittag –«

»Das mit dem hübschen Knopf?« Harper nippte an ihrem Tee. Noch viel zu heiß. Sie legte die Finger um den Becher und pustete.

Millie zögerte und seufzte dann.

Allmählich gewöhnten Harpers Augen sich an das dämmrige Licht. Millies Blick wanderte wieder zum Fenster hinaus. Harper pustete noch einmal in ihren Becher und nippte dann wieder vorsichtig.

»Es ist meins.« Millie umklammerte die gepolsterte Armlehne des Sessels mit ihrer freien Hand, wandte den Kopf von der nachtdunklen Straße ab und sah Harper an. Es war ein Blick, der fesselte, ein mütterlicher, dem man nicht auszuweichen wagte.

»Ich weiß.« Harper lächelte sanft. »Ich habe eins und eins zusammengezählt. Hast du es selbst genäht?«

»Ja, das habe ich.« Millie stellte ihren Becher ab und faltete die Hände auf ihrem Schoß. »Und ich habe es bei meiner Hochzeit getragen.«

Bei ihrer Hochzeit? Also, das war ja mal was.

Harper trank einen Schluck. Es gab noch etwas, das sie sich schon die ganze Zeit gefragt hatte: »Wieso ist es eigentlich hier? Weiß Peter, dass es dir gehört hat?«

»Das scheint mir die Eine-Million-Dollar-Frage zu sein.«

Schweigend tranken sie beide ihren Tee und dann entdeckte Millie das Skizzenbuch, das Harper mitgebracht hatte.

»Was ist das?«

Harper tat die Frage mit einer Handbewegung ab. »Ach, nichts. Nur ein paar Kleider, die ich ab und zu entworfen habe.« Sie nahm die leeren Teebecher und trug sie zur Spüle.

»Hast du etwas dagegen, wenn ich sie mir ansehe?«

Als Harper wieder an ihren Sessel trat, hatte Millie die kleine Tischlampe eingeschaltet und blätterte durch die Seiten. Dass Millie ihre schöpferische Arbeit begutachtete, machte sie nervös, gelinde ausgedrückt. Niemand hatte ihre Skizzen gesehen, seit die Fachbereichsleiterin ihr Kleid für wertlos erachtet hatte. Wahrscheinlich war das auch besser so. Es würde ihr wohl kaum dabei helfen, über ihr Scheitern hinwegzukommen.

»Bloß ein kleines Hobby von mir.« Harper sagte es nur, um die Stille zu durchbrechen, während sie dem Drang widerstand, Millie die Zeichnungen zu entreißen.

Millie klappte das Buch zu und legte die Hände darauf. »Du hattest schon immer Talent dafür. Die sind ziemlich gut.«

»Na ja, eher mittelmäßig.«

Millie beobachtete sie eine Weile und stand dann auf. Zuerst wankte sie ein wenig, fand aber ihr Gleichgewicht wieder, als sie sich am Sessel abstützte. »Ich gehe jetzt schlafen.«

Sie gab Harper das Skizzenbuch wieder und hatte offenbar vor, sie mit all ihren Fragen einfach sitzen zu lassen. Und mit einer Hoffnung im Herzen, die sie nur schwer wieder in den Griff bekommen würde. Harper hatte ihre Chance gehabt, ihren Traum zu verwirklichen, und egal, wie positiv Peters und Millies Blick auf die Welt war – manchmal war sie hart und man schaffte es nicht, darin Fuß zu fassen. Nur, wieso dachte sie trotz ihrer Entscheidung, sich neu zu orientieren, immer noch so viel darüber nach?

»Ach, und ich habe übrigens beschlossen, auf jeden Fall den Laden von Peter zu mieten. Nur für den Fall, dass du denkst, das heute Nachmittag wäre nur Schauspielerei gewesen.« Millie warf diese Worte im Gehen so beiläufig über die Schulter, als würde sie Harper bitten, das Licht auszumachen. »Schlaf gut.«

»Nicht so schnell!« Jetzt sollte sie Millie erklären, dass sie nur bei den ersten Schritten helfen würde. Doch der Gedanke, diese besondere Verbindung zu Millie zu verlieren, schmerzte sie. Bevor sie diese Unterhaltung führen konnten, musste Harper noch etwas anderes wissen.

Millie wartete.

»Es war die ganze Zeit dein Plan, oder? Du hattest von Anfang an vor, den Laden anzumieten. Wenn mich nicht alles täuscht, hast du dich sogar schlaugemacht, wie hoch die Miete sein wird.«

In Millies Augen funkelte es. »Ich habe gesagt, dass ich das Internet nicht mag, Harper.« Sie reckte das Kinn vor. »Ich habe nicht gesagt, dass ich es nicht benutzen kann.«

Kapitel 26

Fairhope, 1952

»Ich schwitze wie ein Schwein.« Millie befingerte den runden Kragen ihrer grünen Bluse. »Hier draußen ist es viel zu heiß.«

Franklin grinste spöttisch. »Es ist Januar, Rothütchen.«

Fünf Jahre waren sie jetzt verheiratet und sein Spitzname für sie hatte sich in all der Zeit gehalten.

»Ach, sei still!«

Millie mochte Franklin – sehr sogar –, und obwohl ihre Lippen sich seit ihrer Hochzeit nicht ein einziges Mal berührt hatten und sie mit einer unsichtbaren Trennwand zwischen sich schliefen, verlangte es Millie auf eine Weise nach ihm, wie es sie noch nie nach jemandem verlangt hatte. Natürlich war er Millies Ehemann. Nur dass er es gleichzeitig nicht war. Jedenfalls nicht auf die klassische Weise. Deshalb würde sie weiterhin vorgeben, ihn als Unterstützer und ihren liebsten Freund zu betrachten, alles andere wäre zu riskant.

Doch an manchen Tagen, so wie an diesem Morgen, betrachtete sie ihn lange, bevor er aufwachte – sein Kinn, seinen ordentlich gestutzten Bart, die Art, wie sein Brustkorb sich gleichmäßig hob und senkte, und in diesen Augenblicken wünschte sie sich, seinem Atem und vor allem seinem Herzen näher zu sein.

Oh, sie war in Schwierigkeiten. Sie hatte sich in ihn verliebt.

»Mir ist klar, dass erst Januar ist, aber nach dem Unwetter gestern Abend könnte man förmlich durch die Luft schwimmen. Hast du nicht das Gefühl, dass es ungewöhnlich warm ist für diese Jahreszeit? Sogar die Azaleen blühen schon.«

Gegen die Azaleen konnte er doch sicher nichts einwenden.

Franklin musterte Millie einen Moment lang. »Hol deinen Hut«, sagte er schließlich.

Millie eilte zur Hutablage und wollte nach dem neuen Hut greifen, den sie letzte Woche selbst gemacht hatte. Leuchtend bunte Blumen steckten an einer Seite und fielen über die Krempe mit mehreren Zentimetern Netz. Aber dann überlegte Millie es sich anders und nahm stattdessen ihren guten alten roten Hut.

Beinahe wäre sie an Franklins Seite gehüpft, aber sie beherrschte sich, um nicht kindisch zu wirken. Sie konnte es kaum erwarten, die Pension für ein paar Stunden zu verlassen, und Ausflüge mit Franklin waren ihre Lieblingsbeschäftigung.

Millie belohnte seine Einladung mit einem breiten Lächeln und einer schwungvollen Drehung, die ihren Rocksaum tanzen ließ. Sie hatte als Obermaterial dafür die gepunktete Schweizer Spitze gewählt, die sie von ein paar alten Kleidern gerettet hatte. Mrs Stevens hatte sie ihr schon vor Jahren gegeben.

Sie gingen zum Lieferwagen und Franklin half Millie in die Fahrerkabine hinauf, die für eine Frau mit hohen Absätzen viel zu weit vom Boden entfernt war.

Mrs Stevens' Verwandte brachten sie manchmal her, normalerweise zum Frühstück, und sie ließ keine Gelegenheit aus, Millie und Franklin zu sagen, wie stolz sie darauf war, wie die beiden ihr ehemaliges Gasthaus führten. Es tat Millie jedes Mal gut, das zu hören.

»Wohin fahren wir eigentlich?« Sie beugte sich vor und machte sich am Radio zu schaffen.

»Vertraust du mir?« Franklin drehte den Schlüssel im Schloss herum und beugte sich ebenfalls vor, sodass sein kariertes Hemd sich an das große Lenkrad drückte, während er den entgegenkommenden Verkehr beobachtete.

Wenn er die Haare mit Pomade zurückgekämmt hatte und seine Brille trug, konnte Franklin als erfolgreicher Geschäftsmann durchgehen. Und vielleicht war er das ja auch.

Vielleicht hatten er und Millie irgendwann aufgehört, so zu

tun, als wären sie Inhaber einer Pension, während sie beide vor irgendetwas davonliefen, und hatten tatsächlich ein neues Leben begonnen. Gemeinsam.

Noch fünf weitere solcher Jahre und sie würden sich zu den wohlhabenderen Menschen zählen können.

»Ob ich dir vertraue? Sollte ich?« Millie zog ihren Rock gerade und grinste Franklin an. Aber etwas in ihr regte sich, eine tiefere Bedeutung hinter ihren Worten.

Sollte ich? Die Frage war wie ein lautloser Refrain. Franklin wusste immer noch nicht, warum Millie an dem Tag damals in den Zug gestiegen war. Oh, sie hatte oft überlegt, es ihm zu sagen. Tausendmal hatte sie es sich vorgenommen. Aber es war so eine Sache mit Geheimnissen. Manchmal kam man an einen Punkt im Leben, an dem es einfacher war, sie endgültig für sich zu behalten. So war es auch mit Millies Vergangenheit.

»Das überlasse ich dir.« Franklin zwinkerte und ein Wonneschauer lief über Millies Arme. »Aber wenn du es tust, dann ist die Antwort gefroren und voller Zucker.«

Millie grinste von einem Ohr zum anderen. »Eiscreme!« Sie hätte ihn auf der Stelle küssen können, so aufgeregt war sie. Sie hatte seit einer Ewigkeit keine mehr gehabt.

Franklin und sie verfielen in ein entspanntes Schweigen, während sie bei dem kleinen Laden in der Innenstadt ihr Eis kauften und aßen. Innerlich war Millie überwältigt von Dankbarkeit und Vorfreude. Sie musste immerzu daran denken, wie weit ihr Leben sich seit dem Eisbecher in der King Street vor fünf Jahren entwickelt hatte. Sie hatte sich Hals über Kopf verliebt. Und sie hatte den Mann geheiratet. Nur nicht in dieser Reihenfolge.

Dies war das Leben, das Mama sich für sie gewünscht hatte – eins voller Chancen. Und doch hatte sie das Gefühl, dass etwas fehlte. Da war ein Sog dessen, was einmal gewesen war; ein stummer Teil ihrer Identität, der das Wort ergreifen wollte. Ihr farbiger Teil, auf den sie immer noch stolz war. Doch jedes Mal, wenn sie dazu ansetzen wollte, Franklin alles zu erzählen, dachte sie an das, was ihrem Daddy zugestoßen war. Vielleicht hatte Mama recht gehabt, als sie Millie gewarnt hatte, niemals darüber zu sprechen.

Und es gab noch einen anderen Sog – ihren Traum von einem Kleidergeschäft, der immer noch nicht in Erfüllung gegangen war, trotz all ihrer fleißigen Arbeit im Laden in der Stadt und dem vielen Nähen und Flicken in der Pension. Sie hätte gerne das Gefühl gehabt, dass jede Naht sie ihrem Traum näher brachte, aber manchmal war es, als wüsste sie gar nicht, woran genau sie eigentlich nähte.

Eine gute halbe Stunde später, nachdem die Sonne endgültig untergegangen war und der Mond wie ein hochkant gedrehtes Lächeln am Himmel stand, bog Franklin in die Auffahrt der Pension ein. Überglücklich, aber nachdenklich setzte Millie sich auf die Schaukelbank hinter der Flitterwochensuite, von wo aus sie auf die Bucht hinausblicken konnte.

Die Luft war immer noch schwer, aber die Eiscreme hatte gewirkt und Millie war endlich etwas abgekühlt.

Franklin setzte sich neben sie, wie er es oft tat. »Hast du was dagegen, wenn ich mich zu dir geselle?«

Sie hatte nie etwas dagegen.

Vor und zurück schaukelten sie in dem entspannten Frieden, der nur mit Zeit und Vertrauen entsteht. Die Wellen schlugen ans grasbewachsene Ufer und die Eichen streckten ihre Arme keinen Meter über der Wasseroberfläche aus. An diesem Abend waren unzählige Sterne zu sehen, so weit das Auge reichte, und man konnte sie kaum von ihren Spiegelbildern in der Bucht unterscheiden.

Franklin sah Millie an und legte den Arm um ihre Schultern. Das tat er nicht oft.

»Herzlichen Glückwunsch zum Hochzeitstag, Millie.«

Da vollführte ihr Herz einen kleinen Tanz, und als Millie seinem Blick begegnete, sah sie das Feuer in seinen Augen und fragte sich, wie lange auch er schon das spürte, was auch an ihr zog.

Ihr Puls ging schneller und sie hatte das merkwürdige Gefühl zu schweben – von der Bank hinauf zu den Sternen und dem Mond. Denn sie wusste einfach, dass dies ein Abend war, an den sie sich immer erinnern würde.

»Millie«, flüsterte Franklin und suchte in ihrem Blick, so wie sie gerade in seinem gesucht hatte.

Ich liebe dich.

Die Worte mussten nicht laut ausgesprochen werden – im Gegenteil, gerade durch die stille Gewissheit wurde der Moment zwischen ihnen noch tiefer.

Millie nickte nur und spürte Hitze in ihre Wangen steigen.

Eine eindeutigere Einladung brauchte er nicht. Franklin kam näher und berührte sanft ihr Gesicht. Dann zog er die Nadeln eine nach der anderen aus ihrem Haar und ließ ihren Hut auf die hölzerne Terrasse unter ihren Füßen fallen.

Er küsste sie mit dem Leuchten von tausend Sternen, und obwohl sie selig die Augen geschlossen hielt, konnte sie ein Licht sehen, das sie noch nie gesehen hatte. Das Licht einer Zukunft, das Licht einer Leidenschaft und das Licht eines Feuers, das Franklin erst entzündet hatte, als sie bereit dazu war.

Aber jetzt … hier … hatte sich alles verändert.

Millie streifte ihre Schuhe ab und schmiegte sich in seine Umarmung, und als Franklin sie an diesem Abend über die Schwelle trug, war sie mehr als bereit.

Für die nächsten fünf Jahre. Die nächsten fünfzig.

Kapitel 27

Charleston, heute

Harper legte zwei Stoffe an den Nähten aufeinander – einen echten geblümten Vintage- und einen modernen Futterstoff. Lucy hatte in der vergangenen Woche Harpers Nähmaschine aus Savannah mitgebracht und das kühle Metall wärmte Harpers Herz mit seiner tröstlichen Vertrautheit. Sie schob die Stoffe unter dem Fuß hindurch und achtete sorgfältig darauf, dass die Naht trotz der beiden unterschiedlichen Materialien glatt wurde.

Lucy hatte gefragt, was sie mit den restlichen Möbeln machen sollte. Harper hatte ihr gesagt, dass sie in ein paar Wochen kommen und die Sachen an andere Studentinnen verkaufen würde.

Die Ladentür öffnete sich knarrend.

Harper nahm den Fuß vom Pedal der Nähmaschine, hielt aber den Stoff fest. Peter trat ein. Sie zog das dicke Band zurecht, mit dem sie ihre Locken zusammengebunden hatte, und lächelte.

Peter rieb sich über die Bartstoppeln und schob anschließend beide Hände in die Hosentaschen. Dann fiel sein Blick auf die ganzen Kartons und er zeigte mit der Fußspitze auf einen davon. »Was ist das?«

Harper räusperte sich. Vielleicht hätte sie die besser nicht wie eine Festung um die Werkzeuge herum auftürmen sollen, die er für die letzten Arbeiten am Laden benötigte. »Schuhe.«

Peter nahm seine Brille ab und putzte sie mit dem Bund seines Sweatshirts.

»Ich räume sie weg«, sagte Harper eilig.

»Unsinn, das kann ich machen.« Er griff nach einer der Kisten. »Schuhe also? Deine eigenen oder für den Laden?«

»Sehr witzig.« Harper verdrehte die Augen, grinste aber dabei.

»Hast du dich inzwischen an die Rolle der Geschäftsinhaberin gewöhnt oder kommt dir das noch unwirklich vor?«

Unwirklicher als du ahnen kannst, wenn man bedenkt, dass ich bis zu Millies plötzlicher Entscheidung gar nicht mehr vorhatte, einen Laden zu führen.

Harper vollendete die Naht und ließ dann den Stoff los. »Nee, daran habe ich mich noch nicht gewöhnt.« Sie schüttelte den Kopf. »Aber andererseits ist es ja auch nicht mein Laden. Er gehört Millie.«

Peter trat mit verschränkten Armen einen Schritt näher zur Nähmaschine. »Das kommt mir wie eine Ausrede vor.«

Harper starrte ihn nur an.

»Warum das Ausweichmanöver?«

»Ich …« Harper bewegte ihre türkisfarbene Halskette an ihrem Ausschnitt hin und her. Peter würde keine Ruhe geben, oder? Sie wich seinem Blick nicht aus. »Ich weiß, wie es ist, enttäuscht zu werden.«

Ohne mit der Wimper zu zucken, wartete er darauf, dass sie fortfuhr.

Sie kämpfte gegen den Drang an, das Schweigen zu brechen. Aber sie verlor den Kampf. »Ich bin hergekommen, um Millie zu helfen. Nicht, um ein Bekleidungsgeschäft zu führen.«

»Aber trotzdem bist du hier und reparierst ein altes … was auch immer das da ist.« Peter schob zwei Kisten näher an die Wand. »Es geht um diese doofe Fachbereichsleiterin, oder?«

»Dieses Stück sieht aus wie etwas, was ich praktisch überall bekommen kann. Ordentlich. Aber nichts Besonderes.« Die Worte hallten dort in ihrem Herzen wider, wo sich einst all ihre Hoffnungen gesammelt hatten.

Bevor sie etwas sagen konnte, fragte Peter: »Was, wenn sie sich geirrt hat, Harper? Hast du das mal in Erwägung gezogen? Du lässt dich durch ihre Worte davon abhalten, einen Beruf zu wählen, der dir alles bedeuten würde?«

Harper spielte an einem ihrer Ohrringe herum. »Nein, Peter.

Ich arbeite gerne mit Millie zusammen, um diesem Laden zum Erfolg zu verhelfen. Aber ich werde deswegen nicht zurückblicken.« Sie bewegte die Füße vor und zurück. »Und ganz sicher werde ich nicht so tun, als wäre es mein Geschäft. Hier geht es um Millie.«

Peter hatte noch immer die Arme über der breiten Brust verschränkt. Er schien in keiner Weise überzeugt. »Aber *du* bist diejenige, die Ware für den Verkauf bestellt und bearbeitet. Du bist diejenige, die an der Nähmaschine sitzt.«

Harper zeigte auf die Bluse, die sie flickte. »Ach, die hier ist nicht für den Laden. Das mach ich nur zum Spaß. Ich nehme mir eine Auszeit von der richtigen Arbeit, bevor ich die Schuhe durchsehe und Preisschilder dranmache, damit sie in die Regale können. Ich habe sie mit einem fantastischen Rabatt von einem Laden aufgekauft, der demnächst aufgelöst wird.«

Peter blinzelte. »Hörst du dir eigentlich selbst zu?«

Harper lachte.

»Im Ernst. Ist dir bewusst, wie albern du klingst? Du machst eine Pause von den Schuhen, indem du an einer Bluse nähst.«

»Stimmt.« Das Nähen war schon immer ihr Weg gewesen, sich auszudrücken, seit sie mit zwölf Jahren ihre erste Maschine bekommen hatte. Sie konnte sich nicht vorstellen, nicht zu nähen. Indem sie Naht um Naht zusammenfügte, Knopf um Knopf annähte, Stoff und Traum eins werden ließ, gab sie ihrer Welt einen Sinn. Nachdem sie sich all die Jahre abgemüht und ihr Studium so wenig ruhmreich abgeschlossen hatte, zögerte sie vielleicht, eine Boutique zu führen, aber sie würde niemals – niemals! – aufhören, kreativ zu sein.

Die ganze Interaktion-mit-der-Außenwelt-Sache war es, was sie nicht mehr konnte.

Harper griff nach der Bluse und strich den Stoff glatt, um mit der nächsten Naht zu beginnen. Bevor sie das Pedal betätigte, sah sie noch einmal zu Peter auf. »Ich glaube einfach nicht, dass ich damit fertig werden könnte, wenn alles schiefgeht und es meine

Verantwortung ist. Das verstehst du doch sicher, oder? Ich will mich nicht darin verbeißen.«

Er blickte auf den Boden hinunter und nickte langsam. Als er den Kopf wieder hob, sah er ihr in die Augen und seufzte. »Ja, das verstehe ich. Aber ich glaube, dass du zäher bist, als du zugeben willst. Frag mal die Bluse da.«

Es hatte mehr als einen Grund, warum sein Grinsen sie hilflos machte.

∞

Im Schein der Straßenlaternen und der Sterne über ihnen schlenderten Peter, Millie und Harper die Queen Street entlang. Sie wollten gemeinsam essen gehen. Damals, als seine Mutter noch gelebt hatte und er Millie alle ein, zwei Jahre gesehen hatte, waren sie immer in ein Restaurant namens *Poogan's Porch* gegangen, wenn sie zu Besuch war. Peter brachte es nie über sich, das gebratene Hähnchen zu bestellen, wenn sie nicht dabei war.

Wenn sie sich nicht beeilten, würde er heute Abend allerdings auch keins kriegen. Sie waren schon jetzt eine Viertelstunde zu spät für ihre Reservierung, weil Millie darauf bestanden hatte, noch einmal nach oben zu gehen und Schal und Ohrringe zu tauschen.

Immerhin hatte Peter sie erfolgreich überredet, bequeme Schuhe anzuziehen. Es war nicht weit von ihrer Wohnung bis zum Restaurant, aber in Altstädten wie dieser war das alte Kopfsteinpflaster nun mal tückisch.

Es tat ihm leid, dass die Wohnung sich im zweiten Stock befand, aber Millie beharrte darauf, dass Frauen in den großen Städten Europas ihr ganzes Leben damit zubrächten, Treppen rauf- und runterzulaufen, und sie die paar Stufen zu ihrer Wohnung da ja wohl mühelos schaffe. Außerdem habe sie schließlich Harper, falls sie doch mal einen Arm zum Unterhaken brauche.

Peter grinste, als er an Millies Hartnäckigkeit dachte. Die meisten Menschen in ihrem Alter waren zufrieden damit, in einem Armsessel zu sitzen und Sudokus zu lösen. Millie nicht.

Einfach ausgedrückt konnte man sagen, dass Millie nie aufgehört hatte, mitten im Leben zu stehen. Peter kannte sonst niemanden, der den Mut gehabt hätte, in ihrem Alter noch ein Geschäft zu eröffnen. Und er fragte sich unwillkürlich, ob Harper vielleicht nur *dachte*, sie wäre diejenige, die einer Freundin half.

Vielleicht hatte Millie bei der Sache einen viel größeren Plan. Peter hatte den Verdacht, dass sie versuchte, Harper die Erfahrung eines eigenen Ladens zu schenken, obwohl die sich von der Kritik ihrer Professorin so sehr ausbremsen ließ. Er konnte sich natürlich irren, aber … na ja, er kannte Millie. Sie führte eigentlich immer etwas im Schilde.

»Sind das nicht hübsche Blumenkästen?« Millie blieb vor einem rosafarbenen schmalen Reihenhaus im typischen Charleston-Stil stehen.

Harper hielt ebenfalls an und betrachtete die schmiedeeisernen Pflanzkästen unter den von schwarzen Läden gerahmten Fenstern. »Oh ja. Was für ein schönes Rot die Blüten haben!«

Peter seufzte innerlich. Wenn sie so weitermachten, würden die beiden Frauen bis Mitternacht jede Blume in der Stadt gesehen haben.

Millie beugte sich ein wenig vor, um den Duft der Blüten einzuatmen. Sie wirkte sehr königlich, also absolut angemessen für die Queen Street. Doch dann fiel ihr der rote Hut vom Kopf. Instinktiv hatte Millie beide Hände gehoben, um ihn festzuhalten, aber es war zu spät. Der rote runde Filzhut, den Peter schon aus seiner Kindheit kannte, kullerte über den Gehweg in Richtung Straße.

»Ich hab ihn gleich!«, rief Peter über die Schulter, als er die Entfernung zwischen sich und dem flüchtigen Hut um die Hälfte verringert hatte. Er erwischte ihn, bevor dieser in einer Wasserpfütze landete.

Peter zupfte vorsichtig ein kleines Blatt von dem Wollfilz, ganz vorsichtig, um den Hut nicht zu beschädigen.

Da sah er den Knopf.

Mit dem Daumen wischte er etwas Dreck davon ab und der Schmetterling kam zum Vorschein. Er war das exakte Abbild des Knopfs am Hochzeitskleid seiner Mutter. Zwei Teile derselben Geschichte.

Beinahe hätte Peter den Hut fallen lassen, so heftig war ihm der Schock in die Glieder gefahren. Sein Herz begann zu rasen, als er eins und eins zusammenzählte.

M. M.

Es ist Millie.

Die ganze Zeit war es Millie gewesen.

Er blickte ihr und Harper entgegen, als die beiden näher kamen. Die Freude durchflutete ihn mit solcher Macht, dass er hier mitten auf der Straße hätte in Tränen ausbrechen können.

Schon lange hatte Peter einen überwältigenden Drang verspürt, die Lücken selbst zu füllen. Immer war er es gewesen, der sich auf die Suche gemacht hatte. Niemand hatte im Gegenzug *ihn* gesucht.

Das hatte er jedenfalls gedacht. Doch vielleicht hatte er sich ja geirrt. Die Freundin seiner Mutter – Tante Millie, wie sie sie immer genannt hatten – war eine feste Bezugsperson in seinem Leben gewesen, als er klein war. Sein Stiefvater hatte sie nie gemocht. Er war der Ansicht, sie sage zu offen ihre Meinung und es fehle ihr an der Kultiviertheit, die eine Frau haben sollte. Lustigerweise waren diese beiden Eigenschaften genau der Grund, warum Peter sie so gern mochte.

Manchmal hatten seine Mutter und er die Pension besucht, die Millie führte. Er war seit Jahren nicht mehr dort gewesen, aber er hatte nie vergessen, welchen Trost er in den Wochen nach dem Tod seiner Mutter auf Millies Bootssteg gefunden hatte.

Seine Finger zitterten an der Hutkrempe und dem Knopf, der die ganze Zeit da gewesen war, genau wie Millie. Er wollte zu ihr laufen, sie umarmen und ihr sagen, was ihm gerade klar geworden war. Endlich würde er Antworten auf all seine Fragen bekommen. Doch dann hielt er inne. Warum hatten sie bislang nie über all das gesprochen?

Aus irgendeinem Grund wollte Millie offenbar nicht, dass er es wusste.

Millie und Harper kamen näher, beide sichtlich erfreut über seine Hutrettungsaktion.

Peter musste sich schnell entscheiden. Sein Herz raste immer noch. Eine anschwellende Flut von offenen Fragen drohte seinen Verstand zu überwältigen. Vielleicht floss ihr Blut durch seine Adern, aber er war jetzt Ende zwanzig und in der ganzen Zeit hatte Millie ihm nie die wahre Geschichte erzählt.

Warum nicht?

Lag es an seinem Stiefvater? Peter würde es ihm zutrauen, dass er anderen vorschrieb, was sie sagen durften und was nicht. In dem Fall sollte er den ersten Schritt machen und ihr zu verstehen geben, dass er seine eigenen Entscheidungen treffen konnte.

Warum war sie plötzlich nach Charleston zurückgekommen? Ging es hier wirklich um den Laden oder spielte sich hinter den Kulissen noch etwas anderes ab?

Millie war jetzt nur noch eine Armlänge entfernt. Die Unentschlossenheit drohte Peter zu zerreißen. Einerseits wollte er Millie in den Arm nehmen, andererseits wäre er am liebsten weggelaufen, bevor sie ihn durchschaute.

Wenn die Umstände anders gewesen wären, hätte seine Mutter ihm doch sicher mehr über ihre Herkunft erzählt. Was würde sie an seiner Stelle tun? Etwas, das sie gesagt hatte, kam ihm in den Sinn: »*Du kannst die Zeit nicht zurückdrehen, selbst wenn du die Zeiger der Uhr bewegst.*«

Wenn er jetzt etwas sagte, gab es kein Zurück mehr.

Peter beschloss, sich nichts anmerken zu lassen. Millie bedeutete ihm wirklich viel und er würde ihr Respekt erweisen, indem er wartete, bis sie bereit war, ihm alles zu erzählen. Immerhin war es ihre Geschichte.

In der Zwischenzeit würde er sich darauf konzentrieren, dass Harper und Millie so lange wie möglich in seiner Wohnung blieben. Vielleicht konnten sie den Mietvertrag mit einer Mindestdauer abschließen, so wie beim Laden auch.

Vielleicht würde Millie ja alles erklären, wenn er genügend Zeit schinden konnte.

Harper und sie standen jetzt neben ihm. Peter setzte den roten Hut sanft auf Millies Kopf, wo er hingehörte, und sie senkte dabei leicht das Haupt, als würde sie gekrönt. Er fing ihren Blick auf und erkannte, wie sehr ihre Augen denen seiner Mutter glichen. Warum hatte er diese Ähnlichkeit früher nie bemerkt?

Millie lächelte ihn an. Wenn sie seine Reaktion irgendwie ungewöhnlich fand, ließ sie es unkommentiert. »So ist er, mein Peter.« Sie fuhr ihm mit einer Hand durch die Haare. »Rettet alles in letzter Minute.«

Kapitel 28

Fairhope, 1952

Millie hatte das ganze Jahr darauf gewartet, dass die Erdbeeren reif wurden.

In ihrer Begeisterung hatte sie ein Sommerkleid gewählt, dass sie mit mehreren kleinen Erdbeerknöpfen verziert hatte. Ihr runder Bauch ließ sich immer schwerer verstecken.

Tag und Nacht hatte sie mit sich gerungen, ob es die richtige Entscheidung gewesen war, Franklin zu heiraten – oder besser gesagt, nicht die Heirat selbst, sondern dass sie ihre Liebe zu ihm zugelassen hatte.

Vor allem wegen der Träume.

Manchmal tauchte darin das ganz klare Bild eines hellhäutigen Babys auf. Und manchmal sah sie ein dunkleres Kind vor sich. Zwei Möglichkeiten einer jeweils völlig anderen Zukunft standen für eine einzige Familie, die sie unendlich liebte.

Sie liebte ihren italienischen Vater, alles an ihm, woran sie sich erinnerte, und sie liebte auch ihre Mutter sehr. Sie war auf die beiden genauso stolz wie auf die Vorfahren vor ihnen, all die Menschen, deren Geschichte Millies eigener Geschichte den Weg bereitet hatten.

Doch trotz ihrer Entschlossenheit und ihrer Liebe zu ihrer Herkunft war die Welt nicht so einfach. Deshalb musste Millie sich fragen, wie das Leben wohl aussehen würde, je nachdem mit welcher Hautfarbe ihr Kind zur Welt kam.

So oder so hatte sie das Gefühl, dass nur eine Hälfte ihrer Herkunft siegen konnte, und schon jetzt trauerte sie um die andere. Würde sie immer zwischen den beiden wählen müssen? Könnte sie jemals öffentlich sagen, dass sie von Herzen dankbar war für ihr gemischtes Erbe?

An dem Tag, als ihr klar geworden war, dass sie ein Kind unter dem Herzen trug, hatte sich etwas verändert. Der Mord an ihrem Vater erhielt eine ganz neue Bedeutung, jetzt wo sie für eine neue Generation verantwortlich war. Und sie liebte dieses ungeborene Baby mit jeder Faser ihres Wesens so sehr, dass sie schreckliche Angst vor dem hatte, was geschehen könnte. Jetzt verstand sie, warum ihre eigene Mutter sie nach Alabama geschickt hatte, und zwar nicht nur, um ihren Traum vom eigenen Kleiderladen zu unterstützen.

Mit anderen Worten: Millie wurde nun selbst Mutter.

Die Erdbeeren waren also ungeheuer wichtig, denn Franklins Mutter war zu Besuch gekommen und Millie hatte schon geschlafen, als sie spätabends eingetroffen war. Das Erdbeerenpflücken sollte ihr erster Ausflug sein und zugleich ihre erste Begegnung.

Franklin sprach immer davon, dass seine Mutter Erdbeeren liebte, und Millie liebte sie auch, also hatten sie zumindest diese Vorliebe gemeinsam.

»Millie?« Eine Frau war unbemerkt zu ihr getreten und etwa zwei Meter von ihr entfernt stehen geblieben. Sie trug ein schönes, aber schlichtes Sommerkleid, einen fragenden Blick und ein Lächeln, das dem von Franklin glich. »Ich bin Hannah.« Die Frau streckte die Hand aus.

Millie erwiderte ihr Lächeln und in Hannahs warmherziger Gegenwart beruhigten ihre Nerven sich gleich. Sie riss ihre Gedanken von all den Sorgen los und konzentrierte sich stattdessen auf die Gegenwart. Sie trat näher und ergriff Hannahs Hand. »Es freut mich, dich endlich kennenzulernen«, sagte Millie. »Du hast einen richtig charmanten Sohn großgezogen.«

»Er ist mein Ein und Alles.« Hannahs Blick trübte sich und Millie fragte sich, welche Erinnerung ihr gerade in den Sinn gekommen war und warum. Dann schüttelte Hannah ein wenig den Kopf und ihre Augen waren wieder klar. »Du machst ihn sehr glücklich, Millie. So habe ich ihn nicht mehr gesehen, seit er ein Kind war.«

Millie tätschelte Hannahs Hand. »Darf ich dir Tee und Brötchen anbieten, während wir auf den besagten jungen Mann warten?«

Hannah kicherte. »Der Junge hatte schon immer sein eigenes Tempo. Wie ich sehe, haben manche Dinge sich nicht geändert.«

»Er trödelt mal wieder.« Millie grinste und führte Hannah in die Küche, wo sie den Kessel vom Herd nahm und ihrer Schwiegermutter eine Tasse Tee machte. Dann bot sie ihr eins der ofenfrischen Brötchen an.

Hannah nahm eines und brach vorsichtig ein Stückchen ab, bevor sie den Dampf fortpustete, und etwas an der Art, wie sie das tat, erinnerte Millie an ihre Mama. Die vertraute Geste brachte ihr zugleich Trost und Traurigkeit.

»Ich freue mich sehr für Franklin und dich«, sagte Hannah und griff nach ihrem Tee. »Ein Kind großzuziehen, ist eine wirklich bereichernde Erfahrung. Es erfordert Opfer wie nichts anderes auf der Welt, aber es ist ungeheuer lohnenswert.«

Millie goss ihren eigenen Tee auf. »Das hat Mama auch immer gesagt. Obwohl ich zugeben muss, dass ich bislang nicht wirklich verstanden habe, was sie meinte.« Millie legte eine Hand auf ihren stetig wachsenden Bauch. »Oder dass ich es selbst jetzt noch nicht richtig verstehe.«

»Das wirst du schon noch.« Hannah sah ihr mit sanfter Güte in die Augen und da wusste Millie, woher Franklin sein freundliches Wesen hatte. »Wenn es so weit ist, wirst du auf deinen Instinkt vertrauen, über das hinaus, was du dir für dich selbst wünschst. Du wirst immer erkennen, was das Beste für dein Kind ist. Sogar, wenn du dir nichts sehnlicher wünschst, als es länger im Arm zu halten, als die Zeit es erlaubt.«

Millie nickte und versuchte zu lächeln, aber die ganze Zeit versuchte sie sich vorzustellen, wie das sein würde, und fragte sich, ob ihr eigenes Herz wirklich wissen würde, was richtig war, oder nicht.

»Franklin hat erzählt, dass du ein neues Haus hast. Irgendwo im Süden von Charleston?« Millie trank einen Schluck Tee. »Er ist sehr stolz auf dich und alles, was du erreicht hast, obwohl das Leben dir übel mitgespielt hat. Er hat gesagt, dass deine Eltern dich verstoßen haben?«

»Das stimmt. Das Haus gehörte früher meinem Bruder William und seiner Frau. Es hat einen herrlichen Garten, voller Vögel, wie aus einem Gemälde.« Hannah blickte in ihre Tasse. »Meine Familie ist ziemlich reich, und als ich schwanger wurde … Tja, ich wollte alles auf meine Weise machen und das gefiel ihnen nicht. Also sagten meine Eltern, sie hätten genug von mir, und sie haben ihre Meinung nie mehr geändert. Ich glaube nicht, dass ich es ohne Williams Hilfe geschafft hätte. Deshalb ist es mir wohl so wichtig, Franklin zu zeigen, dass ich ihn immer akzeptieren und lieben werde.«

Vielleicht waren es die Hormone oder die Unterhaltung oder die Aussicht auf Erdbeeren, aber in diesem Augenblick hätte Millie Hannah am liebsten alles erzählt. Aber sie hatte es nicht einmal Franklin erzählt. Sie hatte Mama versprochen, es geheim zu halten. Und jetzt, wo Millie selbst Mutter wurde, erkannte sie allmählich, wie wichtig es ihrer eigenen Mutter war, sie in Sicherheit zu wissen.

Millie trank noch einen Schluck Tee.

Kapitel 29

Charleston, heute

Peter saß Sullivan im *Starbucks* gegenüber. Die Räumlichkeiten hatten früher zu einer Bank gehört und der ursprüngliche Safe war sogar noch da. Es war Sullivans Vorschlag gewesen. Peter wäre mit einem Plätzchen im Park genauso zufrieden gewesen. Er steckte den Strohhalm in seinen Eistee.

»Irgendwelche Neuigkeiten in Bezug auf die Mahnung vom Ordnungsamt?«, fragte Sullivan. »Was sollen wir wegen der Reparaturen machen? Die Uhr tickt, oder?«

Peter stöhnte und dehnte den Nacken, um seine Verspannungen loszuwerden. »Erinnere mich nicht daran.«

»Mensch, eine liebe alte Dame und eine schöne junge Frau wollen das Ding mieten!«

»Ja, ich weiß.« Peter schüttelte den Kopf und schlürfte seinen Tee. »Das ist ja das Problem.«

Sullivan nahm seinen Becher mit Eiskaffee in die Hand. »Wie meinst du das?«

»Wenn ich sie rauswerfe, um die Wand aufzureißen, macht die Größe der Baustelle sie vielleicht nervös und sie gehen wieder.«

Sullivan beobachtete ihn einige Augenblicke lang, als wollte er herausfinden, was Peter ihm verschwieg.

Peter stellte seinen Becher auf den Tisch zwischen ihnen. Er hatte die Worte noch nicht laut ausgesprochen, und so albern das auch war – es machte ihn nervös. Was, wenn er sich irrte? »Millie ist meine Oma.«

Die Kaffeemühle sprang hinter ihnen an und Sullivan drehte sich danach um. »Was? Bist du sicher? Es ist nicht das erste Mal, dass du denkst, du hättest herausgefun…«

»Diesmal ist es anders. Ich habe den Knopf gefunden.« Und Millie war schließlich die ganze Zeit wie eine Großmutter für ihn gewesen. Die Erinnerungen tanzten vor seinem inneren Auge wie eine altmodische Diaschau.

Nun hatte er Sullivans volle Aufmerksamkeit. »Erzähl mir mehr.«

»Sie war bei der Beerdigung meiner Mutter. Und bei meinem Collegeabschluss. Sogar bei einigen Fußballspielen in der Highschool. Ich dachte immer, sie wäre eine Freundin meiner Mom. Ich … also, ich habe die Verbindung einfach nicht erkannt.« *Ich habe nie bemerkt, wie ähnlich ihre Augen denen meiner Mutter sind.*

»Und sie hat den zweiten Knopf.«

Peter nickte langsam. »An ihrem Hut.«

Sullivan atmete hörbar aus und klopfte dann auf die Tischkante. »Du glaubst, dass sie bei all den Malen hierher zurückgekommen ist, um nach deiner Mutter zu sehen.« Sullivans Worte waren eine Aussage, keine Frage.

»Genau das glaube ich.«

»Vielleicht. Es könnte sein.« Sullivans Handy gab ein Geräusch von sich, als eine Textnachricht einging, und er schaltete es stumm.

»Ich verstehe nur nicht, was Harper mit der ganzen Sache zu tun hat.« Wusste sie von den Knöpfen und den anderen Sachen? Oder glaubte sie wirklich, sie wäre in Charleston, um Millie zu helfen? Peter war so egoistisch zu hoffen, dass Harpers Rückkehr mit ihrer ersten Begegnung zusammenhing.

Im Café herrschte geschäftiges Treiben. Eine Frau in weißem Kleid ging vorbei, ein Tablett mit Kaffeebechern darauf in den Händen, ein Mann mit einem Blindenhund kam zur Tür herein. Die Geräusche verschwammen im Hintergrund, als Peter über Millie nachdachte. Er konnte nicht riskieren, dass sie ging. Diesmal nicht.

Sullivan verstaute sein Handy in der Tasche. »Ich denke nur, dass es keine gute Idee ist, die Reparaturen unbegrenzt lange aufzuschieben. Ich meine, das Ordnungsamt wird doch Ergebnisse sehen wollen, oder nicht?«

»In neunzig Tagen.«

»Das heißt, du hast drei Monate Zeit.«

Peter nickte. Er wusste nicht, warum Millie so lange brauchte, um ihre Identität zu erkennen zu geben, aber jetzt saß er in der Klemme. Er hatte vorgehabt, die Probleme mit der Baubehörde gleich bei Harpers und Millies Ankunft zu erklären, aber dann war ihm bewusst geworden, wie viel mehr hinter ihrem Herkommen steckte. Er musste sie hierbehalten.

»Warum beichtest du nicht und lässt die Reparaturen so schnell wie möglich ausführen?«

Peter blickte zum Fenster hinaus auf die King Street. Eine Mutter umklammerte die Hand ihres kleinen Sohnes, während auf der Straße die Autos vorbeipolterten. »Das habe ich auch schon überlegt.« Er schüttelte den Kopf. Es war einfach zu viel Geld. »Meine Vermietungen laufen gut, aber Bauarbeiten in dieser Größenordnung? Die Kosten würden meine Ersparnisse auffressen. Das ganze Haus könnte in sich zusammenfallen. Was ist, wenn es ein Groschengrab erster Güte ist?«

Sullivan zog skeptisch die Augenbrauen hoch. »Glaubst du, ich kaufe dir ab, dass du das Gebäude aufgibst und wegläufst? Du, der du schon mit den Händen antike Tapeten von alten Mauern gezogen hast, als hätte er es mit Abziehbildchen zu tun? Der einen ganzen Block historischer Häuser vor dem Abriss bewahren konnte, indem er Denkmalschutz nachgewiesen hat?«

»Das ist was anderes.« Hier ging es um Millie. Um die Frau, nach deren Spuren er – ohne zu wissen, dass sie es war – in jedem alten Haus von hier bis Beaufort gesucht hatte. Seine Lieblingsverwandte, lange bevor er erfahren hatte, dass sie tatsächlich verwandt waren. Jetzt stand viel mehr auf dem Spiel.

Peters beste Chance war derzeit, dass die zusätzlichen Projekte, die er plante, ihm genügend Geld einbrachten, um die Reparaturen nach und nach auszuführen, und zwar so, dass Harper und Millie möglichst wenig davon mitbekamen und die Leute von der Bauaufsicht zufrieden waren.

»Du wirst schon eine Lösung finden«, sagte Sullivan.

Peter ließ die Eiswürfel in seinem Tee kreisen. »Hoffentlich bald.«

ↂ

Sonnenlicht fiel durchs Fenster, als Peter am Fußende seines Bettes saß und seine Socken anzog. Vielleicht war ja heute der Tag, an dem Millie ihm erzählen würde, dass sie seine Großmutter war. Jetzt, wo er darüber nachdachte, ergab ihre Reaktion auf das Hochzeitskleid auch viel mehr Sinn … Es war *ihr* Kleid gewesen!

Warum aber war sie hergekommen, ohne ihm den wahren Grund zu verraten? Überlegte sie noch, ob er es wert war, offiziell zu ihrer Familie zu gehören?

Es war, wie seine Mutter immer gesagt hatte: In der Not frisst der Teufel Fliegen. Und dies war für ihn eindeutig eine Notlage. Er würde alles mitnehmen, was er kriegen konnte.

Peter kämmte sich die Haare, schlüpfte in seine Halbschuhe und ging dann das kurze Stück zum Laden. Er hatte versucht, jeden Morgen zusammen mit Millie und Harper zu frühstücken, und jetzt, wo er wusste, dass Millie seine Großmutter war, hatte er noch mehr Grund, das fortzusetzen.

Aber als Peter die Treppe hinaufstieg und Harper ihm öffnete, schien nur sie in der Wohnung zu sein. »Guten Morgen!« Er zog an den Manschetten seines grauen Button-Down-Hemdes. »Wo ist Millie?«

Harper hielt die Wasserkocherkanne in der Hand. »Du hast mich erschreckt.« Sie war noch im Schlafanzug. Oder genau genommen im grauen Sweatshirt-Ensemble mit kleinen Pinguinen, die Herzen in den Flossen hielten. Harper öffnete die Tür weiter, damit er eintreten konnte. »Komm rein.«

Er beschloss, ihren Pyjama nicht zu kommentieren, obwohl ihm eine nicht ganz unlustige Bemerkung dazu auf der Zunge lag. »Soll ich Kaffee aufsetzen?«

»Nicht für mich, danke«, erwiderte sie.

Er legte sein Portemonnaie und die Schlüssel auf den Couchtisch und ging dann zum Kühlschrank, um eine Flasche Wasser herauszuholen, die er gestern rübergebracht hatte.

»Warte mal.« Harper stellte ihren Becher auf die Kücheninsel. »Du trinkst auch keinen Kaffee?«

»Nein, den mache ich eigentlich nur für Besuch.«

»Und stattdessen Wasser?«

»Irgendwas gegen Wasser einzuwenden?« Peter schraubte die Flasche auf und trank einen Schluck daraus.

»Ähm … Es ist kein Koffein drin.« Harper starrte ihn an.

Peter zuckte mit den Schultern. »Wer braucht Koffein, wenn draußen jede Menge frische Luft ist?«

Harper stöhnte. »Dann bist du also *so* einer.«

»Komm doch heute mal mit, dann zeige ich dir, was ich meine.« Er wusste nicht, warum er das gesagt hatte. Eigentlich hatte er gar nicht vorgehabt, sie einzuladen, doch irgendwo ganz hinten in seinem Kopf schien es eine gute Idee zu sein.

Harper legte beide Hände um ihren Becher. »Nimm es nicht persönlich, aber ich habe für diese Woche genug alte Häuser gesehen.«

Peter stellte seine Wasserflasche auf die Arbeitsfläche. »Da wäre ich mir nicht so sicher.«

»Hm?« Sie trank einen winzigen Schluck von dem dampfenden Tee.

»Dieses bietet einen besonderen Ausblick.« Er ging zu der Sitzecke in der Nähe der Tür, dann nahm er sein Portemonnaie und seine Schlüssel vom Tisch und steckte beides ein. »Heute Vormittag und Nachmittag muss ich ein paar Sachen abholen, aber gegen sechs Uhr bin ich fertig. Du kannst es dir ja überlegen, und wenn du mitkommen willst, bist du herzlich willkommen.« Er grinste ihr zu, öffnete die Tür und nahm auf dem Weg hinunter immer zwei Stufen auf einmal.

છ

Zu sagen, dass er überrascht war, als Harper pünktlich um sechs vor seinem Haus stand und wartete, wäre eine Untertreibung gewesen.

Er hatte über ihre Äußerung nachgedacht und musste zugeben, manchmal schlicht zu vergessen, dass nicht jeder seine Leidenschaft für alte Dinge und Gebäude teilte. Harper hatte eigene Interessen und das war in Ordnung. Nicht jeder wollte zuhören, wenn er Vorträge über Maueranker hielt oder erklärte, warum an der Strandmauer kein Louisianamoos wuchs.

Und trotzdem war sie jetzt hier.

Wie immer sah sie toll aus. Die Haare fielen in weichen Locken auf ihre Schultern und sie hatte diese natürliche Anmut, die selbst T-Shirt und Jeans elegant wirken ließ. Er hatte keinen Zweifel daran, dass sie eine Boutique führen konnte, wenn sie es wollte. Sie hatte ein Auge für Mode und für ungewöhnliche Kombinationen. Warum hatte sie der Behauptung geglaubt, dass sie nichts Besonderes an sich hatte? Wenn er ihr doch nur helfen könnte zu erkennen, was für eine Lüge das war. Peter ging zum Wandschrank gegenüber der Küche und holte eine schwere Kiste mit antiken Fliesen heraus.

»Du bist gekommen.«

»Ja.« Harper trat näher und bückte sich, um ihm zu helfen. Ohne ein Wort packte sie das andere Ende und zusammen hoben sie die Kiste hoch. Ein zweites Paar Arme erleichterte die Sache enorm. Peter zeigte mit dem Kinn in Richtung Tür und setzte sich rückwärts in Bewegung. Gemeinsam trugen sie die Kiste mit den Kacheln in die Auffahrt hinunter.

»Also, wir bringen diese Fliesen zu einem Haus auf der Promenade, und während ich dort bin, will ich etwas ausmessen. Ich glaube nicht, dass die Eigentümer zu Hause sind. Die beiden machen bei einer dieser albernen Realityshows mit.«

»Wirklich?« Harper lachte.

»Ich wünschte, ich würde Witze machen.« Die Leute machten sich und Charleston mit ihren pseudowichtigen wöchentlichen Skandalen zum Gespött. Die Vorfahren, aus deren Nachnamen sie Kapital schlugen, würden diese Art Verhalten sicher als beschämend erachten.

»Und wie kommen wir dann rein?«

»Ich kenne den Code.«

Sie hatten Peters Lieferwagen erreicht und stellten die Kiste ab.

»Ein *Code?* Was für ein Haus ist denn das?«

Peter lächelte. »Das meines ehemaligen Nachbarn.«

Kapitel 30

Fairhope, 1952

Der Raum war voller Pensionsgäste, die auf den grün geblümten Polstermöbeln saßen – Damen mit an den Knöcheln gekreuzten Beinen und Männer mit den Ellbogen auf den Knien –, und sie alle starrten auf den Fernsehapparat und verfolgten die jüngste Folge der Sitcom *I Love Lucy.*

Millie hielt sich einen Moment lang erleichtert an der Wand fest, bis das krampfartige Gefühl in ihrem Bauch sich so weit beruhigt hatte, dass sie weitergehen konnte.

Das Bild flackerte und Franklin stand auf, um an den Knöpfen des Apparats zu drehen.

Millie tastete nach den gedrehten Locken, die unter ihrem roten Hut hervorgekommen waren. Sie hatte vor Kurzem ein Samtband daran befestigt – eines der kostbarsten Geschenke von Mrs Stevens, die das Band jahrelang an ihrem eigenen kleinen Hut getragen hatte.

Als Franklin und Millie damals bei ihr aufgetaucht waren, musste Mrs Stevens sich gefragt haben, was in aller Welt sie sich dachten. Aber sie hatte sich nie etwas anmerken lassen. Nicht ein einziges Mal. Sie hatte für sie beide das getan, was sie bei allen tat: Sie hatte sie in ihr Haus eingeladen.

Millies Bauch war inzwischen so dick, dass sie ihren Zustand auch mit einem Wickelkleid nicht mehr verbergen konnte. Früher hatte man Frauen in ihrer Situation zu Hause versteckt, sodass sie nicht in der Öffentlichkeit zu sehen waren. Aber Millies Zuhause war die Pension.

Der Wind wehte eine sanfte Brise mit dem Duft von Jasmin durch das offene Fenster und Millie stieß einen kaum hörbaren

223

Seufzer der Erleichterung aus. Einen Moment lang konnte sie frei atmen.

Es war einfach nicht fair, dass Millies Bauch schon im siebten Monat die Größe des Vollmonds hatte. Besonders wenn man bedachte, dass sie jeden Abend auf das Stück Kuchen zum Nachtisch verzichtet hatte, während Franklin genüsslich weiteraß.

Die anderen im Zimmer lachten über Lucille Ball und reichten den neuen *Peanuts*-Comic herum, doch Millie konnte nur an eines denken: die Schmerzen. Sie waren intensiv und unerwartet vertraut. Millie wusste, dass es nur Scheinwehen waren, aber es fühlte sich wirklich nicht an wie Schein, wenn sie sich krümmte, weil es so wehtat.

Clemence bog um die Ecke ins Wohnzimmer, in den Händen ein Tablett mit Teetassen und Plätzchen. Die junge Frau riss die Augen auf, die so braun waren wie Kastanien und nun auch beinahe so groß. »Ach du liebe Güte«, flüsterte sie und umklammerte das Tablett. »Es geht Ihnen nicht gut.«

Millie fühlte sich wirklich etwas wackelig auf den Beinen, aber das war normal, oder? Die Schmerzen kamen jetzt regelmäßiger, aber die Schwangerschaft sollte noch eine Weile andauern. Sie hatte nie in Erwägung gezogen, dass die richtigen Wehen schon jetzt kommen könnten.

Clemence stellte das Tablett mit Tee und Plätzchen auf den Tisch und eilte zu ihr. »Kommen Sie, ich bringe Sie auf Ihr Zimmer, Mrs Millie.«

Millie wünschte, das Mädchen würde mit diesem *Mrs*-Unsinn aufhören – nur die Anrede *Ma'am* war noch schlimmer. Warum konnte man nicht einfach den Namen gebrauchen? Aber Clemence ließ sich nicht davon abbringen. Und wenn Millie versuchte, sie davon zu überzeugen, dass diese förmlichen Anreden völlig sinnlos waren, sagte Clemence nur: »*Für mich ergeben sie eine Menge Sinn – also stellen Sie sich nicht so an.*«

Clemence wich nicht von Millies Seite, so als hätte sie Angst, dass sie jeden Moment zusammenbrechen würde, ohne wieder aufstehen zu können. Gemeinsam gingen sie langsam den Flur hinunter. Dort geschah es dann. Das Fruchtwasser bildete eine Lache unter Millies Füßen. Und die so oft verdrängte Frage kam mit voller Wucht zurück – würde das Baby aussehen wie Mama oder wie Franklin? Wenn sie ehrlich war, wusste Millie nicht einmal so recht, worauf sie hoffte. Vielleicht auf beides zugleich.

Clemence umklammerte Millies Arm. »Ich werde Mr Franklin sagen, dass er den Doktor rufen soll.«

Aber Millie hielt Clemence entschieden zurück. »Das wirst du nicht tun.«

So standen sie beide dort und klammerten sich an die jeweils andere, aus unterschiedlichen Gründen, abgesehen von einer Gemeinsamkeit: Angst.

Doch Panik war es nicht, denn Millie war stolz darauf, dass sie wie immer einen kühlen Kopf bewahren konnte. Es war etwas Tieferes; etwas, das man nicht als Nervosität oder mütterliche Hormone abtun konnte.

Millie versuchte zu schlucken, während ihr Leib sich erneut zusammenzog und sie keine Luft mehr bekam.

»Ma'am, Sie brauchen einen Arzt.«

Als wüsste Millie das nicht.

Aber es war ein Risiko, das sie einfach nicht eingehen konnte. Millie selbst wusste nicht genug über das neue Leben, das in ihrem eigenen Körper heranwuchs – ob ihre Zukunft aussehen würde wie ihre Vergangenheit, die sie so schmerzlich vermisste, oder wie der andere Teil ihrer Herkunft, den sie ebenfalls liebte. Wie sollte ein Arzt das verstehen?

Sie war nicht einmal sicher, dass Franklin es verstehen würde. Oder dass sie den Mut haben würde, ihm die Chance dazu zu geben, wenn die Umstände es verlangten.

In den Augenblicken zwischen den Schmerzen versuchte Millie zu atmen. »Du hast doch schon Kinder auf die Welt geholt«, flüsterte sie – halb Frage, halb Aussage.

»Ja. Vier meiner Geschwister«, nickte Clemence. »Aber noch nie ein weißes Baby.«

»Gut.« Millie richtete sich am Türrahmen zu ihrem Schlafzimmer auf. »Dann habe ich vollstes Vertrauen in dich.«

Clemence starrte sie nur an. Das arme Mädchen war völlig verschreckt.

»Du musst mir nur eins versprechen.«

»Ma'am?«

»Versprich mir«, presste Millie heraus, während die nächste Wehe an Stärke zunahm, »dass du nichts sagen wirst, egal, was mit dem Baby passiert.«

»Was soll das heißen?« Clemence' Ton klang scharf, schärfer als sie in diesem Haus jemals geklungen hatte, und insgeheim war Millie froh über dieses Zeichen der Stärke. Millie brauchte die Kraft einer anderen Person, jedenfalls eine Zeit lang.

Millie streifte ihre Schuhe ab und stützte sich am Bett ab, während die nächste Wehe anrollte. Sie wischte sich den Schweiß von der Stirn und zwang sich, tief zu atmen. »Das werden wir noch sehen.«

 C3

Der Schrei des Babys durchschnitt die Luft und in diesem wunderbaren Augenblick war der Raum zwischen Himmel und Erde voll mit der Fülle alles Guten.

Es war die Art von Moment, die unweigerlich zu Kummer führt, weil das Leben diesseits des Himmels nicht so durch und durch gut, vollkommen und bedeutungsvoll sein kann. Und egal, wie sehr man sich bemüht – diese herrlichen, beinahe goldenen Sekunden zerfallen zu Staub, sobald man sie berühren will.

»Warten Sie, Ma'am.« Clemence klang besorgt.

Millie spürte, wie das Blut in ihren Adern gefror. »Was fehlt dem Baby?« Ihre Stimme war nur ein heiseres Krächzen.

»Nichts.« Clemence legte das entzückende Neugeborene in Millies Arme. »Aber Sie müssen noch mal pressen.«

Millie wiegte ihr süßes kleines Mädchen. Helle Haare umrahmten milchige Wangen und wunderschöne grüne Augen. Millie schaukelte es sanft hin und her, verzaubert von den ersten Momenten mit ihrem Kind.

Ein scharfer Schmerz holte sie in die Wirklichkeit zurück. Sie fühlte sich, als würde sie in Stücke gerissen oder, schlimmer noch, sterben. Also presste sie. Aus einem Instinkt heraus. Aus Angst.

Warum Millie erst jetzt begriff, wusste sie nicht. Die plötzliche Leere in ihrem Mutterleib, das abrupte Nachlassen des Drucks jagten ein brennendes Gefühl durch ihren Körper.

Noch ein Baby.

Die ganze Zeit.

Es gab ein zweites Baby.

»Du lieber Himmel, Mrs Millie!«, kreischte Clemence.

Etwas stimmte nicht.

Millies Atem ging flach.

»Noch einmal pressen, Mrs Millie. Und zwar richtig fest.« Clemence' Stimme klang abgehackt.

Millie umklammerte die Tochter in ihren Armen so eisern und zugleich so vorsichtig, wie sie konnte.

»Sie bluten. Ganz doll. Nicht ohnmächtig werden. Ma'am?«

Es war das Letzte, was Millie hörte, bevor das Zimmer anfing, sich zu drehen.

Kapitel 31

Charleston, heute

Peters Geschichte war gelinde gesagt überraschend. In einem Herrenhaus an der Promenade war er aufgewachsen? Ohne von seiner reizenden Großmutter zu wissen? Und offenbar hatte er all diesen Luxus aufgegeben, um das alte Haus zu sanieren, in dem er lebte.

Harper musste immerzu an die Lücken in seiner Familiengeschichte denken und allmählich erkannte sie, warum Peter Historisches so faszinierend fand. Sie wünschte, sie könnte ihm einfach erzählen, was sie wusste, aber sie hatte Millie ein Versprechen gegeben.

Der Hauch einer Meeresbrise hing in der Luft, als Peter und Harper den Weg am Hafen von Charleston entlangliefen. Ein paar Delfine spielten nur ein kleines Stück entfernt in den Wellen und das Sonnenlicht fiel glitzernd in Orange- und Rosatönen aufs Wasser. Und das – genau *das* – war Charleston.

Jetzt fehlten nur noch eine hellblau gestrichene Veranda und zwei Gläser Eistee.

Harper schlang die Arme um ihren Oberkörper und wünschte, sie hätte einen leichten Pullover übergezogen, jetzt, wo sie die Kühle des Windes spürte. Er spielte mit ihren Haaren, während sie aufs Wasser hinaussah.

»Ein windiger Tag.« Peter lachte. Ein Labradoodle zog seinen Besitzer über den Gehweg und Peter streckte die Hand aus, um den Kopf des Hundes im Vorbeigehen zu kraulen.

»Also, wo ist das Haus?« Harper drehte sich zur Seite, um Peter anzusehen. »Ist es noch weit?«

»Siehst du hinter dem Grün das rosafarbene dreigeschossige Haus mit den schwarzen Fensterläden?« Er zeigte mit dem Finger darauf.

»Du machst Witze.«

Machte er nicht.

Einige Minuten später durchquerten sie den Park und näherten sich dem altehrwürdigen Haus. Harpers Schuh blieb zwischen den Kopfsteinpflastersteinen hängen und instinktiv griff Peter nach ihrem Ellbogen. Seine Berührung war warm, sanft und nicht gerade unangenehm.

»Das zieht dir wohl den Boden unter den Füßen weg, was?«, neckte er sie, dann trat er vor und gab an der Alarmanlage einen Zahlencode ein. Der Plan war, zuerst einige Maße zu nehmen und dann zum Wagen zurückzugehen – den hatten sie für ihre Besichtigung der Promenade einen Block entfernt abgestellt –, um die Fliesen zu holen.

Zu Peters Ehrenrettung musste Harper zugeben, dass er sie bei ihrem Spaziergang nicht mit historischen Details überschüttet und sich stattdessen auf eine Piratengeschichte und eine Anspielung auf Fort Sumter beschränkt hatte. Obwohl Harper sich inzwischen auf seine kleinen Anekdoten freute, auch wenn sie das nicht offen zugegeben hätte.

Natürlich hätte sie auch beiläufig fragen können, ob er nicht noch mehr auf Lager hatte, aber *so* verzweifelt war sie dann doch wieder nicht.

Peter hielt ihr das Eisentor auf, ließ sie zuerst hindurchgehen und zeigte dann zur Strandmauer. Der Duft von Jasmin wehte von dort herüber. »Kaum zu glauben, dass es mitten in der Zivilisation so schön sein kann, oder? Weißt du, was hier drunter ist?« Er klopfte mit der Fußspitze auf den Boden.

»Nein, keine Ahnung.«

»Steine, Sand und Austernschalen.« Peter führte Harper durch einen Garten, der sich über die gesamte Breite des kunstvoll verzierten Hauses erstreckte. Eine Vielfalt an Blumen blühte in allen möglichen Farben und Bienen summten auf der Suche nach dem letzten Nektar des Abends.

Harper genoss all die Eindrücke, so gut sie konnte. Dieser Ort war umwerfend.

»Komm mit.« Peter winkte sie zum Eingang und tippte dort einen weiteren Code ein. Als er die Tür öffnete, blieb Harper wie angewurzelt stehen, so perplex war sie.

Noch nie hatte sie ein Haus wie dieses betreten.

Ein edler Fußboden aus schmalen Holzdielen führte durch den Eingangsbereich zu einer Treppe auf der rechten Seite. Links an der Wand gab es einen imposanten gemauerten Kamin.

Harper legte den Kopf in den Nacken. Über ihr hing ein kunstvoller Kronleuchter von einer hübschen Stuckrosette an der Decke.

Dieses Gebäude roch auf ganz andere Weise nach Geschichte als das Haus in Radcliffeborough.

Peter war schon ein besonderer Typ. Der Reichtum, der ihn umgab und Menschen leicht in eine Nie-genug-Falle locken konnte, hatte scheinbar keinerlei Wirkung auf ihn.

Harper konnte den Blick nicht von dem Kronleuchter abwenden. »Ich kann mir nicht einmal vorstellen, wie es ist, so viel Geld zu haben.«

Peter ließ das herausgezogene Maßband zurückschnappen. »Ach, den Leuten hier geht es nicht ums Geld. Das weißt du doch, oder?«

Harper runzelte die Stirn. »Wie meinst du das?«

»In Charleston ist Reichtum noch lange keine Eintrittskarte in die inneren Kreise der Gesellschaft. Reich kann jeder sein. Das ist der einfache Teil.« Er grinste. »Du kannst natürlich ein Haus hier kaufen, aber eine Geschichte nicht.«

»Und wie wird man dann Teil der Elite von Charleston?«

»Man wird hineingeboren. Idealerweise vor zehn oder mehr Generationen. Einige der ansässigen Familien haben ihre Häuser seit Jahrzehnten oder gar Jahrhunderten. Deshalb war es für meinen Stiefvater auch so wichtig, dass ich seinen Nachnamen annehme.« Peter zog einen winzigen Notizblock und einen Stift aus seiner Hosentasche. »Wenn du dein Geschäft eröffnest, wirst du sehen, was ich meine.«

Dein Geschäft.

Die Worte ließen Vorfreude aufflackern, die Harper schnell unterdrückte. Sie war nach wie vor nur aus einem Grund in Charleston – um Millie zu unterstützen. Wenn der Laden erst einmal lief, würde Harper eigene Wege gehen.

»Wir müssen über Millie reden.« Die Worte waren ihr einfach so herausgerutscht.

Peter zog die Augenbrauen hoch. »Was ist denn mit ihr?«

Sie ist deine Großmutter. Harper schob sich die Locken hinter die Ohren. »Also … Wie können wir dazu beitragen, dass der Laden ein Erfolg für sie wird?«

Peter überlegte. Auf der langen, mit einem Giebel versehenen Veranda draußen zwitscherten die Vögel eine Hintergrundmelodie. »Ich glaube, ich habe eine Idee. Ein Freund von mir veranstaltet nächsten Monat eine Hochzeitsausstellung.«

»Eine Ausstellung?« Harper fuhr mit der Schuhsohle über den polierten Fußboden. »Du meinst, für Verkäufer?«

»Genau. Da machen auch ganz gewöhnliche Geschäfte mit. Wir könnten einen Stand mieten und Werbung für die Boutique machen.«

Harper nickte. »Das könnte funktionieren.«

»Es wird viel Arbeit, in nur einem Monat alles vorzubereiten. Aber vielleicht kannst du irgendwas mit den Vintage-Kleidern machen.«

»Das ist eine super Idee, Peter! Wir können sie aufarbeiten und als Dekoration benutzen, um die Aufmerksamkeit der Besucher zu wecken.«

»Dann werden die Leute bei eurer Eröffnung definitiv Schlange stehen.« Peter verstaute das Maßband wieder in seiner Hosentasche. »Dann ist das abgemacht. Ich sage meinem Freund Bescheid.«

Harper hatte Herzklopfen, aber gleichzeitig ein mulmiges Gefühl in der Magengegend.

Sie wusste nicht, was ihre Rolle bei alldem war. Dies war nicht der langfristige Plan. Aber eigentlich hatte Harper gar keinen langfristigen Plan. Deshalb würde sie ihn vielleicht auch gar nicht erkennen, wenn er sich ergab.

Immerhin eins wusste sie: Peter machte ihr alles sehr leicht.

☙

Zwei Wochen später

Harper ließ auf ihrem Smartphone Musik laufen und gerade lief ein jazziger Song. Eine Kerze mit Zimt-Espresso-Duft flackerte neben ihr auf dem Tisch und die nachmittägliche Sonne schien in den Laden, der abgesehen von besagtem Tisch, dem Samtsofa, auf dem Harper saß, und dem Ständer mit den Vintage-Kleidern leer war. Und natürlich abgesehen von Harpers Schuhen, die sortiert und mit Preisschildern versehen in der Ecke standen und auf die Kleider warteten, zu denen sie jeweils passen würden.

Harper nähte neue goldene Perlen auf den Stoff eines Kleides aus den Zwanzigerjahren im Gatsby-Stil. Dabei wippte sie mit dem Kopf und summte die Melodie mit, ganz und gar in die Gedanken darüber vertieft, welche Geschichte hinter diesem Kleid stecken könnte. Vielleicht hatte eine junge Frau es mit einer langen Kette getragen und vielleicht sogar einer Feder im Haar. Harper seufzte und lächelte. Der Stoff schien nur so zu bersten von seiner unerzählten Geschichte.

Was war wohl aus derjenigen geworden, die das Kleid getragen hatte? Wohin war sie gegangen und wer war sie geworden? Harper malte sich ganz unterschiedliche Antworten aus, während sie Perle für Perle annähte.

Auf der Treppe ertönten Schritte und sie erkannte den Zwei-

Stufen-auf-einmal-Rhythmus. Ihr Herz schlug schneller. Sie drehte sich auf dem Sofa um, als Peter gerade hinter sie trat.

»Hallo!« Sie wandte den Blick nicht von ihm ab, während sie die Nadel durch den Stoff zog. »Wusstest du, dass Fitzgerald *Der große Gatsby* selbst für einen ziemlichen Misserfolg hielt?«

Peter fuhr sich mit einer Hand durch die Haare. Er trug ein graues Polohemd, das die bernsteinfarbenen Sprenkel in seinen Augen betonte, selbst hinter der Brille. »Das ist aber deprimierend.«

Harper spießte die nächste Perle mit der Nadel von ihrer Handfläche auf. »Ich weiß.«

Peter beugte sich über die Rückenlehne der Couch, um zu sehen, woran sie arbeitete. »Ah, plötzlich ergibt deine Bemerkung viel mehr Sinn!«

Harper schüttelte leicht den Kopf, befeuchtete ihre Lippen und blickte auf das Kleid hinunter, um genau die richtige Stelle zu finden, an der sie den Stoff durchstoßen musste. »Manche Leute halten das Buch für den besten amerikanischen Roman.«

»Ich persönlich bin ja eher ein Longfellow-Fan, aber –«

»Ich meine, kannst du dir das vorstellen?« Harper ließ das Kleid auf ihren Schoß sinken. »Oh, sorry. Habe ich dich unterbrochen?«

Peter zog auf seine einzigartige Weise einen Mundwinkel hoch. Flirtete er etwa mit ihr?

Nein, das war doch albern. Peter flirtete nicht. Das hatte er gar nicht nötig.

Er räusperte sich. »Millie lässt ausrichten, dass ihre Muffins fertig sind.« Er stand jetzt am anderen Ende des Sofas. »Offenbar bin ich der Botenjunge.«

Harper grinste spöttisch.

»Cooles Kleid.« Peter zeigte auf das goldene Gewand auf ihrem Schoß. »Reparierst du es?«

»Ja, für die Ausstellung.« Harper ließ mehrere Perlen aus ihrer Hand auf den kleinen Tisch mit der Kerze fallen. »Ich habe schon überlegt, ob ich es dort tragen soll.«

»Ich bin sicher, du würdest toll darin aussehen.«

Harper sah zu ihm auf. Er wich ihrem Blick nicht aus, sondern erwiderte ihn ganz lässig, so als hätte er das Selbstbewusstsein eines Cary Grant. Als wäre diese Schmeichelei die natürlichste Bemerkung der Welt und er nicht vor wenigen Stunden noch ein schüchterner Historiker gewesen.

Sie fühlte sich in seiner Gegenwart erstaunlich wohl, wenn man bedachte, dass sie ihn noch gar nicht lange kannte. Ein tröstliches Gefühl, das vielleicht von der völligen Unmöglichkeit irgendeiner Romanze zwischen ihnen herrührte. Immerhin war er Millies Enkel und sie wahrte Millies Geheimnis. Und sie wusste nicht, wie lange das noch der Fall sein würde – falls es überhaupt jemals gelüftet werden sollte. Versprochen war versprochen.

»Also, äh …« Er wippte mit dem Fuß auf dem Holzfußboden, sodass die Schnürsenkel im Takt zu Billie Holidays Gesang bebten. »Die Muffins.«

»Die Muffins.« Harper nickte und begann zu grinsen. »Botschaft angekommen. Ich bin gleich da.«

»Kein Problem, wenn du nichts dagegen hast, dass Millie und ich sie alle allein aufessen.«

Harper lachte. »Das Risiko gehe ich ein.«

Aber anstatt zu gehen, trat Peter einen Schritt näher und die Welt um sie herum schien unter seinem Blick innezuhalten.

An der Sofakante zögerte er. »Kann ich dich was fragen?«

Alles. Solange es nichts mit deiner Großmutter zu tun hat.

Peter wollte sich gerade neben Harper auf dem Sofa niederlassen, als er im letzten Moment ihre Plüschtomate mit Stecknadeln bemerkte und sich gerade noch davor retten konnte. Vielleicht hätte sie ihn lieber warnen sollen, dass sie ständig spitze Gegenstände herumliegen ließ, wenn sie an Kleidern arbeitete. Sie deutete auf die Tomate. »Die kannst du ruhig wegnehmen.«

Mit geweiteten Augen schob er das Nadelkissen mit zwei Fingern näher zu ihr. »Noch irgendwelche Sitzgefahren, von denen ich wissen müsste?«

Sie breitete das Kleid auf ihrem Schoß aus und lachte, während sie sich fragte, was er wohl in ihren Augen lesen mochte. Sah er die Angst?

Peter verschränkte die Arme auf eine alles andere als verschlossene Weise. »Vergib mir, wenn ich zu dreist bin, aber warum interessierst du dich plötzlich für tragische Helden der Literatur?«

Harpers Schultern entspannten sich. Er wollte nichts wegen Millie wissen. Trotzdem hatte sie das Gefühl, dass weitere Fragen kommen würden. Irgendwie gelang es Peter, sie zu durchschauen, wie es noch nie jemand getan hatte.

Sie stieß ihre Nadel in die Plüschtomate und legte sie auf das Kleid. Wo sollte sie anfangen?

Peter wartete.

Harper fuhr sich mit der Zunge über die Zähne und versuchte, die richtigen Worte zu finden. »Na ja, angefangen hat es, als ich vierzehn war«, begann sie schließlich.

»Wow, dass du so weit ausholen würdest, hatte ich nicht erwartet, aber red weiter.«

Harper ließ den Blick durchs Fenster zu dem geschäftigen Treiben draußen wandern. »Ich hatte gerade meine Mutter verloren und meine Tante und meine Cousinen kamen zu Besuch – wahrscheinlich, um mich abzulenken. Wir fuhren zum Strand in Gulf Shores und eine meiner Cousinen und ich sind mit dem Kajak meines Vaters rausgefahren. Sie war damals etwa acht oder neun und als Vierzehnjährige dachte ich, wir bräuchten keine Schwimmwesten. Meine Tante und meine andere Cousine waren die ganze Zeit am Strand und konnten uns im Auge behalten.«

Peter legte den Arm hinter sie auf die Sofalehne. »Oh Mann.«

Harper nickte. »Du ahnst schon, was kommt. Eine Welle hat uns erfasst, das Kajak lief Gefahr zu kentern und meine Cousine ist rausgefallen. Ich bin hinterhergesprungen, um sie zu retten, und hab sie zurück an Bord gehievt. Aber dann hat mich die Strömung …« Harper räusperte sich.

»Du wurdest runtergezogen?«

Die Panik, die Harper unter Wasser erfasst hatte, kehrte zurück. Ihre Atemzüge wurden flach, als sie sich an den starken Sog erinnerte. »Ripströmung.« Sie blickte zu Peter auf. »Ich war ausgebildete Schwimmlehrerin und habe jüngere Kinder unterrichtet. Mein Verstand wusste genau, was ich tun musste, aber dann hat die Angst wohl die Oberhand gewonnen.« Harper schüttelte den Kopf. »Mein Instinkt war, gegen das Wasser anzukämpfen, aber ich hatte nicht genug Kraft. Je mehr ich mich abmühte, desto weiter trug die Strömung mich vom Ufer fort. Meine Cousine schrie wie am Spieß und ruderte mit den Armen, um die Aufmerksamkeit meiner Tante zu erregen, aber alles ging so schnell. Die anderen am Strand sonnten sich und bauten Sandburgen und bekamen nichts mit.«

Peter schluckte. »Wie bist du wieder rausgekommen, ohne zu ertrinken?«

»Als ich schon völlig erschöpft war, habe ich irgendwann das Einzige getan, was ich tun konnte.« Harper drehte geistesabwesend eine Haarsträhne um ihren Finger. »Was ich die ganze Zeit hätte tun sollen.« Sie dachte daran, wie die Wellen über ihr zusammengeschlagen waren und sie herumgewirbelt hatten, sodass sie nicht mehr wusste, wo oben und unten war. Sie konnte jetzt noch die hoffnungslose Orientierungslosigkeit spüren. »Ich bin am Ufer entlanggeschwommen, bis ich aus der Strömung raus war. Das heißt, ich habe mich nicht mehr gegen den Sog gewehrt, sondern mich von der Strömung tragen lassen.« Harper zog die Nadel aus dem Nadelkissen und nahm ihre Arbeit an dem Kleid wieder auf. »Damals ist mir etwas zum ersten Mal bewusst geworden: Je mehr wir um etwas kämpfen, desto mehr reißt es uns mit und irgendwann« – sie schüttelte den Kopf – »ertrinken wir.«

Peter ließ den Arm von der Sofalehne gleiten. »Ich will nicht so klingen, als wüsste ich alles besser, denn das tue ich weiß Gott nicht. Ich meine, es ist dein Leben und du weißt mit Sicherheit mehr über die Schneiderei als ich.« Er beugte sich vor. »Aber ist dir schon mal der Gedanke gekommen, ob das, woran du dich zu sehr klammerst, vielleicht nicht dein Traum ist, sondern die Angst?«

Harper zog die Nadel durch den Stoff, bis die Perle fest saß. »Wie meinst du das?«

»Manchmal halten wir uns tatsächlich genau an dem fest, was uns runterzieht und ertränkt. Wir glauben, wir würden uns retten, aber das tun wir nicht. Wir versuchen nur, das, was uns Angst macht, unter Kontrolle zu bekommen, anstatt diese Angst zu spüren und dann hinter uns zu lassen.«

Harper zögerte, die Nadel zum nächsten Stich angesetzt. »Mich ihr zu stellen, ist mir schon immer schwergefallen.« In der Vergangenheit hätte sie sich nicht als ängstlichen Menschen bezeichnet, aber vielleicht hatte Peter recht. Vielleicht hatte sie sich selbst eingeredet, dass der Laden wieder ein Misserfolg sein würde, so wie Savannah ein Misserfolg gewesen war, weil es in gewisser Hinsicht leichter war, ein Scheitern zu fürchten, als das Träumen zu wagen.

»Es fällt uns allen schwer, Harper.« Peter stand auf und sah zur Treppe hinüber. »Was hältst du davon, wenn ich dir einen von Millies Muffins bringe?«

»Das wäre super. Und sag Millie, dass ich für den zweiten nachher raufkomme.« Harper nahm eine Handvoll Perlen, um eine Reihe fertigzustellen, bevor sie Pause machte. Sie sah Peter hinterher.

Er war schon auf der Treppe, zögerte aber auf der zweiten Stufe und drehte sich noch einmal zu ihr um. »Harper?«

»Ja?«

»Du und Millie …« Er räusperte sich und ließ seine Finger auf dem Handlauf ruhen. »Ihr werdet nicht wie F. Scott Fitzgerald sein.«

»Oder John Keats?«

»Oder Emily Dickinson«, fügte er hinzu.

Harper lächelte. Sie mochte Emily Dickinson. Peters Worte waren Balsam für ihr Herz. »Aber woher willst du das wissen?«

Sie hatte das Gefühl, dass er eine Antwort haben würde, dass sie ihm vertrauen konnte.

»Weil der Glaube manchmal schon da ist, bevor die Brücke zur anderen Seite kommt.«

Ↄↄ

Harper hatte gerade das Telefonat mit den Leuten vom Gewerbeamt beendet und hängte jetzt Lichterketten ins Schaufenster, als eine Postbotin eine Sackkarre mit mehreren großen Kartons auf die Eingangstür zuschob. Harper hielt mit erhobenen Armen inne. Merkwürdig. Sie erwartete gar keine Lieferungen.

Die Frau lugte durchs Fenster und winkte Harper zu. Dann zeigte sie auf die Eingangstür. Harper nickte, legte die Lichterkette ab und eilte zum Eingang.

Die Postbotin lächelte. »Das ist aber eine schöne Schaufensterdeko. Machen Sie hier eine Boutique auf?«

»Das tun wir. Und danke.« Harper schob die Hände in die Taschen ihres Rocks.

»Sorry, wenn ich neugierig bin, aber werden Sie auch Vintage-Stücke wie das im Fenster verkaufen?«

»Im Fenster?« Harper drehte sich um und begriff, dass die Frau Millies Kleid meinte. »Genau dieses ist leider unverkäuflich, das gehört der Inhaberin. Aber wir werden viele schöne Kleider haben.«

Die Postbotin fing an, die Kisten von ihrem Wagen abzuladen. »Ich bin auf der Suche nach etwas, was richtig alt ist. Ein Kleidungsstück mit Geschichte kann man einfach nicht kopieren.«

Harper half dabei, die Kisten in den Laden zu schieben. »Das stimmt natürlich.« Sie wollte gerade überprüfen, ob tatsächlich die richtige Lieferadresse auf den Kartons stand, als Millie langsam die Treppe herunterkam, in der Hand eine Tupperdose mit Muffins.

Oh, oh. Sicher war Millie nicht erfreut darüber, dass Harper nicht gekommen war, als sie vorhin Peter geschickt hatte, um sie zu holen. Aber die Arbeiten im Laden wollten nun mal erledigt werden.

Millie warf einen Blick auf den Stapel Kartons und schob eine ihrer Locken zurecht. »Wie schön, die Sachen sind also gekommen.«

»Sind Sie Millicent?« Die Postbotin streckte Millie ein Tablet entgegen, auf dem sie unterschreiben sollte. »Wenn Sie mir eben bestätigen, dass Sie die Lieferung in Empfang genommen haben?«

Millie gab Harper die Tupperdose und griff nach dem Stift für das Display. »Kein Problem. Vielen Dank.«

»Schönen Tag noch.« Die Postbotin hob zum Gruß die Hand, bevor sie die nun leere Sackkarre hinausschob.

Die Tupperdose noch immer in der Hand, betrachtete Harper die Kartons zu ihren Füßen. »Ähm, Millie?«

»Hmm?« Millie ging zu Harpers Nähutensilien hinüber und kramte darin, bis sie eine Schere gefunden hatte.

»Hast du einen Teevorrat für die nächsten zwanzig Jahre bestellt?«

Millie lachte leise. Dann machte sie sich mit der Schere an dem Klebeband der Kartons zu schaffen. »Das wirst du gleich sehen.«

Harper betrachtete eines der Versandetiketten und sah, dass die Sendung aus Paris kam. »Kennst du jemanden in Paris?« Diese Frau war immer wieder für eine Überraschung gut.

»So viele Fragen, meine Liebe. Mach einfach die Kartons auf und sieh dir an, was drin ist.«

Harper schlug die Klappe der ersten Kiste zurück und entfernte dann die Plastikfolie, die den Inhalt schützte. In dem Karton waren ordentlich gefaltete Kleider aus Seide.

Harper riss Mund und Augen auf. Sie nahm eines heraus und hielt es hoch, um es zu begutachten. »Das ist der Wahnsinn!«

Millie neigte den Kopf ein wenig zur Seite. »Nicht wahr? Ich habe eine … Freundin … in Paris, die angeboten hat, ein paar

Sachen zu schicken, damit wir anfangen können, aber ich wusste nicht, was genau sie uns liefern würde. Diese Kleider übertreffen meine Erwartungen sogar noch.«

»Auf jeden Fall.« Harpers Gedanken überschlugen sich. Paris? Seidenkleider? Was war hier los?

Millie ging zum Schaufenster und blieb vor ihrem Hochzeitskleid stehen.

Harper legte das Pariser Kleid wieder in den Karton und gesellte sich zu Millie. »Alles in Ordnung?«

»Ja. Natürlich. Ich hätte nur wirklich nie gedacht, dass ich einmal auf dieser Seite der Scheibe stehen würde.« Millie schüttelte den Kopf. »Das sagt dir natürlich nichts. Vergib mir meine nostalgischen Anwandlungen.«

»Es ist wirklich etwas ganz Besonderes, Millie.« Harper beobachtete ihre ältere Freundin, während Millie das Kleid betrachtete. »Dein Brautkleid, meine ich.«

»Danke, Liebes.« Millie fuhr mit den Fingerspitzen über den Stoff. »Das finde ich auch.«

Harper wollte mehr wissen, also beschloss sie, es mit einer Frage zu versuchen: »Erzähl doch mal. Warst du bis über beide Ohren verliebt? Wie war deine Hochzeit?«

Millie lächelte und starrte gedankenverloren weiter auf das Kleid. »An dem Tag habe ich ihn noch nicht geliebt, nein. Das kam erst später. Es waren andere Zeiten damals, kurz nach dem Krieg, und auch wenn die Verzweiflung, die sich während der Wirtschaftskrise breitgemacht hatte, langsam nachließ, war sie uns allen noch gut in Erinnerung. Franklin und ich wussten, dass wir einander in einer Ehe aus Freundschaft helfen konnten. Ich war noch sehr jung, musst du wissen, und er auch.« Millie drehte sich zu Harper um. »Aber wenn ich zurückblicke, erkenne ich, dass ich mich viel früher in ihn verliebt habe, als es mir damals bewusst war. Es waren die kleinen Dinge, die mich fasziniert haben. Wie aufrecht er in einem Boot saß oder wie er seine Schuhe zuband.«

Harpers Herz wurde ganz weit, als sie sich die beiden vorstellte. Wieder schüttelte Millie den Kopf, als würde sie aus einem Traum erwachen. »Tut mir leid – was war deine andere Frage? Ach ja. Es war zauberhaft.« Ihre Augen glänzten. Sie hielt Harpers Blick stand und fügte nach einem Zögern hinzu: »Manchmal schenkt das Leben uns solche Augenblicke. Wie den allerersten Flügelschlag eines Schmetterlings. Augenblicke, die so tief und rein und schön sind, dass man sie einfangen möchte, damit man sie später noch einmal erleben kann.«

Millie fuhr mit dem Finger über die französische Absenderadresse auf den Kisten, als wäre sie etwas Kostbares. »Aber egal, wie sehr man sich bemüht, alle Einzelheiten festzuhalten, ist es doch nie mehr dasselbe, weil eine Erinnerung nicht lebt und atmet.« Sie begegnete Harpers Blick. »Manchmal ist das Leben einfach unnachahmlich geheimnisvoll.«

Harper wusste genau, wovon Millie sprach. Sie kannte dieses Gefühl wie die Stimme einer besten Freundin. Aber das große Geheimnisvolle und sie gingen seit dem Tag im Büro der Fachbereichsleiterin in Savannah getrennte Wege. Sie war nicht mehr das naive Mädchen, was ihre Träume betraf, und das war auch gut so.

Harper knibbelte an ihren grau lackierten Fingernägeln. Millie sprach von einer Leidenschaft, die in Harpers eigenem Leben fehlte, und sie wollte das auch – so innig lieben. Der einzige andere Mensch mit einer solcher Leidenschaft, den sie kannte, war … Peter.

»Du kannst dir vorstellen, wie viel es mir bedeutet, dieses Kleid noch einmal zu sehen. Danke, mein liebes Mädchen.« Millie drückte Harpers Hand. »Danke dafür, dass du zu mir gekommen bist, dass du mich hierhergebracht hast – und überhaupt für alles.«

Die Offenheit, mit der Millie über ihre Gefühle sprach, überrumpelte Harper. Als Erwiderung konnte sie nur ihre Hand drücken. Eigentlich sollte sie es sein, die Millie dankte, weil diese ihr von der Geschichte des Kleides erzählt hatte. Und vor allem, weil sie Harper einlud, ein Teil ihrer Geschichte zu sein.

In diesem Augenblick war alles, was in Savannah geschehen war, die Sache wert. All die Tränen und Selbstzweifel und das Unglücklichsein und die zusätzlichen Pfunde durchs Frustfuttern von Eis.

Denn ohne all das hätte sie Millie, Peter und die Geschichte der beiden niemals gefunden.

Oder das, was sie allmählich über ihre eigene Geschichte in Erfahrung brachte.

Kapitel 32

Fairhope, 1952

Die Luft war schwer von Feuchtigkeit. Millie glitt zwischen Wachen und Ohnmacht hin und her. Clemence rüttelte sie am Arm und hielt ihr Riechsalz unter die Nase, bis sie in eine bruchstückhafte Wirklichkeit zurückkehrte.

Die Schmerzen der Geburt waren nichts im Vergleich zu dem sengenden Feuer, das in Millies Herzen loderte.

»Da haben Sie mir aber einen schönen Schrecken eingejagt, Mrs Millie. Ich hätte beinahe den Doktor geholt.«

Millie versuchte, sich im Bett zu Clemence umzudrehen, aber ein scharfes Stechen in ihrem Unterlieb hinderte sie daran. »Du hast ihn nicht gerufen?«

Clemence schüttelte den Kopf. »Nein, Ma'am.« Behutsam legte sie beide Babys in Millies Armbeugen.

Sie sahen unterschiedlich aus. Eines hatte dünne blonde Haare und das andere kleine schwarze Locken wie die von Mama, und zwar jede Menge davon.

Zwei winzige, engelsgleiche Gesichter starrten sie an und Millies Unschuld zerbarst bei diesem Anblick in tausend Stücke – denn die Zeit, in der sie drei sich einen Körper geteilt hatten, war jetzt vorbei und sie würde diese beiden Kleinen nie wieder vom Rest der Welt abschirmen können.

Zwei Herzen, zwei Lebenswege.

Clemence räusperte sich und starrte Millie an.

»Was ist?«, fragte Millie.

»Nehmen Sie es mir nicht übel, aber Mrs Millie … Eins sieht aus wie Franklin und das andere … also, diese Haare. Ihre Haut wird in den nächsten Tagen bestimmt noch dunkler. Wem sieht sie ähnlich, Mrs Millie? Sagen Sie es mir.«

Aber Millie sagte nichts.

Clemence trat von einem Fuß auf den anderen und zupfte am Saum ihres Baumwollkleids. »Sie wissen, dass Sie sich für ein Kind entscheiden müssen, oder?«

Millie blickte auf und sah in die Augen der anderen Frau. Was Clemence gesagt hatte, war wie ein Dolch, der ihre Lunge durchstieß und jedes bisschen Sauerstoff, jeden Atemzug aus ihrem Körper entweichen ließ. Sie war ein Leib ohne Seele, Haut ohne Herz darunter. Denn zwischen zwei Töchtern zu wählen, bedeutete einen Kummer, der eine Hälfte von ihr für den Rest ihres Lebens aushöhlen würde.

Und Millie wusste, oh ja, sie wusste ganz genau, dass Clemence recht hatte. Rassistische Gewalt war in Alabama an der Tagesordnung, ebenso wie in South Carolina. Gewalt wie der Mord an ihrem Vater vor einigen Jahren oder die Diskriminierung, die Mama und sie von Leuten wie Harry und seiner Familie erfahren hatten.

Die Babys zusammen aufwachsen zu lassen, Seite an Seite, war die allergefährlichste Möglichkeit.

Millie zitterte, als eines ihrer Töchterchen gähnte und das andere mit dem Mund ihre Brust suchte.

Das Tauziehen, das Millie seit Jahrzehnten in sich spürte, hatte menschliche Gestalt angenommen. Sie hatte sich entschieden, als weiße Frau mit Franklin zusammenzuleben. Sie war hier glücklich gewesen, aber sie hatte Mama nie vergessen. Und das Leben, das sie zurückgelassen hatte, auch nicht, obwohl ihre Mutter ihr geraten hatte, das zu tun.

Und jetzt musste sie sich noch einmal entscheiden.

Vielleicht konnte sie fliehen?

Aber alles Weglaufen würde die Haut eines Kindes nicht heller oder dunkler werden lassen. Sie könnte sagen, dass ihr Vater Italiener gewesen war und das Baby mit der dunkleren Haut nach ihm kam. Aber würde man ihr glauben? Würde sie jemals aufhören können zu lügen? Und würde ihre Tochter sie später dafür hassen, dass sie ihr nicht nur nicht beigebracht hatte, stolz auf ihr Erbe zu sein, sondern ihr auch das Leugnen ihrer Geschichte aufgezwungen hatte? Würde sie verstehen, dass Millies Lügen ihrer Sicherheit dienten?

Millie rang noch immer um Atem und einen Augenblick lang glaubte sie, wieder das Bewusstsein zu verlieren.

Würde sie den Rest ihres Lebens auf diese atemlose Weise verbringen?

»Sind Sie so weit, dass ich Mr Franklin rufen kann?«

Millies Mund war ganz ausgetrocknet, aber sie fürchtete, selbst der winzigste Schluck Wasser würde ihr den Magen umdrehen.

Langsam nickte sie. Was in aller Welt sollte sie ihm sagen?

Aber um ihrer Töchter willen musste sie stark sein.

☙

Franklin starrte sie lange an. Sie alle. Mit den Händen in den Hosentaschen, am Fußende des Bettes.

Millie liebte einen anderen Mann. Seine Millie liebte einen anderen Mann. Obwohl er nur sie geliebt hatte, seit sie einander die Ehe versprochen hatten.

Es war das Einzige, was einen Sinn ergab. Der einzige mögliche Grund, warum die Babys so unterschiedlich aussahen.

Franklin hätte die Kinder so gerne in den Arm genommen. Er wollte sie berühren, sie halten und seine Frau küssen, weil sie die schönsten Babys der Welt geboren hatte.

Aber jetzt wusste er nicht, was er tun sollte. Oder was er denken sollte.

Es war rein logisch betrachtet denkbar, dass er nicht der Vater war, oder? Immerhin waren sie zu früh gekommen und er war kein Narr, was die Dauer einer Schwangerschaft betraf.

Andererseits waren sie sehr klein.

Franklin ballte in den Taschen die Hände zu Fäusten. Das Leben war weniger Furcht einflößend gewesen, als er von Zug zu Zug gesprungen war und nur an sich selbst hatte denken müssen.

Millie sah ihn an und Tränen rannen über ihr Gesicht.

Sie weinen zu sehen, riss ihn aus seiner Trance. Er eilte an ihre Seite und ging neben dem Bett in die Hocke. Dann wischte er mit dem Daumen die Tränen von ihren Wangen.

»Die Kinder sind wundervoll.« Seine Stimme klang heiser. Er sah Millie tief in die Augen und etwas darin erschütterte ihn bis ins Mark.

Sie hatte schreckliche Angst.

Franklin schob ihr das Haar aus der schweißnassen Stirn. »Rothütchen, was … warum …?«

»Meine Mutter war schwarz.« Sie wandte den Blick keine Sekunde lang von ihm ab. »Mein Vater war Italiener. Deshalb haben sie ihn getötet. Sie hatten es auf mich abgesehen, weil ich mit ihren Kindern gespielt habe, und er hat sie aus dem Weg gestoßen, um mich zu beschützen. Sie haben ihn gepackt und …« Neue Tränen brachen sich Bahn. »Danach habe ich gelernt, vorsichtiger zu sein.«

Sie hatten ihn *getötet*? Franklin hatte Mühe, das alles zu verstehen. Es war zu viel auf einmal. Der Boden unter seinen Füßen schien zu schwanken.

Er wusste, dass solche Dinge geschahen. Alle wussten es. Dass manche Leute da draußen bereit waren, jemanden nur wegen seiner Hautfarbe oder Kultur zu töten. Körperlich, ja, aber auch auf andere Weise – mental und seelisch, mit Worten und Hass und vielleicht vor allem, indem sie ihm Angst einflößten. Franklin wurde mit einem Mal bewusst, wie viel Glück er gehabt hatte, damit nie persönlich konfrontiert gewesen zu sein. Bis jetzt.

Er griff nach Millies Hand.

Sie sah sehr schwach aus, wie sie da im Bett lag, und er machte sich Sorgen wegen ihres Zustandes. Aber ihre Stimme war kräftig. Millie erzählte die Geschichte, als würde sie das alles zum ersten Mal mit jemandem teilen. Und vielleicht war es ja in gewisser Weise auch so.

»Als wir uns kennenlernten, hast du gedacht, ich sei weiß, und ich wollte, dass die Leute genau das dachten. Ich glaubte, dann hätte ich eine bessere Chance, meinen Traum von einem Kleiderladen wahr zu machen. Meiner Mama musste ich schwören, dass ich die Tarnung aufrechterhalten würde, weil sie mich vor dem beschützen wollte, was meinem Vater zugestoßen war.« Millie ließ den Kopf in die Kissen sinken. Beide Babys bewegten sich unbeholfen in ihren Armen. »Die Wahrheit ist, dass ich nur zur Hälfte weiß bin, Franklin. Und auf meine Weise habe ich dich wohl vom ersten Augenblick an geliebt.«

Franklins Eingeweide hatten sich verknotet. Er schloss die Augen, wandte sich ab und schüttelte den Kopf. »Wie konntest du nur?«, krächzte er.

»Ich dachte, wenn du es erfährst, könnte alles zusammenbrechen«, flüsterte sie. »Das wunderschöne Leben, das wir uns gemeinsam aufgebaut haben.«

Franklin fuhr herum und rieb sich die Augen. »So denkst du von mir?«

»Ist das denn nicht der Grund, warum du wütend bist? Vor dem Gesetz ist ja nicht einmal unsere Heiratsurkunde gültig.«

»Millie.« Sein Tonfall war streng. Sie hatte gerade eine Geburt hinter sich, da durfte er nicht zu grob sein. Er wollte ihr nicht noch mehr zusetzen oder ihr gar Angst machen. Doch sie sollte es wissen und niemals wieder daran zweifeln. »Seit Jahren liebe ich dich, tagein, tagaus. Für mich bist du dieselbe Frau, die du am Tag unserer ersten Begegnung im Zug warst. Dieselbe Frau, die mich davor bewahrt hat, weiter auf den Gleisen zu leben und dort irgendwann den Tod zu finden. Wie auch immer deine Herkunft aussieht, Millie, ich werde auch sie lieben – weil sie dich zu dem Menschen gemacht hat, der du bist.«

Millie schüttelte den Kopf und fing furchtbar an zu zittern.

Hatten die Nachwirkungen der Geburt diese Reaktion ausgelöst oder waren seine Worte schuld?

Er versuchte, sie mit seiner Hand auf ihrem Arm zu beruhigen, aber das Zittern wurde nur noch schlimmer. Sogar ihre Zähne klapperten. »Ich kann nur nicht fassen, dass du mir nicht vertraut hast, Rothütchen. Die ganze Zeit.«

Millies Gesicht und ihre Arme und Hände waren verschwitzt, deshalb streckte Franklin sich nach dem Handtuch aus, das auf der anderen Seite des Bettes lag. Die Laken waren immer noch mit Blut getränkt und dieser Anblick traf ihn unvorbereitet. Aus irgendeinem Grund hatte er das Blut bis jetzt nicht wahrgenommen.

Zum ersten Mal seit sehr langer Zeit fing Franklin an zu weinen.

Er hätte sie heute verlieren können. Das hatte Clemence gesagt. Er hätte sie verlieren können.

Franklin konnte sich nicht beherrschen. Er beugte sich hinunter und küsste Millie, wie er sie schon den ganzen Nachmittag küssen wollte. Er küsste das Mädchen im Zug, er küsste die Mutter seiner Kinder und er küsste seine Braut.

»Und was machen wir jetzt?« Sie blickte zu ihm auf.

»Wir ziehen sie groß«, sagte er. »So einfach ist das.«

Millie wurde blass und sah aus, als müsste sie sich jeden Augenblick übergeben. Sie blickte auf die Babys hinunter, die trotz der Aufregung um sie herum eingeschlafen waren. »Wir müssen uns für eins entscheiden.«

Franklin wich zurück. »Nein.« Eher würde er sich den rechten Arm abhacken.

»Ich weiß besser als du, was es bedeutet.« Millie befeuchtete ihre rissigen Lippen und versuchte, sich im Bett aufzusetzen. »Es herrscht zu viel Gewalt, um sie zusammen aufwachsen zu lassen, Franklin. Und dabei rede ich noch gar nicht von unterschiedlichen Reihen im Theater, verschiedenen Bars und unterschiedlichen Schulen. Egal, wie sehr du sie jetzt schon ins Herz geschlossen hast – du musst logisch denken. Um ihretwillen musst du stark sein.«

Franklin wollte natürlich stark für sie sein, doch sein Herz raste ebenso wie seine Gedanken und er war nicht sicher, ob er in diesem Augenblick klar denken konnte. Er liebte diese Babys schon jetzt zu sehr, um zu wissen, wie er ihnen gerecht werden konnte.

»Ich habe keine Angst, Millie.«

»Die solltest du aber haben!«, fauchte sie mit einer Wut, die er bei ihr noch nie erlebt hatte. »Alles Wunschdenken der Welt wird die Wirklichkeit nicht ändern.« Wieder wanderte ihr Blick zu den Babys. »*Ihre* Wirklichkeit. Alles, womit sie konfrontiert sein werden.« Millies Miene wurde wehmütig. »Wenn andere unsere Mädchen zusammen sehen – Zwillingsschwestern, die ganz unterschiedlich aussehen –, dann werden sie anfangen zu reden. Die Leute werden Schlüsse ziehen. Und die Folgen für unsere Ehe, unsere Familie … Die beiden werden in Lebensgefahr sein. Ich habe schon immer versucht, eine Möglichkeit zu finden, wie ich beide Teile meiner Identität miteinander vereinbaren kann. Die Welt hat es mir nicht erlaubt.«

Das brachte Franklin auf den Boden der Tatsachen zurück.

Millie war gezwungen gewesen, die Hälfte ihrer Vergangenheit zu verstecken … eine Vergangenheit, die ihr unglaublich wichtig war, das erkannte er jetzt. Sie handelte nicht aus Selbstsucht – dann hätte sie beide Töchter hier unter diesem Dach behalten wollen, genau wie er. Wer würde schon ohne guten Grund die Zukunft zweier Schwestern auseinanderreißen?

Ganz gewiss nicht Millie. Alles, was sie antrieb, war der Wunsch, die beiden zu beschützen, so gut sie es vermochte. Franklin wusste keinen Ausweg, aber das sah er jetzt ganz klar.

»Vielleicht sind die Dinge ja irgendwann anders und wir können die beiden eines Tages wiedervereinen. Aber im Moment würde es ihnen nur schaden. Wir können das Kind mit der helleren Hautfarbe zu deiner Mutter nach Charleston bringen. Sie kann der Kleinen dort Chancen eröffnen, die wir ihr hier nicht bieten können. Und unser kleines Lockenköpfchen möchte ich selbst großziehen. Die Spitzen ihrer Ohren sind ein bisschen dunkler und der Teint wird noch etwas nachdunkeln. Wenn das geschieht, kann ich auf sie aufpassen und auch in den Tagen und Monaten und Jahren danach. Sie vor allen Gefahren bewahren.« Millie sprach, als wäre es ganz einfach, als wäre sie fest entschlossen.

»Was ist, wenn die Leute Fragen stellen?«

»Wir werden unterschiedliche Geburtstage angeben, damit niemand Verdacht schöpft, dass sie Zwillinge sind. Und was das dunklere Aussehen betrifft« – Millie strich erst dem einen Baby mit dem Daumen über den Kopf und dann dem anderen – »mein Vater war Italiener. Das können wir sagen.«

»Werden die Leute das glauben?«

»Das werden wir sehen«, murmelte Millie.

Alles in Franklin schrie, dass es unrecht war. Dass es doch etwas geben musste, was sie tun konnten, einen Weg, wie sie beiden Kindern Eltern sein konnten.

Aber er schwieg, denn ihm fiel beim besten Willen keine Möglichkeit ein.

Und als er Millie ansah, wusste er, dass sie sich entschieden hatte. Er wusste, warum sie zitterte, und er wusste, dass ihre Familie nie wieder so vollständig sein würde, wie sie es in diesem Moment war, als seine Frau die beiden süßen, zarten Töchter in ihren schwachen Armen hielt.

»Ich werde meine Mutter anrufen«, sagte Franklin. »Vielleicht können wir mit beiden Mädchen hinfahren und überlegen, ob es nicht doch noch eine Lösung gibt. Irgendeinen Weg, wie sie zusammenbleiben können. Dann können wir auch den Bahnhof besuchen, an dem wir uns zum ersten Mal begegnet sind.«

Millie schüttelte den Kopf. »Mama hat gesagt, der Bahnhof an der East Bay Street ist abgebrannt. Es führt kein Weg mehr zurück.«

Kapitel 33

Charleston, heute

Harper saß draußen in einem Korbstuhl auf dem Balkon im zweiten Stock, der auf die King Street hinausging, und überlegte, was vor der Ausstellung in wenigen Tagen noch alles zu tun war.

Ein Stück die Straße hinunter in Richtung College war um diese Zeit sicher noch einiges los, aber an diesem Ende – dem antiken Abschnitt, wie Harper ihn gerne nannte – hatte sich die Geschäftigkeit des Tages gelegt und im Licht der Straßenlaternen schlenderten nur noch gelegentlich Händchen haltende oder Eis essende Passanten vorbei.

Sie seufzte.

Peter klopfte mit dem Fingerknöchel an die Balkontür. »Hast du einen Moment?«

Harper drehte sich auf ihrem Stuhl, um ihn anzusehen. »Klar.«

Ein Hauch von dem Pekannusskuchen, den Millie gerade backte, begleitete Peter nach draußen. Er trug das vertraute graue Hemd mit schwarzer Hose, schwarzer Krawatte, schwarzen Socken und schwarzen Schuhe. Die Hose wirkte vom Schnitt her, als hätte er sie vor zehn Jahren gekauft. »Was sagst du dazu?« Er zeigte auf sein Outfit. »Für die Ausstellung.«

Harper öffnete den Mund, um etwas zu erwidern. Dann schloss sie ihn wieder und legte den Kopf leicht schief. Sie zeigte mit dem Finger auf ihn. »Das ist, äh … na ja, bist du sicher, dass du ein graues Hemd tragen willst?«

Peter gab sich keine Mühe, sein Grinsen zu verbergen. »Du findest, ich sehe albern aus.«

»Auf keinen Fall! Überhaupt nicht albern.«

»Schrecklich?«

Harper schlug die Beine übereinander und ließ die pinkfarbene Schlappe an ihrer Ferse auf und ab wippen. Sie räusperte sich und gestikulierte mit den Händen, während sie sagte: »Es ist nur, dass du so eine … lebhafte … Persönlichkeit hast und das Grau zum Schwarz wirkt vielleicht ein bisschen öde?!«

»Du findest also, ich sehe wie ein Langweiler aus.« Peter sah an sich hinunter und strich sein Hemd glatt. »Dabei habe ich extra die schmale Krawatte genommen.«

Harper presste die Lippen zusammen, um ein Lachen zu unterdrücken. »Also, schmale Krawatten sind jetzt nicht mehr so im Trend.«

»Was?« Peter rückte seine Brille zurecht und tat so, als wäre er schockiert. »Und ich dachte, ich wäre modisch up to date.«

Diesmal musste Harper doch lachen. »Du weißt schon, dass du zu dieser Ausstellung nicht kommen musst, oder?«

Peter steckte die Hände in die Taschen und sah aus wie ein Kleinkind, das etwas ausgefressen hat. Was hatte er zu verbergen? *Wollte* er etwa unbedingt dabei sein?

»Es macht mir keine Umstände«, antwortete er. »Außerdem will ich meinem Freund persönlich dafür danken, dass er euch die Ausstellergebühr erlässt.«

»Ich weiß deinen Einsatz zu schätzen.« Harper nickte. »Soll ich mal in deinem Kleiderschrank nachsehen, ob ich ein anderes Outfit für dich zusammenstellen kann?«

Peter zeigte mit beiden Händen auf seine Kleidung. »Ich kann dir versichern, dass dies die beste Option ist.«

Harper musterte ihn. Bei seinen breiten Schultern und den blaugrünen Augen war es eindeutig *nicht* die beste Option.

»Manchmal …« Der Wind blies Harper eine Haarsträhne in die Augen, als sie aufstand, um ins Haus zu gehen. Peter stand so nah, dass sie zu ihm aufblicken musste. »Also, das ist so wie mit deinen alten Häusern. Du siehst die Schönheit unter dem Staub. Mit der richtigen Renovierung kann man etwas Besonderes daraus machen.«

Peter sah ihr in die Augen und grinste, wobei seine Grübchen zum Vorschein kamen. »Hast du meine Klamotten gerade mit einem baufälligen Gebäude verglichen?«

Harper legte eine Hand auf seine Schulter und erwiderte sein Lächeln. »Hab ich. Und für den Fall, dass du nicht zwischen den Zeilen lesen kannst: Morgen gehen wir shoppen.«

Er machte keine Anstalten, ihre Hand von seiner Schulter zu schieben. »Spielst du die gute Fee?«, fragte er amüsiert und öffnete die Balkontür weiter.

»Pass bloß auf, dass ich dich nicht in einen Kürbis verwandle.« Harper schlüpfte unter seinem Arm hindurch und ins Wohnzimmer.

☙

Am nächsten Vormittag wischte Harper ein paar Krümel der gerade verputzten Kekse von ihrem zweilagigen Rock aus Taft und Spitze, während sie auf die Tür zur Umkleidekabine starrte und auf Peter wartete.

»Das ist peinlich«, hörte sie ihn murmeln.

»Ich bin sicher, das stimmt nicht.« Es hatte ganze zehn Minuten gedauert, bis er sich von dem Schock erholt hatte, wie viel eine gut sitzende Hose kostete.

»Ich sehe aus wie der Typ in *Wie ein einziger Tag*!«

Sie verschränkte die Arme. »Der Typ heißt Ryan Gosling und wird von nicht gerade wenigen angehimmelt. Es könnte also schlimmer sein.«

»Okay, dann sehe ich eben aus wie ein Fernsehmoderator.«

Harper verdrehte die Augen. »Die Hose ist schmal geschnitten. Das tragen jetzt alle so.« Und zwar nicht erst seit gestern.

»Ich fühl mich komisch darin. Und was kommt als Nächstes? Muss ich mir einen Hut und einen europäischen Kaffeeröster kaufen?«

»Dazu hätte ich so viel zu sagen, dass ich nicht weiß, wo ich anfangen soll.« Harper sah unter der Tür hindurch seine in Socken steckenden Füße unter dem Hosensaum. »Kannst du jetzt einfach mal rauskommen, damit ich es mir ansehen kann?«

Langsam öffnete er die Tür.

Peter trug ein frisches weißes Hemd, den obersten Knopf offen, einen taillierten schwarzen Blazer und die von ihm so wenig wertgeschätzte schmale Hose. Jetzt schlüpfte er in die altmodischen braunen Schnürschuhe mit farblich abgesetztem Leder, die sie für ihn gefunden hatte.

Harper wäre fast die Kinnlade heruntergeklappt. *Hallo, Ryan Gosling.*

»Du wirkst irgendwie konfus. Alles in Ordnung?« Er zog eine Augenbraue hoch.

Sie schluckte. Nein, war es nicht. Was da gerade in ihr vorging, war … überraschend.

Ja, das war ein gutes Wort dafür.

Herz-schlägt-bis-zum-Hals-sodass-man-nicht-atmen-kann-überraschend.

Harper brauchte einen Moment, um sich zu sammeln. Ihre Zehen kribbelten. Und ihre Zehen kribbelten nur, wenn sie von jemandem hin und weg war.

Sie blinzelte.

Hatte er eigentlich schon immer so gut nach Sandelholz geduftet?

»Und, was meinst du?« Peter drehte sich, damit sie das Outfit noch einmal von allen Seiten begutachten konnte.

Harper biss sich auf die Unterlippe. Wahrscheinlich war ihr an der Nasenspitze anzusehen, wie anziehend sie Peter fand. Sie nestelte an ihrer Halskette herum. »Ich würde sagen, das ist eindeutig ein Schritt in die richtige Richtung.«

☙

Sie mochte ihn.

Peter spürte es in der Art, wie sie den Stoff seiner Jacke untersuchte und ihre Finger kurz an seinem Ellbogen liegen ließ. Ihre sanfte Berührung erschütterte ihn bis ins Mark.

Er warf einen Blick in den Spiegel der Umkleidekabine. Er konnte dieser Mann sein – zumindest einen Abend lang. Für Harper.

Peter zog die Arme aus dem Jackett und hängte es mit äußerster Vorsicht wieder auf den Kleiderbügel. Dieser Laden berechnete wahrscheinlich sogar die Luft, die man einatmete. Und er brauchte sein Geld für die notwendigen Reparaturen am Laden.

Das Gebäude war ihm selbst eigentlich gar nicht so wichtig. Er wollte es nur für Harper und Millie. Wenigstens hatte er jetzt eine gute Möglichkeit gefunden: Bei dem Restaurierungsprojekt für den wohlhabenden Kunden an der Promenade würde ein stattlicher Lohn für jede Menge Stunden zusammenkommen und dieses Geld – zusammen mit einem Teil seines Ersparten – sollte für die Reparaturen reichen. Dann musste er Harper und Millie nur sagen, dass Arbeiten an dem Gebäude ausgeführt werden mussten, und das mit ihren Geschäftszeiten koordinieren.

Peter knöpfte sein Hemd von oben nach unten auf. Er konnte es kaum erwarten, sein T-Shirt wieder überzuziehen. Teure Klamotten machten ihn nervös. In seiner Reiseleiteruniform, bestehend aus lässigem Polohemd und Cargohose – fühlte er sich viel wohler.

Aber wenn es bedeutete, dass Harper ihn noch einmal so ansah, würde er auch einen Dreiteiler und so ziemlich alles andere tragen.

☙

Die Dämmerung senkte sich auf die Stadt, als Harper und Millie am nächsten Abend im Wohnzimmer der Dachgeschosswohnung warteten. Millie trug ihren geliebten roten Hut, den passenden roten Lippenstift und ein dunkelblaues Samtkleid, das ungeheuer edel aussah. Harper hatte beschlossen, das Gatsby-Kleid zu tragen, und seine goldenen Farben vermittelten ihr ein ganz feierliches Gefühl.

Harper knetete nervös die Hände und starrte in Richtung Wohnungstür, in der Peter jeden Augenblick erscheinen sollte. Ob die Schmetterlinge, die sie gestern im Bauch gehabt hatte, nur eine Folge seines eleganten Auftritts gewesen waren?

Dann tauchte Peter endlich auf und Harpers Herz klopfte wie wild.

Eindeutig nicht nur die Folge davon.

»Fertig, meine Damen?« Er gestikulierte übertrieben in Richtung Tür. Er war wirklich ein Sonderling, aber irgendwie mochte Harper das an ihm.

»Du kannst dich ja richtig sehen lassen.« Ihre Stimme klang heiser. Harper räusperte sich.

»Das Gleiche könnte ich auch über euch zwei sagen.« Peter grinste nur und zog an seiner Krawatte.

Seine Nähe machte Harper nervös. Sie war in Peters Gegenwart noch nie nervös gewesen. Sie trat von einem Fuß auf den anderen und wünschte, sie hätte sich mehr Mühe mit ihren Haaren gegeben. »Danke.«

»Okay … Sollen wir?« Er bot ihr seinen Ellbogen an, beugte sich dann näher und flüsterte ihr ins Ohr: »Du siehst wirklich umwerfend aus, Harper.«

Ihre Verlegenheit schien sein Selbstbewusstsein zu beflügeln – er wirkte etwas aufrechter und sein Blick streifte auffällig oft ihre Lippen.

Andererseits … Vielleicht war es gar nicht so sehr sein Selbstbewusstsein, sondern vielmehr die ungeteilte Aufmerksamkeit, die er ihr schenkte. Heute Abend war er nicht von der schillernden Geschichte eines anderen Menschen abgelenkt, sondern lebte ganz in seiner eigenen, zumindest für den Moment.

Die Rolle des attraktiven Begleiters stand ihm wirklich gut.

Millie trat zwischen sie. Sie streckte die Hand nach Peters Krawatte aus und zog den Knoten fester. Dann tätschelte sie zufrieden seine Brust. »Vergesst aber nicht die alte Frau im Raum.«

Peter lachte nur. »So alt bist du gar nicht, Millie.«

Millie klopfte ihm auf die Schulter. »Du bist ein Charmeur, Peter Perkins. Das muss man dir lassen. Deine Eigenarten …« Millie seufzte. »Also, du erinnerst mich an jemanden, der mir sehr viel bedeutet hat.«

Bei diesen Worten erstarrte Peter und Harper wartete gespannt. Würde Millie endlich den Mut aufbringen, ihm alles zu sagen?

Doch sie ließ die Gelegenheit verstreichen. Sie hängte sich den Riemen ihrer perlenbesetzten Handtasche über die Schulter und sah Harper an. »Und, hast du alles? Wir sollten los. Früher ist immer besser als später.«

Was du nicht sagst.

Kapitel 34

Charleston, heute

Etwas war heute Abend anders an Peter. Es war oberflächlich von ihr, sich von seinem Aussehen derart beeindrucken zu lassen, wie sie es tat, aber es war noch weitaus mehr als das. Peter war einer dieser seltenen Menschen, die nach dem ersten Eindruck mit jedem Mal faszinierender wurden.

Sie hatte nicht das Recht auf die Gefühle, die sie für ihn entwickelte. Schon wochenlang hielt sie vor ihm geheim, was er sich am meisten zu erfahren wünschte. Millie war der eine Mensch, den Peter unbedingt finden wollte, und Harper enthielt ihm das vor. Natürlich nicht böswillig, aber es stand trotzdem zwischen ihnen. Außerdem stellte Peter gewissermaßen eine Verbindung zu dem dar, womit Harper abschließen musste.

Eine Jazzband spielte, während die Besucher der Ausstellung in ihrer Abendgarderobe von einem Stand zum nächsten flanierten. Die Kleider – oh, die Kleider! – waren ein absoluter Traum, manche eher dezent, aus Stoffen mit gedruckten Blumenmustern, andere auffällig, schulterfrei und mit Spitze. Und die Musiker mit ihrem Hang zu alten Swingsongs würden nach ihrem Auftritt hier bestimmt für weitere Gigs gebucht werden. Selbst Harper hatte ihren Flyer mitgenommen, obwohl sie keinen Anlass hatte, zu dem sie Musik brauchte.

Die ersten Töne von »*Rockin' Robin*« erklangen.

Peter streckte Millie die Hand hin. »Darf ich dich zum Tanz auffordern?«

Harper spürte einen kleinen Stich. Dabei tanzte sie nicht einmal gern. Du liebe Güte, sie war wirklich erledigt.

Millies Wangen röteten sich ein wenig und sie spielte die Schüchterne, als Peter sie am Arm geduldig zur Tanzfläche führte.

Um ihn nicht anzustarren, machte Harper sich daran, an den Kleidern zu zupfen, die sie an ihrem Stand ausgestellt hatten.

Sie würde sich einfach auf die Veranstaltung konzentrieren. Es war wirklich eine einmalige Gelegenheit, für eine neue Boutique zu werben. Wenn alles gut ging, könnten die Kontakte, die sie an diesem Abend knüpften, in den kommenden Wochen zur ersten Kundschaft werden.

»Entschuldigen Sie?«

Harper fuhr zusammen. Sie drehte sich um, um die potenzielle Käuferin zu begrüßen.

»Tut mir leid, wenn ich Sie erschreckt habe.« Die Frau streckte ihre linke Hand aus, an der ein Diamant aufblitzte, der Harper an die Pracht des *Aiken-Rhett House Museums* erinnerte, das sie letzte Woche mit Peter besichtigt hatte. »Haben Sie eine Visitenkarte für mich?«

Harper beeilte sich, eine Karte von dem Klapptisch in der Mitte des Stands zu holen. Millie hatte vorgeschlagen, den Tisch mit Knöpfen und Blütenblättern zu dekorieren, und es sah wirklich hübsch aus.

Harper reichte der Frau die Karte und griff dann nach dem Plätzchenteller. »Bedienen Sie sich, wenn Sie möchten. Die Inhaberin der Boutique hat sie gebacken. Sie hat jahrzehntelang eine Pension geführt und ist eine begnadete Bäckerin.«

Ihr Gegenüber lächelte und schob die Karte in ihre Clutch. »Ich würde ja gerne, aber ich habe letzte Woche bei der Kuchenauswahl für die Hochzeit schon zwei Pfund zugenommen.«

Das muss ich mir merken, dachte Harper bei sich. *Wenn ich irgendwann heirate, sollte ich das Brautkleid etwas zu weit schneidern lassen, um die Nebenwirkungen der Hochzeitsvorbereitungen auszugleichen. Ich will schließlich keine Plätzchen ausschlagen.*

Harper stellte den Teller ab. »Wir würden uns jedenfalls freuen, wenn Sie zu unserer großen Eröffnung nächsten Monat kämen.«

»Da bin ich auf jeden Fall dabei.«

Harper lächelte. »Danke für Ihr Interesse.«

Die junge Braut winkte mit der beringten Hand und winzige Lichtreflexe tanzten über die Kleider und den kleinen Stand.

Harpers Blick wanderte zu Peter und Millie hinüber, dann nahm sie sich einen Keks.

Es waren den Abend über schon viele Leute vorbeigekommen, hatten von Millies Gebäck gekostet und die Kleider teils wortreich bestaunt. Das gerade war nicht die Erste gewesen, die zugesagt hatte, zur Eröffnung von *Dresses by Millie* zu kommen. Harper hatte sie im Grunde alle getäuscht, indem sie so getan hatte, als würde sie zum Ladenteam gehören.

Millie lachte und hielt ihren Hut fest, während Peter so tat, als würde er sie zu Boden sinken lassen. Harper aß einen weiteren Keks. War es schlimm, dass sie gerade ein wenig eifersüchtig auf Millie war? Für ein paar Augenblicke in Peters Armen würde sie alles tun.

Die Band spielte die letzten Takte des Stücks und Peter und Millie kamen zurück zum Stand.

Millie setzte sich auf einen gepolsterten Stuhl, den sie extra für sie mitgebracht hatten. »Jetzt bin ich fix und fertig! Tut mir leid, Peter, aber du musst dir eine andere Tanzpartnerin suchen.«

Peters Blick fand Harpers.

Himmel, es war nicht fair, mit ihm zu flirten, bevor er die ganze Geschichte kannte.

Du hast es Millie versprochen. Du hast es Millie versprochen. Du hast es Millie versprochen.

»Du hast mir geholfen, diesen albernen Anzug auszusuchen, den ich wahrscheinlich nie wieder tragen werde. Im Gegenzug würde ich dir gerne meine mittelmäßigen Tanzfertigkeiten anbieten und werde dir höchstwahrscheinlich auf die Füße treten. Das ist nur gerecht.«

Harper befeuchtete ihre dunkelrot geschminkten Lippen und wich seinem Blick nicht aus. »Ich kann auch nicht besonders gut tanzen.« Das stimmte.

»Ist mir egal.« Das hätte sie sich ja denken können.

Peter nahm ihre Hand und Harpers flache Absätze klackerten bei jedem Schritt, bis sie am Rand der Tanzfläche angekommen waren.

Seine Berührung war sanft und seine Finger waren rau von der Arbeit an alten Dingen. Mit jemandem zu tanzen, war eigentlich eine seltsame Sache, aufregend und beruhigend zugleich – die Hand eines Menschen zu halten und sich an seine Schulter zu lehnen; zu spüren, wann seine Füße sich heben und seine Schultern sich senken.

Dass Peter ihre Hand hielt, brachte Harper mehr aus der Fassung, als sie für möglich gehalten hätte.

Die Band zählte das nächste Stück an und stimmte dann in ein Lied von Ella Fitzgerald ein, das Harper immer schon gemocht hatte.

Peter schien dem Tempo in Gedanken zu folgen. »Ich glaube, dazu können wir einen Rumba tanzen«, murmelte er. »Kannst du die Schritte?«

Zählt ein umfassendes theoretisches Wissen aus Fernsehtanzshows auch?

Harper schüttelte nur den Kopf.

Peter beugte sich ein wenig näher. Dann legte er seine freie Hand in Harpers Rücken und erklärte ihr den Grundrhythmus »langsam-schnell-schnell«, während ihr Herz anfing, mit seinem Takt der Musik davonzulaufen.

Sie würde sich blamieren, oder?

Peter zog sie an sich und führte sie. Er fügte sogar die eine oder andere Drehung ein. Harper hatte *keine* Ahnung, was sie da tat, aber sie ließ sich ganz fallen, sodass sie irgendwann beinahe über die Tanzfläche schwebte.

Er war gut. Sehr gut sogar.

Peter lächelte sie an, als wäre ihm sein Können durchaus bewusst. Natürlich war es das auch. Denn wenn Harper eine Sache über ihn gelernt hatte, dann, dass er alles mit ganzer Leidenschaft tat. Warum wunderte sie sich da noch, dass er auch gut tanzen konnte?

Als ihr die Schritte ein wenig vertrauter waren, zog Peter sie noch etwas näher. »Du bist gar nicht so schlecht, Harper«, raunte er ihr zu.

Der Klang ihres Namens auf seinen Lippen ließ einen warmen Schauer über ihren Rücken laufen. Sie blickte zu ihm auf, ihr Gesicht nur wenige Zentimeter von seinem entfernt.

Es ist nur ein Tanz, ermahnte sie sich, denn ein Teil von ihr hatte angefangen, auf einen Kuss zu warten. *Nur ein Tanz*. Aber Peters Augen ließen sie einfach nicht los.

Dann kam er kaum merklich *noch* näher. Harper konnte es spüren – das Knistern zwischen ihnen.

Peter biss sich auf die Unterlippe und beinahe hätte sie die letzten Zentimeter zwischen ihnen selbst überbrückt. Doch was, wenn sie die Situation falsch deutete?

Das Lied endete mit einem Trommelwirbel und Peters Adamsapfel bewegte sich. Er schien weder bereit weiterzugehen noch, sich zurückzuziehen. »Danke für den Tanz.«

Als er die Hand von ihrer Taille nahm, hätte sie beinahe einen protestierenden Laut von sich gegeben, weil sie wollte, dass er sie wieder dorthin legte.

Sie hatte wirklich nicht viel Tanzerfahrung, aber die brauchte sie auch nicht, um zu wissen, dass Peter kurz davor gewesen war, sie zu küssen. Und sie hätte das von ganzem Herzen gewollt.

∞

Die Ausstellung dauerte bis spät in die Nacht hinein. Harper hatte sich noch immer nicht von ihrem Beinahekuss erholt, als Peter zurückkam. Er hatte die Kleider in seinen Wagen geladen.

»Sag mal, wo ist denn Millie?« Er dehnte die Schultern und sah sich in der sich lichtenden Menge um.

»Sie hat mir gesagt, sie sei durstig und es sei kein Wasser mehr da. Also ist sie losgezogen, um sich eine Flasche zu holen.«

»Allein?«

»Ja, ich weiß.« Harper schüttelte den Kopf und lehnte sich an den Tisch ihres Stands. »Ich wollte sie begleiten, aber sie hat darauf bestanden, dass ich hierbleibe, und du weißt ja, wie energisch sie sein kann. Wenigstens konnte ich sie überreden, ihren Gehstock mitzunehmen, obwohl ich bezweifle, dass sie ihn benutzen wird.«

Peter lächelte nicht mal und plötzlich war auch Harper beunruhigt. »Du glaubst doch nicht, dass sie in Gefahr ist, oder?« Sie schluckte und zog die Perlenkette um ihren Hals gerade. »Ich dachte, das hier wäre ein gutes Stadtviertel.«

Peter rieb sich die Augen und setzte sich dann in Bewegung. Er ging in Richtung Ausgang, zur Straße. Harper folgte ihm.

Er blickte über die Schulter zurück. »Ja, aber hier wird abends viel Party gemacht.«

Das hatte Harper nicht gewusst. Aber Millie wollte nur kurz zum Kiosk gegenüber gehen, da würden sie sie schnell finden.

Moment mal. War sie das da drüben?

Zwei Männer hatten Millie aufgehalten, als sie aus dem kleinen Laden gekommen war. Einer der Männer hielt ihren roten Hut in der Hand.

In diesem Moment hob Millie ihren Gehstock und holte damit aus. Sie traf die Schulter des Mannes und er ließ ihren Hut fallen.

Peter fing an zu rennen. Er zog seine Jacke aus und warf sie Harper zu, die sie auffing. »Lasst sie in Ruhe!«, brüllte er.

Im Laufen knöpfte er die Manschetten seines Hemdes auf und krempelte die Ärmel hoch. Was hatte er vor? Harpers Puls begann zu rasen. Sie wollte helfen, wusste aber nicht, was sie tun konnte.

Der andere Mann – er war alt, dürr und merklich betrunken

– hob Millies Hut vom Boden auf. Ein klügerer Dieb hätte das Weite gesucht.

Doch offenbar war sein Stolz gekränkt. Er wandte sich Peter zu und schwenkte den Hut. »Ich bin gespannt, was du dagegen machen willst.« Er sprach undeutlich.

»Gib ihr den Hut zurück.« Peters Stimme klang fest und strahlte Autorität aus.

Harper umklammerte seine Jacke. Die Straßenlaternen warfen ihr Licht auf die Szene und verwandelten die Gestalten der Männer in Schatten. Harper konnte die Alkoholfahne des Alten selbst aus der Entfernung riechen.

Millie drohte dem Mann mit erhobenem Stock. »Du hast gehört, was er gesagt hat, Dummkopf.«

Das ist nicht hilfreich, Millie! Harper warf ihr einen nervösen Blick zu.

Der Betrunkene ignorierte Peters Anweisung – und die von Millie ebenso. Er packte Millie am Arm und spuckte ihr vor die Füße. Dieser Typ könnte ihr wehtun, wenn die Situation weiter eskalierte. Panik stieg in Harper auf und ihr Magen zog sich zusammen. Wie sollten Peter und sie mit zwei Männern fertigwerden? Es war nicht genug Zeit, um die Polizei zu holen. Doch dann sah sie das Feuer in Peters Augen und aus irgendeinem Grund, den sie nicht hätte erklären können, wusste sie, dass Peter es konnte. Er würde es mit der ganzen Welt aufnehmen, wenn es sein musste.

Peter holte aus und seine Schultermuskeln spannten sich an, als seine Faust ihr Ziel traf. Der Betrunkene ließ Millies Arm los. Er wankte und wischte sich das Blut von der Nase.

Peter schüttelte seine Hand aus und machte sich bereit zum nächsten Hieb.

Harper hatte das Gefühl, als würde sie das alles auf einer Kinoleinwand sehen, in einer Art surrealem Zeitraffer. Der andere Mann, der unauffällige, nahm dem Alten Millies Hut aus der Hand und warf ihn wieder auf den Boden.

»Komm, wir hauen ab, du Idiot«, murmelte er seinem Gefährten zu.

Peter schob sich wie ein menschlicher Schutzschild vor Millie und blieb dort stehen, bis die beiden außer Sichtweite waren. Als er sicher war, dass sie endgültig verschwunden waren, wandte er sich um und musterte Millie von Kopf bis Fuß. Er legte sanft die Hände auf ihre Schultern und sah ihr in die Augen. »Alles in Ordnung?«

Harper bückte sich und hob den Hut auf. Sie wischte über die Krempe und setzte ihn Millie wieder auf. Sie hatte Schuldgefühle. Ihre einzige Aufgabe war es gewesen, auf Millie aufzupassen, und auch wenn die alte Dame darauf bestanden hatte, hätte Harper sie nicht allein losziehen lassen dürfen.

Millie zitterte in Peters Umarmung und er zog sie dichter an sich. »Alles gut, Tante Millie.« Sein Kinn ruhte auf ihrem Hut. »Wir sind jetzt hier. Dir kann nichts passieren.«

In der Geborgenheit seiner Arme hob Millie noch einmal drohend ihren Gehstock, als wollte sie beweisen, wie gut sie sich selbst wehren konnte.

Peter atmete tief durch und dann fing er an zu lachen. »Kannst du den Stock bitte mal runtertun, Millie?«

»Diese verflixten Narren wollten mir meinen Hut klauen«, murmelte sie.

Peter hielt sie noch etwas fester und sein Blick suchte Harpers. Dann verdrehte er die Augen und grinste erleichtert.

Zu sehen, wie er Millie umarmte, veränderte etwas in Harper. Sie sah in diesem Moment nicht mehr den suchenden Enkel, den schrulligen Historiker oder den Ryan-Gosling-Doppelgänger in ihm. Er war stark. Unnachgiebig und ruhig. Keine Bedrohung war ihm zu groß, wenn es darum ging, jemanden zu beschützen, der ihm am Herzen lag.

Peter war heute Abend Millies Held.

Und irgendwie auch ihrer.

Kapitel 35

Charleston, 1952

Diesen Teil hatte Millie nicht geplant.

Den Abschied.

Die Bäume trugen Herbstfarben. Millie stillte ihr Baby unauffällig und blickte zum Fenster des gelben Wagens hinaus, während die Räder auf dem Schotter knirschten und das Haus im Rückfenster immer kleiner wurde.

Zum Weinen war sie viel zu kraftlos.

Sie blickte zu Franklin hinüber, der sich auf dem Fahrersitz die Tränen aus den Augen wischte.

In Millies Körper waren zwei Babys gewachsen. Ihre Arme hatten zwei Babys gehalten.

Und doch war dies – diese Trauer, diese Leere, dieses Lebewohl – die einzige Möglichkeit auf ein gutes Leben für beide Mädchen. Trotzdem schmerzte und schrie alles in Millie, so wie ein gebrochener Knochen auch dann noch wehtut, wenn er gerichtet und eingegipst ist.

In ihr war genug Kummer für beide Babys.

In ihrer Tasche war ein Zettel von Hannah. *Du wirst immer ihre Mutter sein*, stand darauf, *aber ich verspreche, dass ich dein Mädchen in Liebe großziehen werde.* Millie hatte Franklins Mutter einen Brief für Rosie gegeben, den sie kurz vor ihrem Abschied geschrieben hatte, und Hannah hatte ihr im Gegenzug diesen Zettel in die Hand gedrückt.

Millie wusste nicht, was sie davon halten sollte. Sie war sich nicht im Klaren darüber, was sie fühlte. Dankbarkeit wahrscheinlich. Ja, Dankbarkeit. Die sollte sie jedenfalls empfinden. Wenn es doch nur so einfach wäre.

Die Abreise aus Charleston war ganz anders als damals, als Franklin und sie die Stadt mit dem Zug verlassen hatten. Sie beide waren heute ganz andere Menschen.

Damals waren sie noch Kinder gewesen, die ihr ganzes Leben mit all seinen Möglichkeit noch vor sich hatten, auch wenn es in mancherlei Hinsicht düster aussah.

Jetzt waren Millie und Franklin erwachsen. Vielleicht stärker – aber auch gebrochener. Und zumindest Millie war eindeutig einsamer.

Auf dem Weg durch Georgia in den Süden hielt Franklin in einer Kleinstadt an der Küste. Millie wusste nicht, wie der Ort hieß. Es gab dort einen Leuchtturm.

Franklin schaltete den Motor aus, wandte sich ihr zu und legte den Arm um ihre Schultern. »Es gibt nichts, was ich sagen kann, um dich zu trösten, oder?«

Millie biss sich auf die Unterlippe und schüttelte langsam den Kopf.

»Ich habe sie auch geliebt.«

Nicht so wie ich!, lag es ihr auf der Zunge. *Nicht als einen Teil von dir!* – Aber ihr wurde mit einem Mal klar, dass sie das eigentlich nicht wusste. Sie kannte Franklins Schmerz ebenso wenig, wie er ihren kannte. Und Liebe war kein Zollstock, mit dem man Vergleiche anstellen konnte. Verlust war Verlust und Trauer war Trauer. Etwas, das sie annehmen konnten, das sie im Herzen bewahren und woran sie sich klammern konnten. Etwas, das sie und ihre Zukunft prägen würde durch die Lücke, die es in ihrem Wesen hinterlassen hatte.

Millie griff nach dem Picknickkorb auf dem Rücksitz, den sie mit Butterbroten gefüllt hatte. Sie reichte ihn Franklin und trank einen Schluck Wasser aus ihrer Thermooflasche, bevor sie selbst zugriff.

Beide kauten wie betäubt. Millie wusste, dass sie um ihrer Tochter willen essen und trinken musste. Aber der Wille dazu hatte sie verlassen. Und in dieser Hinsicht rettete ihre andere Tochter sie vielleicht.

Sie saßen eine gute Stunde lang schweigend da, während sie beide zu dem Leuchtturm hinübersahen und aufs Meer hinaus, auf der Suche nach Hoffnung, während sie ertranken.

Bitte Gott – Millie sah zu, wie das Licht des Leuchtturms sich im Kreis drehte – *bitte mach, dass ich sie irgendwann wiedersehe. Lass mich bitte irgendwie wissen, dass sie sicher und glücklich ist. Und lass sie wissen, dass sie immer geliebt ist.*

ಌ

War es nicht Hemingway gewesen, der gesagt hatte, dass die Sonne auch immer wieder aufgeht? Millie wünschte nur, sie könnte ebenso zuversichtlich jeden Morgen beginnen.

Sie hatte ihre Meinung geändert.

Seit sechs Monaten lebten Franklin, sie und Juliet als kleine Familie. Juliets Haut war immer dunkler geworden, und wenn die Leute in der Drogerie oder im Haushaltswarenladen fragten, erklärte Millie ihnen, dass ihr eigener Vater Italiener gewesen war. Sie lächelten dann freundlich und Franklin erwiderte das Lächeln. Aber Millie entgingen nie die verstohlenen, skeptischen Blicke.

Manchmal überlegte sie, ob sie den Pensionsgästen erzählen sollte, sie und Franklin hätten beschlossen, das Kind großzuziehen, weil die leibliche Mutter ihr Baby leider nicht habe behalten können. So würde wenigstens keiner mehr Fragen stellen.

Und nichts davon wäre eine Lüge.

Doch Millie konnte den Gedanken nicht ertragen, auch nur einen Menschen glauben zu lassen, Juliet wäre nicht ihr eigen Fleisch und Blut. Schlimm genug, dass sie das bei einer Tochter hatte tun müssen.

Nachts wachte sie noch immer oft schweißgebadet und voller Panik auf, weil Rosie fort war. Dann beruhigte Franklin sie und sagte ihr, dass alles gut werden und seine Mutter bestmöglich für die Kleine sorgen würde. Und dann schlief Millie wieder für ein paar Stunden. Aber die Träume hörten nicht auf – sie verblassten nicht, wie sie gehofft hatte.

Franklin schien gar nicht überrascht, als sie ihn auch in dieser Nacht um kurz nach zwei Uhr weckte und ihm sagte, sie müssten nach Charleston fahren, und zwar bald.

Sie sah zu, wie er sich im Mondschein die Augen rieb. Seine Stimme war noch heiser vom Schlaf. »Was willst du tun, Millie?«

»Ich weiß es nicht.« Sie schüttelte den Kopf, die Finger ins Laken gekrallt. Ihr Nachthemd war ganz klamm vom Schweiß. »Ich will sie einfach im Arm halten, Franklin. Ich will ihre Stirn küssen und ihr Haar riechen, und wenn sie älter ist, will ich ihr das Lesen beibringen. Ich will, dass Juliet und sie sich kennenlernen. Wenn die Welt nicht zulässt, dass sie Schwestern sind, dann können sie doch vielleicht wenigstens Freundinnen sein. Das ist besser als nichts.«

Millies Blick wanderte zu dem dunklen Fenster hinter Franklin. Draußen schob sich eine Wolke langsam vor den Mond, sodass alles in ein gespenstisch fahles Licht getaucht wurde.

»Okay.« Franklin legte den Kopf wieder aufs Kissen.

»Okay?« Millies Herz hüpfte voller Vorfreude. Wie konnte er in diesem Augenblick müde sein? »Wirklich? Fährst du mit mir nach Charleston?«

»Wenn du dann wieder du selbst wirst und etwas Frieden findest, würde ich mit dir auch zum Mond reisen.«

Kapitel 36

Charleston, heute

Harper drapierte Millies Kleid auf einer Schaufensterpuppe, den Rock ein wenig aufgebauscht, damit er wie eine Wolke aus Seide über dem Boden schwebte.

Millie war mit der antiken Registrierkasse beschäftigt, die sie letzte Woche im Sozialkaufhaus gefunden hatten. Sie war vom Geräusch der Klingel ganz hin und weg gewesen und hatte die Lade immer wieder aufspringen lassen, während sie beide darüber gestaunt hatten, dass das gute Stück noch funktionierte.

Aus Peters einzelnem Ständer mit Kleidern waren seit der Ankunft von Millies geheimnisvollen Kartons einige mehr geworden und jetzt sah der Laden mit vier langen Reihen mit Braut- und Abendkleidern sehr vollständig aus. Die Ausstellung lag bereits einen Monat zurück, und wenn heute alles gut lief, würde Harper demnächst weitere Modellkleider für potenzielle Kundinnen nähen. Lichterketten hingen von dem freigelegten Mauerwerk und ein großer verschnörkelter Kronleuchter sorgte für genau die richtige warme Beleuchtung.

Sie waren bereit für den Probelauf von *Dresses by Millie*. Dadurch, dass sie zunächst ohne große Aufmerksamkeit ihre Tore öffneten, würden sie die Chance haben, mögliche verbesserungswürdige Details im Laden zu erkennen und auszumerzen, bevor im nächsten Monat die offiziellen Eröffnungsfeierlichkeiten stattfanden.

Die Glocke über der Eingangstür läutete, als Peter die Tür aufstieß. Er trug seine neue schwarze Hose, dazu einen graublauen Pullover, und hielt eine weiße Pappschachtel in den Händen.

»Guten Morgen, die Damen.« Er ging zum Tresen im hinteren Teil des Raums und stellte die Schachtel neben Millie ab.

Harper eilte mit klackernden Absätzen zu den beiden hinüber. »Bitte sag, dass die von *Glazed Gourmet* sind!«

»Die sind von *Glazed Gourmet*.« Peter klappte den Deckel auf, um die verschiedenen Geschmacksrichtungen zu präsentieren. Sogleich zog der Duft von Zuckerguss durch die Luft. »Da hätten wir einen Mokka-Donut für die Kaffeeliebhaberin, einen Zitronen-Donut für Millie und einen mit Himbeerfüllung für mich.«

Harper und Millie nahmen sich beide eine Serviette und ihre Donuts aus der Schachtel.

»Das ist wirklich total süß von dir.« Harper aß einen Bissen, bevor ihr das Wortspiel bewusst wurde. Sie musste lachen und Peter stimmte ein.

Millie zwickte einen winzigen Bissen von ihrem Donut, als traue sie dem Ganzen nicht so recht. »Was ist denn daran so lustig?«

»Süß … wie die Donuts.« Harper gestikulierte beim Sprechen, ihren noch in der Hand.

»Klar.« Millie zog nur eine Augenbraue hoch und biss noch einmal in ihren Zitronen-Donut, der den Test offenbar bestanden hatte. »Den Teil habe ich schon kapiert. Ich verstehe nur nicht, warum es lustig ist.«

Peter drehte sich zu Harper um und sie bekam erneut einen Lachanfall. Peter ging es ähnlich. Harper versuchte, sich zu beruhigen, musste aber nur noch mehr lachen.

Peter gelang es schneller, wieder ernst zu werden. Er sah auf seine altmodische Uhr und wickelte seinen Donut in eine Serviette. »Schade, dass ich sofort weitermuss, aber in zehn Minuten habe ich eine Privatführung an der Promenade.« Sein humorvolles Zwinkern war nur für Harper gedacht. Er trat einen Schritt näher, gerade so nahe, dass sie einen Hauch von Sandelholz roch und an die Ausstellung zurückdenken musste, an den Tanz und seinen heldenhaften Einsatz. Sie atmete seinen Duft ein.

»Ich hoffe, es geht heute alles glatt«, sagte Peter.

Harper lächelte ihn an. »Viel Spaß.«

»Den werde ich haben.« Er winkte und verschwand durch die Tür.

Harper aß noch einen Bissen von ihrem Donut und seufzte genießerisch. Wenn Peter so weitermachte, war sie versucht, den Mietvertrag zu verlängern.

»Na, das ist doch eine interessante Entwicklung.« Millie legte eine Hand auf Harpers Schulter.

»Was meinst du?« Harper biss sich beim Kauen auf die Zunge.

»Ach, Liebes. Ich bin vielleicht steinalt, aber blind bin ich nicht. Du hast dich in ihn verliebt.«

Harper wollte protestieren – dass sie keineswegs solche Gefühle für ihn hatte und er sowieso nicht ihr Typ war. Aber dann machte sie den Mund unverrichteter Dinge wieder zu. Denn sie wussten beide, dass Millie recht hatte.

Schade nur, dass sie nichts dagegen tun konnte.

☙

Sieben Stunden später wendete Harper das *Offen*-Schild an der Tür, sodass jetzt *Geschlossen* darauf zu lesen war, und drehte den Schlüssel im Schloss um.

Gerade mal zwölf Kundinnen waren im Laufe des Tages erschienen und zwei von ihnen waren nur hereingekommen, um zu fragen, ob das Kleid im Schaufenster zu verkaufen war. Millie saß auf dem Sofa, das immer noch in der Mitte des Raumes stand.

Harper ging zu ihr und setzte sich neben sie. »Das verstehe ich nicht. Bei der Ausstellung schienen die Leute so interessiert zu sein. Was ist passiert? Die Idee war doch, dass wir einen typischen Tag im Laden durchspielen, damit wir wissen, was uns erwartet. Ist *das* etwa, was uns erwartet?« Ein Misserfolg? Das Wort hing unausgesprochen in der Luft.

Millie strich mit ihren faltigen Händen über ihre bestickte Strickjacke. »Vielleicht war es nur Zufall.«

»Die Ausstellung oder die Eröffnung?«

Millie antwortete nicht.

Harper schüttelte den Kopf und sah sich im Laden um. Sie hatte geglaubt, sie würde stapelweise Kleider aus den Umkleidekabinen räumen und wieder auf die Ständer hängen. Aber stattdessen hing alles ordentlich in Reih und Glied und die Kleider waren kaum berührt worden. Es gab fast nichts zu tun, weil so wenige Kundinnen gekommen waren.

Am Abend zuvor war Harper extra lange wach geblieben, um sich davon zu überzeugen, dass im Laden alles bereit war. Sie war ins Schaufenster gestiegen und hatte die Puppe immer wieder neu mit Accessoires versehen, bis alles genau passte. Sie hatte alle Details berücksichtigt, den Boden mit einem Swiffer geputzt, den Bluetooth-Lautsprecher getestet und die perfekte Playlist zusammengestellt, die nicht zu modern war, aber auch nicht zu sehr Céline Dion.

Warum waren nicht mehr Menschen gekommen? Oder besser gefragt: Weshalb fiel sie immer wieder auf ihre Fantasievorstellungen herein, wenn sie doch jedes Mal bloß wieder scheiterte? Ihr Traum war wie ein Blind Date, das nie stattfand, und sie saß wie Meg Ryan in *e-m@il für Dich* vergeblich wartend im Café, nur, dass sie es wieder und wieder und wieder tat.

Harper atmete hörbar aus. Sie sollte nicht überreagieren. Schließlich war das nur der erste Tag gewesen. Aber sie schien die innere Stimme durch nichts zum Schweigen bringen zu können. Immer wieder flüsterte sie ihr ein: »*Aus deinen Träumen wird nie etwas. Gib endlich auf!*«

Peter würde sagen, dass sie auf ihre Angst hörte, und vielleicht hätte er damit recht. Aber sie wollte einfach um keinen Preis noch einmal das furchtbare Gefühl der Enttäuschung erleben.

Millie legte eine Hand auf Harpers Knie. »Komm schon, so schlimm ist es nun auch wieder nicht. Sieh mal, ich bin guter Dinge und ich musste viel länger auf mein Kleidergeschäft warten als du.«

Harper seufzte traurig. »Das heißt, wir planen einfach weiter und hoffen, dass die richtige Eröffnung besser läuft? Vielleicht können wir noch mehr Werbung machen?«

Millie nickte und tätschelte Harpers Bein, bevor sie ihre Hand wegzog. »Mehr Werbung. Vielleicht kann Peter uns empfehlen.« Ihre rot geschminkten Lippen verzogen sich zu einem breiten Lächeln.

»Genau, ich wette, er hätte nichts dagegen«, meinte Harper. »Er hat schließlich eine Menge Beziehungen in der Stadt.« Sie dachte an einige der Projekte, von denen er ihr erzählt hatte.

»Warten wir's ab.« Das war Millies Art, eine Unterhaltung zu beenden. Harper kannte ihre Strategien allmählich.

☙

Die Zahlen in der Boutique entwickelten sich auch in der Woche darauf entmutigend und verstärkten die Zweifel, die wie ein drohender Schatten über ihrem schwindenden Optimismus hingen. Harper hätte es wohl auch *Naivität* nennen können, aber diesen Gedanken mied sie. Millie und sie beschlossen schließlich, etwas zu unternehmen, um ihrem Laden das gewisse Etwas zu geben. Sie wollten ihre eigene Begeisterung steigern, damit der Funke hoffentlich auf andere übersprang. Die Deko war bislang minimalistisch und vielleicht brauchten sie nur ein paar zusätzliche schöne Dinge, um den Laden attraktiver zu machen.

Millie folgte Harper dicht auf den Fersen auf die King Street hinaus und die kleine Türglocke läutete ihnen hinterher.

Zusammen gingen sie die Straße hinunter, vorbei an den hübschen Schaufenstern und unter gestreiften Markisen hindurch, bis sie zu einem Antiquitätengeschäft kamen, das von Vintage-Kleidung über Handtaschen bis hin zu Lampenschirmen so ziemlich alles verkaufte.

Millie ging auf ein gerahmtes Poster von Katharine Hepburn

zu, während Harper einen Ständer mit Kleidern durchzusehen begann.

Harpers Finger verharrten an einem Bügel, an dem ein smaragdgrünes Kleid hing. Der Stoff war steif und die Farbe leuchtete regelrecht. Sie hängte sich das Kleid über den Arm und ging damit zur Umkleidekabine ganz hinten im Laden.

Das Kleid würde im besten Fall sehr eng sitzen, vor allem, da der Stoff nicht dehnbar war, aber sie musste es trotzdem anprobieren, es war einfach umwerfend.

Harper zog den Vorhang hinter sich zu und den Reißverschluss des Kleides auf, wobei sie darauf achtete, nicht an den Stoffkanten hängen zu bleiben. Sie stieg hinein, hielt aber auf halber Höhe inne, als sie merkte, dass ihre Liebe zu den berühmten Süßigkeiten aus Savannah sich nun rächte.

Als sie das Kleid wieder ausgezogen hatte und vor sich hielt, stieg ihr ein vertrauter Duft in die Nase, der sofort alle möglichen Erinnerungen auslöste – das Vintage-Kleid, das Daddy ihr damals gekauft hatte; die kaputten Stoffe, die sie bei Haushaltsauflösungen gefunden und neu verarbeitet hatte; die einsamen Abende in Savannah, an denen sie versucht hatte, ihre Arbeit zu vervollkommnen. Der Geruch war wie eine offene Tür zu der Schatzkammer ihres Gedächtnisses. Sie würde nie wissen, wem das Kleid ursprünglich gehört hatte, würde dieser Frau, die den Reißverschluss wahrscheinlich mühelos zubekommen hatte, nie begegnen und nie erfahren, was sie in den Rocktaschen aufbewahrt hatte. Und doch war der Stoff derselbe, den auch die Finger der Fremden berührt hatten – eine gemeinsame Schnittmenge zwischen der Geschichte dieser geheimnisvollen Frau und ihrer eigenen. Bei der Vorstellung, dass all das in den Nähten dieses Kleidungsstücks zusammenlief, bekam Harper eine Gänsehaut.

Sie spürte Hoffnung, Faszination, Entschlossenheit und den Segen, den nur die innigsten Träume mit sich bringen.

Staub und alter Stoff. Kein besonders komplexer Geruch – aber ein mächtiger.

Er war ganz nah verwandt mit dem Geruch alter Bücher. Dem alter Häuser wie derer, die Peter so liebte. Ein Geruch von nicht erzählten Geschichten, der zum nächsten Kapitel führt, und nach Heimat. Nach Stoffen, die Stich für Stich zu Kleidungsstücken zusammengefügt worden waren, um Tag für Tag getragen zu werden, und die irgendwann irgendwo vor sich hin staubten, bis sie allmählich genau diesen Duft annahmen.

Harper hängte das Kleid zurück auf den Bügel und zog ihre Stretchjeans wieder an. Sie wusste, dass sie es kaufen musste, auch wenn ihre eigene Taille zu breit dafür war. Sie dachte an den Ständer mit Kleidern, die Peter ihr und Millie für den Laden überlassen hatte, und aus irgendeinem Grund schien dieses Exemplar genau dorthin zu passen.

Es war albern, aber Harper hatte das merkwürdige Gefühl, wenn sie das Kleid nicht mitnahm, würde sie einen Teil ihrer eigenen Geschichte zurücklassen.

Harper zog den Vorhang der Kabine auf und sah, dass Millie davor wartete, mehrere lange Perlenketten über dem Arm.

»Hast du etwas gefunden, was du kaufen willst?« Millie nahm den Stoff des Kleides zwischen Finger und Daumen. »Das ist herrlich. Ich hatte auch mal so eins … aber das ist eine Ewigkeit her.«

Harper zögerte. Millies Hand an dem alten Stoff schien eine Zeitmaschine anzuwerfen, sodass in diesem Moment Jahrzehnte verschwammen, bis nur noch das Leben übrig war, das man lebt, bevor es Erinnerung wird. Der Stoff zwischen den Nähten.

Kapitel 37

Charleston, 1955

Millie zog den geblümten Vorhang zurück und spähte durchs Fenster. Franklin stand hinter ihr und war ihr so nah, dass sein Geruch ihr Herz hüpfen ließ – Kaffee und Feuerholz und Wasser –, ein Duft, den er von der Pension nach Charleston mitgebracht hatte. Er trug eine Krawatte zu seinem weißen Button-Down-Hemd, das er in eine Hose mit Bügelfalte gesteckt hatte, so wie Millie es am liebsten mochte.

»Sind sie schon da?«, fragte Franklin. »Ist das nicht ihr Auto dort?«

Millie drehte sich zu ihm um und legte eine Hand an sein Gesicht. Juliet zog eine alte Puppe am Arm durchs Zimmer. Sie hatte auch Rosie mitnehmen wollen, aber dann war ihr bewusst geworden, dass es gefährliche Maßstäbe setzen würde für später, wenn die Mädchen älter waren. Es war eine Sache, wenn sie zu dritt Besuche machten und dann wieder fuhren, aber es war etwas anderes, wenn sie zusammen mit Rosie in der Stadt unterwegs waren. Rosie sollte glauben, sie sei von Franklins Mutter adoptiert worden, sodass er gewissermaßen als ihr großer Bruder auftrat. Irgendwann würde sie sich fragen, warum ihr Bruder sie ins Elternhaus seiner Frau mitnehmen sollte, oder nicht?

Ja, es war kompliziert und alles wollte gut überlegt sein. Millie hatte viele Nächte wach gelegen und jedes Detail durchdacht. Sie mussten konsequent bleiben. Deshalb machten Millie, Franklin und Juliet nur Besuche im Haus seiner Mutter, auch wenn es Millie in der Seele wehtat.

Sie wandte ihre Aufmerksamkeit wieder Franklin zu. »Schwitzt du? Ich habe dich noch nie so nervös gesehen.« Er war wirklich süß. Aber den Teil würde sie nicht aussprechen, um ihm nicht noch mehr Unbehagen zu bereiten. »Mama!«, rief sie stattdessen. »Sie sind hier!«

Ihre Mutter eilte aus der Küche herbei und spähte neben ihnen hinaus, um zu sehen, wie Tante Bea und Onkel Clyde aus dem Auto stiegen.

»Du lieber Himmel«, murmelte Mama. »Sie haben das ganze Zeug mitgebracht.«

Millie lachte.

Tante Bea trug einen riesigen halb fertigen Korb aus Mariengras auf der Hüfte, als wäre er ein Baby, und Onkel Clyde hatte seine alte Gitarre dabei. Millie hatte ihn seit Jahren nicht mehr musizieren hören, aber er konnte den Blues spielen wie kein Zweiter. Beide trugen Sonntagskleidung, Onkel Clyde seinen feinen Anzug und Tante Bea hatte zu ihrem Kleid einen Hut mit breiter Krempe gewählt, der möglicherweise nicht durch die Tür passen würde.

»Mach dir keine Sorgen.« Mama fuhr Franklin durchs Haar. »Sie sind vielleicht etwas raubeinig, aber sie werden dich lieben. Da bin ich ganz sicher.«

Millies Blick fiel auf Juliet, die immer noch hinter ihnen spielte, und ihr Herz wurde wehmütig – nicht wegen der Vergangenheit, sondern wegen all der zukünftigen Erinnerungen, die sie nicht als vollständige Familie teilen würden.

Rosie sollte hier sein.

Wie konnte etwas, das nicht geschehen war, das nie geschehen würde, sich ebenso hart anfühlen wie Reue?

Millies nächster Atemzug war schwer. Sie musste sich zusammenreißen, bevor ihre Tante und ihr Onkel durch diese Tür traten.

Es war das erste Mal, dass sie den Mut gehabt hatte, die beiden einzuladen, während sie bei Mama zu Besuch war. Sie waren Franklin noch nie begegnet und kannten auch die beiden Mädchen nicht. Millie wusste umgekehrt auch nicht viel über ihr

Leben, abgesehen von den Einblicken durch gelegentliche Postkarten.

Sie hatte keine Ahnung, was sie erwartete.

Millie hob Juliet hoch und die Kleine stieß einen Schrei aus und zappelte mit den Beinen wie ein Frosch. Wenn Rosie hier gewesen wäre, hätte sie diese Reaktion nur aufmerksam beobachtet, so wie sie Juliet das ganze Wochenende über ruhig und neugierig im Auge behalten hatte. Es war schon seltsam, wie unterschiedlich zwei Mädchen sein konnten, die zur selben Stunde geboren waren.

In diesem Moment ging die Tür auf und Tante Bea mit ihrem großen Hut musste sich ducken, so wie Millie es vorhergesehen hatte. Onkel Clyde hielt seine Gitarre vor sich und tippte sich an seine Schirmmütze. Sein Lächeln wurde breiter.

Juliet hörte auf zu jammern und musterte die Fremden im Zimmer, strampelte aber weiter. Millie hielt sie lachend fest. »Also, wenn das keine Begrüßung ist, weiß ich es auch nicht.«

Tante Bea machte mehrere zielstrebige Schritte auf Franklin zu.

Er streckte die Hand aus und sie ergriff sie. »Ma'am.« Mit respektvoll gesenktem Kopf legte er die andere Hand über ihre. »Ich bin Franklin. Es freut mich sehr, Sie kennenzulernen.«

Tante Bea ließ ihre Hand lange in seiner liegen, den Korb an ihre Hüfte gepresst.

Franklin wippte beinahe unmerklich mit der Spitze seiner Oxford-Schnürschuhe auf und ab. Die Bewegung war so subtil, dass sie jedem anderen entgangen wäre. Aber Millie nicht.

Und sie machte sich Sorgen, denn Tante Bea sagte unverblümt ihre Meinung und Millie hatte keine Ahnung, welche sie in Bezug auf ihn haben würde. Nichtsdestotrotz war es Millie wichtig, dass ihre Familie Franklin kannte, sie alle sollten ihn kennen, auch wenn ihre Ehe unkonventionell war. Schließlich liebte sie ihn über alles.

Onkel Clyde trat vor und Tante Bea zog ihre Hand zurück, um den Korb zum Sofa zu tragen und sich hinzusetzen.

»Nenn mich einfach Clyde, mein Junge, okay?«

Franklin nickte und schüttelte Onkel Clydes Hand. Er konnte sein Grinsen nicht unterdrücken und Millie musste lächeln, als sie sah, wie sehr er sich freute. Wenigstens konnte sie sich darauf verlassen, dass ihr Onkel keinen Ärger machte.

»Also, Millie. Mir scheint, wir sollten dir gratulieren.« Tante Bea nahm den langen Grashalm, der aus dem Korb ragte, und schob ihn durch das Geflecht, während sie sprach. Millie konnte an ihrem Tonfall nicht erkennen, ob ihr erster Eindruck wohlwollend oder kritisch ausgefallen war, aber eins wurde an ihrer Geschäftigkeit deutlich: Tante Bea behielt etwas für sich. Wenn diese Frau etwas verschwieg, konnte sie die Finger nicht still halten.

Millie stellte Juliet auf den Boden. »Danke, Tante Bea.« Sie warf Franklin einen Blick zu und sah dann auf ihre Tochter hinab. Sie fühlte sich zugleich untröstlich und durch und durch lebendig und wusste nicht, wie sie das erklären sollte, sodass sie es bei der knappen Erwiderung beließ.

»Entschuldigt mich bitte«, warf Mama ein. »Ich muss in die Küche und die Makkaroni umrühren, damit sie nicht anbrennen.«

»Das ist eine gute Idee«, zog Onkel Clyde sie auf. »Nach Weihnachten letztes Jahr wollte niemand mehr deine Makkaroni essen.«

»Ach, sei still.« Mama machte eine wegwerfende Handbewegung, aber Millie sah ihr Lächeln, bevor sie im Flur verschwand.

Die Erwähnung von Weihnachten hatte sie traurig gemacht, denn sie hatte das letzte gemeinsame Weihnachtsfest verpasst. Sie vermisste ihre Mama in ihrem alltäglichen Leben. Selbst jetzt war es nicht ungefährlich, hier zu sein mit Franklin und Juliet … Sie mussten aufpassen, dass nicht die falschen Nachbarn auf sie aufmerksam wurden.

»Deine Mama hat mir erzählt, dass dein Mann und du eine Pension in Alabama führt.« Tante Bea zog den Grashalm fester, um ein Muster in den Korb zu flechten.

»Das stimmt. An der Bucht dort in Fairhope.«

Clyde setzte sich neben seine Frau und legte den Arm auf die Rückenlehne, was ihn plötzlich größer wirken ließ. »Das klingt nett.«

»Das ist es, Sir.« Franklin nickte.

Millie unterdrückte ein Lachen. Die Anrede war in Bezug auf Onkel Clyde einfach zu absurd. Sie wünschte, Franklin würde sich nicht so unbehaglich fühlen, aber vielleicht änderte sich das ja mit der Zeit noch.

»Erzähl uns doch mal deine Geschichte, Franklin. Wie kommt es, dass du in Alabama bist und meine Nichte geheiratet hast?«

»Wenn ich sage, dass der glücklichste Tag meines Lebens daran schuld ist, würdet ihr das glauben?« Franklin grinste Millie zu und sie war froh, dass er sich ein bisschen zu entspannen schien. Juliet reichte ihm die Puppe und er bewegte deren Arme, sodass es aussah, als wollte sie das Kind umarmen. Dann wanderte Franklins Blick zu Tante Bea und Onkel Clyde zurück. »Als ich klein war, hat meine Familie einen Schicksalsschlag erlitten, also haben meine Mutter und ich uns darauf verlegt, als blinde Passagiere auf Züge aufzuspringen und von Ort zu Ort zu fahren. Dann ist sie irgendwann gestürzt. Also musste ich einen Weg finden, Geld zu ihr hierher nach Charleston zu schicken. Die Suche nach Gelegenheitsjobs schien mir die beste Möglichkeit.« Er zuckte mit den Schultern. »Ich habe immer gesagt, ich würde damit aufhören und mich irgendwo niederlassen wie andere Menschen. Aber ich hatte mich so daran gewöhnt und war so gut darin, dass ich nicht wusste, ob ich überhaupt etwas anderes konnte, und ich hatte nicht den Mut, es zu versuchen, bis ich Ihre Nichte kennenlernte, Sir.«

Millie blinzelte überrascht. Diesen Teil der Geschichte hatte er ihr noch nie erzählt. In ihren Augen hatte er sehr mutig gewirkt, immer schon.

Sie trat neben ihn und schob die Hand in seine Armbeuge. Er drückte einen Kuss auf ihre Haare.

»Ich bin froh, dass du jemanden gefunden hast, der dich so

liebt, wie du bist, mein Mädchen.« Clyde räusperte sich. »Schön zu sehen, dass du glücklich bist. Nicht wahr, Bea?«

Aber Tante Beas Flechterei wurde immer hektischer, bis sie schließlich den Korb abstellte und die restlichen Fasern von dem Mariengras von ihren Händen wischte. »Tut mir leid. Ich kann das nicht.« Sie schüttelte den Kopf und stand auf, die Hände in die Hüften gestemmt. »Ich kann nicht so tun, als ob.«

Millie drückte Franklins Ellbogen und runzelte die Stirn. »So tun, als ob *was*?« Als ob sie Franklin mögen würde? Als ob sie froh wäre, Juliet kennenzulernen?

Tante Bea schnaubte und sah Millie direkt in die Augen. »Ist das nicht offensichtlich, Mädchen?«

Millie schüttelte den Kopf.

»Na, du benimmst dich, als würdest du dich für uns alle schämen! So bist du nicht erzogen worden.« Tante Bea schluckte hörbar. »Du bist eine Gullah. Und du hast allen Grund, stolz darauf zu sein.«

»Schämen?« Millies Stimme war ganz leise, so schockiert war sie angesichts dieser Anschuldigung. Was fiel Tante Bea ein, etwas Verletzendes zu sagen? Wusste sie nicht, wie sehr das Versteckspiel Millie schmerzte? Wie sehr sie darunter litt, eine Hälfte ihres Wesens zu verschweigen – eine Hälfte ihrer Zukunft und eine Hälfte ihrer Vergangenheit?

»Wo ist denn dein Stolz auf *unsere* Familie? Auf alles, was wir erlitten, alles, was wir überwunden haben? Wenn du überhaupt noch welchen empfindest, dann hast du ihn jedenfalls niemandem gezeigt. Und wofür?« Tante Bea rückte den Korb auf der Armlehne zurecht, damit er nicht herunterfiel. »Hast du dein Kleidergeschäft vielleicht bekommen?«

Millie riss die Augen auf. »Ich –« Ihr versagte die Stimme genau in dem Augenblick, in dem Mama das Zimmer betrat.

Mama lächelte und fuhr mit den Händen über ihr hellblaues Kleid. »Was habe ich verpasst?« Ihr Ausdruck verfinsterte sich. Sie musste die Tränen in Millies Augen gesehen haben.

Tante Bea beobachtete Millie. Sie musste glauben, dass ihre Nichte keine Antwort darauf wusste. Dass sie recht damit hatte, dass Millie sich schämte und sie sich nicht verteidigen konnte. Wie sie sich irrte!

»Das dachte ich mir.« Tante Bea erhob sich, nahm den Korb wieder auf ihre Hüfte, dann streckte sie die Hand aus und strich Juliet über die Haare. Sie fauchte Onkel Clyde an, er solle sich beeilen, also nahm er die Gitarre, auf der er nicht einmal gespielt hatte. Franklin und Juliet hätten ihm bestimmt liebend gern zugehört; das wusste Millie einfach.

»Du hast eine reizende Familie, Millie, und ich bin froh darüber, dass es dir gut geht. Ich wünschte nur, du hättest uns ihretwegen und wegen deiner sogenannten Träume nicht vergessen.« Tante Bea wandte sich an Millies Onkel. »Komm, Clyde.«

Bevor er hinter Bea das Haus verließ, kam Clyde zu Millie und umarmte sie mit seinen kräftigen Armen – Armen, von denen Millie als Kind geglaubt hatte, sie könnten sie vor allem beschützen. Hatte sie sich getäuscht? »Lass ihr Zeit. Sie wird ihre Meinung noch ändern.« Dann trat er zurück und nahm seinen Hut. »Du musst zugeben, dass es ganz schön viel zu verdauen ist.«

Millie nickte, während ihr die Tränen über die Wangen zu laufen begannen.

»Du darfst nicht einen Moment lang glauben, dass sie dich nicht liebt, oder Franklin oder Juliet – oder dass sie nicht stolz auf dich ist, Mädchen.«

»Meinst du wirklich?« Die Verzweiflung in ihrer Stimme war erbärmlich. Doch sie brauchte den Rückhalt ihres Onkels so dringend.

»Natürlich.« Clyde nickte. »Sie muss nur wissen, dass du auch auf sie stolz bist, das ist alles.«

Wie kann sie daran zweifeln?

Er gab Franklin noch einmal die Hand und die beiden nickten einander zu, bevor Onkel Clyde hinausging.

Einen Augenblick lang standen sie zu viert schweigend da, sogar Juliet war still. Nach den hohen Erwartungen an dieses Treffen war die Enttäuschung umso tiefer.

Mama legte den Arm um sie, eine tröstende Geste, für die Millie dankbarer war, als ihre Mutter ahnen konnte. Egal, wie alt sie war, egal, wo sie wohnte – Millie hatte immer das Gefühl, dass sie hierhin gehörte, zu ihr.

»Wer möchte Makkaroni mit Käse?«, fragte Mama lächelnd.

Kapitel 38

Charleston, heute

Harper hatte die letzte Nacht damit verbracht, auf die Morgendämmerung zu warten. Sie musste immerzu über Millies verborgene Vergangenheit nachdenken und über die Heimlichtuerei Peter gegenüber. Und auch an alles, was sie bereits über Millie wusste, vor allem daran, wie lange sie auf ihren Traum vom eigenen Kleidergeschäft hatte warten müssen. Während Harper in dem kleinen Wohnzimmer ihrer Dachgeschosswohnung saß und den Teebeutel in heißes Wasser tunkte, starrte sie die Tür zu Millies Schlafzimmer an und entdeckte eine Entschlossenheit in sich selbst, die sie in Savannah nicht kennengelernt hatte.

Komme, was wolle, sie würde den Laden zu einem Erfolg machen. Ja, sie hatte auch für ihre eigenen Träume gekämpft und für das College. Sie hatte alles gegeben, aber nachdem sie so viel Gegenwind bekommen hatte … Das war etwas anderes.

Diesmal würde sie nicht aufgeben. Wenn es sein musste, würde sie immer wieder scheitern und dann von vorn anfangen und noch entschlossener kämpfen. Sie würde auf Pinterest und anderen Plattformen nach Mut machenden Zitaten suchen. Sie würde im Auto Taylor Swift hören. Sie würde so viel arbeiten wie nötig, um diesen Laden für Millie am Laufen zu halten, selbst wenn sie nie ihre eigene große Jubilee-Ausbeute an Land ziehen sollte.

Harper blickte auf die Uhr über der Kasse und dann zur Glastür. Sie runzelte die Stirn. Lucy war fünf Minuten zu spät, dabei kam sie *nie* zu spät zu einer Verabredung.

War alles in Ordnung?

Sie würde ihrer Freundin noch ein paar Minuten geben, bevor

sie ihr eine Nachricht schickte. Vielleicht steckte Lucy ja im Stau oder versuchte, einen guten Parkplatz zu finden.

Harper trat hinter der Kasse hervor und beschloss, die Musterkleider für Brautjungfern herauszuholen, die zu der Farbe passten, die Lucy ihr gemailt hatte.

Nach ein paar Minuten ertönte die Glocke über der Ladentür. Mit beiden Armen voller Kleider blickte Harper auf und sah Lucy atemlos hereinstürzen.

Harper lachte. »Was ist denn mit dir los?«

»Bin ich froh, dein Gesicht zu sehen!« Lucy trat näher und schlang die Arme um Harper und all die Kleider. »Du rätst nicht, wem ich gerade über den Weg gelaufen bin.«

Harper schüttelte den Kopf. »Reese Witherspoon?«

»Declan.« Lucy rieb sich die Schläfen. »Der Mann macht mich fertig.«

Harper unterdrückte ein Grinsen. »Fertig, hm?«

»Ja, fertig.« Lucy verschränkte die Arme, als käme die Wiederholung des Wortes einem abschließenden Urteil gleich. »Warum fragst du so?«

»Wie denn?«

Lucy trommelte mit den Fingern auf ihren Unterarm. »Du denkst, ich stehe auf ihn.«

Harper trat zur Seite, um die Kleider auf einen leeren Ständer zu hängen. »Das habe ich nicht gesagt.«

»Aber gedacht.« Lucy stieß einen tiefen Seufzer aus, zog dann eine Grimasse und formte lautlos Worte, als würde sie jemanden nachäffen.

Harper schob die Bügel ein wenig auseinander, damit der Stoff der Röcke frei fallen konnte. »Du gehst die Unterhaltung gerade noch mal durch, oder?«

»Vielleicht.« Lucy ging auf den Ständer zu. »Die Kleider sehen toll aus! Wie soll ich mich da entscheiden?«

»Du wirst sie anprobieren, sobald du mir erzählt hast, was passiert ist.«

Lucy seufzte erneut. »Er hat mir den Parkplatz vor der Nase weggeschnappt, weil er ein eingebildeter Fatzke ist.«

»Wow. Hattest du denn geblinkt?«

»Sehr witzig.« Lucy verdrehte die Augen. »Du kennst mich. *Natürlich* hatte ich geblinkt.«

Harper nahm eines der Kleider, die sie herausgesucht hatte, und hielt es Lucy in Schulterhöhe an, um einen besseren Eindruck davon zu bekommen, wie es an der Figur ihrer Freundin aussehen könnte. »Willst du mir verraten, warum du so klingst wie damals, als du nach New York gefahren und an der falschen U-Bahn-Station ausgestiegen bist, woraufhin du den Ausstellungsstück-Verkauf verpasst hast?«

»Als ich endlich da war, waren alle guten Kleider weg, Harper. Es war frustrierend. Das war so eine gute Gelegenheit!«

»Sag ich doch.« Harper hängte das Kleid zurück und nahm ein anderes. »Ist das die Farbe, die deine Schwester will? Nach der Datei, die du mir geschickt hast, könnte es hinkommen, aber am Bildschirm kann man sich nie ganz sicher sein.«

Lucy holte ein Stück Stoff aus ihrer Handtasche und hielt es an das Kleid. »Genau die richtige.« Sie steckte den Stoff wieder ein. »Also, Declan und ich waren zusammen aus, wie du weißt. Und dann hat sich herausgestellt, dass wir eine gemeinsame Geschichte haben.«

»Geschichte, ja?«, neckte Harper sie.

»Nicht die Art.« Lucy streckte die Hand aus und berührte das Kleid. »Ich meine eine echte historische Verbindung. Zwischen unseren Familien.«

»Echt jetzt?« Harper legte den Stoff um Lucys Taille. Es sah aus, als hätte das Kleid die richtige Größe und würde keine großen Änderungen erfordern. »Das ist ja ein Zufall.«

»Oder? Und zwar ist das ziemlich lange her …« Lucy gestikulierte wild, während sie erzählte. »Meine Vorfahren und seine Vorfahren haben sich über irgendwelches Silber gestritten, das im Bürgerkrieg verschwunden ist. Es wurde nie gefunden.«

»Nie?« Harper hängte sich das Kleid über den Arm und wandte sich den Umkleidekabinen zu.

Lucy folgte ihr. »So ist es. Meine Familie hat seiner Familie immer die Schuld gegeben und umgekehrt war es offenbar genauso.«

»Das hört sich an wie eine Shakespeare-Tragödie.« Harper zog den Vorhang der Umkleide mit der freien Hand auf und hängte das Kleid in der Kabine auf. »Zieh das mal an.«

»Woher wusstest du, welches von den Kleidern mir am besten gefällt? Ich habe doch noch gar nichts gesagt.«

»Das ist mein Job.« *Im Moment jedenfalls.* Harper grinste.

Die nächste Stunde verbrachten sie damit, eine ganze Reihe weiterer Kleider anzuprobieren, aber keins hielt dem Vergleich mit dem ersten stand. Harper trug es für Lucy zur Kasse und scannte das Preisschild.

»Danke, dass ich über Declan ablästern durfte.« Lucy zog ihre Bankkarte heraus.

»Wozu hat man denn Freundinnen?« Harper zog zum Schutz eine Hülle über das Kleid. Die Worte *Dresses by Millie* standen darauf und Harper musste jedes Mal lächeln, wenn sie den Schriftzug sah. Sie gab Lucy die Tüte. »Aber nur zu meiner Info – stehst du jetzt auf ihn oder nicht?«

❦

Einige Stunden später saß Millie in Harpers Wagen, schaute aus dem Beifahrerfenster und las die Straßenschilder, an denen sie vorbeifuhren. »Ann Street. Hier rechts!«

Die plötzliche Anweisung ließ Harper zusammenfahren und sie hätte beinahe einen Unfall verursacht. Es gelang ihr gerade noch, die Kurve zu kriegen. Der Wagen hinter ihnen hupte.

Millie hielt sich an dem Griff über der Tür fest. »Willst du mich umbringen? Als ich so alt war wie du jetzt, sind Frauen noch nicht Auto gefahren. Und wirklich, ich bin froh, dass die Zeiten sich geändert haben. Nur frage ich mich speziell bei dir jedes Mal, wenn ich in dein Auto steige, ob du nicht noch ein paar Fahrstunden mehr gebrauchen könntest.«

Harper lachte. »Als hätten deine Navigationsfähigkeiten nichts damit zu tun!«

Millie rückte ihren Hut zurecht und reckte das Kinn vor. »Ich weiß gar nicht, was du meinst.« Sie zeigte auf ein großes Backsteingebäude, das wie eine Art Lagerhaus aussah. »Das ist es, also hältst du am besten nach einem Parkplatz Ausschau und versuchst, uns nicht wieder ein Schleudertrauma zu verpassen, ja?«

Harper bemerkte eine Gruppe Mütter, die kleine Kinder an den Händen hielten, und kniff die Augen zusammen, um die Aufschrift des Schilds lesen zu können: »*Children's Museum of the Lowcountry*«. Sie wandte ihre Aufmerksamkeit wieder der Straße zu, bevor Millie noch eine sarkastische Bemerkung machen konnte. »Du gehst mit mir in ein Kindermuseum?«

»Sei nicht albern.« Millie lehnte sich auf ihrem Sitz zurück. »Ich will dir eine Nachbildung der ersten Dampflok zeigen, die in Amerika Eisenbahnwaggons gezogen hat.«

»Das ergibt natürlich viel mehr Sinn.« Harper grinste. Sie entdeckte einen freien Parkplatz am Straßenrand und setzte den Blinker, bevor sie den Arm um Millies Kopfstütze legte und die Straße hinter ihnen im Blick behielt.

Gemeinsam betraten sie kurz darauf das Eisenbahnmuseum gleich neben der Ausstellung für Kinder und fanden sich vor dem Modell wieder, von dem Millie gesprochen hatte. Ein Kleinkind, das noch unsicher auf den Beinen war, lief neben ihnen auf und ab, offensichtlich fasziniert von der Größe und den bunten Farben der Lokomotive.

Harper las mehrere von den Schildern, auf denen die Geschichte des Zuges erläutert war, und wartete darauf, dass Millie erklärte, warum sie ausgerechnet hierher hatte kommen wollen.

Die alte Dame umklammerte den perlenbesetzten Henkel ihrer kleinen Handtasche und starrte den Zug an, als würde er sich jeden Augenblick in Bewegung setzen. »Habe ich dir jemals erzählt, dass ich einen Hobo geheiratet habe?«

Harper riss die Augen auf. »Sind das nicht Menschen, die auf Züge aufspringen?«

Millie drehte sich zu ihr um und nickte. »Richtig. Das war sehr gefährlich, aber damals mussten das viele tun. In den Jahren nach der Weltwirtschaftskrise hatte man nicht den Luxus, irgendwo bleiben zu können. Man ging dorthin, wo es Arbeit gab. Und genau das machte mein Franklin auch. In den späteren Jahren, nach dem Krieg, wurden die meisten Leute sesshaft und hörten auf, zwischen den Gleisen herumzurennen, um auf fahrende Züge zu kommen. Franklin brauchte länger als die meisten anderen. Er sagte immer, bevor wir uns kennenlernten, habe er Schwierigkeiten gehabt, in einem festen Job zu bleiben, aber ich hatte immer den Verdacht, dass er einfach das Abenteuer mochte.«

Harper versuchte, sich das alles vorzustellen. Zweifellos konnte Millie ihr die Überraschung an der Nasenspitze ansehen. »Moment mal! Heißt das, *du* bist auch auf Züge gesprungen?«

Millie spitzte die Lippen, als hätte Harper gefragt, ob man Millies Plätzchen tiefgekühlt im Supermarkt kaufen könne. »Sehe ich aus wie jemand, der sich an einen fahrenden Waggon klammert?«

Harper fing an zu kichern. Sie konnte nicht anders. »Tut mir leid. Ich habe mir nur gerade vorgestellt, wie du …« Sie wedelte mit der Hand vor ihrem Gesicht herum, während sie versuchte, das Lachen zu unterdrücken.

»Ja«, sagte Millie schmunzelnd. »Ich verstehe schon, warum das lustig ist. Denn wenn ich jemals versuchen würde, auf einen fahrenden Zug aufzuspringen, würde das Ding mich wahrscheinlich überrollen.« Die Fältchen um Millies Augen verzogen sich ein wenig und ihre Miene wurde andächtig, als wäre sie in schöne Erinnerungen eingetaucht. »Damals war das Schwarzfahren aber noch nicht so verpönt wie heute. Viele ehrliche Leute taten es – auf der Suche nach Arbeit, nicht nach Ärger.«

Harper zögerte. »Was hat Franklin denn gesucht?«

Millie rückte ihren Hut gerade. »Ich weiß nicht, was er gesucht hat, aber gefunden hat er mich und ich sage dir, das hat für uns beide alles verändert.«

Harper legte eine Hand an ihre Brust. »Das ist bestimmt das Schönste, was ich je gehört habe!«

»Siehst du irgendwo eine Bank?« Millie sah sich im Museum um und entdeckte dann eine, auf die sie sich setzten. »Meine Mama hat mir ein paar Dinge mitgegeben, bevor ich Charleston verlassen habe. Du musst wissen, dass ich Franklin in einem Zug getroffen habe, weil ich von hier fortgegangen bin, um ein anderes Leben zu führen.« Sie rang die Hände im Schoß.

»Warum hast du das getan?«

Millie seufzte und sah Harper unverwandt an. »Weil die Tatsache, dass ich einen dunkel- und einen hellhäutigen Elternteil hatte, damals bedeutete, ich würde nie mein eigenes Geschäft bekommen. Für eine Frau war das ohnehin schon schwierig zu erreichen. Die Erbstücke hatte meine Mama von meiner Großmutter erhalten, die im Alter von neun Jahren als Sklavin verkauft worden war.«

Harper stellte sich vor, wie das kleine Mädchen die Tasche umklammerte, die Peter gefunden hatte, und das Herz wurde ihr schwer. »Neun?« Ihre Lippen formten das Wort lautlos, weil es ihr die Luft aus der Lunge sog. Sie dachte an ihre neunjährige Cousine, die noch mit Anziehpuppen aus Papier spielte.

»Man kann sich das nur schwer vorstellen, nicht wahr?« Millie nahm Harpers Hand und tätschelte sie. »Dann jedenfalls habe ich die Erbstücke bekommen und sie bei meiner großen Abenteuerreise nach Alabama mitgenommen. Ich könnte tagelang von meinem Franklin erzählen, aber das Wichtigste ist, dass ich diesen Mann geliebt habe, und nach einigen Jahren Ehe wurde ich schwanger.«

»Und du hast die Stücke wieder weitergegeben.« Harper verstand allmählich. »Und dein Hochzeitskleid …« Die Vorstellung, wie diese mittlerweile antiken Gegenstände durch die Geschichte gereist waren, ließ sie erschaudern. »Peters Mom war der Grund, warum du nie dein Geschäft eröffnet hast?«

»Ja.« Millie hielt Harpers Hand noch immer. Harper machte das nichts aus. Im Gegenteil, die mütterliche Zuneigung tat ihr gut. »Aber ich bereue nichts.«

Harper drückte Millies Hand. »Warum dann all die Geheimnisse vor Peter? Du weißt doch, dass er dich von Herzen liebt.«

Millie schaute zu der Lok hinüber. »Weil wir manchmal genau die Dinge aufhalten, die uns befreien würden – wir halten sie an und stoßen sie fort, weil unsere Angst zu stark wird. Niemand garantiert uns, was geschehen wird, also sorgen wir dafür, dass gar nichts geschieht.« Sie nahm den Hut vom Kopf und befestigte eine Haarnadel neu.

Harpers Blick fiel auf den hübschen Schmetterlingsknopf an der Krempe von Millies Hut. »Oh, das Muster habe ich schon mal gesehen …« *Aber wo? Moment mal … Natürlich!* »Dieser Knopf ist das Gegenstück zu dem an deinem Hochzeitskleid!«

»Die Knöpfe gehören zu dem Erbe, das meine Mama mir gegeben hat.« Millie berührte den Filz ihres Hutes und ein kleines Lächeln stahl sich auf ihre pinkfarben geschminkten Lippen. »Es gibt zwei davon.«

Kapitel 39

Fairhope, 1958

Gestern waren die Kolibris verschwunden.

Zwei waren es gewesen. Immer hatten sie vor dem Küchenfenster um das Futter gekämpft und dann mit ihren schnellen Flügelschlägen wieder trügerisch sanft über dem nektarreichen Blumenkorb geschwebt. Der erste Vogel war gekommen, nur um gleich darauf von dem anderen fortgestoßen zu werden. So machten sie es die ganze Zeit, diese zierlichen kleinen Tiere, und boten der sechsjährigen Juliet, die von drinnen aus zusah, gute Unterhaltung. Die Kleine zog die kleine Spielzeugeisenbahn, die Franklin für sie geschnitzt hatte, wieder und wieder auf dem Fensterbrett hin und her und rief: »Alle einsteigen!«, und: »Tschu tschu!«

Gestern hatte Millie einen Brief an ihre Mama abgeschickt:

Liebe Mama,

ich weiß, dass Du immer sagst, der frühe Vogel fängt den Wurm, aber manchmal sehe ich aus meinem Schlafzimmerfenster hinaus, die Wolken kleben wie Marshmallows am dunklen Sternenhimmel und ich frage mich, wo sie vorher waren und wohin sie ziehen. Dann fange ich an, über mich selbst nachzudenken.

Wusste der liebe Gott, dass ich nach Alabama gehen würde, oder habe ich irgendwo auf dem Weg seine Pläne durchkreuzt?

Ich dachte wirklich, ich würde inzwischen mein Kleidergeschäft haben. Mit all den Nähaufträgen als Schneiderin und

den Änderungsarbeiten für die Leute hier in der Pension rei-
be ich mich so auf, dass ich ganz erschöpft bin. Manchmal
glaube ich, so beschäftigt, wie ich bin, würde ich die Gele-
genheit gar nicht erkennen, wenn sie dann endlich kommt.
Ich meine, wenn ich irgendwann wirklich genügend Geld
zusammenbekomme, habe ich dann immer noch die nötige
Zeit? Und wenn ich die Zeit habe, werden auch alle anderen
Umstände passen? Ich dachte wohl, es würde leichter sein.
Wie es aussieht, sind meine Träume immer noch unerreich-
bar. Liegt das vielleicht einfach in ihrer Natur?
Werden sie jemals in Erfüllung gehen?
Ich vermisse Dich, Mama. Und ich habe Dich unendlich lieb.

Millie

Millie griff gerade in das Fass mit dem Mehl, mit dem sie morgens die Brötchen backte, als sie die Tür hinter Franklin ins Schloss fallen hörte. Sie mischte die Zutaten immer direkt in dem Ding, so wie die alten Leute es taten.

Dieser ganz besondere, markante Geruch kam zur Tür hereingeströmt. Wenn der Wind drehte und Unwetterwolken herantrug, hatte er immer ein besonderes Aroma von Blättern und regenschwerer Luft, einen Duft nach Pflanzen, Erde und Meer.

Jenseits der Küchenfenster ballten die morgendlichen Wolken sich zu einer grauen Decke zusammen und zogen immer näher, immer dichter an die Pension heran.

Millie stellte den Kessel auf den Herd, nahm ihren karierten Ofenhandschuh und tat die Brötchen zum Backen in den Ofen. Dabei dachte sie die ganze Zeit an die Kolibris – wohin sie jetzt wohl flogen, wo sie gewesen waren. Vielleicht waren die beiden kleinen, zerbrechlichen Geschöpfe gerade unterwegs in den nächsten Staat oder zum anderen Ufer des Meeres. Morgen für Morgen begann für sie ein neuer Tag der Nektarsuche, ein neuer Tag der Suche nach Schönheit. Millie gingen diese Vögel einfach nicht aus dem Kopf. Beinahe hätte sie vergessen, die Ofentür zu schließen.

Franklin trat näher und sie bemerkte, dass seine Hosenbeine nass und die Haare unter seiner Mütze ganz zerzaust waren. »Was in aller Welt …?«

Er verschränkte die Arme. Hinter ihm flatterten Blätter gegen das Fenster.

Millies Herz stockte. »Franklin?«

»Der junge Stevens ist gekommen, um uns zu warnen. Er sagt, er fürchtet, dass die Pension Schaden nehmen wird, und wir sollen uns lieber in Sicherheit bringen.« Franklins Gesicht war ganz blass. Und wenn Franklin sich Sorgen machte … Das war gar kein gutes Zeichen.

Millie schüttelte den Kopf. »Ich verstehe nicht. Nur weil es einen Sturm gibt?«

»Es ist ein *Wirbelsturm*, Millie. Mr Stevens war bei Tagesanbruch auf dem Wasser und meinte, er sei gerade noch mit dem Leben davongekommen.«

Millie hob die Hand, die immer noch in dem Ofenhandschuh steckte. »Müssen wir hier weg? In ein höher gelegenes Gebiet?«

Franklin nahm seine Mütze ab und fuhr sich mit der Hand durchs Haar. »Wir können nirgendwohin, Millie. So ist das eben, wenn man im Geheimen lebt, wie eine Art Gesetzlose.«

»Na, das ist wirklich nett, Franklin.« Millie zog den Handschuh ruckartig aus und warf ihn auf die Küchenzeile. »Du tust gerade so, als hättest du nichts mit unserer Situation zu tun.«

Sein Seufzen spiegelte seinen Frust – oder war es Reue? »Es tut mir leid.« Er trat einen Schritt näher. »Das hätte ich nicht sagen dürfen. Damit wollte ich nur ausdrücken, dass wir nirgends hinkönnen. Und selbst wenn, wären die Straßen nicht mehr befahrbar. Der Zyklon kann jeden Augenblick hier sein.«

Seine Augen waren Millies Anker, ihr grünblauer Fels gegen die drohende Wolkenfront.

»Wir bekommen erst morgen neue Gäste.« Millie wusste, dass er das als Nächstes hatte fragen wollen.

Franklin nickte und sah sich in der Küche um, als sähe er sie zum ersten Mal. »Wir müssen alles ins Obergeschoss bringen, für den Fall, dass Wasser ins Haus läuft. Das Dach wird sicher halten, aber die Fenster sind alt und wir sind nicht so weit vom Ufer entfernt, wie es mir gerade lieb wäre.«

Draußen pfiff der Wind. Vor Millies geistigem Auge blitzten Bilder von ihren liebsten Dingen an der Pension auf: der Anleger hinterm Haus; das Rankgitter mit den Rosen, die sie aus Mamas Stecklingen gezogen hatte; der Busch vor dem Fenster, in dem die Spottdrossel wohnte.

»Nachdem wir alles hinaufgeschafft haben – inklusive aller Wertsachen, die nicht nass werden dürfen –, musst du Juliet mitnehmen. Ich werde die Türen abschließen und verbarrikadieren, so gut ich kann, und dann müssen wir es uns in einem Zimmer gemütlich machen, das möglichst wenige Fenster hat. Am besten meiden wir die Teile des Hauses, die von herumfliegenden Gegenständen getroffen und beschädigt werden könnten. Wir wollen schließlich keine unangenehmen Überraschungen erleben.«

Millie biss sich auf die Unterlippe. »Die Flitterwochensuite?«

Er lächelte, trat vor und legte eine Hand in ihren Rücken. »Wenn ich in einem Wirbelsturm sterben soll, dann kann ich mir keinen besseren Ort vorstellen.«

Millie nahm den Ofenhandschuh und schlug damit nach Franklin. »Sag so was nicht! Du glaubst doch nicht, dass wir wirklich in Gefahr sind, oder?«

Franklin küsste sie aufs Haar. »Nein, aber unsere Pension könnte es sein. Also hol Juliet und ich mache mich draußen an die Arbeit.«

Eine halbe Stunde später waren die grauen Wolken noch dunkler geworden, der Wind peitschte noch heftiger gegen das Haus und Millies Gelassenheit war der beunruhigenden Gewissheit gewichen, dass ein wirklich heftiges Unwetter auf sie zusteuerte.

Ein plötzlicher Knall erschütterte das Haus. Juliet schrie auf und suchte in Millies Armen Zuflucht.

»Keine Angst, Liebes.« Millie streichelte ihrer Tochter über den Kopf und sah dabei Franklin an. »Ein großer Ast?«, fragte sie leise.

Franklin nickte. Er blickte zum Fenster auf der anderen Seite des Raums hinüber, weil er viel mutiger war als Millie, die sich nicht traute, überhaupt hinauszusehen. »Alles in Ordnung«, antwortete er ebenso leise.

Millie nickte. Sie konzentrierte sich ganz auf ihre Tochter und ihren Mann, auf die Stickerei auf dem Beutel in ihrem Schoß und alles, was diese gestickten Worte ihrem Herzen bedeuteten. Dabei summte sie eine Melodie, um Juliet zu beruhigen.

Wenn doch nur der Regen aufhören und der Wind nicht immer lauter um die Pension kreischen würde wie eine Lokomotive, die mit Volldampf in den Bahnhof einfährt!

Während die Büsche an der Hauswand der Pension kratzten, wurde Millie bewusst, dass das Fehlen ihrer zweiten Tochter das war, was ihr am meisten Angst machte. Rosie würde jeden Sturm ohne sie durchleben müssen.

Eines Tages würde Millie die Knöpfe von ihrem Hochzeitskleid reißen und jeder ihrer Töchter einen davon geben. Vielleicht wollte eine ja auch das Kleid selbst. Aber all das war nicht genug. Millie sah auf die Tasche hinunter und auf das Kleid, das sie ebenfalls hergeholt hatte. Warum hatte sie nicht schon früher daran gedacht? Wenn dieser Beutel das Unwetter überlebte, würde sie ihn Rosie schenken, denn mehr konnte sie ihr nicht geben.

Rosie, ihr Kolibri, der eines Morgens nicht mehr da gewesen war.

Das elektrische Licht flackerte und erlosch.

»Kein Problem.« Franklin entzündete schnell ein Streichholz. »Dafür habe ich eine Kerze.«

»Du denkst wirklich an alles, Daddy.« Juliet schmiegte sich nun an ihren Vater.

Die Kerze warf die Schatten der beiden an die Wand. Millie beobachtete sie, diese sich bewegenden dunklen Abbilder, und versuchte zu verstehen, wie sie größer und wieder kleiner wurden. Franklin erzählte ein paar Witze, um Juliet zum Lachen zu bringen, aber Millie war in Gedanken ganz woanders.

Sie hörte nicht auf, auf die Schatten zu starren. Nicht, als sie einen erneuten, noch lauteren Knall hörte, die Fenster zerbarsten und das Wasser sich auf dem Boden zu sammeln begann. Auch nicht, als Franklin aufsprang und Juliet mit den Erbstücken den Flur hinunterlief.

Erst verzögert wandte sie den Blick von der Wand ab und sah zu, wie die kleinen Glasscherben durch den Raum schwammen, seltsam schön im Licht der Kerze, das auf dem Wasser glitzerte.

ೞ

Sie würde ihr die ganze Geschichte erzählen.

Juliet stand im Türrahmen, während Millie Glasscherben zu einem Haufen zusammenkehrte.

Der Wind hatte auf unheimliche Weise ganz plötzlich aufgehört, aber Franklin sagte, das bedeute wahrscheinlich nur, dass das Auge des Wirbelsturms über ihnen war und der Wind jeden Augenblick wieder auffrischen würde, deshalb sollten sie weiter auf der Hut sein. Lautes Hämmern war zu hören, weil Franklin hastig das kaputte Fenster mit Brettern vernagelte. Natürlich würde der Regen durch die kleinen Ritzen dazwischen dringen und den Boden mit Wasser bedecken, aber sie würden tun, was sie konnten, um den Schaden zu begrenzen.

Unschuldige Angst flackerte in Juliets Augen und sie wagte nicht, einen Schritt in den Raum hinein zu machen, denn Millie hatte es ihr verboten, damit sie sich nicht verletzte.

Das Mädchen umklammerte den Beutel und das Kleid, obwohl Letzteres gut doppelt so groß war wie sie selbst.

Was dachte Millie sich nur? Nein, sie konnte Juliet nicht die

Wahrheit über ihre Schwester sagen. Nicht unter diesen Umständen. Nicht, wenn ihre Tochter so verängstigt war.

Das Glas klirrte, als Millie mehrere winzige Stücke in die Kehrschaufel fegte. Da sah sie, dass die kleine Eisenbahn, die Franklin für Juliet gemacht hatte, vom Fensterbrett gefegt worden war und zerbrochen im Wasser lag. Sie ließ den Besen fallen und eilte zum Fenster, um die Teile aufzuheben. Das gesplitterte Holz stach ihr in den Daumen, der daraufhin zu bluten anfing. »Mist!«, murmelte Millie. Sie schüttelte die Hand aus und führte dann den blutenden Finger an ihre Lippen.

»Mama, hast du dir wehgetan?«

Millie biss sich auf die Unterlippe und streckte die Hände aus, die zerbrochene Spielzeugbahn darin, damit Juliet sie sehen konnte. »Es tut mir leid, Liebling. Aber ich wette, Daddy kann sie reparieren.«

Jetzt legte Juliet endlich das Kleid und den Beutel auf den trockenen Boden im Flur und seufzte erleichtert, als hätte sie eine schwere Last getragen. »Das ist nicht schlimm, Mama. Ich mag diese Eisenbahn sowieso nicht mehr.«

Millie blickte auf die zerbrochenen Teile in ihren Händen und schluckte die Gefühle hinunter, die ihr die Kehle eng werden zu lassen drohten. »Wie meinst du das?« Wenn sie darüber nachdachte, hatte Juliet an diesem Morgen tatsächlich zum ersten Mal seit Langem wieder mit der Holzeisenbahn gespielt.

Juliet zuckte mit den Schultern. »Jetzt, wo ich fast groß bin, mag ich lieber erwachsenes Spielzeug. Ich spiele nur noch damit, weil Daddy sie selbst gemacht hat und er Eisenbahnen so mag.«

»Die mag er wirklich«, bestätigte Millie und lächelte. »Erwachsenes Spielzeug, sagst du? Und was bedeutet das?«

»Ach, du weißt schon. Puppen und Kleider und Fäden. Womit du immer spielst.« Juliet lehnte sich in den Türrahmen und wackelte in dem Regenwasser, das in einem Rinnsal durch das Zimmer bis zu ihr gelaufen war, mit den Zehen.

Millie trat näher und stellte die Spielzeugeisenbahn ab, ein

Stück entfernt von dem zerbrochenen Glas. Wenn sie doch all das Wasser auch zu ordentlichen Haufen zusammenkehren könnte oder die Sonne es wieder nach draußen holen würde, so wie der Sturm es hatte hereinfluten lassen …

☙

Eine Woche nach dem Sturm kam ein Paket von Mama mit der Post. Millie trug es ins Haus und legte es an dem Fenster ab, an dem sie so oft die Kolibris beobachtet hatte. Im Haus war es immer noch feucht und zu warm aufgrund der Schäden, die das Unwetter angerichtet hatte.

Sorgfältig wickelte Millie das braune Papier ab und fuhr mit dem Fingernagel unter das Klebeband, mit dem das Päckchen für den Versand zusammengebunden worden war.

Als sie den ordentlich gefalteten Spitzenstoff sah, stockte ihr der Atem. Trotz der vielen Kilometer zwischen ihnen spürte sie die aufmunternden Arme ihrer Mutter, ein Trost, der so wohltat, dass es ihr Tränen in die Augen trieb.

Liebes,

Du grübelst wie immer zu viel. Nun hör auf, so zu reden, als wären Deine Träume zu schwierig. Du hast Dir doch ein gutes Leben aufgebaut, oder nicht? Das ist schließlich auch nicht einfach gewesen und Deine Arbeit als Schneiderin ist ebenfalls keine unbedeutende Kleinigkeit. Sieh nicht immer auf das, was schlecht ist, sondern denk an all das, was gut läuft. Du musst die Welt nicht an einem Abend retten, Kind. Hab Geduld. Warte auf die richtige Mondphase, dann wird Deine Zeit schon noch kommen.
Ich habe dieses Tischtuch aus Spitze schon vor langer Zeit für Dich zurückgelegt, aber ich glaube, es wird Zeit, dass ich es Dir schicke. Betrachte es als eine Investition in Dein

Kleidergeschäft. Bewahre es gut auf, bis Du es gebrauchen kannst, und bewahre es auch im Herzen. Träume von all den Kleidern, die Du nähen möchtest, und dann zeichne sie und schmiede Pläne.

Halt an Deiner Hoffnung fest, mein liebes Mädchen. Halt immer daran fest.

In Liebe
Mama

Kapitel 40

Charleston, heute

Einen Monat nach der Ausstellung lief ein Stück von Etta James durch die Lautsprecher, die Harper mit ihrem Smartphone verbunden hatte, während sie drei große Pappkartons aus dem Lager zog. Peter half ihr, sie in die Mitte des Ladens zu tragen. Er hatte keine Ahnung von Inventur, aber er hatte Harper vermisst und deshalb war er hier – und versuchte, sich ein Herz zu fassen und ihr von den nötigen Reparaturen zu erzählen.

»Du hast nicht erwartet, in einer Boutique körperliche Arbeiten verrichten zu müssen, oder?« Harper zeigte ihm, wohin er die Kartons stellen sollte.

»Das macht mir nichts aus.« Man hätte meinen können, er wäre nur höflich, aber es war die Wahrheit. »Harper, ich muss dir was sagen.«

Sie drehte sich zu ihm um. »Ach ja?«

Peters Magen zog sich vor Nervosität zusammen. Warum hatte er so lange damit gewartet, den Zustand des Gebäudes anzusprechen? Warum hatte er solche Angst gehabt, dass sie und Millie die Flucht ergreifen würden?

»Es ist mir etwas unangenehm.«

Harper verschränkte die Arme vor der Brust. »Ich höre.«

Wie sollte er es formulieren?

»In diesem Haus sind wegen des Alters ein paar Reparaturen nötig.« Er wischte mit dem Schuh über den Boden. »Nichts Schlimmes, aber nächste Woche kommen ein paar Handwerker.«

Okay, das hatte jetzt so geklungen, als könnte man die Probleme mit einem halbstündigen Aufenthalt im Baumarkt lösen.

Aber spielte das wirklich eine Rolle, wenn sie jetzt immerhin im Kern Bescheid wusste?

Harper fuhr sich mit der Hand über die Stirn. »Aber nächste Woche ist doch die Eröffnung.« Ihr Blick wanderte durch den Raum. »Wir sind beinahe fertig mit den Vorbereitungen.«

Peter wurde bewusst, dass er die Luft angehalten hatte. Mit einem Seufzer ließ er sie wieder entweichen. »Ich weiß. Und es tut mir wirklich leid.«

»Kannst du nicht noch ein bisschen warten, bis unser Geschäft besser läuft?«

Nicht, wenn ihr keinen Räumungsbefehl wollt.

»Ich kann es leider nicht länger aufschieben.«

Harper zögerte. »Dann tu, was du tun musst. Wir wollen schließlich nicht, dass die Wände um uns herum einstürzen.« Sie lachte.

Hätte er ihr das ganze Ausmaß des Problems gebeichtet, hätte sie keine Witze darüber gemacht.

»Nein, das wollen wir nicht.«

Harper streckte die Hand aus und berührte seinen Ellbogen. »Warte mal. Die Wände können nicht wirklich einstürzen, oder?«

Ihre Berührung hatte eine größere Wirkung auf ihn, als er zugeben wollte. »Soweit ich weiß, ist die Statik in Ordnung.« Möglich, dass die Statik das Einzige war, worum sie sich keine Gedanken zu machen brauchten.

»Na, da bin ich erleichtert.« Harper zog ein kleines Taschenmesser aus der Tasche ihres roten Rockes und schnitt das Klebeband an den Kartons auf. Peter mochte Frauen, die auf alle Lebenslagen vorbereitet waren.

»Mir ist eingefallen, dass ich dich nie nach deinem ersten Sanierungsprojekt gefragt habe«, sagte sie. »Wann wusstest du eigentlich, was du mit deinem Leben anfangen willst?«

Peter nahm seine Brille ab und rieb mit dem Saum seines Hemdes einen Fingerabdruck von den Gläsern. Diese Frage konnte er sofort beantworten – da musste er nicht lange nachdenken. »Ich habe im College erst mit Jura angefangen. Dann ist meine Mutter gestorben.«

Harper blickte von den Kisten auf. Verstehen lag in ihren sanften, auf einmal traurig blickenden Augen.

Peter nickte. Eine Welle der Nostalgie zog ihn zu der Erinnerung zurück, von der er sprach. »Die Kurzfassung: Mein Stiefvater hat mich für Anerkennung immer arbeiten lassen, aber nach dem Tod meiner Mutter trieb er es auf die Spitze. Ich weiß noch, dass ich in Millies Pension war und draußen auf ihrem Bootssteg saß, als es mir mit einem Mal bewusst wurde. Ich wollte statt Jura lieber Geschichte studieren.«

Plötzlich schlug Harper sich die Hände vor den Mund.

Hatte er etwas nicht mitbekommen? »Überrascht dich mein Fachwechsel wirklich so sehr?«

»Nein, das nicht.« Sie lachte leise. »Es ist nur …« Sie sah ihm direkt in die Augen und es war, als könnte sie in ihn hineinsehen. »Ich erinnere mich an dich.«

Sie erinnerte sich an ihn? Wie konnte das sein?

Peter blinzelte. »Ich versteh nicht, was du meinst.« Waren sie sich vor dem Polterabend damals schon einmal begegnet? Sie hatte schließlich gesagt, dass sie in Fairhope aufgewachsen war.

»Ich habe früher gegenüber von der Pension am anderen Ufer der Bucht gewohnt. An einem Abend habe ich draußen mit meinem Dad gegessen und ich weiß noch, dass ich diesen Jungen in meinem Alter gesehen habe, der auf Millies Anleger stand.« Harper trat ein wenig näher. »Ich habe meinen Dad nach dir gefragt.«

Peter starrte sie an. »Wirklich? Und was hat er gesagt?«

»Er hat mir von deiner Mutter erzählt und gesagt, du wärst bei Millie, weil etwas mit deinem Stiefvater vorgefallen war.« Harper schob sich die Haare hinter die Ohren, ohne den Blickkontakt zu unterbrechen. »Es ist merkwürdig, es laut auszusprechen, aber ich habe damals diese Verbindung zu dir gespürt, nach dem, was ich mit meiner eigenen Mutter gerade durchgemacht hatte. Und ich habe für dich gebetet.« Sie schüttelte den Kopf. »Ich hätte nie gedacht, dass wir uns irgendwann kennenlernen würden.«

Peter legte eine Hand auf ihre Schulter. Am liebsten hätte er sie an sich gezogen, doch er zögerte. Er war sich nicht sicher, ob sie ihn mochte, wie er sie mochte. Aber der Gedanke, dass sie ihm damals Gesellschaft geleistet hatte – hinter dem Nebel, der sich aufs Wasser gelegt hatte –, überwältigte ihn einfach. Er erinnerte sich noch genau an den Abend. »Danke.«

Harper senkte nun doch den Blick und schob die Reifen an ihrem Arm auf und ab. »Jetzt weiß ich also, warum du das Fach gewechselt hast, aber was ist mit den alten Häusern?«

Peter nahm die Hand von ihrer Schulter. »Die Stimmung zwischen meinem Stiefvater und mir war sehr angespannt, nachdem er die Sachen meiner Mutter weggegeben hatte. Und als ich ihm erzählte, dass ich das Jurastudium aufgeben und stattdessen Historiker werden wollte, hat er unsere ohnehin ungute Beziehung endgültig beendet.«

»Puh.«

»Ja, aber mich an einen Fertiggerichte-Lebensstil zu gewöhnen, war einfacher, als ich erwartet hatte. Denn zum ersten Mal überhaupt hatte ich das Gefühl, frei atmen zu können. Außer in finanzieller Hinsicht.« Er fuhr sich mit den Händen durchs Haar. Wenn er daran dachte, fühlte es sich immer noch an wie ein Schlag in die Magengrube. »Meine Mutter hatte ein Haus geerbt und nach ihrem Tod fiel es an mich. Und als ich dort einzog – weil ich dachte, ich könnte dadurch mehr über sie erfahren oder die vermissten Erbstücke finden –, entdeckte ich, dass sich seit Langem niemand mehr um die Immobilie gekümmert hatte. Nichts dort half mir zu verstehen, warum meine Mutter es bekommen hatte.«

Harper runzelte die Stirn. »Und was hast du dann gemacht? Hast du überlegt, es zu verkaufen?«

»Natürlich habe ich daran gedacht und damals hätte ich das Geld wirklich gut gebrauchen können. Aber es gab einen anderen

Grund, aus dem ich mir den Verkauf nicht leisten konnte: Es war immer noch eine Verbindung zu meiner Mutter, die ich verloren hätte. Und wenn ich es angeboten hätte, wäre es wahrscheinlich von einem Investor aufgekauft worden, der es abgerissen hätte, um auf dem Grundstück neu zu bauen.« Er sah Harper in die Augen. »Und da wusste ich: Wenn ich kein Stück Geschichte verkaufen wollte, musste ich anfangen, Historisches zu retten. Zum Glück haben sich durch die blühende Tourismusbranche in Charleston meine Investitionen in Mietshäuser gelohnt. Ich habe erkannt, dass ich daraus etwas machen und mein Haus dadurch behalten konnte.«

Harper fingerte an ihrer Perlenkette herum. »Peter, kann ich dich was fragen?«

Alles.

»Klar.«

»Dir fällt es schwer loszulassen, oder?«

Peter rieb sich übers Kinn. »Ich glaube, das kann man so sagen.«

»Du bist wohl genau zum richtigen Zeitpunkt in mein Leben getreten, denn wenn ich ehrlich bin« – sie machte zwei Schritte auf ihn zu und sein Puls begann zu rasen – »war ich kurz davor aufzugeben.«

Peter nickte. Das wusste er. Und er wusste auch, dass Harper normalerweise nicht der Typ Mensch war, der aufgab, wenn es Hindernisse gab. Man musste sie nur jetzt sehen, wie sie alles tat, um Millie zu helfen.

Sie schüttelte den Kopf, offensichtlich durcheinander von dem Hin und Her aus Träumen und Enttäuschungen. »Ich dachte so lange, eine eigene Boutique wäre mein Ziel im Leben. Ich hatte alles geplant, habe stundenlang nähen geübt, habe mich beim passenden College eingeschrieben, mir entsprechende Praktika und Gelegenheitsjobs gesucht. Aber weißt du, was mich fertiggemacht hat? Immer wieder habe ich gemerkt, dass es nicht reicht.« Sie sah ihm in die Augen, als müsste er eine Antwort darauf haben, als müsste er verstehen. »Weißt du, wie es ist, diesen Traum zu haben, für den du lebst und dem deine ganze Leidenschaft gilt, und dann sagt das Leben dir, dass du noch nicht bereit oder nicht gut genug bist?«

Er hatte das Gefühl, dass er auf diese Frage besser nicht antworten sollte.

Sie straffte die Schultern. »Manchmal kommt es mir vor, als würde ich mit zwei Wesen herumlaufen. Mein Äußeres lebt in der realen Welt, aber mein Inneres will bis spät in die Nacht Kleider entwerfen. In mir flackert dieser unmögliche Traum wie die Flamme einer Kerze und ich kann sie nicht auslöschen. An verschiedenen Punkten in meinem Leben habe ich versucht, mich auf irgendeine Sache festzulegen. Ich habe die Hoffnung auf meinen Traum aufgegeben, wie du selbst mit angesehen hast, und früher hatte ich das langweilige alte, normale Leben aufgegeben. Aber es scheint mir nicht zu gelingen – ich *schaffe* es einfach nicht –, meine beiden Hälften in Einklang zu bringen und zu entscheiden, welche von ihnen meine Zukunft bestimmen soll.« Sie legte den Kopf schief. »Was meinst du, Peter – als jemand, der nicht so schnell aufgibt?«

Er dachte eine Weile darüber nach. »Offensichtlich brauchst du Geld zum Leben, das ist das eine«, sagte er dann. Obwohl er ihr liebend gern die Miete erlassen würde, wenn es bedeutete, dass sie und Millie blieben.

»Stimmt.« Harper rückte die Kleider auf dem Ständer zurecht, damit zwischen ihnen genügend Platz war, um jedes einzeln sehen zu können.

»Aber du kannst auch nicht ignorieren, was deine Seele am Leben erhält, denn ich glaube, es hat einen Grund, warum Gott uns unsere Leidenschaften ins Herz gelegt hat. Dass er dadurch zu uns spricht. Wenn er dich zu etwas beruft, dann wird er dir Wege eröffnen, auch wenn sie vielleicht anders aussehen als erwartet.«

»Du klingst wie mein Dad.«

War das ein Kompliment? Seine Hand kehrte auf ihre Schulter

zurück. Irgendwie musste er an die Ausstellung zurückdenken – an diesen albernen modischen Anzug und den Augenblick, in dem er Harper beinahe geküsst hätte. Er schluckte und schüttelte den Kopf, bevor seine Augen verrieten, woran er dachte. »Das ist keine einfache Situation, in der du dich gerade befindest. Aber ich vermute, mein Rat wäre der: Wenn du dich im Innern hin- und hergerissen fühlst, dann ist das Problem nicht, dass du dich für eine Seite entscheiden musst.«

Harper starrte ihn verwirrt an. »Nicht?«

»Das Problem ist, dass etwas von deiner Geschichte noch nicht erzählt ist. Das Verbindungsstück zwischen den beiden Hälften.«

»Du bist ja ziemlich tiefgründig, Peter.« Sie zog ihren Pferdeschwanz fester, während sie sich bückte, um das nächste Kleid aus dem Karton zu nehmen.

»Ehrlich gesagt gibt es da etwas, das ich dir noch nicht erzählt habe.« Peter musterte sie, wie sie mit dem Kleid überm Arm abwartend dastand. »Das Haus in Radcliffeborough …«

»Was ist damit?« Harper hängte das Kleid auf den Ständer und fuhr mit den Fingern sanft über den Stoff.

»Es hat früher Millie gehört.«

Kapitel 41

Fairhope, 1963

Millie wischte den Rand ihrer Lieblingsrührschüssel mit einem feuchten Lappen ab und deponierte beides auf der Arbeitsplatte, als sie Juliet vom Wohnzimmer aus rufen hörte.

»Ich komme!« Millie eilte hinüber. Es dauerte nur wenige Sekunden, bis sie bei ihrer Tochter war. Einige Pensionsgäste hatten sich bereits im Raum versammelt und starrten in Richtung Fernsehapparat, auf dessen Bildschirm der Nachrichtensprecher Walter Cronkite zu sehen war – und irgendein Journalist namens Patterson.

Millie schob sich durch die kleine Menschentraube und legte die Hände auf Juliets Schultern. Sie musterte ihre Tochter von Kopf bis Fuß. Was war denn los? Juliet hatte besorgt geklungen.

Unter Millies Berührung entspannte sie sich merklich. Sie lehnte sich an sie, sagte aber nichts. Millie hielt sie fest. Gesprächsfetzen von Cronkite und Patterson drangen durch den Nebel der Sorge, der Millies Wahrnehmung getrübt hatte.

»Wir stehen hier im Rauch und halten einen Schuh. Wenn unser Süden jemals sein soll, wie wir ihn uns wünschen, dann müssen wir auf diesen vier kleinen Gräbern, die wir ausheben, eine Blume edlerer Entschlossenheit pflanzen.«

»Du lieber Himmel, was ist denn passiert?«, fragte Millie.

Eine der Frauen, die in der Pension zu Gast war, erklärte, dass es bei der Kirche in der Sixteenth Street, wo Dr. Martin Luther King im vergangenen Frühjahr verhaftet worden war, eine Bombenexplosion gegeben hatte. Vier Mädchen, die zum Gottesdienst gewollt hatten, waren getötet worden. Vielleicht gab es auch Verletzte durch das Geröll, das in alle Richtungen gesprengt worden

309

war, um Zerstörung, Hass und Tod zu bringen. Eine Bleiglasab-bildung von Jesus lag in Scherben – was einmal als Symbol der Liebe gedient hatte, war als scharfkantige Waffe eingesetzt wor-den.

Lieber Gott! Was haben sie getan?

Die Arme immer noch um Juliet geschlungen, nickte Millie der Frau, die das Szenario beschrieben hatte, dankend zu. Dann sah sie wieder zum Fernseher hinüber, wo Cronkite das Ereignis kommentierte. Millie drückte Juliet noch fester an sich.

»Das Mädchen, das ich letzten Monat in der Stadt getroffen habe …«, sagte Juliet mit erstickter Stimme und blickte zu Millie auf. »Die, mit der ich mir geschrieben habe. Sie wohnt doch in Birmingham. Das ist ihre Kirche, die da gerade zu sehen war. Was ist, wenn sie …?« Juliet schluckte. »Was, wenn …?«

Viele Antworten gingen Millie durch den Kopf.

Ich bin sicher, deiner Freundin geht es gut, wollte sie sagen. *Ich bin sicher, sie war keins von den Mädchen, die sie tot aus den Trüm-mern geborgen haben. Ich bin sicher, sie ist so schnell aus der Kirche gerannt, dass sie gar nicht gesehen hat, wie der Rauch aufstieg und der Staub wie Asche niederregnete.*

Aber Millie konnte es nicht wissen. Sie konnte nicht mal wis-sen, was es für Auswirkungen hatte, dass sie Juliet so erzog, als wäre sie weiß – und die Tochter einer Weißen –, während das Mädchen sich möglicherweise in mehr als einer Hinsicht mit ih-rer dunkelhäutigen Brieffreundin identifizierte.

Und in diesem Augenblick erinnerte Millie sich an den jüngs-ten Brief dieses Mädchens an Juliet. Sie hatte ihre Freundin mit der ganzen Familie zu einem langen Wochenende eingeladen. Dazu gehörte sicher auch der Sonntagsgottesdienst – Sonntags-schule und hübsche Hüte und Haarschleifen und das ganze Pro-gramm. Vielleicht sogar, dass sie sich gemeinsam im Bad zurecht-machten.

Plötzlich fühlte Millie sich, als wäre im Raum keine Luft mehr zum Atmen. Sie blickte auf die lockigen Haare ihrer Tochter hinunter, die sie hinter den Ohren zurückgesteckt hatte, und dann schloss sie die Augen und gab sich der Erleichterung darüber hin, dass sie Juliet lebendig in den Armen halten konnte, während das Mädchen zu weinen begann.

In diesem Augenblick kam die Furcht mit aller Wucht zurück. Und als Millie erkannte, dass sie tatsächlich ganz viele Entscheidungen aus diesem Gefühl heraus getroffen hatte, geschah etwas Unerwartetes: Die Angst wurde schlimmer.

Sie sah Juliets Gesicht in jener Kirche. Sie sah Juliets Rock schwingen, während das Mädchen mit den anderen zusammen durch die Tür lief. Sie sah Juliet in der Kirchenbank aufstehen, um jemandem die Hand zu geben, und dann mit der restlichen Gemeinde zu Boden fallen, während das Dynamit explodierte.

Es hätte *ihre* Tochter sein können.

Immerhin war es ihr eigener Vater gewesen.

Millie schloss die Augen. Es war nicht nötig, das Kind mit ihren eigenen Ängsten zu beunruhigen. Sie musste sich verstellen und Stärke ausstrahlen.

»Mama?«, murmelte Juliet und Millie öffnete die Augen. Ihre Tochter beobachtete sie. »Mama, ist alles in Ordnung? Du siehst aus, als wäre dir schlecht.«

Millie zögerte. »Mach dir um mich mal keine Gedanken.« Sie fuhr mit dem Daumen über Juliets Wange. »Was hältst du davon, wenn wir beide kurz in dein Zimmer gehen und über das reden, was passiert ist?«

Juliet nickte.

Millie nahm sie an der Hand und ging mit ihr den Flur hinunter. Sie setzten sich nebeneinander auf die Patchworkdecke aus verblichenen Stoffen, die auf Juliets Bett lag, beide einen Arm um die jeweils andere gelegt.

»Ich habe Angst, Mama.« Juliet sah Millie mit großen Augen an.

Millie erwiderte ihren Blick. »Tu immer das, worüber wir gesprochen haben, dann brauchst du keine Angst zu haben, Liebling.«

Juliet biss sich auf die Unterlippe. »Ich habe dir etwas nicht erzählt.«

Millies Herz stolperte. Die Szene, in der Harry in der Eisdiele ihren Ärmel zerrissen hatte, blitzte in ihrer Erinnerung auf.

»Letzten Monat, als die große Familie mit den vielen Kindern hier war …« Juliet befingerte den Saum der Bettdecke. »Sie haben draußen gespielt und ich dachte, ich könnte fragen, ob sie Limonade haben wollen, um gastfreundlich zu sein und so.«

Millie hatte sofort eine ungute Vorahnung. »Und?«

Juliet schüttelte den Kopf. »Der älteste Junge hat mich gefragt, warum ein farbiges Mädchen bei weißen Eltern lebt. Ich habe ihm geantwortet, was du und Daddy mir immer gesagt habt, dass mein Großvater Italiener war – aber er hat mir nicht geglaubt. Er hat nur angefangen zu lachen und etwas ganz Furchtbares zu mir gesagt.«

Millie fuhr sich mit den Händen durchs Gesicht.

Warum hast du mir das nicht früher erzählt? Aber dann erinnerte sie sich daran, dass sie ihrer eigenen Mutter auch erst von Harry erzählt hatte, als sie es musste.

Juliet sah Millie jetzt wieder in die Augen, den Stoff der Decke immer noch zwischen den Fingern. »Er hat gesagt, wenn ich jemals Geschwister bekomme, dann wären die wahrscheinlich weiß und alle würden sehen, was er schon wüsste – dass entweder meine Mutter etwas zu verbergen hat oder dass mein Daddy nicht wirklich mein Vater ist.«

Millie stöhnte. Sie hätte am liebsten den Arm über die Pension hinweg, über die Bucht, über die Grenze in den anderen Bundesstaat gestreckt, bis sie den dummen Jungen packen konnte. Sie würde ihm was erzählen, bis er bereute, ihrer Tochter jemals begegnet zu sein.

Aber das würde auch nichts ändern.

»Er hat zu mir gesagt, dass farbige Leute nicht zu weißen Leuten gehören und dass ich hier nicht leben sollte, weil irgendwann jemand es herausfinden wird, und dann werden sie mir wehtun, oder dir, oder sie werden das Haus in Brand stecken. Ich habe versucht, nicht mehr daran zu denken, aber als ich die Nachrichten gesehen habe ... Hatte er denn recht? Es hätte mich treffen können, oder, Mama?«

Ja.

Nein.

Vielleicht.

Farbige Leute gehören nicht zu weißen Leuten.

Diese Worte und ihr Echo erschütterten Millie bis ins Mark. Denn alle Menschen gehörten zueinander und sie sollte die Möglichkeit haben, das auch zu sagen. Und in ihrer Seele erwachte ein Feuer – die Flammen ihrer Trauer –, wenn sie daran dachte, dass sie, indem sie Juliet und Rosie getrennt hatte, um sie beide zu beschützen, vielleicht dieser Ideologie der Rassentrennung in die Karten gespielt hatte, wenn auch unbeabsichtigt.

Aber was hätte sie sonst tun sollen?

Juliet wartete auf eine Antwort.

Millie wartete ebenfalls darauf.

☃

Stunden später saß Millie wieder in dem Zimmer – diesmal allein mit ihren Gedanken.

Nur dass sie nicht wirklich allein war. Denn nach der Unterhaltung mit Juliet hörte sie immer wieder die Stimme ihrer Tante in ihren Gedanken. »*Du bist eine Gullah*«, hatte Tante Bea vor Jahren zu ihr gesagt, als hätte Millie das vergessen, als wäre ihr das nicht mehr wichtig. Als würde sie sich nicht in jedem wachen Moment an die Hälfte ihrer Herkunft erinnern, die danach schrie, nicht mehr geheim gehalten zu werden.

Sie versuchte zu begreifen, was am heutigen Nachmittag geschehen war und warum ihr Herz immer denselben alten Ängsten Einlass zu gewähren schien.

Und in diesem Augenblick wurde Millie der Grund für all die

313

Angst klar, die sie mit sich herumtrug; für die Last, die von Jahr zu Jahr schwerer geworden war, während die Mädchen größer wurden, und sich anfühlte wie alte Decken, die man im Schrank übereinanderstapelt.

Das Problem war nicht, dass es eine zu schwere Last war, beide Mädchen zu beschützen, sondern die eigentliche Angst bestand in dem tief gehenden, verborgenen Wissen, dass sie genau das trotz all ihrer Bemühungen letzten Endes nicht konnte.

Ihr Blick wanderte durch den Raum zu dem Pullover, der an der Tür von Juliets Kleiderschrank hing. Sie hatte ihn vor einigen Wochen nach einem einfachen Schnittmuster genäht, aber Juliet war enttäuscht nach Hause gekommen, als er an einer Stelle eingerissen war. Millie hatte die Vermutung, dass ihre Tochter an der Qualität der Arbeit zweifelte, obwohl Millies Entwürfen nichts so fern war wie unsaubere Nähte und lose Fäden. Natürlich hatte das Kleidungsstück heil bleiben sollen, solange Juliet es brauchte. Aber zwischendurch konnten unvorhergesehene Dinge geschehen. Eine scharfe Kante hier, eine Ungeschicklichkeit dort – ein Riss und ein Loch.

Also hatte Millie die kaputte Stelle genäht und Stich für Stich die Nähte des Pullovers gestärkt.

Lass mich dir helfen. Überlass mir die Last, die nie auf deinen Schultern ruhen sollte.

Millie hätte weinen können, so wahr waren diese Worte, die sie tief in ihrem Inneren spürte und die durch ihr ganzes Wesen hallten. Denn die Wahrheit war, dass sie irgendwo auf dem Weg aufgehört hatte zu glauben, dass Gott gut war. Stattdessen hatte sie angefangen, allein auf ihre eigenen Fähigkeiten zu vertrauen, um dafür zu sorgen, dass ihre Töchter sicher und glücklich waren. Jedes Mal, wenn sie eine Schlagzeile las oder über das Unheil nachdachte, das über sie und ihre Lieben kommen könnte, schien es ihre schlimmsten Befürchtungen zu bestätigen, dass Gott noch viel unfähiger war als sie selbst. Und die Angst wurde immer schlimmer, bis sie in manchen Nächten kaum Schlaf fand, und wenn sie aufwachte, hatte sie schreckliche Träume gehabt.

Aber jetzt, mit der Nachricht von der Bombe in der Sixteenth Street Baptist Church, war das Trauma etwas zu nahe gerückt. Die Angst war ein wenig zu real geworden. Zu stark, als dass Millie noch so hätte tun können, als hätte sie alles im Griff.

Sie brauchte Rettung. Jahrelang war sie fortgelaufen, um Sicherheit zu finden, anstatt Vertrauen zu haben und innerlich zur Ruhe zu kommen. Und das wollte sie nicht länger tun.

Gott, betete sie und öffnete die Hände zum Himmel hin, *ich schaffe das nicht mehr. Ich will darauf vertrauen, dass du einen Plan für mich hast. Sei mein Retter. Behüte meine Kinder.*

Vielleicht wusste sie nicht, was der morgige Tag bringen würde, aber sie kannte den Einen, der den Morgen erdacht hatte. Und egal, was als Nächstes geschah – tief in ihrer Seele wusste sie mit Sicherheit, dass das alles war, was sie brauchte.

Kapitel 42

Charleston, heute

Harper trommelte mit den Fingernägeln aufs Treppengeländer. Sie konnte immer noch nicht fassen, dass Peter in Millies Elternhaus wohnte und sogar dessen Eigentümer war. Gestern war sie so sicher gewesen, dass er sagen würde, er wisse Bescheid darüber, dass Millie seine Großmutter war, dass er eins und eins zusammengezählt habe und sie kein Geheimnis mehr daraus zu machen brauche. Doch dann war Millie dazugekommen und hatte sie unterbrochen.

In Gedanken versunken zögerte Harper auf halber Treppe. Was war das für ein Geräusch? Es klang fast wie das Rauschen von Wasser.

Sie runzelte die Stirn.

Mit schwingendem Rock eilte sie um die Ecke und dann sah sie die Überschwemmung. Fast fünfzehn Zentimeter Wasser standen im Laden, gespeist aus einem Loch in der Wand neben der Tür.

Sie hob ihren Rocksaum an und rannte los. Trübes Wasser spritzte um ihre Beine auf, als sie zu ihrer Ware eilte, zu den Ständern mit feinen Kleidern, deren Röcke jetzt ins Schmutzwasser hingen.

Ruiniert.

Allesamt.

Nein. Nein, nein, nein!

Ein Geräusch hinter ihr ließ Harper innehalten. Sie drehte sich um.

Millie stand am Ende der Treppe, eine Hand am Geländer und

die andere vor dem Mund, während Tränen über ihr Gesicht liefen und ihre Schultern bebten.

Doch es war nicht das Wasser, auf das ihr Blick gerichtet war, oder die vollgesogenen Kleider. Stattdessen starrte sie in Richtung Schaufenster.

Das Hochzeitskleid!

Harper watete durch das Wasser, so schnell es ihr möglich war.

»Kind, sei vorsichtig!«

Harper nahm die Worte kaum wahr. Sie musste zum Fenster, für den Fall, dass das Wasser noch höher stieg. Wenn das lecke Rohr ganz brach …

Sie kletterte ins Schaufenster. Mehrere Personen auf dem Gehweg bemerkten sie und gafften. Es war ihr egal.

Harper öffnete eilig die Knöpfe an Millies Kleid und zog es vorsichtig über den Kopf der Schaufensterpuppe.

Mochten die Wände dieses Ladens auch bröckeln und der Boden überflutet werden, sie würde nicht zulassen, dass Millies Kleid etwas zustieß.

»Alles gut!« Harper faltete das Kleid zusammen und wickelte es in ihre Strickjacke, damit kein Spritzwasser die Seide beschädigte.

Wenn sie ihre eigenen Worte doch nur glauben könnte.

Es ist gut.

Alles wird gut.

Aber würde es das wirklich?

War das hier – dieser Laden, dieser Traum, Peter und Millie – nicht schon ihre zweite Chance auf dieses Alles-Gut? Sie könnte nicht ertragen, ihren Traum schon wieder zu verlieren.

Sie watete zur Treppe und übergab Millie vorsichtig das Kleid. »Bring das nach oben.« Ihre Stimme klang rau. »Und ruf Peter an.«

Millie umklammerte das Kleid und schluckte. Dann nickte sie.

Harper konnte ihre Erschütterung nur zu gut nachfühlen, machte sich aber um Millie größere Sorgen. Hoffentlich setzte ihr die Aufregung nicht zu sehr zu!

Harper drehte sich erst einmal im Kreis, um sich einen Überblick zu verschaffen, wo sie anfangen sollte.

Als Erstes öffnete sie die Ladentür, damit das Wasser abfließen konnte. Dann machte sie zusätzlich alle Fenster auf, damit die warme Luft von draußen hereinkam.

Ihre anfängliche Panik ließ langsam nach und wich dem schmerzlichen Bewusstsein, wie groß der Schaden war.

»Harper.«

Sie drehte sich um und dort stand er an der Tür, als hätten ihre Gedanken ihn hergeholt.

Peter hätte schockiert sein müssen, völlig entsetzt.

Aber er wirkte nicht einmal besonders überrascht.

Er trat in das Wasser, das zur Tür hinausfloss, und kam zu ihr. Dann rieb er sich mit der Hand über die Stirn und sein Schweigen war ohrenbetäubend.

»Ich hätte früher etwas unternehmen sollen.« Seine Worte waren kaum mehr als ein Flüstern.

Selbst das Wasser schien einen Moment lang stillzustehen.

Mit kurzer Verzögerung dämmerte Harper, was er meinte.

Er hatte es gewusst.

Er hatte gewusst, dass die Rohre nicht in Ordnung waren, und ihnen nichts gesagt. Während ihrer letzten Unterhaltung hatte er beiläufig die Handwerker erwähnt – als ginge es nur um Kleinigkeiten, einen zu ersetzenden Deckenventilator oder so etwas. Aber das hier … Das hier war kein defekter Ventilator.

Ihr heldenhafter, gutmütiger Peter hatte zugelassen, dass ihr das widerfuhr. Dass es Millie widerfuhr. Dass es dem Gebäude widerfuhr.

»Warum?« Ihre Stimme klang heiser, während sie in seinen sanften Augen nach Antworten suchte.

Er schloss sie und schüttelte den Kopf. »Ich hatte solche Angst, dass sie mich auch noch verlassen würde.«

Harper packte ihn an den Armen und er riss die Augen wieder auf und sah sie mit wildem Blick an. »Peter, was soll das heißen?«

Seine zusammengepressten Lippen sagten alles.

Er wusste, dass Millie seine Großmutter war.

»Seit wann?« Sie ließ seine Arme nicht los. »Wie lange kennst du schon die Wahrheit über Millie und mich?«

»Seit dem Abend, als wir zusammen essen waren. Ich habe den Knopf an ihrem Hut gesehen.« Das Wasser schmatzte, als er von einem Fuß auf den anderen trat. »Sag ihr nichts, ja? Ich verspreche, dass ich bald mit ihr rede, aber ich muss zuerst meine Gedanken sortieren.«

Harper starrte ihn an. »Was ist los mit dir, Peter? Du lässt mich die ganze Zeit schwitzen, während ich darauf warte, dass Millie dir die Wahrheit sagt. Und das alles hier hätte vermieden werden können, wenn du ein bisschen mutiger gewesen wärst.« Harper zeigte auf die Kleider, die auf den Ständern vor sich hin tropften.

Er war merklich zusammengezuckt. Die Anschuldigung musste wehgetan haben. Harper hatte nicht grausam sein wollen, aber es stimmte doch, oder nicht?

»Und wann wäre es so weit gewesen, Harper? Wann hätte Millie – oder hättest du – mir denn die Wahrheit gesagt? Welchen Grund hätte ich denn, dir zu vertrauen?« Er entzog sich ihrem Griff und starrte sie an. »Du dachtest, ich würde nicht darauf kommen? Mein eigen Fleisch und Blut? Ich bin Historiker.«

Harper hob einen Finger und öffnete den Mund, aber Peter war noch nicht fertig.

»Ich hätte euch gegenüber offen sein müssen, was die Reparaturen betrifft, das gebe ich zu.« Er trat einen halben Schritt näher und sah ihr tief in die Augen. »Aber ist dir denn nicht klar, dass meine Gefühle in Bezug auf …«

Seine unausgesprochenen Worte hingen in der Luft. Es war klar, dass es ihm um Millie ging. Denn sosehr sie sich auch wünschte, er hätte *in Bezug auf dich und mich, Harper* sagen wollen – das meinte er nicht, oder? Vorhin hatte er schließlich eindeutig gesagt, er habe Angst, *Millie* würde ihn verlassen.

Vielleicht wäre es unter anderen Umständen anders gewesen.

Wenn sie einfach nur Harper wäre und nicht Harper, die Heuchlerin. Aber jetzt war jede Chance auf ein Happy End am Saum verschmutzt.

Ihr wurde schmerzlich bewusst, wie tief ihre Gefühle für ihn waren. Und in dieser Mischung aus neu erkannter Liebe und Trauer drehte sich ihre ganze Welt wie in einer Batikmaschine.

Peter bückte sich zu dem Loch in der Wand und drückte auf dem nassen Putz darum herum. »Die eigentliche Frage ist: Warum bist du immer noch hier, Harper?« Peter ging nun zu einem der Kleiderständer, wahrscheinlich um zu schauen, ob noch etwas zu retten war. »Die Katastrophe ist eingetreten. Das ist doch normalerweise dein Stichwort, um das Weite zu suchen, oder nicht?«

〄

Das Einzige, was in der King Street fehlte, war ein schöner Secondhandladen. Wenn es ihn gäbe, wäre Harper längst dort. Sie würde darin leben. Und all die Vintage-Schuhe kaufen, die dort landeten.

Wie es aussah, war ihr momentaner Status auf der Mitleidskala irgendwo zwischen einem Großeinkauf billiger Kosmetikartikel und Eis zum Netflix-Gelage mit Heulfilmen.

Mit anderen Worten, sie war verloren. Und während sie die Außentreppe zum zweiten Stock hinaufstieg – denn sie würde weiß Gott nicht noch einmal durch den Laden laufen, solange Peter dort war –, seufzte sie schwer. Sie war so unendlich müde von allem.

»Gott, ich verstehe das nicht«, murmelte sie auf dem Weg die Stufen hinauf. »Auch wenn ich es nicht zugeben wollte, dachte ich, der Traum, den du mir gegeben hast, würde doch noch in Erfüllung gehen.« Harper schüttelte den Kopf und hielt sich am Handlauf fest, als sie sich dem oberen Treppenabsatz näherte.

Das ganze Gebäude schien ihr auf einmal unsicher, so als

könnte es jeden Augenblick unter ihren Füßen einstürzen. War das nicht der Lauf der Dinge?

Sie nahm die letzte Stufe und blieb neben einem Kübel mit rot blühenden Geranien stehen. Millie war drinnen und ruhte sich wahrscheinlich aus oder las, wie sie es mittags immer tat.

Harper würde ihr Selbstmitleid nicht mit zu ihr hineinnehmen. Millie hatte etwas Besseres verdient. Immerhin gehörte der Laden ihr. Und der Traum auch.

Deshalb würde Harper hier draußen stehen bleiben, bis sie sich beruhigt hatte. Und solange würde sie es sich erlauben, vor Wut zu schäumen.

Die letzte halbe Stunde hatte sie im Café ein Stück weiter verbracht und im Internet jeden Beitrag zu Überschwemmungen in historischen Gebäuden gelesen, den sie finden konnte.

Es hatte sie ein bisschen an die Google-Suche nach medizinischen Ratgeberseiten erinnert.

Abgesehen davon, dass es ein besonderer Ort für Millie und auch sie selbst war, wusste sie leider rein gar nichts über das Haus, seine Instandhaltung oder gar Wiederherstellung.

Die Prognose war nicht gut.

Im besten Fall mussten die Räume gelüftet werden und es konnte Monate dauern, bis die Wände völlig getrocknet waren. Vielleicht war schon länger Wasser ausgetreten und in die Wände gesickert.

Es konnte auch positiv sein, wenn es endlich zum Rohrbruch kam, weil die Nässe dann bemerkt wurde und etwas dagegen unternommen werden konnte. Auch wenn es bedeutete, dass die Wände aufgeklopft werden mussten.

Aber es kam Harper nicht vor wie etwas Positives. Vor allem, weil Peter gewusst hatte, dass das Gebäude nicht den Vorgaben entsprach. Konnte er es sich überhaupt leisten, das Haus zu behalten? Denn Millie und sie hatten auf keinen Fall das nötige Geld.

»Peter«, murmelte sie vor sich hin und sein Name schmeckte bitter.

Wie konnte er es wagen zu behaupten, dass sie immer weglief, wenn es schwierig wurde? Er, dessen Traum ihm auf einem lukrativen Immobilientablett serviert worden war? Der das Glück hatte, seinen Traum jeden Tag zu leben?

Peter verstand nichts von dem stillen Auf und Ab von Träumen. Einem Auf und Ab, das in gewisser Weise dem Atmen ähnlich war.

Harper zerrieb mit ihren immer noch nassen Schuhen mehrere heruntergefallene Blütenblätter und griff nach der Türklinke, ließ die Hand dann aber doch wieder sinken. Sie war immer noch zu wütend und wollte Millie nicht aufregen.

Die Kleider waren zum großen Teil hinüber. Sie würde es versuchen. Natürlich würde sie das. Aber bei all der Seide und zarten Spitze … Da würden all ihre Bemühungen höchstwahrscheinlich nichts bringen. Den Kleidern nicht. Dem Laden nicht. Ihrem Traum nicht.

Hatte sie sich nach ihren Erlebnissen in Savannah nicht geschworen, nie wieder ihr Herz so zu investieren? Nicht noch einmal. Sie hatte gewusst, dass sie ein weiteres Scheitern nicht verkraften würde, nachdem ihre Hoffnung ohnehin schon so schwach war.

Es war sogar schlimmer als beim letzten Mal, denn es ging bei dem Ganzen nicht nur um ihren Traum. Diesmal gab es Peter.

Peter, der so unverantwortlich gewesen war. Peter, in den sie sich gegen ihren Willen verliebt hatte.

Harper seufzte frustriert und blickte in den Himmel hinauf.

Und was jetzt?

Sie schüttelte den Kopf. Nichts von alldem ergab einen Sinn. Warum hatte Peter es so weit kommen lassen?

Harper ballte die Hände zu Fäusten. Vielleicht hatte er doch nicht so falschgelegen, als er gesagt hatte, sie wolle sicher weglaufen. Aber diesmal war es nicht, weil sie fortwollte, sondern im Gegenteil. Weil sie unbedingt *bleiben* wollte.

Es half alles nichts, sie musste darüber hinwegkommen und

sich endlich etwas anderes aufbauen. Sie würde Millie helfen, den Laden wieder auf Vordermann zu bringen und die Kleider zu entsorgen. Und wenn das erledigt war, würde sie etwas tun, was noch viel schwieriger war: Sie würde endlich das aufgeben, was die Macht hatte, sie zur Versagerin zu machen. Den Laden. Den Traum. Die Entwürfe, die sie schon als Kind gezeichnet hatte.

Sie würde das alles beiseitelegen und ein realistisches Ziel für ihr Leben finden. Dann würden die Leute sie respektieren und die Arbeit würde leichter sein. Denn wenn einem das, was man machte, egal oder wenigstens weniger wichtig war, fiel es bei Weitem nicht so schwer.

Und nachdem sie mit diesem Kapitel abgeschlossen hatte, würde sie den einen Menschen besuchen, der sie nie in die falsche Richtung geführt hatte – ihren Vater.

Vielleicht kam Millie ja sogar mit.

Kapitel 43

Charleston, heute

Zwei Wochen nach dem Wasserschaden stand der Laden, der sich im Laufe der Jahrzehnte so sehr verändert hatte, wieder einmal leer. Die Kleider waren fort. Und heute war Harper abgereist, ganz wie Peter es vorhergesagt hatte – diesmal mit der ruhig vorgebrachten Behauptung, hier sei nicht mehr ihr Platz. Sie hatte angeboten, Millie zur Pension zurückzufahren, von der alten Dame aber zur Antwort bekommen, die Pension sei in guten Händen und sie wolle erst einmal in Charleston bleiben.

In dieser Nacht wachte Peter schweißgebadet im Dunkeln auf und rang nach Luft.

Er hatte wieder den Traum gehabt.

Den, bei dem er seine Schuhe nicht finden konnte.

Darin lief er in ganz Charleston herum und in seinem Haus – Millies Elternhaus –, bis der Staub dort seine Füße bedeckte und sie unsichtbar wurden. Erst konnte er seine Füße nicht mehr spüren, dann seine Arme, dann seine Lunge.

Der Staub erstickte ihn.

Als er die Augen aufschlug und die Zähne fest zusammenbiss, wusste er, dass seine innere Panik langsam einen neuen Höhepunkt erreichte. Das Erstickungsgefühl war ein untrügliches Zeichen. Unklar war ihm jedoch, wie er Millie jemals die Wahrheit sagen sollte. Dass er wusste, wer sie war. Dass er seine Rolle gespielt und bei der Boutique geholfen hatte, während er darauf gewartet hatte, dass sie ihm gestand, warum sie seine Mutter als Baby verlassen hatte.

In Charleston bedeutete die Abstammung alles. Die Abstammung und Geschichte. Wenn jemandem das klar war, dann Peter.

Er schluckte den Kloß in seiner Kehle hinunter. Er wurde das bedrückende Gefühl nicht los, dass er ein Niemand ohne Geschichte war. Selbst mit einem Stiefvater aus einer der angesehensten Familien in Charleston, unabhängig davon, dass der ihn verstoßen hatte, nur weil Peter nicht mehr nach seinen Regeln hatte spielen wollen.

Warum hatte Millie ihn nicht längst als Enkel angenommen?

Die Botschaft seines Albtraums war eine Lüge und das wusste er. Aber er studierte jetzt schon so lange die Geschichten anderer Menschen, weil er dachte, dass er irgendwann vielleicht bei seiner eigenen ankommen würde. Worauf er nie gekommen wäre, war, dass er sie die ganze Zeit praktisch direkt vor der Nase gehabt hatte – dass seine geliebte Millie diejenige war, die er suchte.

Peter holte mehrmals tief Luft und griff dann nach der Wasserflasche, die neben seinem Bett stand. Nach einigen Schlucken stellte er sie wieder weg und zog sich die Bettdecke über den Kopf.

Etwas später schreckte er aus einem weiteren Traum hoch. Er hatte im Wasser am Bootsanleger hinter Millies Pension gestanden, auf seine Hände hinuntergeblickt und eine kleine blutende Wunde bemerkt. Von dem Kratzer gingen bunte Fäden aus, die ineinander gewickelt waren wie DNA-Stränge. Peter streckte die Hand danach aus und versuchte, einen Faden herauszuziehen und dann den nächsten, um sie besser sehen zu können, aber sie waren so eng miteinander verwoben, dass er sie nicht voneinander lösen konnte. Ein Pelikan flog über ihn hinweg und die Wunde wurde vom Wasser der Bucht ausgewaschen.

Peter blinzelte und versuchte, sich an den Rest des Traums zu erinnern, während er auf seine Hände sah.

Und in diesem seltsamen Bewusstseinszustand, in dem sein Atem schneller ging und sein Herz raste und er vielleicht wacher war als während des Tages, hörte er die Stimme seiner Mutter, die eine Strophe sang, die als Kind zu seinem Einschlafritual gehört hatte.

»*There is a river whose streams make glad the city of God.*«

Der Klang schien ihm so wirklich, dass er sich vergegenwärtigen musste, warum sie nicht hier sein konnte.

Nach und nach tauchte er aus seinem Wachtraum auf und begann, über das Lied nachzusinnen.

Vielleicht war auch die eigene Abstammung, die Blutlinie, wie ein Fluss, der stets in Bewegung bleibt, bis die Vergangenheit von der Strömung des Jetzt erfasst wird.

Die Geschichten vermischten sich also – bunte Fäden, die sich miteinander verbanden und am Ende zu einem großen Ganzen wurden.

☙

Millie folgte trotz Harpers Abwesenheit ihrem gewohnten Tagesablauf und saß mit einer Scheibe Zimttoast am Tisch, als Peter die Dachwohnung betrat, um nach ihr zu sehen.

Er wusste nicht, was er erwartet hatte. Millie schien nicht der Typ zu sein, der in Panik geriet oder hysterisch wurde. Er hatte das Gefühl, dass sie immer stark war, schon bevor das Leben sie noch stärker machte. Trotzdem überrumpelte ihre Ruhe ihn.

Millie brach ein Stück Toastkruste ab und musterte ihn ihrerseits. Er sah furchtbar aus, das war ihm bewusst. Er hatte sich nicht rasiert, sein langärmeliges Hemd sah aus, als wäre es monatelang zusammengeknüllt gewesen – was wahrscheinlich sogar stimmte –, und er war ziemlich sicher, dass die schlaflose Nacht dunkle Ringe unter seinen Augen hinterlassen hatte.

Millie hingegen war makellos gekleidet und sah aus, als würde sie gleich den Gouverneur zum Tee besuchen. Sie aß einen weiteren Bissen und trank einen Schluck aus ihrer Teetasse.

»Du liebst sie.« Millie stellte die Tasse zurück auf den Tisch und schüttelte den Kopf. »Ich weiß nicht, warum ich das nicht früher erkannt habe.«

Peter verschränkte die Arme und lehnte sich an die Küchenzeile, mehrere Schritte vom Tisch entfernt. Er versuchte, cool zu wirken, aber sein Fuß wippte auf und ab und Millie hatte die nervöse Bewegung bestimmt sofort bemerkt, bevor er sich zwang, ihn still zu halten.

Hoffnung und Enttäuschung wechselten sich mit dem Auf und Ab seiner Atemzüge ab, und obwohl er lieber nicht über Harper geredet hätte, wusste er, dass er seine Gefühle für sie nicht länger verheimlichen konnte.

»Weiß sie es?« Millie rückte den roten Hut auf ihrer Hochsteckfrisur zurecht. »Ach, warum frage ich noch? Natürlich weiß sie es.«

Peter wandte sich zu einem der Hängeschränke um und holte ein Glas heraus, um etwas Wasser zu trinken. Er füllte das Glas am Hahn und setzte sich neben Millie. »Was soll das denn heißen?«

Sie tippte mit dem Finger an ihre Teetasse. »Vielleicht hätte ich nichts sagen sollen.«

Es war ein Köder und Peter biss sofort an. Oh, sie war gut. Sie könnte die Wachen der Queen von England zum Lachen bringen, wenn sie wollte.

Peter beugte sich vor, die Ellbogen auf den restaurierten Tisch gestützt. »Millie.«

Mit einer wegwerfenden Handbewegung lächelte sie ihn an, bevor sie wieder ihre Tasse an die Lippen hob und noch einen genüsslichen Schluck nahm. Eine Ewigkeit schien zu verstreichen und in der Zwischenzeit wurde Peter immer aufgeregter.

Millie verdrehte die Augen. »Ihr jungen Leute habt alle möglichen technischen Hilfsmittel zur Verfügung, aber ihr habt vergessen, wie man einfach miteinander redet. Sie liebt dich auch, Peter. Jeder, der auch nur ein bisschen Verstand hat, kann das sehen.«

Peter zögerte. Konnte das wahr sein? Er fuhr sich mit der Hand über die Bartstoppeln. »Bist du sicher?«

»Sehe ich aus wie jemand, der sich so was ausdenkt?« Sie knabberte wieder an ihrem Toast und blickte dann zu ihm auf. »Ich bin ganz sicher, Peter.«

»Moment mal.« Da hatte er doch bestimmt etwas missverstanden. »Sie hat dir gesagt, dass sie mich liebt?«

Millie neigte den Kopf ein wenig nach rechts, dann nach links und überlegte. »Nicht genau mit diesen Worten, aber wir haben darüber gesprochen.«

»Und das stimmt wirklich?«

»Du lieber Himmel. Wie oft soll ich es denn noch sagen?«

Peter grinste und hätte schwören können, dass der Sonnenschein vorm Küchenfenster gerade noch strahlender geworden war. »Sie liebt mich?« Er konnte den Gedanken kaum fassen.

Millie nickte und Peter sah, wie ihre Mundwinkel zuckten.

»Ich muss sie finden.« Er überlegte, ob er sofort aufspringen und die Treppe hinunterrennen sollte. »Ich werde ihr sagen, dass der Laden noch nicht völlig verloren ist und ich alles tun werde, um die Räume für euch beide wieder nutzbar zu machen.«

»Jetzt verfall nicht gleich in Hysterie, aber –« Millies Tasse klapperte auf der Untertasse, als Peter aufstand. »Ich habe das Gefühl, das ist eine Lektion, die Harper für sich selbst lernen muss.«

Peter erstarrte.

»Sie kommt zurück. Lass dir das gesagt sein.« Millie streckte die Hand über den Tisch und legte sie auf Peters.

War dies der Augenblick? Würde sie ihm endlich sagen, dass sie seine Großmutter war?

Doch Millies Gedanken schienen immer noch um Harper zu kreisen. »Wenn sie wiederkommt, solltest du ihr vielleicht sagen, dass du sie auch liebst.«

Peter nickte. Millie hatte recht.

Er wusste allerdings nicht, wie er die nächsten Tage überstehen sollte, in denen er auf Harper wartete.

Kapitel 44

Die Pension hatte sich für Millie als der perfekte Ort erwiesen, um das Versprechen zu halten, das sie Mama gegeben hatte, indem sie ihre Herkunft so viele Jahre lang verborgen hatte. Sie sprach immer mit den Gästen, ohne zu viel von sich selbst zu erzählen. Doch jetzt, wo Franklin krank war, fragte sie sich, ob es richtig gewesen war, sich vor dem Rest der Welt zu verstecken.

Es waren der Husten, die Heiserkeit, vor allem aber das Blut auf seinem Taschentuch, die sie beunruhigten.

Franklin sagte, sie solle sich keine Sorgen machen, er habe lediglich etwas Fieber und würde bald wieder gesund sein. Aber in der Zeitung hatte sie etwas gelesen: *Mesotheliom* wurde es in der Überschrift genannt, »der unsichtbare Tod des Eisenbahners«. Der Artikel beschrieb, inwiefern Bahnarbeiter davon betroffen waren. Es war eine Art von Krebs, der von all dem Rauch kam, den man eingeatmet hatte, selbst wenn das Jahre her war.

So wie eine Mücke im Schlafzimmer, bei der man ständig darauf gefasst war, dass sie einen stach, obwohl man nicht einmal sicher war, ob sie wirklich noch da war, wurde Millie den Gedanken nicht mehr los.

Franklins Keuchen weckte sie auch in dieser Nacht, in der dunklen Stunde kurz vor Tagesanbruch.

Sie drehte sich zu ihm um, strich ihm die Haarsträhnen aus der verschwitzten Stirn und rieb ihm den Rücken, bis seine Atemzüge wieder ruhig wurden.

Danach konnte Millie nicht mehr schlafen. Sie steckte sich die Haare hoch, legte Make-up auf und stellte sogar die Eieruhr für ein Blech Brötchen. Sie tat alles, was sie an einem ganz normalen

Tag tun würde, obwohl sie wusste, dass dieser Tag ganz und gar nicht normal werden würde.

Als es endlich dämmerte und Franklin nicht aufstand, wuchs ihre Sorge. Millie saß neben ihrem Ehebett im Sessel und sah zu, wie sein Brustkorb sich hob und senkte, gelegentlich unterbrochen von einem Husten. Sein Körper holte sich den Schlaf, den er so dringend brauchte.

Es war beinahe Nachmittag, als er ganz wach wurde. Er setzte sich im Bett auf, das Laken um sich gewickelt, und seine Stimme kratzte, obwohl seine Augen strahlten, als er sie sah. »Du bist wunderschön, Rothütchen.«

»Höchste Zeit, dass du aufwachst.« Millie lächelte. »Ich sage unsere Fahrt nach Charleston ab. Es geht dir nicht gut genug.«

Franklin schüttelte den Kopf, aber ein plötzlicher Hustenanfall verriet ihn. »Mit meiner Mutter geht es zu Ende. Du musst hinfahren, ihr und Rosie zuliebe.«

»Dann konzentrieren wir uns darauf, dich wieder auf die Beine zu bekommen. Je eher du gesund wirst, desto eher können wir fahren.« Millie beobachtete ihn einen Moment lang.

»Du musst ohne mich fahren.« Er suchte ihren Blick. Was sah er in ihren Augen? Widerstandsfähigkeit? Angst? Liebe? »Meine Mutter hat nicht mehr lange. Du hast recht, ich bin nicht kräftig genug für die Reise. Aber du kannst für uns beide hinfahren.«

»Ich werde dich nicht allein lassen.« Sie beugte sich vor, bis sie mit den Fingern seine Hand berühren konnte.

»Aber ich möchte es, mein liebes Rothütchen.«

Millies Herz setzte einen Schlag aus. Trotzdem blieb sie dabei: Sie würde bei ihm bleiben.

»Was ist, wenn ich verspreche, ganz gesund zu werden, bis du wieder da bist?«

Millie lachte. »Nur du machst dir in einem solchen Zustand mehr Sorgen um andere als um dich selbst.«

»Oh, ich bin ganz selbstsüchtig. Wenn du nicht nach Charleston fährst und Rosie nach Hause holst, werde ich keine Ruhe mehr finden. Stell dir doch mal vor, was mit ihr geschehen könnte, wenn meine Mutter tot ist.« Er fing wieder an zu husten.

»Ich werde hinfahren, wenn es dir besser geht.« Millie nahm seine Hand.

»Dann ist es zu spät. Sie braucht uns *jetzt*.« Seine Augen flehten sie an.

Millie war hin- und hergerissen. Keine der beiden Möglichkeiten gefiel ihr. Sie sah Franklin lange an und brach schließlich das Schweigen: »Wenn ich fahre, versprichst du mir dann, einen Arzt zu rufen?«

»Wenn es richtig schlimm wird, sicher.«

Sie wussten beide, es war ein klares »*Nein, ich werde nichts Derartiges versprechen*«.

»Außerdem«, sagte er, »habe ich ja Juliet. Sie ist alt genug, um mir zu helfen, wenn ich aus den Latschen kippe.«

Millie tat so, als würde sie nach ihm schlagen. »Mach gefälligst keine Witze darüber. Meine Nerven liegen sowieso schon blank.«

Franklin führte Millies Hand an seine Lippen. »Habe ich dir schon gesagt, dass ich dich vom ersten Augenblick an geliebt habe, damals im Zug, Rothütchen? Als du mich durch das Fenster angesehen hast?«

Tränen kullerten über Millies Wangen.

»Ich liebe das Leben, das wir gemeinsam haben. Ich liebe *dich*, Millie.«

»Ich liebe dich auch, Franklin. So sehr.«

Er drückte ihre Hand. »Und jetzt sieh nach meiner Mutter und kümmer dich um unser Mädchen.«

Millie wischte sich die Tränen aus dem Gesicht und prägte sich alles an ihm ein. Den schwachen Pinienduft von seiner Seife, die Symmetrie seines Kinns und die Arme, die sie damals während des Sturms gehalten hatten. Sie prägte sich all das ein, weil sie wusste, dass sie es heute Abend in Charleston brauchen würde, wenn sie ihn schrecklich vermisste und am liebsten heimfahren würde.

Aber Franklin hatte natürlich recht. Seine Mutter lag im Sterben – das war eine unumstößliche Tatsache – und Rosie brauchte jemanden, der ihr mit Rat und Tat zur Seite stand, jetzt, wo sie mit der Schule fertig war. Sie und Juliet waren durch Briefe, die Besuche zweimal im Jahr und die gelegentlichen Ferngespräche am Telefon enge Freundinnen geworden.

Millie würde um ihrer Töchter willen und auch um Franklins willen stark sein. Wenn sie zurückkam, würde es ihm wieder gut gehen. Ihre rege Fantasie würde sie nicht mehr verrückt machen.

Sie bückte sich nach dem Schuhkarton unterm Bett, öffnete den Deckel und fing an, das Bargeld herauszunehmen, das sie gespart hatte.

Franklin schüttelte den Kopf. »Nicht das, Rothütchen. Nicht das Geld für deinen Laden.« Er hielt sich die Hand vor den Mund, als er wieder husten musste.

Millie tat es in der Seele weh, ihn so schwach zu sehen. »Ich werde so wenig wie möglich davon ausgeben, aber wenn Rosie und ich auf dem Rückweg allein reisen und nicht auffallen sollen, muss ich einen Plan haben und der wird wahrscheinlich etwas kosten.« Sie nahm mehrere Stapel Banknoten aus dem Karton und spürte, wie Franklin sie beobachtete.

»Nicht so viel! Du hast jetzt fast genug zusammen, nachdem all die Reparaturen nach dem Wirbelsturm uns jahrelang vom Kurs abgebracht haben. Deine Arbeit ist wichtig, Millie. All deine Träume und all dein Sparen. *Du* bist wichtig.«

Millie hielt inne und ging zum Bett. Sie küsste Franklin lang und innig. Dann griff sie nach ihrem roten Hut, setzte ihn auf und steckte die Geldscheine in ihre Gobelintasche, während sie versuchte, ihn die neuen Tränen nicht sehen zu lassen, die ihre brennenden Augen nicht zurückhalten konnten. »Manche Dinge sind eben wichtiger.« Sie stand auf und sah ihn an, bevor sie noch einen Kuss auf seine Stirn drückte. »Jetzt ruh dich aus und wir sehen uns in ein paar Tagen, Hobo.« Sie hatte den Kosenamen seit Jahren nicht mehr benutzt, aber es schien ihm zu gefallen.

Sie wechselten einen letzten liebevollen Blick.

∞

Millie stellte ihre Tasche auf dem Treppenabsatz ab und blickte an dem schönen Haus hinauf, während sie die Klingel betätigte.

Rosie riss die Tür auf und schlang die Arme um sie. »Gott sei Dank bist du da!«

Um genau 14.05 Uhr nachmittags hatte Millie das Gefühl, als würde alle Luft aus ihrem Brustkorb gepresst. Sie spürte eine Sehnsucht, eine Leere und ein Ziehen und Zerren an dem Band, das Menschen in Liebe verbindet.

Und da wusste sie es.

Sie wusste, dass er von ihr gegangen war.

Kapitel 45

Fairhope, 1968
Einen Monat später

Der Morgen war besonders diesig und die tief hängenden Wolken berührten beinahe das sich kräuselnde Wasser der Bucht. Es war, als würden Himmel und Erde aufeinandertreffen, und Millie konnte nicht sagen, wo der Horizont endete und die Ewigkeit begann.

Als Kind hatte sie immer auf den Wolken tanzen und hüpfen und liegen wollen. Sie hatte sich vorgestellt, wie es wohl wäre, am Himmel von einer zur anderen zu springen, schwerelos und frei.

Sie hatte sich nie vorgestellt, wie die Schwerkraft Regentropfen tief in den Boden zieht.

Millie saß auf dem Steg hinter der Pension, die Beine angezogen und die Arme um die Knie geschlungen, und beobachtete die Pelikane, die anmutig mit ihren großen Schnäbeln ins Wasser tauchten.

Heute, einen Monat, nachdem sie Franklin und seine Mutter zur letzten Ruhe gebettet hatten, war der erste Tag, an dem sie das Gefühl hatte, stark genug zu sein, um den Brief zu lesen, den er für sie hinterlassen hatte. Juliet sagte, er habe darauf bestanden, dass Millie ihn erst las, wenn sie wirklich bereit dazu war.

Sie hatte einen ganzen Monat gebraucht, um zu erkennen, dass sie niemals wirklich bereit sein würde.

Ihr Magen zog sich zusammen, als sie ihre letzte Unterhaltung im Geiste immer wieder durchging. Sie hätte ihn nie mit Juliet zurücklassen dürfen. Aber zugleich hatte er recht gehabt. Wer hätte sich um Rosie kümmern sollen? Seine Mutter war am Tag nach ihm gestorben, an gebrochenem Herzen ebenso wie aus altersbedingten Gründen.

Und Millies Herz war wieder einmal gespalten, so wie es das seit Langem wieder und wieder gewesen war. Ein Abgrund, eine Kluft, die so groß war, dass sie nicht wusste, was sie tun sollte. Sie hatte sich immer als entzweigerissen betrachtet, so als wären die beiden Teile zwei getrennte Hälften ihrer Persönlichkeit. Aber vielleicht stimmte das ja gar nicht.

Vielleicht war sie ja in zwei ganze Persönlichkeiten geteilt – zwei vollständige Herzen, die sie ständig miteinander zu verbinden versuchte, aber anscheinend ohne Erfolg. Zwei getrennte Stoffe, die übereinanderlagen, sodass einer immer die obere Lage, der andere immer die untere sein musste.

Und in diesem Fall hatte sie sich für Rosie entschieden, weil sie dadurch zugleich sie *und* Franklin gewählt hatte, und sollten Eltern das nicht genau so machen?

Aber das andere ganze Herz, das sie in sich trug, würde nie wieder so sein wie vorher. Und sie würde sich selbst nie vergeben, obwohl sie wieder so handeln würde, wenn sie noch einmal in derselben Situation wäre.

Sie liebte Franklin wie die Farben der Wildblumen an einem Sommertag. Sie mochte der rote Farbtupfer sein, aber er war all die anderen Farben und sie würde ihn jedes Mal sehen, wenn sie bunte Blütenblätter sah, die sich im Wind wiegten.

Millie schob den Finger unter die Klappe des Umschlags und zog den Brief heraus.

Meine liebe Millie,

ich muss Dir etwas beichten.
Ich wusste, dass ich es nicht mehr lange machen würde, als ich Dich bat zu fahren. Man fühlt so etwas, wenn der Schlaf tiefer wird und man nur noch mit Mühe daraus auftaucht. Aber Du musstest für Rosie da sein.

Sei mir nicht böse, Rothütchen. Sei mir nicht böse, weil ich gestorben bin oder weil ich getan habe, was ich getan habe.

Du weißt, dass ich schon lange der Meinung bin, wir sollten den Mädchen die ganze Geschichte erzählen. Jetzt, wo ich nicht mehr bin, betrachte es bitte als meinen letzten Wunsch, dass Du mit ihnen redest. Na ja, das und noch eine Sache. Ich darf gierig sein und mir zwei letzte Wünsche erlauben, oder? Versprich mir, dass Du alles tun wirst, was nötig ist, damit du deinen Kleiderladen bekommst.

Du sollst wissen, wie sehr Du mein Leben verändert hast. Du hast aus dem Jungen im Zug einen Geschäftsmann mit einer Pension gemacht. Aber mehr noch, Du hast aus einer einsamen Seele einen Mann gemacht, der sagen konnte, dass er die Liebe gefunden hat, in ihrer ganzen Schönheit.

Weine nicht um mich, Rothütchen. Weine nicht um das, was war. Hebe das Kinn, sieh aus dem Fenster und stell Dir vor, was noch kommen wird. Irgendwann wirst Du Deinen Laden bekommen. Das weiß ich einfach.

Bis zum nächsten Mal, Liebste.

Franklin

Millie drückte den Brief an ihre Brust und hoffte, dass das dünne Papier sie irgendwie wärmen würde. Ihre Lunge war eingefroren und ihre Haut war kalt geworden, während die Schwalben durch den Garten flatterten.

Aber ihr Herz. Du liebe Güte, ihr armes Herz war noch nie so lebendig gewesen. Es schlug und pochte in ihr vor lauter Emotionen. Vollkommene Freude über Franklins sanfte Worte und zugleich vollkommene Trauer angesichts ihrer Endgültigkeit.

Solange der Brief noch versiegelt gewesen war, hatte sie das Gefühl gehabt, als wäre ein kleines Stück von Franklin noch immer bei ihr. Dass ganz und gar offen war, welche Möglichkeiten die noch nicht gelesenen Worte bargen. Aber jetzt? Jetzt war es wirklich vorbei.

Sei mir nicht böse, weil ich gestorben bin oder weil ich getan habe, was ich getan habe.

Sie fühlte sich, als würde die Strömung ihr die Füße wegziehen und sie immer wieder im Kreis treiben lassen, völlig ziellos.

Was hatte Franklin damit gemeint? Was genau hatte er getan und warum drängte er sie im gleichen Atemzug, mit Rosie und Juliet zu reden?

Es gab nur einen Weg, das herauszufinden.

☙

Millie kniete im Garten, ihre Finger wund und eingerissen vom Ausreißen der Dornen und Stängel, die dort nicht hingehörten – nur um Platz für etwas Neues zu machen.

So vorsichtig wie möglich grub sie kleine Löcher in die Erde, sodass der Boden Luft holen konnte, bevor die neuen Wurzeln hineinkamen.

Einen nach dem anderen hielt Millie die Töpfe auf den Kopf und schüttelte, bis die Blumen aus ihrer vorübergehenden Behausung kamen und eingepflanzt werden konnten.

Und eine nach der anderen setzte sie in die Erde und drückte und klopfte über den Wurzeln alles zurecht, damit sie Halt hatten.

Bald würde der Frühling kommen und die Schmetterlinge würden zu diesen üppigen kleinen blauen Blumen kommen.

Vergissmeinnicht.

Millie klopfte sich die restliche Erde vom Saum ihres Kleides und stand dann auf, um den Garten zu bewundern. Franklins Garten.

Ach, wenn er doch hier wäre, um ihn selbst zu sehen. Und um ihr bei dem zu helfen, was sie als Nächstes tun musste.

»Herr, gib mir Kraft«, sagte Millie, denn sie wusste beim besten Willen nicht, wie sie die Unterhaltung, die sie mit ihren Töchtern führen musste, durchstehen sollte.

Die Fliegengittertür ging quietschend auf. Franklin hätte sie längst mit WD-40 geölt. Millie wusste nicht mal, wo er die Ölflasche aufbewahrte.

Rosie und Juliet kamen heraus, eine nach der anderen, und traten zu ihr in die Schatten des sonnigen Tages.

»Du wolltest mit uns reden, Mama?«, fragte Juliet.

Millie schluckte so heftig, dass es in ihrer Kehle wehtat. Langsam nickte sie, während sie zu der Schaukelbank auf der Veranda zeigte, die unter den himmelblauen Paneelen der Decke hing.

Dem Aberglauben im Lowcountry nach vertrieb es die Geister, wenn man die Veranda blau strich. Millie glaubte nicht an Geister, aber sie wusste, wie es war, wenn man von etwas verfolgt wurde, zum Beispiel von einer Vergangenheit, die man nie loswurde, wohin man auch ging. Vielleicht waren Geister ja eine fiktive Version dieses echten, ehrlichen Schmerzes, wann immer das Herz sich etwas sehnlichst wünscht, was nicht mehr da ist oder zumindest unerreichbar.

Millie stieg die Stufen zur Veranda hinauf und setzte sich. Rosie und Juliet nahmen sich jede einen Rattanschaukelstuhl und setzten sich, eine rechts, die andere links von Millie.

Und während sie sanft vor und zurück schwangen, das Gewicht zwischen den Streben ihrer Sitze hängend, hing auch Millies Entschluss in der Luft, bis sie wusste, dass sie die Worte aus sich herauszwingen musste, wenn sie jemals sagen wollte, was sie sagen musste.

Sie schloss die Augen und spürte, wie Rosie ihre Hand nahm.

»Vermisst du ihn?«, fragte Juliet.

Millie nickte. »Ich werde ihn mein Leben lang bei jedem Atemzug vermissen. Obwohl es mir wahrscheinlich irgendwann leichterfallen wird, zwischen diesen Atemzügen zu lächeln.«

Sie fuhr sich mit der freien Hand durchs Gesicht und bemerkte erst anschließend, dass die Erde sich tief unter ihren Fingernägeln festgesetzt hatte und wahrscheinlich schwarze Spuren auf ihrer Haut hinterlassen hatte. Sie versuchte nicht, sie wegzuwischen. Stattdessen sah sie Rosie an, die noch immer ihre andere Hand hielt. »Liebes …« Millie zögerte. »Ich weiß nicht, wo ich anfangen soll.« Ihr Blick wanderte zu Juliet und wieder zurück zu Rosie. Beide Mädchen starrten sie besorgt an, als wäre es ihr Herz, das am meisten aushalten musste. Sie wussten ja nicht, dass sie selbst es geformt hatten seit dem Tag, an dem sie geboren worden waren. Ihre Zukunft in zwei Menschen.

Millie öffnete den Mund, um zu sprechen, und hoffte, die Worte würden folgen. »Die Wahrheit ist … Rosie – ich bin deine Mutter.«

Rosie riss die Augen auf, so wie Franklin es immer getan hatte, und dann füllten sie sich mit Tränen. Sie setzte sich zu Millie auf die Schaukelbank und sie klammerten sich aneinander, beide von Schluchzern geschüttelt. Vielleicht dauerte es eine Minute, vielleicht auch ein ganzes Leben. Millie wagte es aufzuatmen. Ihre Tochter wusste Bescheid und war nicht weggelaufen.

»Sei Franklin nicht böse«, flüsterte sie in Rosies Haare, während sie ihre Tochter im Arm hielt. »Er wollte es dir immer sagen. Wenn du wütend sein musst, dann auf mich. Ich bin es, die zu große Angst hatte.« Millie schluckte. »Ich war *immer* diejenige, die Angst hatte, wenn wir mal ehrlich sind. Diese Angst hat mich so oft von dem abgehalten, was wichtig war –«

»Schhh«, unterbrach Rosie sie.

Millie runzelte die Stirn.

Rosie blickte zu ihr auf und in ihrer Miene lag ein Zögern, aber sie fuhr dennoch fort: »Ich wusste es schon. Dad hat es mir letztes Jahr erzählt.«

Millie schüttelte den Kopf. Ihre Hände zitterten. »Was?«

»Du darfst ihm auch nicht böse sein. Ich habe ständig gequengelt und ich glaube, er wusste einfach, dass ich es ebenso dringend hören musste, wie er es sagen musste.«

»Aber wir hatten eine Vereinbarung! Wir haben es getan, um dich zu beschützen, und deine Schwester auch.« Wut und Erleichterung und Enttäuschung und Freude fluteten Millies Seele zur gleichen Zeit. »Warum hat er es mir nicht gesagt?«, flüsterte sie.

»Es tut mir leid. Es tut mir schrecklich leid.« Immer noch liefen Tränen über Rosies Wangen. »Ich glaube, er hatte ein schlechtes Gewissen, weil es ihm plötzlich rausgerutscht ist. Und er wollte auch nicht, dass du vor Juliet ein Geheimnis haben musst.« Rosies Blick wanderte zu ihrer Schwester.

»Dann hat tatsächlich mal jemand an mich gedacht. Ich meine, zwischen all den Lügen.« Juliets Worte waren wie Messer, aber das war Millie ein Trost – es war seltsam erleichternd, einen Moment lang den scharfen Schmerz zu spüren, den sie verdient hatte, und nicht den tiefen Kummer des Verlusts. Und eins war sicher: Millie *hatte* diese Reaktion verdient, die ganze Wut ihrer Tochter.

»Warum hast du das getan?« Juliets Augen blitzten vor Zorn. »Warum hast du sie weggeschickt?«

»Ich habe sie nicht –«

Juliet sprang von dem Schaukelstuhl auf, bevor Millie den Satz beenden konnte. »Doch, du hast genau das getan, das wissen wir alle! Und dann hast du uns angelogen, all die Jahre. Wie konntest du nur so grausam sein?« Juliet verschränkte die Arme und blickte zu den alten Eichen und in den Nebel hinaus.

»Juliet!«, tadelte Rosie sie. »Es reicht.«

Doch Juliet schüttelte nur den Kopf. »Du hast gut reden. Du hast gerade eine neue Mutter bekommen.« Sie biss die Zähne zusammen und sah Millie in die Augen. »Ist irgendetwas von dem, was du mir erzählt hast, wahr?«

Die Worte strömten wie eine Flutwelle in all die geschwächten Risse in Millies Herz, bis es brach.

Juliet drehte sich auf dem Absatz um und Millie wusste, welchen Entschluss sie gefasst hatte. Aber das würde Millie nicht zulassen. Sie würde keine ihrer beiden Töchter verlieren. Nicht noch einmal. Sie würde um Juliet kämpfen mit all der Energie, die sie in der Vergangenheit immer für die Angst reserviert hatte. Diesmal würde sie wirklich stark sein oder zumindest stärker.

Millie stand auf, packte Juliet am Arm und ihre Tochter wirbelte wütend zu ihr herum. »Wir werden hier auf der Veranda sitzen, bis du jedes einzelne Wort gehört hast. Ich werde dir von dem Mord an meinem Vater erzählen, als ich ein Kind war, und von den Berichten über Lynchjustiz in den Zeitungen, als wir nach Alabama zogen – von all den Gründen, warum ich so gut weiß, was heutzutage passieren kann, wenn man nicht auf der Hut ist.« Ihr Griff um Juliets Arm wurde fester. »Du wirst diese Veranda nicht verlassen, Juliet. Ich bin es, die dir beigebracht hat wegzulaufen, weißt du? Aber ich will, dass wir das ändern. Auch deinem Vater zuliebe.«

Das schien Juliet zu erreichen. Ihre Miene war bei der Erwähnung ihres Vaters ein wenig weicher geworden. »Warum? Warum habt ihr mich behalten und nicht Rosie? Warum konntet ihr uns nicht beide großziehen? Warum musstet ihr solche Angst haben?« Juliet hob ihren freien Arm. Und in diesem Augenblick reiste Millie in der Zeit zurück nach Charleston, als sie selbst in Juliets Alter gewesen war, eigentlich noch ein Kind, und ihre Mama gesagt hatte, sie müsse nach Alabama gehen und dürfe niemandem von ihrer Herkunft erzählen.

Aber Mama hatte ihr nie gesagt, wie sie um die Hälfte ihrer selbst, die sie dadurch hatte zurückdrängen müssen, trauern sollte.

»Und?«, fragte Juliet ungeduldig.

Millie atmete die Luft aus, die sie angehalten hatte. Rosie saß noch immer auf der Bank und knetete ihre Hände.

»Ich habe euch getrennt, weil ich euch damals ebenso geliebt habe, wie ich euch heute liebe. Ich hatte schreckliche Angst, eine von euch könnte zu Schaden kommen, wenn ich euch zusammenließ.« Ihre Schultern waren schwer von der Last ihres Herzens. »Und deshalb haben wir eine Entscheidung getroffen, die mich seitdem jeden Tag niedergedrückt hat, und Rosie zur Mutter deines Daddys gebracht, weil wir wussten, dass die Welt euch dann gewogener sein würde.«

»Aber das war ungerecht! Uns beiden gegenüber.« Juliet hatte die Stirn in Falten gelegt und funkelte Millie immer noch zornig an.

»Stimmt, das war es. Aber die Zeiten waren es auch. Ich habe getan, was ich tun musste, um euch beide zu beschützen. Und immerhin kann ich sagen, dass ich das geschafft habe.« Millie versuchte, Luft zu holen. Ihre Entschlossenheit geriet ins Wanken und ihre Hände zitterten. Hatten Franklin und sie vor all den Jahren tatsächlich die richtige Entscheidung getroffen? Sie wusste es immer noch nicht und würde es wohl auch nie wissen. Wahrscheinlich war es einfach so, dass überhaupt keine richtige Entscheidung zur Wahl gestanden hatte.

»Was nützt schon Sicherheit«, platzte Juliet heraus, »wenn man wie eine Glasfigur in der Vitrine lebt?«

Millie verstand, was sie meinte. Aber Juliet hatte das Trauma der Rassengewalt nicht in dem Maße kennengelernt wie sie. Dafür hatte Millie gesorgt. Sie selbst dagegen hatte mit eigenen Augen gesehen, was diese Gewalt ihrer Mama, ihrer eigenen Familie angetan hatte. Die Tatsache, dass Juliet diese Frage überhaupt stellte, zeigte, wie gut Millie sie vor diesem Kummer bewahrt hatte, vor der Trauer, die schon so lange Teil ihres Lebens war. Ein beschütztes Leben war besser, als tot zu sein.

Sie dachte an dieses Theaterstück – wie hieß es noch gleich? *Die Glasmenagerie*? – und die Stelle, an der das Glas zerbricht, stand ihr noch so bildlich vor Augen, dass sie die Scherben fast zu Boden fallen hörte.

»Kommt mal mit.« Millie fuhr mit den Händen über ihr Kleid und sah ihre beiden Töchter an. »Ich muss euch zwei Knöpfe zeigen, die euch vielleicht helfen, es zu verstehen.«

Kapitel 46

»Ich dachte, alles würde gut. Wie konnte ich mich so irren?« Harper schaukelte in dem großen hölzernen Stuhl vor und zurück und blickte in die Blue Ridge Mountains hinaus. Die Berggipfel schienen bei jedem Schwung des Schaukelstuhls die Täler zu berühren. Harper hielt eine alte Bluse auf dem Schoß und zog den Faden durch den Riss am Ausschnitt.

Sie dachte daran, wie sie mit Millie im Museum auf der Bank gesessen und ihre Freundin von der Angst gesprochen hatte und davon, Gott zu vertrauen. Aber Harpers eigenes Herz war voller Wasser gelaufen und sie war einfach nicht sicher, ob sie noch träumen konnte.

Ihr Vater drehte sich zu ihr um. Seine Haare waren grau geworden und seine Vorliebe für Eiscreme zeigte sich mehr als früher in seinem Bauchumfang. Aber er trank immer noch so riesengroße Schlucke aus seinem Kaffeebecher, wie er es immer getan hatte. Er fing Harpers Blick auf und ließ ihn nicht mehr los. »Erinnerst du dich nicht an das, was ich zu dir gesagt habe, als du ein kleines Mädchen warst?« Er stellte seinen Becher auf dem Beistelltisch aus Rattan ab, der zwischen ihren Stühlen stand. »Du kennst vielleicht nicht die Antworten auf das Wie und das Warum, aber sie werden sich zeigen, auch wenn das Wann vielleicht später kommt, als du es dir wünschst.«

»Es ist nicht immer Jubilee.« Harper flüsterte die Worte. »Aber wenn, dann muss dein Netz bereit sein.«

Ihr Vater griff wieder nach seinem Kaffeebecher und hielt ihn lange in der Hand, ohne etwas zu sagen. »Wieso glaubst du, du hättest versagt?«, fragte er schließlich.

»Ist das nicht offensichtlich? In gewisser Weise hatte ich die Boutique, die ich immer wollte.« Harper trommelte mit den Fingern auf die Armlehne ihres Sessels. »Und hab es trotzdem nicht hingekriegt.«

»Vor ein paar Tagen habe ich in der Bibel im Buch Hesekiel gelesen. Dort gibt es ja diese Szene, in der der Prophet auf einem Totenfeld steht. Er bekommt von Gott die Anweisung, den Knochen und Gebeinen zu prophezeien, dass sie wieder lebendig werden.«

Harper sah ihren Vater fragend an. Aus Gründen, die sie nicht ganz verstand, schlug ihr Herz schneller. »Ich weiß nicht wirklich, worauf du hinauswillst.«

»Auf die Worte Hesekiels hin fügen sich die Knochen zusammen und es formen sich wieder Menschenkörper daraus. Doch Gott erweckt sie nicht gleich zum Leben. Die Auferstehung erfolgt erst, als Hesekiel den Atem auffordert, in sie zurückzuströmen.«

Harper beobachtete den Dampf, der aus der Kaffeetasse ihres Vaters aufstieg. »Was willst du mir damit sagen?«

»Dein Problem ist, dass du nur auf die toten Knochen blickst, anstatt zu atmen.« Er seufzte. »Vielleicht ging es bei deinem Traum ja nie um den Laden. Vielleicht gibt es noch einen zweiten Auftrag. Einen anderen Ort, an dem dein Platz ist.«

Harper sah die Bluse auf ihrem Schoß an. Nadel und Faden.

Sie dachte an Millies Knöpfe.

Und dann erhellte Hoffnung ihr Herz wie das Licht beim Sonnenaufgang das Land.

Natürlich! Warum hatte sie das nicht längst erkannt? Die ganze Zeit hatte sie sich auf das Geschäft konzentriert. Aber ihr Traum war doch viel mehr als das.

Ihre Gabe war es, Kaputtes zu reparieren. Risse und sich auflösende Nähte auszubessern. Stoffen, die Geschichten erzählten, wieder Leben einzuhauchen; Aussortiertem zu neuem Glanz zu verhelfen.

Harper sprang von ihrem Sessel auf. Sie musste einen Anruf machen.

»Alles in Ordnung?« Ihr Vater musterte sie ein wenig verwirrt.

»Du bist ein Genie, Daddy!« Harper drückte einen Kuss auf seine Stirn, bevor sie ins Haus eilte, um ihren Laptop zu holen.

∽

»Willst du mit ihm sprechen?«, fragte Millie am anderen Ende der Leitung.

Harper lehnte sich an das Kopfteil des Bettes im Gästezimmer und zog die beschädigte Bluse wieder auf ihren Schoß, um an dem Saum herumzufingern. »Noch nicht. Ich weiß nicht genau, was ich ihm sagen soll.«

»Aber du kommst wieder?«

»Bald.« Harper schob den Finger durch das Loch in der Ärmelnaht der Bluse, um besser sehen zu können, was sie noch daran machen musste. »Sehr bald.«

»Ich wusste es!«

Harper lachte. »Bis bald, Millie.«

Sie beendete das Gespräch und legte ihr Handy weg, damit sie beide Hände frei hatte, um an der Bluse weiterzuarbeiten.

Das war die ganze Zeit das eigentliche Ziel gewesen, bei allem Scheitern und jedem unfreiwilligen Umweg. Wenn der Laden von Anfang an ein Erfolg gewesen wäre oder wenn ihr Studium besser geendet hätte … Harper schüttelte den Kopf. Dann wäre sie nie auf diesen perfekt auf sie zugeschnittenen Traum gekommen, schöne, kaputte Dinge zu reparieren.

Trotzdem hatte sie das Gefühl, dass es noch mehr zu entdecken gab, einen Frieden, den sie noch nicht gefunden hatte. Sie zog vorsichtig an dem Stoff, um zu sehen, ob es noch andere schwache Nähte gab, und fand mehrere davon.

Sie schloss die Augen, die Hand noch auf der Bluse, und atmete langsam ein. Langsam begann sie zu begreifen. Von Anfang an hatte jemand, der viel größer war als sie und ihre Zweifel, an den Nähten gearbeitet. Wo sie zerrissen war, hatte er sich ans Flicken gemacht und Beschädigtes wieder zusammengefügt. Was tot gewesen war, hatte er wieder lebendig gemacht; wo das Versagen ihre Träume zu ersticken drohte, hatte er sie wieder freigesetzt und Verletztes heil werden lassen. Der Gott, an den sie glaubte, hatte noch nie etwas weggeworfen, nur weil es nicht perfekt war. Es gab nichts, was er nicht liebevoll wiederherstellen konnte.

Ihr ganzes Leben lang hatten ihre Gedanken einen falschen Ausgangspunkt gehabt. Sie hatte immer nur dem »Wenn doch nur …« Raum gegeben. Aber es würde immer Dinge geben, die neu zusammengefügt werden mussten. Löcher, die ausgebessert werden mussten. Solange sie lebte, würden sich Nähte lösen – und sie durfte sich davon nicht zurückhalten lassen. Sie mussten nur immer wieder gestärkt werden, das war das ganze Geheimnis.

Der Stoff, aus dem ihre Träume gemacht waren, war es wert, daran festzuhalten.

Kapitel 47

South of Broad, Charleston, 1992

Millie fuhr mit der Hand über die Brüstung, die das Ufer von der Strandpromenade trennte, und blickte zum Hafen hinaus. Das Wasser war dabei, sich zurückzuziehen, während die Sonne sich dem Horizont näherte.

Millie wandte sich zum Park und zu der Häuserreihe an der Promenade um und spürte Dankbarkeit, auch wenn der Weg hierher sie alle ein wenig zerrissen hatte und manchmal auch viel mehr als nur ein wenig.

Reihen alter Eichen umrahmten den Pavillon in der Parkmitte, durch deren Äste das letzte Tageslicht fiel. So ganz ohne das typische Louisianamoos hätte Millie sie beinahe nicht erkannt. Rosie hatte geschrieben, dass Hurrikan Hugo alles Moos von den Ästen gewaschen hatte und die Botaniker nicht wussten, warum es nicht wieder wuchs. Was für ein merkwürdiger Anblick das war!

Louisianamoos war eine seltsame Pflanze, die bei den richtigen Bedingungen wie Unkraut wucherte und bis auf den Boden unter den Ästen hinabhing – perfektes Nistmaterial für Kolibris. Doch das Unwetter hatte es auf einen Schlag fortgerissen. Und manchmal konnten die Bedingungen nicht wiederhergestellt werden, damit es zurückkehren konnte. Manchmal blieb es einfach verschwunden.

Schließlich wuchs Louisianamoos nicht auf jedem alten Baum.

Millie holte tief Luft und hielt sich am Geländer fest, während sie die Stufen hinunterstieg, die vom Fußweg an der Promenade wegführten. Sie lief weiter und überquerte die Straße, wo sie sich Rosies neuem Haus zuwandte.

Es war ein beeindruckendes Anwesen, das stand fest. Und Rosies neuer Ehemann schien sich von ihrem tragischen Verlust im letzten Jahr nicht abschrecken lassen zu haben. Er hatte ihr geholfen zu trauern, hatte sogar das Baby als sein eigenes angenommen, und es schien ihm nichts auszumachen, wenn Rosie Worte wie *heldenhaft* benutzte, wenn sie von dem Vater des Jungen und seinem Einsatz im Golfkrieg sprach.

Millie öffnete das schmiedeeiserne Tor, ging zwischen zwei Steinsäulen hindurch und dann über den kleinen Weg durch den Garten. Der Duft von Nachtjasmin versetzte ihre Sinne in eine andere Zeit und linderte das flaue Gefühl in ihrem Magen, dass Rosies Mann doch noch abgeschreckt werden könnte.

Von ihr.

Er öffnete die Haustür, schon bevor sie dort angekommen war. »Millie, du bist zurück.« Ein Räuspern folgte. »Möchtest du dich setzen?« Er zeigte auf zwei Sessel auf der Veranda.

»Danke.« Millie reckte das Kinn vor. Sie würde sich nicht einschüchtern lassen, egal, wie sehr die Art dieses Mannes sie auch an Harry damals erinnerte – und an alle anderen Harrys seither.

Sie wählte einen der Rattansessel und setzte sich, die Knöchel gekreuzt, so wie Mama es ihr als Kind beigebracht hatte. Er nahm ihr gegenüber Platz.

Millie sah ihn an – was für ein junger Kerl er noch war! – und lächelte, um die bevorstehende Unterhaltung vorsorglich abzumildern, was auch immer sie bringen würde. »Gibt es etwas, was du mit mir besprechen möchtest, Weston?«

Er rutschte ein wenig auf seinem Sessel herum und faltete die Hände, wie er es wahrscheinlich auch immer tat, bevor er sich über den Tisch beugte, an dem er seine juristischen Dokumente aufsetzte. »Ich weiß nicht so recht, wie ich es sagen soll. Also, ich weiß zu schätzen, dass du für Rose da bist und mit dem Baby hilfst.«

Millie nickte. »Du willst wissen, wie lange ich noch vorhabe zu bleiben.«

Er kratzte sich im Nacken. War es ihm unangenehm, dass sie

so direkt war? Aber wenn er so frech war, sie rauszuwerfen, dann wollte sie es aus seinem Munde hören. Kein Herumreden um den heißen Brei. »Rose ist deine Tochter. Natürlich. Und ich halte sehr viel von dir, Millie, ehrlich. Aber wir kommen aus unterschiedlichen Welten. Mein Vater und Großvater haben Opfer gebracht, um eine gewisse Stellung in der Gesellschaft hier in Charleston zu erlangen, und mit dieser Rolle sind gewisse … Erwartungen verbunden.«

Millie blinzelte. »Moment mal. Du meinst, du sagst das, weil du mich für arm hältst?«

Weston schüttelte den Kopf und atmete hörbar aus. »Nein, ich glaube, du verstehst mich falsch. Ich habe kein Problem mit dir oder damit, wie du dir deinen Lebensunterhalt verdienst. Du scheinst auf deine Weise ein reiches Leben zu führen. Ich fürchte, in diesem Fall muss ich ebenso offen sprechen, wie du es tust. Ich habe überhaupt nichts dagegen, dass du weiterhin regelmäßigen Kontakt zu Rose hältst, aber ich will, dass Peter in den gesellschaftlichen Kreisen aufwächst, in denen meine eigenen Eltern mich großgezogen haben. Ich will, dass er irgendwann mein Geschäft übernimmt und vielleicht sogar dieses Haus. Er wird zur Elite von Charleston gehören. Und er soll nicht wissen, dass du seine Großmutter bist.«

Es war, als würde die Welt aufhören, sich zu drehen, abgesehen von dem Gesang der Spottdrossel und von einer großen Magnolienblüte, die von einem Baum fiel und zu Millies Füßen landete.

Millie versuchte, den nächsten Atemzug zu finden, den nächsten Gedanken, den nächsten Herzschlag. Sie versuchte, der Logik zu folgen, aber sie konnte Weston nur anstarren und blinzeln. »Ich soll so tun, als wäre ich nicht mit ihm verwandt?«

Wieder einmal?

Weston lehnte sich zurück und verschränkte die Arme. »Es ist vielleicht nicht schön, aber es ist nun mal eine Tatsache, dass der Ruf und das Ansehen meiner Familie durch den Makel einer illegalen Eheschließung und eines weggegebenen Babys ruiniert werden könnten. Wir dürfen keinen Skandal mit unserem Namen in Zusammenhang bringen. Mir ist egal, ob du schwarz oder weiß bist, aber Skandale sind mir nicht egal. Ich kann Peter ein gutes Leben bieten, aber wenn er älter wird, will ich nicht, dass er Fragen stellt. Ob es uns gefällt oder nicht, die Leute werden anfangen zu reden, wenn die Vergangenheit nicht dauerhaft in der Versenkung verschwindet. Und auf gar keinen Fall will ich, dass Peter sein Leben damit verbringt, alte Geschichten wieder hervorzukramen.«

Millie hätte den Dummkopf am liebsten geohrfeigt. Sie machte sich nicht das Geringste aus seinem Familiennamen. Doch langsam wich die Wut, die in ihr brannte, der Trauer, als sie daran dachte, dass dieser Mann Rosies Ehemann war und ihre Tochter sich für dieses Leben entschieden hatte. Immerhin war Rosie damit groß geworden, dass sie Franklins Mutter für ihre eigene gehalten hatte. Was hatte Millie also in der Hand? Sie hatte schon einmal die herzzerreißende Entscheidung getroffen zu gehen.

Sie konnte nur hoffen, dass sich ihr Enkel allen Widrigkeiten zum Trotz irgendwann für Geschichte interessieren würde.

Kapitel 48

Charleston, heute

Mit einem Pfannenwender schob Peter die Hälfte des Rühreis auf Millies Teller und die andere Hälfte auf seinen eigenen. Dampf stieg von ihrem Frühstück auf, im Hintergrund pfiff der elektrische Wasserkessel.

Nach einem Monat, in dem Peter sich jeden Morgen mit Millie zum Frühstück getroffen hatte, trank er ebenfalls heißen Tee, als wäre er Engländer. Angefangen hatten sie mit diesem kleinen Ritual, weil Peter Millie helfen wollte, aber jetzt hatte er sich daran gewöhnt und fand allmählich sogar Gefallen daran. Millies Faible für teure Tees war irgendwie ansteckend.

Peter tat einen der Beutel in Millies großen roten Lieblingsbecher und goss kochendes Wasser darauf. Dann holte er einen Löffel aus der Schublade und schob Millie die Zuckerdose hin. Sosehr er sich auch bemühte, schien er doch nicht herausfinden zu können, wie viel davon sie mochte. Harper wusste es. Aber Harper war nicht hier.

Millie nahm den Becher und bewegte den Beutel mehrmals auf und ab, während der Tee zog. »Du siehst gut aus.«

Peter zog den Kragen seines ausgeblichenen grauen Polohemdes zurecht. Für später trug er bereits die Kappe mit seinem eigenen Logo für Stadtführungen. »Danke. In einer Stunde mache ich meine nächste Tour.«

Millie gab einen halben Löffel Zucker in ihren Tee und fing an zu rühren. »Ich habe heute nichts vor und nach dem Lärm, den die Handwerker gestern veranstaltet haben, gedenke ich, mich so weit wie möglich von diesem Haus zu entfernen, bis die Feierabend haben.« Sie trank vorsichtig einen ersten kleinen Schluck. »Vielleicht begleite ich dich.«

»Das wäre natürlich toll.« Peter goss Wasser in seinen eigenen Becher und fügte etwas Zucker hinzu. Ihm war nicht so wichtig, wie viel es war, solange der Tee süß schmeckte. Er reichte Millie ihren Teller und stach dann mit einer Gabel in sein Rührei. »Aber machst du dir keine Sorgen wegen des vielen Herumlaufens?« Gleich darauf ärgerte er sich über sich selbst – Millie musste schließlich nicht dauernd an ihr Alter erinnert werden –, aber er hielt es für keine gute Idee. Die Führungen dauerten mehrere Stunden und waren dadurch nicht unanstrengend.

Millie aß einen Bissen Ei. »Du tust gerade so, als wäre ich eine Invalidin.«

Peter schüttelte kauend den Kopf. »Du weißt, dass du immer willkommen bist. Ich will nur nicht, dass es dich zu sehr erschöpft.«

Millie nippte wieder an ihrem Tee. »Das Einzige, was mich erschöpft, mein lieber Peter, ist diese Unterhaltung.«

Peter unterdrückte ein Lächeln. »Versprichst du mir, wenigstens bequeme Schuhe zu tragen?«

»Weißt du, Harper war nie so garstig zu mir.« Millie schob sich noch eine Gabelladung Rührei in den Mund. »Aber sie hat nicht so gut gekocht, also seid ihr wohl quitt.«

Diesmal musste Peter doch lachen. »Ist das ein Ja oder ein Nein, was die bequemen Schuhe angeht?«

ᙏ

Eine Stunde später standen Peter und Millie an der Kreuzung von Broad und Meeting Street. Peter in seinem Guide-Outfit, Millie in einem modischen pinkfarbenen Kleid mit ihrem unvermeidlichen roten Hut und Pumps mit Drei-Zentimeter-Absätzen, die sie bestimmt nur ausgegraben hatte, um Peter zu ärgern.

Zwei Paare waren schon erschienen und die Familie mit den

zwei Töchtern im Teenageralter überquerte gerade die Straße und kam auf sie zu. Peter gab den Neuankömmlingen die Hand.

Jetzt waren sie vollzählig.

Er trat einen Schritt zurück, um sich an die ganze Gruppe zu wenden. »Mein Name ist Peter Perkins. Meine Familie lebt schon seit Generationen in Charleston und ich freue mich darauf, Ihnen von einigen historischen Dingen und Begebenheiten zu erzählen, die ich besonders mag. Schön, dass Sie alle dabei sind.« Er grinste Millie an. »Dann gehen wir mal los.«

Die schweigende Gruppe starrte ihn nur an. Peter merkte schon jetzt, dass er sich würde anstrengen müssen, wenn er diese Leute zum Reden bringen wollte. Abgesehen von dem älteren der beiden Mädchen, das ihn anstarrte, als wäre er Ed Sheeran. Er hatte das Gefühl, dass sie nichts gegen eine Unterhaltung einzuwenden haben würde.

»Weiß jemand von Ihnen, wie diese Kreuzung hier genannt wird?« Peter zeigte auf die Straßenlaternen an der Ecke, während eine andere Reisegruppe sich an ihnen vorbeischob.

Nach längerem Zögern räusperte Millie sich. »Ich glaube, die Leute bezeichnen sie als *The Four Corners of the Law* – die vier Ecken des Gesetzes.«

»Das stimmt.« Er nickte Millie zu und sah dann die anderen an. Sie schienen erleichtert zu sein, dass jemand anders die Frage beantwortet hatte. »Wir in Charleston benutzen diese Bezeichnung, weil hier an der Kreuzung vier Gebäude stehen – eine Kirche, ein Bundes- sowie ein Bezirksgericht und ein Postamt. Damit haben wir alles vertreten: Gottes Gesetz, das Staats-, Bundes- und Kommunalrecht. Es wird daher gesagt, dass man hier quasi an einem Ort heiraten, sich scheiden lassen, einen Steuerbescheid bekommen und ins Gefängnis geworfen werden kann.« Peter schob die Brille auf seiner Nase hoch und deutete mit einem Nicken zum nächsten Häuserblock. »Unser nächster Halt wird der *Old Slave Mart* sein und dann die *Rainbow Row* – und ob Sie es glauben oder nicht, erst in den 1930er- und 1940er-Jahren wurden die Häuser in diesen bunten Farben gestrichen. Es heißt, dass die Leute vor der Denkmalschutzbewegung zu arm waren, um ihre Häuser zu streichen, aber zu stolz, um sie einfach nur zu weißen.«

Peter drehte sich um und führte seine Gruppe über die Straße. Kurz darauf standen sie vor der Fassade des alten Marktgebäudes. Viele Leute glaubten, dass die Sklaven auf dem Stadtmarkt verkauft und ersteigert worden waren, aber in Wirklichkeit hatte dort in der Vergangenheit einfach ein gewöhnlicher Markt stattgefunden, so wie es heute noch der Fall war. Vor dem Bürgerkrieg hatten manche People of Color die Möglichkeit gehabt, auf dem Markt so viele handgefertigte Waren zu veräußern, dass sie genügend Geld zusammenbekamen, um ihre Freiheit zu erkaufen.

Der Schmutz des Verfalls lag auf den steinernen Bogengängen des Gebäudes, das wie ein unbeweglicher Schandfleck auf dem historischen Kopfsteinpflaster stand – versperrte Tore, hinter denen früher Menschen in Sklaverei gehalten worden waren und die heute ein Zeugnis dieses hässlichen Aspekts der Geschichte waren.

Jedes Mal, wenn Peter bei seinen Führungen hier am Sklavenmarkt hielt, überkam ihn ein unheimliches Gefühl. Jetzt, wo er an Millies Seite hier stand, wäre er am liebsten direkt weitergegangen. Er wollte sie nicht dem Schmerz aussetzen, das Gebäude zu sehen, in dem ihre Großmutter Rose gewesen war, um verhökert zu werden, als wäre sie ein Gegenstand und kein menschliches Wesen.

Inzwischen wusste er, dass sie auch seine Vorfahrin war. Obwohl seine Haut einen anderen Ton hatte und er rund ein Jahrhundert später geboren worden war, ging es hier um seine Abstammung, seine Familie. Dies war seine ursprüngliche Geschichte in dieser Stadt.

Peter holte tief Luft und wagte einen Blick zu Millie, die an dem Gebäude hinaufblickte, einen Ellbogen auf die Hand des anderen Arms gestützt und ihre Miene geprägt von … war es Erinnern?

»Was ist das für ein Gebäude?«, fragte das jüngere Teenagermädchen.

»Das ist der alte Sklavenmarkt.« Peter zeigte auf die Bögen. »Da drin wurden Menschen in die Sklaverei verkauft.«

Sie riss die Augen auf. »In diesem Haus?«

Peter nickte, während eine Pferdekutsche hinter ihnen vorbeizuckelte. »Ich möchte, dass Sie sich alle einmal vorstellen, wie es damals hier ausgesehen haben muss. Kinder wurden ihren Eltern weggenommen und die kräftigsten von ihnen an den Meistbietenden versteigert.« Peter trat von einem Fuß auf den anderen und blickte zu Boden. »Der Kampf, die Hoffnung auf ein anderes Leben, das nie kommen würde. Das Schreien, das Weinen und darüber hinaus viele Jahre lang die immer präsente Frage, was aus den geliebten Menschen geworden war. Viele hat sie für den Rest ihrer Tage begleitet.«

Als er wieder aufblickte, merkte er, dass Millie ihn anstarrte. Ihr Blick sagte ihm, dass sie Bescheid wusste, und ihr Mund stand ein wenig offen.

Ja, Millie, ich weiß es. Ich weiß es seit Monaten.

»Dieses Monument ist für mich besonders bedrückend, da ich vor Kurzem erfahren habe, dass meine eigenen Vorfahren hier verkauft wurden. Unter ihnen war ein kleines Mädchen namens Ashley. Sie war neun Jahre alt, als sie verkauft wurde, und sie hat ihre Mutter nie wiedergesehen.«

Immer noch sah er Millie in die Augen. Sie wankte nicht, auch wenn ihre Hände zitterten. Auf ihrem Gesicht spiegelten sich tausend Emotionen, aber sie schien kein Wort herausbringen zu können.

Es ist okay, versuchte er ihr stumm zu vermitteln. *Ich verstehe, warum du es mir nicht erzählt hast.*

Er hatte begriffen, dass sie nicht so viele Jahre später nach Charleston zurückgekehrt wäre, wenn sie seine Mutter nicht geliebt hätte. Und sie wäre nicht gekommen, wenn sie nicht auch Liebe zu ihm empfinden würde.

Obwohl Peter immer noch nicht wusste, was genau in den vorangegangenen Generationen in seiner Familie geschehen war oder warum, war eins ganz klar: Millie hatte ein Leben in einem Zwischenraum zweier Welten gelebt. Und er konnte nur vermuten, dass sie es getan hatte, weil etwas zu viel von ihr zu jeder von ihnen gehört hatte, um eine der beiden ganz zu verlassen.

Irgendwann würde sie ihm vielleicht alles erklären und dann konnte er ihr sagen, dass sie nicht mehr wählen musste. Ihr heutiges Leben war ein genauso wichtiger Teil ihrer Geschichte wie ihre Vergangenheit.

»Hat irgendjemand Fragen?«, fragte Peter in die Runde.

Das junge Mädchen zeigte auf ihn und dann auf Millie. »Woher kennt ihr beiden euch eigentlich?«

Bevor er überlegen konnte, was er antworten sollte, legte Millie eine Hand auf seine Schulter.

»Peter ist mein Enkel und ich bin wahnsinnig stolz auf ihn.«

Kapitel 49

Charleston, 1967
Ein Jahr vor Franklins Tod

Mit einer Hand an der Wand des Treppenaufgangs ging Franklin langsam die Treppe im Haus seiner Mutter hinunter, um ein Glas Wasser zu trinken. Er hatte einen furchtbar hartnäckigen Husten und wollte Millie und die Mädchen nicht aufwecken.

Er erreichte die Küche und tastete sich im Dunkeln weiter, bis er am Schrank ankam und ein Glas fand.

Merkwürdig, an einem Ort zu sein, der so schmerzlich vertraut war, und zugleich zu wissen, dass er der Vergangenheit angehörte. Das schmale Reihenhaus südlich der Broad Street hatte einmal seinem Onkel William gehört, damals, als Franklin und seine Mutter noch eine Kiste mit Eis zum Kühlen ihrer Lebensmittel benutzt hatten.

Und jetzt? Mama hatte es zu was gebracht. Sie hatte einen leuchtend grünen Kühlschrank.

Und er selbst hatte es auch zu was gebracht.

Er streckte die Hand nach dem Griff der Kühlschranktür aus, um sich Wasser zu nehmen, und da sah er sie. Sie saß auf einem der Barhocker und trank aus einer Flasche, die, soweit er es beurteilen konnte, Coca-Cola enthielt. Das hoffte Franklin jedenfalls.

»Rosie?« Er stellte den Wasserkrug auf die Frühstücksbar und blinzelte, bis er sie klarer sehen konnte. Er war sich nicht ganz sicher, aber seine sechzehnjährige Tochter schien zu lächeln.

»Mein lieber Bruder.«

Die Bezeichnung erfüllte ihn jedes Mal mit Reue. Hätte er nicht mehr sein können? Hätte er nicht ihr Ein und Alles sein können, wenigstens eine Zeit lang?

Franklin füllte Wasser in sein Glas, stellte den Krug zurück und setzte sich auf den Hocker neben Rosie. Er trank einen großen Schluck, was seinen Husten sofort beruhigte.

»Es ist schon Mitternacht, junge Dame.«

»Für dich auch«, gab sie zurück, völlig unbeeindruckt von seiner Ermahnung.

»Ich konnte nicht schlafen«, antwortete Franklin.

»Ich auch nicht.« Rosie drehte sich auf ihrem Hocker um und sah ihn an. Er bemerkte, dass ihre Haare zu Locken aufgesteckt waren. Kein Wunder, dass sie nicht schlafen konnte, wenn all die Haarnadeln in ihren Kopf pikten.

»Aus irgendeinem besonderen Grund?« Franklin griff nach ihrer Flasche und trank einen Schluck.

Ja, eindeutig Cola.

»Franklin!«

»Betrachte es als Abgabe dafür, dass ich dich nicht verpetze.«

Sie legte beide Hände um die Flasche und kicherte. Sie trug einen Schlafanzug, der viel bequemer aussah als Millies feine Nachthemden. In dem Punkt kam sie ganz offensichtlich nach ihm.

Nach einer langen Pause sah Rosie wieder zu ihm auf. »Da ist dieser Typ.«

»Oh, oh.« Franklin unterdrückte ein Stöhnen.

»Vergiss es. Du hasst ihn jetzt schon«, sagte Rosie.

Franklin lachte. »Aber du hast doch noch gar nichts von ihm erzählt, Liebes.«

»Das brauche ich auch gar nicht. Ich weiß jetzt schon, dass du ihn nicht leiden kannst.« Sie schüttelte den Kopf, die Haarnadeln hielten. »Es geht eigentlich auch gar nicht um ihn, sondern um den Ball morgen. Ach, Franklin, es wäre ein Traum.« Dann seufzte sie sehnsüchtig.

»Wäre?«, fragte Franklin. Wenn ein Mann lange genug mit Millie zusammenlebte, lernte er, zwischen den Zeilen zu lesen.

Rosie griff nach ihrer Cola und trank noch einen Schluck.

»Wenn ich nicht zwei linke Füße hätte. Ich tanze wie ein Elefant, ehrlich.«

Franklin rieb sich übers Kinn. »Ach komm, das kann nicht wahr sein.« Er warf einen Blick über die Schulter und sah sich im Raum um.

»Was suchst du?« Rosie trank den letzten Rest aus ihrer Flasche.

»Wie gut hört man oben Geräusche von hier unten?«

»Geräusche?« Rosie rutschte von ihrem Hocker und ging zu dem Korb, in dem sie Flaschen fürs Recycling sammelten, um ihre dazuzulegen. Aus der Menge an Softgetränken, die Franklin sie trinken sah, schloss er, dass ein Großteil ihres Taschengeldes aus Flaschenpfand bestand.

Rosie blickte zur Decke hinauf. »Ich würde sagen, es ist nicht sehr hellhörig.«

»Gut.« Franklin trank noch etwas Wasser und suchte nach dem Radio. Wie sich herausstellte, hatte seine Mutter das Ding seit Franklins letztem Besuch in die gegenüberliegende Ecke gestellt.

Aber so war es für seinen Plan besser. Er hatte immer einen Plan.

Franklin öffnete den Seiteneingang, der auf eine schmale Veranda führte, mit dem Garten gleich dahinter. Was dem Haus an Breite fehlte, machte es mit Höhe und Charme wieder wett.

Es roch hier sogar nach Heimat, weil seine Mutter ständig backte und die kleinen weißen Blumen, die auf der Terrasse rankten, ihn an früher erinnerten. Man brauchte nur ein Fenster zu öffnen und ihr Duft erfüllte den Raum. Er war froh, dass er das mit seiner Tochter zusammen erleben durfte, auch wenn er ihr das so nicht sagen konnte.

Franklin schob den Couchtisch mit dem Radio immer weiter Richtung Veranda.

»Was hast du vor?«

Franklin schaltete das Radio ein.

Rosie eilte zu ihm, aber er war schon durch die Tür ins Freie getreten.

»Franklin!« Ihr Flüstern war fast lauter als ihre gewöhnliche Stimme. »Du kannst das Ding jetzt nicht anmachen! Weißt du nicht, was für Ärger wir beide kriegen werden, wenn jemand aufwacht?«

Der Sender spielte gerade eine Jazzmelodie und Franklin streckte Rosie seine Rechte entgegen. »Dann müssen wir eben darauf achten, dass wir sie nicht wecken.«

Rosie lachte so leise, wie ein Teenager das konnte, dann nahm sie schnell seine Hand.

»Tanzen ist eigentlich ganz einfach«, behauptete er. »Du musst aufhören, so viel zu denken, und es einfach genießen.«

»Wie kann ich es genießen, wenn ich mich jedes Mal lächerlich mache?« Aber trotz ihrer Worte wiegte Rosie sich mühelos im Takt der Musik.

»Siehst du, es geht doch. Mach weiter so.«

Die Musik wurde langsamer und verstummte dann. Gleich darauf erkannte Franklin die ersten Takte von »*Rockin' Robin*«, noch bevor die ersten Worte gesungen wurden.

»So einen Song haben sie gestern bei einer Musikshow im Fernsehen gespielt! Rock 'n Roll, richtig? Aber« – sie seufzte tief und ließ die Schultern hängen – »ich habe nicht die geringste Ahnung, wie man dazu tanzt.«

»Sieh einfach auf meine Füße. Als Dame brauchst du nur ein paar Schritte zu können. Der Mann hingegen muss eine ganze Reihe Tricks lernen – und darf sich nicht davon ablenken lassen, wie hübsch seine Tanzpartnerin ist. Ich bin sicher, dein geheimnisvoller Gentleman wird sich da als sehr geschickt erweisen.« Franklin fasste Rosie an beiden Händen und führte sie in verschiedene Drehungen, die Millie ihm beigebracht hatte. Gegen alle Proteste.

Franklin grinste schief. Millie ließ sich von seinem Widerstand nie wirklich beeindrucken. Das war eins der vielen Dinge, die er an ihr liebte.

»Und das Beste ist es«, sagte er, »wenn du diese Pause in der Musik hörst. Dann musst du springen. Stampfen. Was immer du willst, aber es muss auffallen.«

Rosie umklammerte seine Hände fester. »Aber woher weiß ich, wann?«

»Es ist so, wie wenn man auf einen fahrenden Zug aufspringt, Rosie. Du kannst es grob abschätzen, aber irgendwann musst du einfach deinem Gefühl folgen, um den richtigen Moment abzupassen.«

Sekunden später verstummte die Musik und Rosie sprang hoch, genau zum richtigen Zeitpunkt. Sie brach in Gelächter aus, blickte dann, über sich selbst erschrocken, zum Haus und schlug sich die Hand vor den Mund.

Franklin lächelte. »Jetzt weißt du, warum wir das nicht drinnen auf dem Holzboden gemacht haben.«

Rosie bekam rasch das Gefühl für die Schritte und drei Lieder später musste sie so oft gähnen, dass sie ihre Müdigkeit nicht mehr ignorieren konnte.

»Du solltest besser schlafen gehen, wenn du morgen bei diesem Ball Spaß haben willst.«

Rosie starrte nur zu ihm auf. Diesen Blick hatte Franklin bei ihr noch nie gesehen und er war sich nicht sicher, was er bedeutete.

Sie blinzelte mehrmals und fingerte dann an den Knöpfen ihres Pyjamas herum. »In Momenten wie diesen wünschte ich, ich hätte einen Vater. Einen richtigen, weißt du.«

»Den hast du.«

Drei Wörter, die er nicht hatte aussprechen wollen. Jetzt hatte er mit einem Mal keinen Plan mehr. Millie würde ausrasten, wenn er ihr das beichtete. So viel war ihm klar. Aber vielleicht …

»*Was?*«

Frank Sinatra säuselte im Hintergrund und füllte das Schweigen zwischen ihnen.

»Ich weiß, dass es nicht leicht zu verdauen sein wird, aber ich bin dein Vater und Millie ist deine Mutter. Juliet ist in Wirklichkeit deine Schwester.« Er streckte die Arme aus, um wieder ihre Hände zu ergreifen, und hoffte, dass die Berührung den Schock abmildern würde.

»Aber« – sie schüttelte den Kopf – »das verstehe ich nicht. Wie soll das gehen?«

»Ist dir schon mal aufgefallen, dass wir uns bei unseren Besuchen meist im Haus aufhalten?«

Sie zögerte und nickte dann.

»Du bist jetzt alt genug, um zu wissen, was geschehen würde, wenn du mit Juliet durch die Stadt gehen würdest, oder? Bestimmt hast du von den hässlichen Begebenheiten gehört und kennst die Gesetze in Bezug auf Kinos, Cafés und alles andere.« Er schloss die Augen, weil die Erinnerung noch immer so viel Bedauern und Schmerz mit sich brachte. »Es gab mal einen Zwischenfall, als ihr beide noch viel kleiner wart … Ich hoffe, du erinnerst dich nicht daran. Wir sind zu viert zur Strandpromenade gegangen, um bei den Eichen dort Fangen zu spielen, und ein paar Männer haben schlimme Dinge zu deiner Schwester gesagt. Ich bin dazwischengegangen und Millie hat mich zurückgerissen – weil sie schreckliche Angst hatte, diese Männer könnten mir etwas tun, so wie die Männer, die ihren Vater getötet haben.«

»Ich erinnere mich«, sagte Rosie nach einigen langen Momenten. »Nicht an das, was die Männer gesagt haben. Das habe ich wahrscheinlich noch gar nicht verstanden. Aber ich weiß noch, wie du Juliet verteidigt hast und dass ich richtige Angst hatte.« Sie blickte auf ihre Hände hinunter.

Jetzt begann sie zu weinen. Seinem quirligen Mädchen, das unaufhörlich redete, hatte es mit einem Mal die Sprache verschlagen.

Er redete weiter, in der Hoffnung, dass ihr das helfen würde: »Als ihr geboren wurdet, gab es hierzulande noch die Ein-Tropfen-Regel. Wer auch nur einen dunkelhäutigen Vorfahren hatte, galt als Schwarzer beziehungsweise Schwarze. Wir wussten, dass ihr beide viel Hass und Ignoranz und eine Menge Grausamkeit erleben würdet, wenn wir versucht hätten, euch zusammen großzuziehen. Denn das Nebeneinander scheint das Problem zu sein, das Menschen gewalttätig werden lässt, ob körperlich oder mit Worten.« Franklin setzte ein Lächeln auf, um seine Trauer dahinter zu verbergen, so gut es ging. »Wir wollten euch beiden die ganze Welt schenken.«

Sie musterte ihn. Vielleicht versuchte sie einzuschätzen, ob er die Wahrheit sagte. Oder aber sie zog in Erwägung, dass sie einfach ihre Meinung geändert hatten, als sie zwei Babys bekommen hatten anstatt eines.

»Aber ich wollte doch immer nur dich«, flüsterte sie. Sie schüttelte den Kopf, während ihr die Tränen über die Wangen flossen. »Wie konntet ihr mir das antun? Uns allen?« Sie sah Franklin in die Augen. »Habt ihr mich überhaupt vermisst?«

»Wir haben dich mehr vermisst, als du jemals ahnen kannst.« Franklin brach es das Herz. »Mein Liebling, wir wollten immer nur als Familie zusammen sein. Wir haben angefangen, nach Charleston zu fahren, weil der Schmerz der Trennung sonst zu groß gewesen wäre. Seit dem Augenblick, als wir dich losgelassen haben.« Er trat zum Radio und drehte an dem Knopf, bis der Sinatra-Song nur noch eine Erinnerung war. »Wirst du mir jemals vergeben können, Rosie?«

Sie schwieg, aber er würde sie nicht drängen. Ihre Gefühle und ihre Trauer gehörten nur ihr und sie würde Zeit brauchen, um alles zu verarbeiten. Aber Franklin wusste, dass es richtig gewesen war, ihr die Wahrheit zu sagen.

Er schlang die Arme um seine geliebte Rosie und drückte sie an sich, während sein Kinn auf ihren festgesteckten Locken ruhte und sie in seinen Armen von Schluchzern geschüttelt wurde. Seine Tochter brauchte ebenso sehr einen Vater wie er seine zweite Tochter. Außerdem hatte er irgendwie das Gefühl, dass er keine zweite Chance bekommen würde.

Er atmete die Nachtluft so tief ein, wie er es gefühlt in den vergangenen fünfzehn Jahren nicht getan hatte.

Und endlich, endlich – war er ganz lebendig.

Kapitel 50

Charleston, heute

Nachdem die Führung beendet war, fragte Peter Millie, wie es ihren Füßen gehe, und sagte, er habe noch eine Überraschung für sie. In der letzten halben Stunde seit ihrem Geständnis war Peters Verhalten geradezu überschwänglich gewesen. Sein Lächeln glich dem von Franklin aufs Haar.

Und sein Mut auch.

Millie hätte es ihm eher sagen sollen, aber sie hatte sich bislang einfach noch nicht dazu durchringen können, die Worte auszusprechen – nicht nach dem, was sie versprochen hatte, als seine Mutter noch am Leben gewesen war.

»Schließ die Augen.« Peter nahm sie an die Hand.

»Was bin ich, ein Kind?« Millie sah gerne, wohin sie ging.

Doch Peter lachte nur.

»Na gut, ich habe wohl nichts zu verlieren.«

Er drehte sie langsam im Kreis, während sie die Augen geschlossen hielt, bis sie nicht mehr wusste, in welche Richtung sie gewandt war. Wenn Millie es richtig einschätzte, stand sie mit dem Blick zum Ashley River.

Doch dann gingen sie ein paar Schritte und bogen um eine Ecke.

Schließlich blieb Peter stehen. »Wir sind da.«

Langsam öffnete Millie die Augen.

Der Anblick war zu viel für sie. Sie schlug sich die Hand vor den Mund und ihre Finger begannen zu zittern. Ohne ihn hätte sie sich vielleicht niemals wieder hierhergewagt, sich den Erinnerungen nicht stellen können. Sie versuchte, ein *Danke* zu flüstern, aber ihre Lippen gehorchten ihr nicht. Sie konnte Peter nur anstarren, die Augen weit aufgerissen vor Staunen.

Peter grinste breit.

Dann fingen die Tränen an zu kullern. Tränen, an die sie nicht mehr geglaubt hatte. Tränen für all die Augenblicke des Nichthabens und Nichtkönnens und für die Hoffnung, die sie – Gott sei Dank – trotz ihres Alters immer noch mit jedem Atemzug hegte.

Die Hoffnung auf das Kommende.

Jetzt hielt Millie sich gerne an Peters Arm fest. Sie konnte kaum den Weg durch ihre Gedanken finden, geschweige denn den Weg zum Haus gehen.

Millie blickte an der Fassade hinauf – hier hatte Mama sie großgezogen. »Woher wusstest du das?«, fragte sie Peter mit bebender Stimme.

Er zögerte, während er mit ihr zur Veranda ging. Dort angekommen, streckte er die Hand aus und rückte Millies Hut gerade. »Ich habe es geerbt, nachdem meine Mutter gestorben war, und habe es nach und nach saniert. Ich hatte gehofft, die Geschichten zwischen den Wänden zu finden.« Jetzt sah er selbst an dem Haus hinauf. Auch wenn es ein bescheidenes Heim war, ließ sich sein Charme nicht leugnen. »Und dann wurde mir bewusst, dass es *deine* Geschichte war.«

Millie trat zur Haustür und legte die Hand an die Backsteine. Sie riefen eine Erinnerung an Onkel Clyde und Tante Bea hervor, nachdem Mama gestorben war.

»*Mariengras-Millie*«, hatte Tante Bea sie genannt. »*Du hast immer schöne Geschichten gewebt.*«

Peter steckte den Schlüssel ins Schloss und sah Millie mit hochgezogenen Augenbrauen an, während die Tür aufschwang.

Millie betrat die Diele.

Auf einmal waren ihre alten Füße von den Bildern der Vergangenheit gestärkt. Ihr altes Herz wurde von den Wänden gehalten. Ihre alten Träume erhoben sich vom Fußboden und dies – dies fühlte sich an wie ein Nachhausekommen.

Peter schaltete das Licht ein und Millie öffnete die Augen, die sie hatte schließen müssen, um all die Eindrücke zu verarbeiten.

»Willkommen zu Hause.«

Ihr Blick wanderte durch den Raum und sie spürte, wie eine Gänsehaut über ihre Arme wanderte. Der Fußboden war repariert und poliert worden – die Dielen waren schon alt gewesen, als sie hier gewohnt hatte, und Millie wollte nicht wissen, in welchem Zustand Peter sie vorgefunden hatte. Die Fenster waren ersetzt worden, aber der Kamin war noch so wie damals.

»Warum hast du das alles gemacht?« Mit neuen Tränen in den Augen drehte Millie sich zu Peter um. »Nur, um es zu retten?«

Peter zuckte mit den Schultern. »Aus demselben Grund, aus dem Harper und du Kleider liebt, würde ich sagen. Das Haus war in einem vernachlässigten Zustand, als ich es bekam, aber es hat mir viel bedeutet. Deshalb wollte ich es sanieren.«

Millie wusste nicht, was sie sagen sollte.

Peter zeigte zur Stuckdecke hinauf. »Außerdem findet man heute nicht mehr solche Handwerkskunst.« Er drehte sich ein wenig und fing ihren Blick auf. »Aber wenn du willst … Ich meine, wenn du dir vorstellen könntest, in Charleston zu bleiben … Also, ich dachte, wie man so sagt, dass es nirgends so schön ist wie zu Hause.«

Millie lächelte, nahm ihn in die Arme und legte ihren Kopf an seine Brust. »Da hast du recht, Peter.« Als sie nach oben sah, wurde ihr Herz wehmütig.

»Was ist?«, fragte Peter. »Alles in Ordnung?«

»Oh ja, alles ist wunderbar.« Millie machte sich an den Ärmeln ihres Kleides zu schaffen. »Ich dachte nur gerade, dass es schon komisch ist, wie das Leben uns manchmal wegführt. Aber dann gibt es Zeiten, da bringt es uns zurück.«

»Und vielleicht macht ja genau das deine Geschichte aus.«

&

Peter und Millie waren gerade in die King Street eingebogen, als leichter Nieselregen einsetzte.

»Er ist wirklich auf fahrende Züge aufgesprungen?«, fragte Peter.

Millie reckte das Kinn vor. »Ich hätte mich ja wohl nicht in einen Langweiler verliebt, oder?«

Peter sah sie lange an und schüttelte dann den Kopf. »Nein, Millie, das hättest du wohl nicht.« Er zeigte auf das Antiquitätengeschäft gegenüber. »Du könntest doch dort hineingehen, dann hole ich schnell den Wagen.«

»Immer ganz der Kavalier.« Millie tätschelte seinen Arm. »Danke dir, aber ich gedenke, auch den restlichen Weg zu laufen, und bin ganz sicher, dass ich mich nicht auflösen werde.«

»Aber es macht mir wirklich nichts aus.«

Sie hielt ihren Hut mit einer Hand fest, damit er nicht herunterfiel, während sie zu Peter aufblickte. »Mir auch nicht.«

Peter lächelte und hielt ihr den Ellbogen hin. »Dann halt dich wenigstens an mir fest. Wir können zusammen aufpassen, dass keiner von uns über Risse im Pflaster stolpert.«

Millie hakte sich schnell unter. »Bist du immer so aufmerksam oder nur gegenüber lang vermissten Großmüttern?«

Peter grinste schief. Es regnete weiter – sanft, aber stetig – und die Schultern seines Baumwollhemdes klebten bereits an seiner Haut. Schnell nach Hause zu kommen und trockene Sachen anzuziehen, war natürlich ein verlockender Gedanke, aber diese Unterhaltung mit Millie hätte er gegen nichts auf der Welt eingetauscht.

Er wollte mehr Einzelheiten wissen, zum Beispiel, wie der Zug gerochen hatte oder was mit Franklin geschehen war. Aber er wusste, das alles würde mit der Zeit herauskommen, und er wollte Millie nicht mit Fragen überrennen, nachdem sie gerade erst angefangen hatte, darüber zu sprechen.

»Der Kreis hat sich geschlossen, nicht wahr, Millie?«

Sie lächelte ihn an. »Wie meinst du das?«

»Na ja, du hast Charleston verlassen, um deinen Traum von einem anderen Leben zu verwirklichen, und ich fände es schön,

wenn du so ziemlich aus dem gleichen Grund hierher zurückgekommen wärst.«

Sie tätschelte seinen Arm mit der freien Hand. »Na, wenn du es
so ausdrückst, klingt es eigentlich richtig gut.«

Peter wich einer großen Pfütze aus und sorgte dafür, dass Millie nicht nass gespritzt wurde. So wie er sie kannte, waren ihre
Schuhe wahrscheinlich mindestens so alt wie er.

Ein Laden bot willkommenen Schutz in Form einer Markise, eine plötzliche Pause von dem Regen, und sie zögerten beide
weiterzugehen. Millie wandte ihm ihr Gesicht zu. Peter hatte den
Verdacht, dass sie wusste, was er als Nächstes fragen würde.

Er nahm seine Brille ab und wischte mit dem feuchten
Hemdsaum, so gut es ging, die Tropfen von den Gläsern, bevor er
sie wieder aufsetzte und Millies Blick erwiderte.

»Ich verstehe jetzt, warum du damals in den Zug gestiegen bist,
um Charleston zu verlassen. Aber warum hast du meine Mom
verlassen?«

Und warum hatte sie so lange gebraucht, um ihm die Wahrheit
zu sagen? Sie musste doch gewusst haben, wie sehr er sich nach
Antworten auf seine Fragen gesehnt hatte.

Millie blinzelte und Peter war sich nicht sicher, was Tränen waren und was Regentropfen. Bis zum heutigen Tag hatte er Millie
noch nie weinen sehen.

»Ich habe versucht, sie zu beschützen. Alle beide.«

Peter runzelte die Stirn. »Wen meinst du mit ›beide‹?«

Millie wischte sich mit den Fingerspitzen über die Augen. »Du
hast eine Tante. Sie heißt Juliet. Sie und deine Mutter hatten sehr
unterschiedliche Hautfarben. Wenn man sie zusammen gesehen
hätte, wären sie zur Zielscheibe geworden, genau wie ich, als ich
ein Kind war. Sie war bei der Beerdigung.«

Peter versuchte, sich an den Tag zu erinnern. Er wusste, dass
Millie als Freundin seiner Mutter da gewesen war, aber der Rest
war durch die Trauer verschwommen.

»Sie lebt in New Orleans und hat dort eine Boutique im Garden District. Obwohl sie im Moment in Frankreich ist und Ideen für ihre nächste Warenlieferung sammelt, während sie von den Besten der Branche lernt. Kannst du dir das vorstellen? Sie lässt sich kein bisschen davon abschrecken, dass diese Leute halb so alt sind wie sie, und ihrer Hartnäckigkeit hat sie es zu verdanken, dass sie jetzt bloß einen Häuserblock vom Eiffelturm entfernt ist.« Millie strahlte vor Stolz. »Sie hat mir auch die ersten Kleider für den Laden geschickt.«

Der Wind kam von der Seite und Peters Brille war schon wieder voller Tröpfchen. »Eine Boutique?«

»Der Apfel fällt nicht weit vom Stamm.« Millie grinste. »Sie kommt bald wieder nach New Orleans zurück, dann können wir ein richtiges Treffen arrangieren.«

»Das wäre schön.« Peters Gedanken überschlugen sich. Mit wenigen Sätzen hatte Millie weiße Flecken seiner Lebenslandkarte gefüllt, die er jahrelang erforscht hatte. Er hatte eine Tante! Bei dem Gedanken daran, wie viel Zeit sie verloren hatten, zog sich sein Magen zusammen, aber er zwang sich, stattdessen auf die Möglichkeiten zu blicken, die vor ihm lagen.

»Ich will es ganz deutlich sagen.« Ihr Blick ließ ihn nicht los. »An dem Tag, als ich deine Mutter in Charleston zurückließ, habe ich auch die Hälfte meines Herzens hier zurückgelassen. Ich war nicht mehr dieselbe, bis wir nach Franklins Tod wieder vereint waren. Die Mädchen wohnten eine Weile in unserer Pension in Alabama und dann habe ich ihnen das College bezahlt und die Hochzeit deiner Eltern –«

»Mit dem Ersparten, das du für die Eröffnung deiner Boutique benutzen wolltest.« Peter seufzte. Jetzt ergab alles einen Sinn. Natürlich hatte Millie ihren eigenen Traum geopfert, um ihren Kindern zu helfen, erst recht, nachdem Franklin gestorben war. Sie war schließlich ihre Mutter. »Und du konntest die beiden Mädchen nicht zusammen großziehen, weil eins von ihnen helle Haut hatte und das andere dunkle«, fasste er noch einmal zusammen.

Millie nickte, eine steile Falte auf der Stirn. Peter ahnte, dass dieser Verlust, den sie erlebt hatte, sie nie ganz loslassen würde. Immer wieder hatte sie sich für einen Teil ihrer selbst entscheiden müssen. Einen Teil ihrer Vergangenheit, einen Teil ihrer Zukunft, und das, ohne jemals ihren Laden zu bekommen.

Bis jetzt.

»Es gab so viele Augenblicke, in denen ich die Entscheidung, Rosie von Franklins Mutter aufziehen zu lassen, hinterfragt habe. Jedes Mal, wenn meine eigene Tochter jemand anderen mit *Mom* anredete.« Millie schluckte. Immer noch sah sie Peter unverwandt an. »Wie wirst du deinem Kind gerecht, wenn du nicht einmal weißt, was genau das bedeutet und wie es gehen soll? Manchmal war ich überzeugt davon, dass ich mich von meinen Ängsten hatte leiten lassen und alles falsch gemacht hatte. Dann wieder berichtete die Zeitung von einer rassistisch motivierten Gewalttat und ich fühlte mich bestätigt.«

Peter streckte die Arme aus und umarmte seine Großmutter. Sie brauchte nichts mehr zu sagen. Jetzt verstand er – zumindest so gut, wie er es überhaupt verstehen konnte. Von Anfang an hatte Millie sich immer zum Wohle ihrer Familie entschieden. Sie musste Angst davor gehabt haben, wie Peter auf die Wahrheit reagieren würde, so wie sie Angst davor gehabt hatte, wie seine Mutter reagieren würde.

Aber jetzt wollte sie ihn offensichtlich kennenlernen, denn sie war den ganzen Weg nach Charleston gekommen. In eine Stadt, in die sie nicht hatte zurückkehren sollen, nicht für seine Mutter und auch nicht seinetwegen.

Peter legte das Kinn auf ihren roten Hut. »Ich bin froh, dass du hier bist, Millie. Und ich weiß, dass dir viel an deiner Pension liegt, aber ich hoffe, du denkst darüber nach, eine Weile hierzubleiben.«

»Du wirst mich noch loswerden wollen wie eine Horde von Läusen auf deinem Kopf.« Millie schlüpfte unter seinem Arm hervor. Dann hielt sie ihm den Ellbogen hin, so als wäre sie es, die *ihm* Halt gab.

Und vielleicht war es ja auch so.

Peter zog gegen den Wind die Schultern hoch, auch wenn die Temperaturen eigentlich angenehm waren. Millie schlenderte derweil ganz entspannt den Gehweg hinunter, als wäre kein Wölkchen am Himmel zu sehen. Typisch.

Sie bogen um die letzte Ecke und da sah er sie. In einem der Kleider, die er aus dem Schrank eines alten Hauses gerettet hatte. Dazu trug sie goldene Schuhe und die Haare wunderschön gelockt.

»Harper!« Peter flog die Kappe vom Kopf, als er zu ihr rannte.

Sie lief ihm entgegen. »Oben war kein Licht zu sehen, da dachte ich, du bist vielleicht bei einer –«

Seine Finger fuhren in ihre Haare, während er sie mit der anderen Hand an sich zog. Er blickte zu ihr herab und sah winzige Regentropfen an ihren Wimpern hängen und da konnte er nicht länger warten.

»Harper.« Diesmal war es nur ein Flüstern.

Peter senkte das Kinn weitaus selbstbewusster, als sein Verstand es ihm erlauben wollte, bis seine geöffneten Lippen langsam ihren Mund berührten. Ein Gefühl der Schwerelosigkeit packte ihn und ließ ihn immer höher schweben, bis er fürchtete, wie ein Heißluftballon bis zum Himmel zu treiben und sich in den Wolken zu verlieren.

Er beendete den Kuss, nicht aber die Umarmung. Harper schien ebenfalls ganz außer Atem zu sein.

»Beachtet mich alte Schachtel gar nicht – ich gehe mal rein und trockne mich ab.« Millies Stimme klang, als wären sie meilenweit entfernt, während Peter in Harpers blaugrünen Augen versank.

»Du bist zurückgekommen.«

»Wir hatten noch eine Unterhaltung offen«, erwiderte Harper. Inzwischen fror Peter nicht mehr. Nicht das kleinste bisschen.

Er schob eine von Harpers Haarsträhnen zurück und ließ den Daumen an ihrem Ohr liegen. Sie roch nach Blumen, so wie sie es immer tat, nur diesmal, so aus der Nähe, hätte es auch ein ganzes Feld davon sein können.

Gestern Nacht hatte Peter von ihr geträumt. Er hatte sie beinahe berühren können, und als er aufgewacht war, war ihm wieder bewusst geworden, dass sie nicht mehr da war. Es hatte Stunden gedauert, bis er wieder hatte einschlafen können.

»Bist du sicher, dass du echt bist?«

Harper lachte. »Mein knurrender Magen lässt es vermuten.«

Peter beugte sich vor, ein schiefes Grinsen auf den Lippen, und flüsterte ihr ins Ohr: »Vielleicht möchtest du ja einen Kaffee, während wir überlegen, in welches Restaurant wir gehen.«

Harper drehte den Kopf ein wenig zur Seite und grinste ebenfalls. »Billiger Kaffee hat mich noch nie gereizt. Ich muss dir beichten, dass Millie das Zeug, das du uns besorgt hast, weggeschmissen hat. Sie meinte, es könnte Insekten anziehen.«

»Wie romantisch.« Er berührte mit dem Finger Harpers Wange und drehte sie zu sich, während sie beide lachten. Dann küsste er sie noch einmal. Sein Puls raste, als er sie danach ansah, ihre beerenfarbenen Lippen nur wenige Zentimeter von seinen entfernt. »Harper Rae?«

»Mhm?« Ihre Augenlider flatterten und schlossen sich dann, während sie darauf wartete, dass er fortfuhr.

»Ich liebe dich.«

Als sie die Augen wieder öffnete, lag ein Funkeln darin. »Ich liebe dich auch.«

Peter grinste und wirbelte Harper herum, dann legte er den Arm um ihre Taille, um sie näher an seine Seite zu ziehen. Gemeinsam gingen sie zu der Treppe, die ins Dachgeschoss hinaufführte.

»Es war die Edgar-Allan-Poe-Story, die dein Herz erobert hat, nicht wahr? Gib es zu.« Peter streckte den Arm aus, um Harper die Tür aufzuhalten.

Sie warf ihm ein Lächeln zu und trat ein. »Ich kann mit Sicherheit sagen, dass es nicht Edgar Allan Poe war.«

»Vielleicht mein Ryan-Gosling-Auftritt?«

»Also der ...« Harper biss sich auf die Unterlippe und er lachte leise. Er wollte nichts lieber, als diesen Tag mit ihr zu verbringen, und dann den morgigen und alle Tage danach.

Sie hatte jede Hoffnung zerstört, dass er ein Leben ohne sie genießen könnte. Also würde er nicht zulassen, dass es dazu kam.

Kapitel 51

Fairhope, 2008

Millie nahm etwas Mehl aus ihrem Brötchenfass und knetete gerade mit den Handballen den Teig, als das Telefon klingelte. Sie wischte sich an ihrer geblümten Schürze die Finger ab und griff danach.

»Hallo?« Sie wandte dem Teig den Rücken zu und lehnte sich an die Küchenzeile, um einen besseren Blick auf die Wanduhr in der Form einer Teetasse zu haben. Das Kabel des Uralttelefons reichte nicht sehr weit, also musste sie die Augen zusammenkneifen, um den Zeigerstand ablesen zu können. Es war noch ziemlich früh am Tag für Anrufe.

»Hi, Mrs Millie, Jane hier.« Pause. »Leider können meine Tochter Stephanie und ich doch nicht an Ihrem Nähkurs teilnehmen. Uns ist etwas dazwischengekommen. Es tut mir sehr leid, dass ich so kurzfristig absage. Ich hoffe, Sie haben für uns noch nichts vorbereitet.«

Millie schloss die Augen. Nach einem kurzen Zögern seufzte sie und bemühte sich, freundlich zu antworten: »Ach, machen Sie sich keine Gedanken, Jane. So was kommt vor.« Sie verabschiedete sich, lächelte traurig und legte den Hörer auf die Gabel.

Kopfschüttelnd wandte sie sich wieder ihren Brötchen zu. Sie hatte genug davon gebacken, um eine ganze Sonntagsschulklasse satt zu machen, obwohl Jane und Stephanie an diesem Tag ihre einzigen Schülerinnen gewesen wären.

Die Pension war zwei Nächte ganz leer und auch für danach hatten sich so gut wie keine Gäste angemeldet. Juliet war in New Orleans, Rosie in Charleston. Und die Familienerbstücke waren zwischen ihnen aufgeteilt worden, darunter auch Millies Hochzeitskleid, das Rosie zu ihrer eigenen Heirat mit Peters Vater Jack getragen hatte.

Millie war allein. Ihre Gelenke schmerzten von der Arthritis und ihr Herz von allem anderen. Sie war hier in der Pension von wunderbaren Erinnerungen umgeben und von den Geschichten, die jeder neue Gast ihr schenkte. Sie genoss es, dass jedes Jahr der gleiche Magnolienduft in der Luft lag. Dass die Holzdielen der Fußböden immer noch die vertrauten Macken vom Tanzen hatten und dass der gleiche Blick aus dem Schlafzimmer ihr nach wie vor jeden Tag einen neuen Sonnenaufgang bescherte.

Aber manchmal holte es sie ein. Dass ihr Traum, eine eigene Boutique zu haben, nie wahr geworden war. Jedes Mal, wenn sie kurz davor gewesen war, genügend Geld zu haben, hatte eine ihrer Töchter etwas gebraucht – zuerst die Familienausflüge nach Charleston, während die Mädchen aufwuchsen, dann die Studienkosten, Rosies Hochzeit und Juliets eigene Ladeneröffnung. Und dann war da natürlich Rosies Baby gewesen und die Zeit, die Millie nach dem tragischen Tod von Rosies Mann in Charleston verbracht hatte.

Jetzt brauchten ihre beiden Töchter nicht mehr in diesem Umfang ihre Hilfe, aber in der Zwischenzeit war etwas geschehen: Millie hatte das Alter überschritten, in dem sie es hätte tun können. Irgendwann in all den Jahren, in denen sie für die Mädchen gesorgt und sich in der Pension um alles gekümmert hatte, hatte Millie steife Gelenke bekommen, die langes Arbeiten an der Nähmaschine unmöglich machten. Es war lange her, seit sie in dem Brautmodengeschäft in der Stadt als Schneiderin gearbeitet hatte. Jetzt hatte sie das Geld, die Zeit und die Mittel, ihren eigenen Laden zu eröffnen, aber sie hatte keine Lust mehr, sich wegen einer Hypothek mit der Bank herumzuschlagen, und nicht genügend Energie, um viele Stunden zu arbeiten.

Und auch wenn es nicht ganz stimmte, dass sie aufgehört hatte, von der Boutique zu träumen, so war es doch so, dass sie irgendwann aufgehört hatte, es für möglich zu halten.

Das würde sie natürlich niemandem außer sich selbst gegenüber zugeben. Wenn ihre Töchter gelegentlich nach ihrem lang gehegten Traum fragten, sagte Millie einfach, dass sie mit der Pension zu tun hatte und die Sache *vielleicht im nächsten Jahr* angehen würde.

Jungen Frauen Nähunterricht zu erteilen, war ihr wie der perfekte Weg erschienen, um ihre Fertigkeiten weiterzugeben, ohne dass sie dem Stress ausgesetzt war, ein neues Unternehmen zu führen. Aber natürlich lief auch das nicht, wie sie es sich vorgestellt hatte. Millie wurde das Gefühl der Isolierung und Anonymität einfach nicht los, das sich in ihrem Leben breitgemacht hatte.

Sie setzte sich an den Küchentisch, das Mehl noch unter den Fingernägeln. Sie fing an, sich selbst leidzutun – aber *nein*. Nein, das ging nicht. Sie stand wieder auf und öffnete die Tür, um nach draußen zu gehen.

An diesem frühen Morgen hing dichter weißer Nebel über der Bucht, der Wasser und Bootssteg mit dem Horizont verschwimmen ließ. Die surrealistische Wirkung reizte Millie und sie ging auf den Anleger zu. Sie wurde unsanft aus ihren Gedanken gerissen, als ein Fischerboot aus dem Nebel auftauchte.

»Morgen!«, rief der Mann und nahm seine Schirmmütze ab, um Millie damit zuzuwinken. Da erkannte sie ihn – den Fischer, der mit seiner Familie am anderen Ufer lebte.

»Den wünsche ich auch.« Millie nickte und lächelte, obwohl sie nicht sicher war, ob er das überhaupt sehen konnte.

»Wie geht es Ihnen, Mrs Millie?«

»Ganz gut«, sagte sie und beschloss dann, warum auch immer, hinzuzufügen: »Obwohl dieser Morgen etwas enttäuschend ist. Ich muss meinen Nähkurs einstellen, bevor er überhaupt richtig begonnen hat.«

»Nähkurs, sagen Sie?« Er setzte sich die Mütze wieder auf den dichten Haarschopf. »Also, meine Harper hätte daran sicher Interesse. Sie schneidet immer alte Laken und Tücher auseinander, um Kleider für ihre Puppen zu nähen. Wie viel kostet der Kurs denn, Mrs Millie?«

Hoffnung stieg in Millie auf. »Ach, der kostet gar nichts. Die Gebühr wird nicht zurückerstattet und die Angemeldeten haben abgesagt, also kann Harper einfach einen ihrer Plätze einnehmen.« Millie hätte das Mädchen ohnehin kostenlos unterrichtet, aber sie wollte den Mann nicht am Ende noch beleidigen, indem sie das rundheraus sagte.

»Ich bringe die Fische nach Hause und sage meiner Frau Bescheid. Harper wird begeistert sein. Um wie viel Uhr geht's los?«

»Sollen wir zehn sagen?«

»Das passt uns gut.«

Sie sah zu, wie er an seinem eigenen Steg anlegte und mit seiner Kühlbox sowie ihrer Einladung im Haus verschwand.

Millie wandte sich wieder dem Gartentisch zu, auf dem sie das Spitzentischtuch von Mama ausgebreitet hatte. Sie hatte es in einer alten Schublade gefunden, gut verstaut, damit ihm nichts passierte. Wie es aussah, würde sie es also doch noch brauchen. Sie würde den Tisch decken und dann in die Küche zurückgehen, um die Brötchen fertig zu backen. Danach würde sie den Tee zubereiten und ihre Nähmaschine nach draußen bringen. Ja, das war doch ein guter Plan!

Millie fasste das Tischtuch an zwei Ecken und schüttelte es aus. Staub flog von dem Stoff in die Luft, während sie beide Ecken ganz fest hielt – als wären sie Anfang und Ende einer in Vergessenheit geratenen Geschichte, und wenn Millie es richtig anstellte, würde sie sich ganz entfalten. Der Wind erfasste es und ließ es in ihren Händen flattern wie eine Fahne.

Millie platzierte es, eilte um den Tisch und zog und rückte an der Spitze, bis sie genau richtig lag. Und dann blickte sie zum Himmel, froh, weil sie nun doch noch die Gelegenheit hatte, jemandem etwas beizubringen, aber zugleich auch voller Melancholie.

»Warum ist mein Traum nie wahr geworden?«, murmelte sie

und fuhr mit ihrer faltigen Hand noch einmal über das Tischtuch.

Dann spürte sie, durch den Nebel hindurch, in den gedämpften Sonnenstrahlen zwischen den Ästen der Bäume eine Antwort: *Ich bin noch nicht fertig.*

Und sie, Millie, war es offenbar auch noch nicht.

⚃

Die kleine Harper saß mit dem Rücken zum Fenster an Millies Küchentisch. Der Sturm draußen pfiff durch die geschlossene Tür neben ihnen.

Millie faltete das vorm Regen gerettete Spitzentuch auf Drittelbreite zusammen und legte es auf den Küchentisch. Dann fuhr sie über jeden Knick, damit der Stoff schön glatt blieb.

Harpers Mutter trat neben Millie und bewunderte das Tuch. »Das ist wunderschön«, sagte sie. »Ist es antik?«

Millie sah die Frau an und lachte leise. »Das kann man wohl sagen. Es ist so alt wie ich.«

Harpers Mom erwiderte ihren Blick. »Es ist etwas Besonderes. Irgendwie wirkt es, als hätte es eine Geschichte zu erzählen.«

»Das hat es wirklich.« Millie richtete ihren Hut und holte tief Luft. Was sie als Nächstes sagen würde, hatte sie nicht geplant, aber trotzdem hatte sie das merkwürdige Gefühl, dass es die richtige Entscheidung war. »Es wäre mir eine Ehre, es Ihnen zu schenken.«

Harpers Mutter riss die Augen auf. »Das kann ich nicht annehmen.«

»Sie können und Sie werden.« Millie zeigte auf das Tischtuch. »Ich habe es viele Jahre lang geliebt, aber jetzt benutze ich es kaum noch. Es würde mich glücklich machen zu wissen, dass jemand noch Verwendung dafür hat.«

Harpers Mutter fuhr mit einem Finger über die Spitze, als wagte sie nicht, ein so zartes Gewebe mit der ganzen Hand zu berühren. Aber Millie wusste, dass die Spitze stärker war, als sie aussah.

Sie nahm das zusammengefaltete Tischtuch und hielt es Harpers Mutter hin. »Es ist mein Ernst, bitte nehmen Sie es.«

Mit Tränen in den Augen griff die Frau nach dem Stoff. »Harper und ich werden es für unsere Teestunden benutzen.«

Millie lächelte. Sie blickte durchs Fenster. Der Wind peitschte den Regen vor sich her, sodass er in Böen über den Gehweg in Richtung Haus wehte und Wasser gegen die Fenster spritzte.

Mit dem Ellbogen auf dem Tisch stützte Harper das Kinn auf ihre Hand und drehte sich zu ihnen um. »Warum muss es denn ausgerechnet jetzt regnen?«

Die Zeitschaltuhr am Ofen piepste. Millie eilte zur Küchenzeile und zog dabei einen Ofenhandschuh in Katzenform über ihre Hand. »Wir können den Unterricht auch drinnen machen.«

Harper seufzte. »Danke, Mrs Millie, und ich freue mich auch sehr darauf, aber es ist einfach nicht dasselbe.«

Millie unterdrückte ein Lächeln, während sie das Blech aus dem Ofen holte. Sie erinnerte sich aus Juliets Kindertagen gut daran, dass etwa in Harpers Alter die melodramatischen Szenen begannen.

Trotzdem verstand sie die Enttäuschung des Mädchens. Fühlte sie sogar selbst. Sie hatten gerade noch rechtzeitig die Nähmaschine ins Haus gebracht, bevor die dunklen Wolken herangerollt waren und der Himmel seine Schleusen geöffnet hatte. Harper hatte das Spitzentuch gepackt und war losgerannt, sodass es wie ein Umhang um sie herumgeweht war.

Die Brötchen und der Sonnentee, den Millie gestern extra gemacht hatte, wollten irgendwie nicht mehr recht zum Tag passen, also war sie auf Zimtplätzchen und Limonade ausgewichen.

Millie stellte das Backblech auf den Herd. Dann wedelte sie mit dem gemusterten Ofenhandschuh über die Kekse, um sie abzukühlen. »Weißt du, meine Mama hat immer gesagt, ohne Regen gäbe es keine Blumen.« Sie nahm die Plätzchen mit einem Pfannenwender vom Blech.

Harper drehte sich zu ihr um. »So hab ich das noch nie gesehen.«

»Klar, weil niemand es mag, wenn die eigenen Pläne durchkreuzt werden. Wir wollen, dass alles genau so passiert, wie wir es erwarten und uns erträumen.« Millie hielt den Pfannenwender hoch. »Aber ich habe im Laufe des Lebens gelernt, dass dasselbe Wasser, das uns die Jubilee-Fischschwärme bringt, in die Wolken aufsteigt und als Regen wieder herunterkommt. Ohne den Regen hätten wir also auch keine Strömung im Meer.«

Das Tischtuch noch immer fest an ihre Brust gedrückt, stieß daraufhin Harpers Mutter einen tiefen Seufzer aus.

Millie stellte den Teller mit den Plätzchen in die Mitte des Tisches und streckte die Hand nach dem Tonkrug mit Limonade aus. Das Getränk mochte nicht frisch zubereitet, sondern nur aufgegossen sein, aber zumindest sah es hübsch aus. Millie füllte drei Gläser, während sie Juliets Foto am Kühlschrank betrachtete, und hätte aus Gewohnheit fast ein viertes eingeschenkt. Juliet liebte Limonade. Aber ihre Tochter war letzte Woche nach New Orleans zurückgefahren. Ihr Besuch war für Millies Geschmack viel zu kurz gewesen.

Millie stellte das leere Glas wieder in den Küchenschrank.

Millie setzte sich auf den Stuhl neben Harper und faltete die Hände auf dem Tisch. »Also, Liebes, erzähl mal. Warum möchtest du nähen lernen? Willst du Kleider für dich selbst machen oder für deine Puppen? Oder Patchworkdecken? Oder möchtest du Stoffe besticken?«

Harper senkte den Blick. »Sie finden es bestimmt albern.«

Millie hielt ihr den Teller hin, damit sie sich einen Keks nehmen konnte. »Das überlass mal ruhig mir.«

Harper biss ab und schlug sich die Hand vor den Mund. »Oh, sind die gut!«

Millie grinste. »Danke.« Sie wartete, bis Harper so weit war und weitersprechen wollte.

»Ich möchte irgendwann mein eigenes Kleidergeschäft haben.« Harper schob sich die zweite Hälfte des Plätzchens zwischen die Zähne.

Bilder blitzten vor Millies geistigem Auge auf wie aus einem Album, dessen Seiten vom Wind erfasst und durchgeblättert werden. Sie selbst in der Eisdiele. Mama am Bahnhof. Wie sie Franklin begegnet war. Und dann natürlich die Babys.

Mit jeder Erinnerung war eine andere Art von Stoff verbunden – manche weich, andere rau, manche geblümt, andere mit klaren Streifen oder Mustern. Sie alle hatte gewissermaßen das Leben selbst Stich um Stich zusammengenäht.

Vielleicht hatte Millie auf ihre Weise ja doch ihr Kleidergeschäft bekommen. Obwohl hier nichts zum Verkauf stand, war sie umgeben von Jahren voller Stoffe – solchen zum Anfassen wie auch unsichtbaren –, die sie zu verschiedenen Gelegenheiten und Jahreszeiten getragen hatte. Jedes Kleidungsstück in ihren Schubladen und auf ihren Bügeln kleidete vor allen Dingen ihre Erinnerungen aus. Und sie würde ihren auf so unkonventionelle, unerwartete Weise in Erfüllung gegangenen Traum für nichts in der Welt hergeben.

Nicht einmal für eine Boutique in der King Street.

»Liebes«, sagte Millie und stand auf, um den Stoff für ihre erste Nähstunde zu holen. »Es wäre mir eine Freude, dir dabei zu helfen.«

Und sie meinte es ernst – mit jeder Faser ihres Wesens.

Kapitel 52

Charleston, heute

Harper sah zu, wie die Morgensonne durchs Fenster fiel und den Schatten des Hochzeitskleides an die Wand warf, zusammen mit Millies noch größerem Schatten.

Er wirkte weitaus imposanter als die alte Dame selbst. Als hätte sie die Macht, jedes Ziel zu erreichen, indem sie sich der Sonne in den Weg stellte. Dadurch, dass sie sich im Hier und Jetzt platzierte und die Strahlen brach, gleichzeitig der Dunkelheit ins Auge blickend, die anderen Angst machen könnte, und ins Licht, das seinen Weg durch die Wolken fand.

Harper hatte einmal einen Bericht über Kolibris gelesen und gelernt, dass bei manchen Arten das Sonnenlicht durch die Flügel zu einem Prisma wird und aus diesem ein Regenbogen entsteht. Auf den abgebildeten Fotos war nur der Schatten des kleinen Vogels zu sehen gewesen und die Regenbogenflügel, die ihn durch den Garten trugen, von Blüte zu Blüte. Für Harper war das ein Bild der Hoffnung. Selbst tote Samen bilden Wurzeln aus und aus unterirdischen Wurzeln sprießen Blüten; der Regen fällt, und wenn es so weit ist, kehrt der Kolibri zurück und hofft, neue Nahrung zu finden.

Harper atmete den Geruch dieses Ortes ein – Gardenien und Jasmin. Als hätte dieses hübscheste aller Brautkleider sich in einen Duft verwandelt. Er gehörte eindeutig zu Millie und jetzt ebenso eindeutig zu Harper.

Auf der Fahrt zurück nach Charleston war ihr der perfekte Name für den neuen Laden eingefallen.

Second Story – zweite Geschichte.

Anstelle von Ballkleidern, die man überall finden konnte, würden sie sich auf antike Stücke spezialisieren, die wieder aufgearbeitet worden waren, jedes mit einem Schild daran, auf dem die Geschichte des Kleidungsstückes stand.

In den vergangenen Wochen, seit sie vom Haus ihres Vaters in den Bergen zurückgekehrt war, hatten Peter, Millie und sie Stunde um Stunde damit zugebracht, jedes Gewand mit den Infos zu beschriften, die sie über die vorigen Besitzer finden konnten. Eine ganze Reihe Strickjäckchen aus den 1950er-Jahren hatte einer Frau gehört, die in einem Cottage auf der Insel Edisto gelebt hatte. Ein Paar Pumps waren früher von der ersten weiblichen Studentin am College in Charleston getragen worden. Bei einer Haushaltsauflösung hatten sie sogar Schmuck gefunden, der sich in die Zeit des Bürgerkriegs zurückdatieren ließ.

Jeder Kauf bot dem Kunden die Gelegenheit, Teil einer Geschichte zu sein, die vor langer Zeit begonnen hatte. Das war der Zauber von Vintage-Kleidung. Dass die Macht der Geschichten wiederhergestellt wurde. Harper wusste nicht, warum sie nicht eher darauf gekommen war.

Das *Second Story* war beinahe bereit für die Eröffnung, aber ein Stück fehlte noch.

Harper ging zu einem Ständer in der Nähe des Eingangs, um das Kleid aufzuhängen, das sie vor Monaten für ihre Prüfung vorgelegt hatte. Ihre Finger fuhren über die Stickerei. Als sie das Kleid jetzt betrachtete, sah sie kein Scheitern und nicht einmal fehlerhafte Nähte. Sie sah einen Hauch Allerweltschic, aber das würde sie als Kompliment verstehen. Merkwürdig, wie die Dinge, die einem wie das größte Versagen vorkamen, manchmal die wildesten Träume ermöglichen konnten.

»Dieses Kleid ist umwerfend. Wirklich außergewöhnlich.« Millie war neben sie getreten und schaute es sich voller Bewunderung an.

»Und ich dachte lange, es wäre der Beweis dafür, dass mein größter Wunsch sich nie erfüllen wird.«

Millie ging zu ihrem Hochzeitskleid und hielt ihren Hut daneben, sodass die Knöpfe als Paar zu erkennen waren. »Und ich dachte lange, dieses Kleid wäre nicht mehr da.« Millies Blick wanderte über den zarten Stoff des Kleides. »Aber Gott hat mir hier in Charleston gezeigt, dass unsere Geschichten, *seine* Geschichten, nie wirklich sterben.«

Harper, die gerade dabei gewesen war, ihr Kleid auf dem Ständer glatt zu streichen, hielt inne.

»Als ich ein kleines Mädchen war«, sagte Millie, »hatte ich Angst vor den Schatten. Ich hielt sie für die Gestalten irgendwelcher riesengroßer Bösewichte. Aber als ich älter wurde, erkannte ich etwas.« Das Sonnenlicht strömte durchs Fenster herein und warf die Silhouette von Millies Kleid auf den Fußboden. »Egal wie sehr wir uns auch bemühen, ihnen aus dem Weg zu gehen, verbringen wir doch unser halbes Leben im Schatten. Denn der Punkt ist, wir waren nie dazu bestimmt, vor ihnen davonzulaufen.«

Harper befeuchtete ihre trockenen Lippen und schüttelte leicht den Kopf. »Ich glaube, das verstehe ich nicht.«

Millie ging mit langsamen Schritten näher zum Fenster, bis sie im Schatten des Kleides stand. »Das Geheimnis, meine liebe Harper, ist, dass wir aufhören, uns vor den Schatten zu fürchten, wenn wir die Sonne sehen, die diese Schatten verursacht. Anstatt uns zu verstecken, treten wir in den Sonnenschein und die Schatten verschieben sich.«

Harper spürte, wie viel Wahrheit in Millies Worten lag. Einer ihrer Lieblingsverse aus der Bibel kam ihr in den Sinn: »Alles, was Gott uns gibt, ist gut und vollkommen. Er, der Vater des Lichts, ändert sich nicht; niemals wechseln bei ihm Licht und Finsternis.«

Millie streckte die Hand aus und Harper schloss bereitwillig die Finger um ihre.

Das leise Schniefen ihrer Freundin war das einzige Anzeichen dafür, dass sie den Tränen nahe war. Millie reckte das Kinn ein wenig vor, während ihre Hände merklich zitterten. »Ich möchte dir von den Schatten in meinem Leben erzählen, Harper, und davon, was Gott darin bewirkt hat.«

Und das tat sie. Harper lauschte der Geschichte ihres Lebens und ihrer Liebe. Eine Geschichte von ernüchternder Realität und dem Zerbrechen einer Zukunft, das für Millie auch das Brechen ihres Herzens bedeutet hatte.

»Ich habe immer gesagt, dass schöne Knöpfe nicht dazu da sind, einfach nur herumzuliegen«, sagte Millie am Schluss nach einer Pause.

»Da hast du recht.« Harper lächelte. »Hundertprozentig recht.«

»Eine Sache ist da noch.« Millie setzte sich ihren Hut wieder auf. »Du weißt bestimmt, was jetzt kommt.«

Harper schüttelte den Kopf. Bei Millie wusste man *nie*, was als Nächstes kam.

Sie erriet es auch noch nicht, als Millie sich umwandte. Nicht einmal, als sie zu dem Hochzeitskleid trat. Aber dann nahm die alte Dame es und hielt es Harper hin. »Das Kleid gehört dir.«

Harper keuchte auf. All die Geräusche auf der Straße verschwammen und sie sah nur die Freude in Millies Augen.

»Das kann ich nicht annehmen.«

»Unsinn. Natürlich kannst du und du wirst.« Millie nickte einmal, so als wäre es eine ausgemachte Sache.

Vielleicht war es das.

Nein, das ging nicht! Das Kleid war ein Erbstück. Wer war sie, dass sie so etwas verdient hätte? So eine wertvolle Geschichte?

Harper war zu dem Schluss gekommen, dass ihre Entwürfe gewöhnlich waren. Dass *sie* gewöhnlich war. Nichts an ihr war so exquisit wie dieses Kleid. Und doch hatte Gott sie hartnäckig an den Wert ihrer Träume erinnert. Indem sie auf Nummer sicher gegangen war, hatte sie sich genau genommen nur das Leben schwer gemacht und zugelassen, dass die Angst in ihrem Herzen ihren Glauben besiegte. Wie viel sie sich selbst und anderen vorenthalten hatte, indem sie sich im Grunde gesagt hatte, dass Gottes Pläne für sie sich nicht lohnten! Weil sie zu ängstlich gewesen war, um den entscheidenden Schritt zu tun.

Und jetzt stand sie hier in dem Laden, der die ganze Zeit ihre

Berufung gewesen war. Irgendwie hatte Gott alle missglückten Versuche und Irrwege dazu genutzt, um sie hierherzuführen. Harper kamen die Tränen, als ein Gefühl der Bestätigung sich tief in ihrem Herzen Raum verschaffte.

»Ich bin doch noch nicht mal verlobt«, flüsterte Harper und ließ ihren Blick ziellos durch den Laden schweifen.

Aber Millie legte das Kleid trotz des Einwands über Harpers Arme. Dann hob sie ihr Kinn sanft an, bis ihre Blicke sich begegneten. »Ich möchte, dass du es bekommst. Niemand sonst wird es so lieben wie du. Niemand sonst wird seine Geschichte so sehen wie du. Und wenn mein Bauchgefühl mich nicht trügt – und das tut es normalerweise nicht –, dann wirst du es schon bald als meine Schwiegerenkelin tragen.« Millie sah sie eindringlich an und Harper wagte nicht zu blinzeln. »Die Geschichte gehört jetzt dir.«

Und damit rollte der Stein, mit dem Harper das Grab ihrer Hoffnungen und Träume so sorgfältig verschlossen hatte, weg. Wo er gewesen war, entfalteten sich Schönheit, Freiheit und Sinn.

Aber vor allem fand sie dort ihre eigene zweite Geschichte.

Millie streckte die Hand aus und strich über Harpers Strickjacke, diejenige, die sie in der Zeit bei ihrem Vater wieder in Ordnung gebracht hatte.

»Harper«, sagte sie, »es wird Zeit, die Knöpfe zu schließen.«

Und Harper wusste, dass Millie recht hatte.

Knöpfe mochten klein sein, winzig sogar. Aber sie hielten den Stoff eines ganzen Kleidungsstücks zusammen, von der einfachen Alltagsbluse aus Baumwolle bis hin zum spitzenbesetzten Hochzeitskleid. Den Stoff, der Menschen bedeckte, wärmte und schützte. Sie verbanden Traum mit Traum, Geschichte mit Geschichte, aber vor allem Tod und Leben.

Aus dem Staub konnte Wunderbares ent- und wiederauferstehen.

Harper nahm Millies Hand und gemeinsam gingen sie zur Tür, um den Laden zum ersten Mal zu öffnen.

Eine Bemerkung zur historischen Genauigkeit

Millie steht für viele Männer und Frauen ihrer Zeit, die den schmerzlichen Entschluss fassten, sich als weiß auszugeben und einen Teil ihrer Herkunft zu verbergen, um sicher zu leben und Möglichkeiten zu haben, die ihnen sonst verwehrt geblieben wären. Ich hoffe, ich habe den komplexen inneren Kampf deutlich gemacht, den diese Entscheidung in Millie ausgelöst hat, und auch den unnachgiebigen Stolz, den sie in Bezug auf jeden Aspekt ihrer Herkunft empfindet – einen Stolz, der sie letzten Endes dazu bringt, den Beutel zu besticken und ihn damit zu einem historischen, künstlerischen und kulturellen Erbstück zu machen, dessen Geschichte überdauern wird.

Den Beutel, von dem in diesem Roman die Rede ist, gibt es wirklich. Jemand kaufte ihn auf einem Flohmarkt in Nashville und er wurde später zum wichtigen Artefakt für afroamerikanische Kulturgeschichte in Charleston und darüber hinaus.

Ashleys Beutel ist im *National Museum of African American History and Culture* in Washington, D. C., zu sehen und war ursprünglich mit einem Kleid, Pekannüssen und einem Haarzopf bestückt. Die Knöpfe habe ich für meine Geschichte erfunden.

Die tatsächliche Stickerei auf dem Beutel lautet (dem Original entsprechend übersetzt und dargestellt):

Meine Urgroßmutter Rose
die Mutter von Ashley gab ihr diesen Beutel als
sie mit 9 Jahren in South Carolina verkauft wurde
er enthielt ein zerschlissenes Kleid 3 Handvoll
Pekannüsse einen Zopf von Ros' Haar. Hat ihr gesagt
er wird immer mit meiner Liebe gefüllt sein

sie hat sie nie wiedergesehen
Ashley ist meine Großmutter
– Ruth Middleton, 1921

Ruth Middleton, die in wohlhabenden Familien in Philadelphia für ihr außergewöhnliches Modebewusstsein bekannt war, ist demnach Ashleys Enkelin gewesen. Indem sie den Beutel mit diesen Worten bestickte, sorgte sie dafür, dass die tragische Geschichte von Rose und Ashley weitererzählt und ihr Opfer noch Generationen später geehrt werden würde.

Nachwort

Vielen Dank, dass Sie sich mit mir zu der Boutique in der King Street aufgemacht haben. Ich hoffe, Sie haben die Geschichte von Harper und Millie beim Lesen so sehr genossen wie ich beim Schreiben.

Millie steht für ganz unterschiedliche Erfahrungen aus meiner eigenen Geschichte und ich hatte erst Angst, ihr nicht gerecht zu werden, aber schon bald wurde sie zur Lieblingsfigur meiner bisherigen Autorinnenkarriere. Ich habe während ihres Kampfs um Sicherheit und die Freiheit, ihre Identität auszudrücken, so mitgelitten, als wäre sie eine gute Freundin. Doch unabhängig davon möchte ich Ihnen einen kleinen Blick hinter die Kulissen geben, wie dieses Buch entstanden ist.

Ich habe mich schon immer für die Postmoderne interessiert und ich hoffe, dass dieses Buch eine Alternative zu der kulturellen »Auflösung« der Wahrheit bietet – und stattdessen auf eine größere Hoffnung verweist, eine größere Erlösung, eine größere Wahrheit jenseits aller binären Konstrukte von Macht oder Identität, selbst derer, die wir uns selbst erschaffen.

Vor zehn Jahren habe ich angefangen, Romane zu schreiben. Wie Harper zu Beginn der Geschichte war ich ganz sicher, dass Gott mich dazu berufen hatte, und auch wenn ich davon ausging, dass es viel Arbeit und die eine oder andere Absage bedeuten würde, hätte ich niemals gedacht, dass ein ganzes Jahrzehnt voller Hindernisse auf mich wartete. Aber wissen Sie was? Gott hat mich auf diesem Weg nie im Stich gelassen und ohne all diese Rückschläge würde ich immer noch mäßig gute Liebesromane schreiben. Auf keinen Fall hätte ich *Die Dame mit dem roten Hut* geschrieben.

Hat die Geschichte von Harper und Millie Sie auch berührt?

Haben Sie einen Traum, den Gott Ihnen geschenkt hat und den Sie vielleicht für tot halten, weil Sie dafür gekämpft haben, aber nichts passiert ist? Vielleicht haben Sie sich wirklich Mühe gegeben und sind trotzdem gescheitert oder vielleicht haben Sie sich von Angst oder den Stimmen, die Sie als unzulänglich bezeichnen, lähmen lassen. Dann möchte ich Ihnen sagen: Der Autor der Schöpfung ist auch der Autor Ihrer Geschichte, und wo er beruft, gibt er auch das, was nötig ist, wenn auch vielleicht auf andere Weise, als wir es erwartet haben. Das Volk Israel in der Wüste hätte zum Beispiel das Manna als konkrete Rettung aus dem Hunger auch nicht vorhersehen können.

Ob Sie davon träumen, schriftstellerisch oder künstlerisch tätig zu sein, ob Sie Kinder unterrichten oder Pflegeltern sein oder was auch immer gern tun oder werden wollen – es wird Zeit, dass Sie sich Ihre Träume noch einmal genauer ansehen und von Gott mit Leben füllen lassen. Ich bete, dass Ihre persönliche Vision neu aufblüht und durch das, was in der Zwischenzeit geschehen ist, noch stärker geworden ist, so wie es bei Harper und Millie war.

Danke, dass Sie dieses Buch gelesen haben. Ich kann es kaum erwarten, Ihnen in meinem nächsten Roman die Geschichte von Lucy und Eliza zu erzählen!

Ashley Clark

Reflexionsfragen zum Buch

1. Welche Erfahrungen machen Harper und Millie in der Boutique in der King Street? Wie verändert der Laden sich im Laufe der Geschichte? Wofür könnten diese Veränderungen stehen?

2. Beide Protagonistinnen glauben, dass das Leben sie davon abhält, ihrem großen Traum zu folgen. Warum empfinden sie so? Können Sie das Gefühl nachvollziehen?

3. Millies ethnische Identität beeinflusst ihre Entscheidungen sehr stark, ebenso wie das Trauma um den Verlust ihres Vaters. Wie stehen Sie zu Millies Entscheidungen?

4. Obwohl es in diesem Roman vordergründig um Harper und Millie geht, spielen Peter und Franklin eine entscheidende Rolle bei der Entwicklung ihrer Träume. Welcher romantische Augenblick hat Ihnen am besten gefallen und welche männliche Figur hat es Ihnen mehr angetan?

5. Sollte ich das Kernthema des Buchs mit einem einzigen Wort benennen, wäre es *Auferstehung*. Wo erkennen Sie dieses Thema im Laufe der Geschichte? Fallen Ihnen konkrete Momente ein? Und wo sehen Sie dieses Thema in Ihrem eigenen Leben – oder in welcher Form würden Sie es in Ihrem Leben gerne sehen?

6. Wasser spielt in der Geschichte eine Schlüsselrolle, als lebenspendende wie auch als zerstörerische Kraft. Lassen Sie die entsprechenden Szenen Revue passieren. Was bedeutete

es in den entsprechenden Situationen für die Charaktere und wie verändern ähnliche Geschehnisse (auch ohne Bezug zu Wasser) uns in unserem eigenen Leben?

7. Welchen Ort würden Sie lieber besuchen – Millies Pension in Fairhope oder eins von Peters Gebäuden in Charleston?

8. Millie besitzt zwei Knöpfe, die schlussendlich dabei helfen, lange gewahrte Familiengeheimnisse aufzudecken. Was bedeuten diese Knöpfe als Symbol, sowohl für die Romanfiguren als auch für Ihr Leben?

9. Halten Sie Harper und Millie letzten Endes für erfolgreich? Warum oder warum nicht?

10. Zwischen Lucy und Declan knistert es aus allen möglichen unguten Gründen. Was glauben Sie, worum es in ihrer Geschichte – in der außerdem als neue Hauptfigur Eliza hinzukommt – in meinem nächsten Roman gehen könnte (erscheint voraussichtlich im Frühjahr 2023 auf Deutsch bei Francke)?

Dank

Wie Fäden, die sich durch eine Stickerei ziehen, haben viele Menschen dieses Werk berührt und durch ihr Engagement schöner gemacht – einige, als diese Geschichte noch ein Traum war, andere im Endstadium des Romans, aber alle haben geholfen, *Die Dame mit dem roten Hut* so gut wie möglich werden zu lassen. Ich bin dankbar für jede und jeden von euch.

Raela Schoenherr, ich kann es manchmal noch immer nicht fassen, dass du meine Lektorin bist. Danke dafür, dass du an diese Geschichte geglaubt hast – und an mich! – lange, lange, lange, bevor sie überhaupt das Licht der Welt erblickt hat. Die Leserinnen und Leser kennen vielleicht deinen Namen nicht, aber das sollten sie, denn die Welt der christlichen Belletristik hier in Amerika gewinnt viel durch dich. Außerdem hast du einen ausgezeichneten Geschmack in Sachen TV-Shows.

Elizabeth Frazier, du hast unermüdlich und geduldig daran gearbeitet, meine Geschichte strahlen zu lassen, und ich staune ehrfürchtig, was du alles an Verbesserungsmöglichkeiten findest, und danke dir von Herzen für deine wertvollen Rückmeldungen, was das große Ganze betrifft.

Amy Lokkesmoe, Noelle Chew und allen anderen im Team, die gewissenhaft und kreativ dafür gesorgt haben, diese Geschichte auf dem Buchmarkt zu platzieren – ich weiß euch unglaublich zu schätzen. Danke für alles, was ihr tut!

Der ganzen Verlagsfamilie von Bethany House – ihr seid toll! Jede und jeder Einzelne von euch gibt das Beste, um ein großartiges Programm zu veröffentlichen, das die Hoffnung des Evangeliums weiterträgt, und es ist mir eine Ehre, mit euch zusammenzuarbeiten.

Karen Solem, du hast von dem Tag an, als wir uns kennenlernten, an mich geglaubt und immer die besten Partner für meine Geschichten gefunden. Danke für deine Zielstrebigkeit und deinen guten Rat. Du bist eine wunderbare Agentin!

Alley Cats, ich erinnere mich an den Tag, an dem ihr mich eingeladen habt, eurem Blog beizutreten. Ich hatte keine Ahnung, dass wir als Autorinnen wie Schwestern werden würden, und ich kann mir nicht vorstellen, diese Reise mit jemand anderem zu machen.

Pepper Basham, Angie Dicken, Cara Putman, Amy Simpson, Sherrinda Ketchersid, Laurie Tomlinson, Julia Reffner, Krista Phillips, Mary Vee, Casey Apodaca und Karen Schravemade, ich liebe euch alle. Und ich wünsche mir, dass wir für immer beste Freundinnen bleiben.

Angie Dicken, wo wäre ich ohne dich? Du warst in jeder Phase hilfreich und verständnisvoll an meiner Seite, von der kritischen Lektüre einzelner Kapitel bis hin zur Feier des fertigen Buches. Danke, dass du mich immer wieder anspornst.

Cara Putman, ich kann gar nicht in Worte fassen, was du alles im Laufe der Jahre in mich investiert hast. Du bist jemand, zu dem ich mit allem kommen kann, und ich traue deinem Rat voll und ganz. Gott wusste von Anfang an, dass ich dich brauche! Du bist ein Schatz.

Betsy St. Amant, dein erstes Lektorat dieses Buches war eine riesige Hilfe, aber auch darüber hinaus hast du mir ganz grundlegend Mut gemacht, eine Geschichte zu erzählen, vor der ich ein bisschen Angst hatte, weil sie so viel größer schien als ich. Du bist ein wundervoller Mensch und ich bin sehr dankbar für unsere Freundschaft – und unsere gemeinsame Begeisterung für die *Gilmore Girls*.

Joy Massenburge, du bist so talentiert. Danke dafür, dass du ein dringend nötiges kritisches Auge auf meine Geschichte geworfen hast.

Ed Grimball und Sue Bennett, ihr beide verkörpert Klasse, Charme und Kultur von Charleston. Eure Führungen haben nicht nur diese Geschichte bereichert, sondern auch meine Liebe zu eurer wundervollen Stadt geweckt. Ich bin froh, dass ich euch beide kenne, und werde unsere Freundschaft immer wertschätzen.

Matthew Clark, als ich dir erzählte, Gott habe mich zum Schreiben berufen, da hast du mir geglaubt und hast nie daran gezweifelt. Du hast an Schreibtagungen teilgenommen und meine Meilensteine gefeiert und warst da, wenn es sich anfühlte, als würde alles in einer Katastrophe enden. Du bist mein bester Freund und ich würde dich jederzeit wieder heiraten.

Nathanael Clark, deine Mutter zu sein, hat mein Leben verändert. Deine Gutmütigkeit, Kreativität und Energie machen meine Tage heller und den Teil dieses Romans, der mit den Hobos zu tun hat, habe ich deiner leidenschaftlichen Liebe zu Eisenbahnen zu verdanken.

Steve und Laurie Young, ihr habt mir beigebracht, meine Träume nie aufzugeben, und bringt immer wieder Ermutigung, Kraft und Freude in mein Leben. Ich kann gar nicht ausdrücken, wie froh ich bin, euch als Eltern zu haben.

Einer der Gründe, warum mich generationsübergreifende Geschichten in den Südstaaten so faszinieren, ist das wunderbare Privileg, meine Großeltern gut zu kennen. Ernie und Melody Rippstein und Jim und Dolores Young, ich bin so dankbar dafür, euch zu haben, und dafür, dass ihr mir euren Glauben mit auf den Weg gegeben habt.

Und ich fände es nicht richtig, wenn ich nicht meine Hunde Maddie und Schroeder erwähnen würde, die mir eine Menge moralische Unterstützung in Form von Kuschelzeiten und Hundeküssen gegeben, aber auch besorgte Blicke zugeworfen haben, wenn ich die Anmerkungen meiner Lektorin durchgegangen bin. Wie heißt es so schön? Nicht kaufen, sondern adoptieren!

Ashley Clark im Interview mit Luise Winter vom Francke-Team

Was hat Sie dazu inspiriert, Ihre Geschichte dem Nähen zu widmen?

Ich liebe Vintage-Kleider und viele der Kleider, die im Buch auftauchen, haben sogar eine reale Vorlage. Als mir mehr und mehr klar wurde, wie sehr das Schneidern widerspiegelt, dass Gott uns nach einer Enttäuschung immer wieder aufs Neue ›zusammenflickt‹, wusste ich, dass das Nähen genau die richtige Symbolik für Millies Geschichte ist.

Sie haben es geschafft, Millies inneren Kampf und die herzzerreißenden Entscheidungen, die ihr abverlangt werden, wundervoll aufzuzeigen. Wie war es für Sie, Ihre Protagonistin durch eine so schwere Zeit zu begleiten?

Diese Reise mit Millie zu gehen, war tatsächlich sehr fordernd, denn sie ist für mich wie eine enge Freundin. Viel ernüchternder war es jedoch, sich bewusst zu machen, dass viele Menschen zu dieser Zeit ähnliche Entscheidungen treffen mussten. Ich hoffe sehr, dass ich dem gerecht werden konnte.

Was sollen LeserInnen aus Ihrem Roman mitnehmen und sich für ihr eigenes Leben zu Herzen nehmen?

Dass jede und jeder mit Enttäuschungen leben muss. Das bedeutet aber nicht, dass Gott uns vergessen hat oder uns nicht mehr liebt. Es passiert so schnell, dass wir uns von Rückschlägen entmutigen lassen – besonders, weil uns unsere Träume so sehr am

Herzen liegen. Aber durch Gott habe ich erkannt, dass all diese Rückschläge *Teil* meiner Geschichte sind. Er kann die größte Enttäuschung in etwas Gutes verwandeln. Aber es ist oft schwer, das zu sehen, wenn man inmitten einer Krise steckt. Aber Gott wird unsere Träume in die richtige Richtung lenken. Ich möchte meine LeserInnen dazu ermutigen, daran zu denken, dass Rückschläge schließlich zu genau den Dingen werden können, die ihren persönlichen geistlichen Weg ausmachen.

Welche Schlüsselbegriffe kommen Ihnen als Erstes in den Sinn, wenn Sie an den zweiten Band denken? Wofür müssen Ihre LeserInnen gewappnet sein?

Neben neuen Geheimnissen und Liebesgeschichten wird man im zweiten Band auch mehr über Millies und Franklins Geschichte erfahren. Ich würde sagen, drei Schlüsselwörter sind *Schönheit*, *Bewahrung* und *Geschichte*. Es wird außerdem die Frage gestellt, wie wir Erinnerungen an die schönen Momente des Lebens behutsam bewahren können.

Buchempfehlungen von FRANCKE

Erin Bartels
Wir hofften auf bessere Zeiten
ISBN 978-3-96362-120-8
416 Seiten, gebunden
mit Schutzumschlag
auch als E-Book erhältlich

Es ist eine seltsame Bitte, mit der ein alter Mann an die Reporterin Elizabeth Balsam herantritt: Sie soll einer Verwandten, von der sie noch nie gehört hat, eine alte Kamera und eine Schachtel Fotos überbringen. Elizabeth ist wenig begeistert. Doch dann wird ihr überraschend gekündigt und sie hat plötzlich jede Menge Zeit.

Im 150 Jahre alten Farmhaus ihrer Großtante Nora stößt Elizabeth auf eine Reihe rätselhafter Gegenstände. Welche dunklen Geheimnisse verbergen sich im Leben von Mary Balsam, ihrer Vorfahrin, die während des amerikanischen Bürgerkriegs allein auf dieser Farm zurechtkommen musste? Und warum will Nora ihr nichts über sich selbst und ihre mutige Entscheidung, in den 1960ern einen Schwarzen zu heiraten, erzählen? Je tiefer Elizabeth gräbt, desto bewusster wird ihr, welch ein Schatz in ihrer Familiengeschichte lauert – und dass die Entscheidungen ihrer Vorfahrinnen bis heute Auswirkungen haben ...

Melanie Dobson
Erinnerungen aus Glas
ISBN 978-3-96362-189-5
368 Seiten, gebunden
auch als E-Book erhältlich

Niederlande 1942: Eliese und Josie waren beste Freundinnen, doch das Leben hat sie getrennte Wege geführt. Nun stehen sie sich plötzlich wieder gegenüber: Eliese arbeitet inzwischen als Registrierungskraft in der Hollandschen Schouwburg, einem Amsterdamer Theater, das zur Sammelstelle für Juden umfunktioniert worden ist, Josie im gegenüberliegenden Kinderheim. Gemeinsam schmieden sie einen waghalsigen Rettungsplan …

75 Jahre später: Ava Drake reist als Direktorin der gemeinnützigen Kingston-Stiftung nach Uganda. Dort will sie den Förderantrag von Landon West prüfen. Existieren seine Kaffeeplantage und das angeschlossene Kinderheim tatsächlich? Als sich unerwartet eine Verbindung zwischen der Familiengeschichte von Landon und ihrer eigenen auftut und Ava zu recherchieren beginnt, stößt sie in ein Wespennest aus Lügen, Betrug und Habgier. Und sie begegnet Landons Großmutter, einer zierlichen alten Dame mit einer unglaublichen Geschichte …